KB089928

올 굿 칠드런

올 굿 칠드런

초판 1쇄 인쇄일 2022년 12월 20일
초판 1쇄 발행일 2022년 12월 30일

지은이 캐서린 오스틴 **옮긴이** 이시내

발행인 윤호권 **사업총괄** 정유한

편집 문주선(박선주) **디자인** 김영중(홍윤주) **마케팅** 노영혜
발행처 (주)시공사 **주소** 서울시 성동구 상원1길 22, 6-8층(우편번호 04779)
대표전화 02-3486-6877 **팩스(주문)** 02-585-1247
홈페이지 www.sigongsa.com / www.sigongjunior.com

ISBN 979-11-6925-422-9 44800

*시공사는 시공간을 넘는 무한한 콘텐츠 세상을 만듭니다
*시공사는 더 나은 내일을 함께 만들 여러분의 소중한 의견을 기다립니다
*잘못 만들어진 책은 구입하신 곳에서 바꾸어 드립니다

ALL GOOD CHILDREN

올 굿 칠드런

캐서린 오스틴 지음

시공사

아이들이 착하게 지냈다는 건

그건, 무슨 말인가 하면

밥 먹을 때 착하고, 놀 때 착하고

밤에 착하고 또 온종일 착하다는 것.

그런 아이들은 예쁜 것들을 갖게 되지

메리 크리스마스가 언제나 가져다주는.

말 안 듣고 뛰어노는 소년소녀들은

입은 옷을 찢고 시끄러운 소리를 내고

자기들의 점퍼스커트와 드레스를 더럽히지.

그러니 크리스마스 선물은 못 받는 거야.

그런 아이들이라면 절대로

이 아름다운 그림책은 보지 않을 거고.

하인리히 호프만의
《더벅머리 페터: 행복한 이야기들과 재미있는 그림들》
(1845)

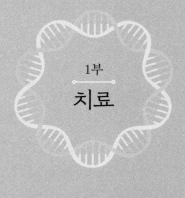

1부

치료

1

공항의 보안 검색 요원은 내가 바지를 내리자 상당히 불쾌한 기색이었다. 사실 벨트를 빼자 바지가 저절로 흘러내린 건데 말이다. 모자란 놈처럼 보이지 않기 위해 나는 재빨리 협조하는 척했다. 바지를 접고, 티셔츠를 벗어 버린 다음, 매력적인 청소년다운 미소를 지어 보였다.

"이제 몸수색 받을 준비됐어요."

보안 검색 요원은 무심하고도 지루한 표정으로 뚱뚱한 자기 엉덩이에 손을 딱 붙인 채 나를 쳐다봤다. 고장 난 바디스캐너들, 연착하는 비행기들, 지칠 대로 지친 승객들과 거의 발가벗은 상태의 십 대들까지. 모두가 그녀의 탁한 시야로 섞여 들어간 것 같았다. 그녀가 물었다. "액체나 전자 제품 휴대한 거 없지?"

내 옆에선 여동생 알리가 몸수색 받는 내내 낄낄댔다. 몸수색을 마친 알리는 검색대를 가로질러 가서 신발과 테디베어를 찾아왔다. 엄마는 어디 있는지 보이지 않았다.

"그런데요, 제가 지금 거의 알몸이거든요." 나는 유일하게 걸치고 있는 팬티를 가리키며 덧붙였다. "아마 이것도 벗었을 거예요, 빨리 통과될 수만 있다면 말이죠. 내가 뭔가 숨기고 있는 것처럼 보이긴 하죠."

보안 검색 요원은 인상을 찌푸리고 한쪽 눈을 깜박이더니 꼭 목을 조르려는 듯이 장갑 낀 손으로 내 목까지 더듬거렸다. 아마 이런 식의 농담을 하루에도 몇 번씩 들을지 모른다. 그녀가 다시 물었다. "전자 제품은 모두 박스에 담았지?" 그녀의 살찐 손가락들이 아무것도 걸치지 않은 내 어깨와 가슴뼈 그리고 등 주변까지 빠른 속도로 훑고 지나갔다. 내가 피부 밑에 무슨 밀수품이라도 숨겨 둔 것처럼.

그때 엄마 목소리가 쩌렁쩌렁 울렸다. "왜 저 여자가 내 아들 몸을 만지는 거죠? 앞이 안 보이기라도 하나요? 내 아들은 열다섯 살 소년이에요. 미국 시민이라고요." 엄마는 계속해서 항의했고 결국 다른 모든 승객의 시선이 나와 나를 추행 중인 보안 검색 요원 쪽으로 쏠렸다.

나는 그다지 대수롭지 않은 척 행동했다. 지나가는 사람들에게 고개를 끄덕이면서. "지난주에 엄마한테 전자 제품을 다 압수당했거든요." 맨살이 훤히 드러난 내 넓적다리를 쳐다보는 보안 검색 요원에게 말했다. "사용 금지 중이에요. 아, 곧 공중에 꼼짝

없이 묶여 있게 되네요. 어쨌거나 벌 받는 중이에요. 못되게 굴었거든요."

그녀는 선 채로 낮게 신음하더니 내 엉덩이를 은근히 세게 툭툭 치며 앞으로 가라고 표시했다. 나는 공항의 조명 아래 유리알처럼 빛나는 수많은 눈동자 앞에서 다시 옷을 걸쳤다.

화가 난 엄마를 따라 우리는 탑승 게이트로 이동했다. 의자들은 새 걸로 바뀌었는데 기다려야 하는 건 그대로였다. 진열된 오래된 껌들이나 뉴스 제목도 여전했다. 뉴욕 시티는 계속 물난리고, 피닉스는 아직도 가뭄이고, 다국적 회사들은 이런 재난에 언제나 그렇듯 이득을 보고 있다. 이 모든 것을 나는 꾹 참고 견뎠다.

집에 좀 더 빨리 갈 수만 있다면 나는 기꺼이 한 번 더 알몸 상태가 되었겠지만 우리는 꼼짝없이 한 시간을 더 기다려야 했다. 오백 개의 머리가 오백 개의 화면을 향하고 있었다. 읽거나, 오락하거나, 메시지를 보내거나, 음흉한 시선을 보내면서. 유일하게 나만 빼고 말이다. 내 리그RIG는 엄마 가방 맨 아래에 처박혀 있었다. 실시간으로 세계와 연결해 주는 통합 게이트웨이(Realtime Integrated Gateway, 두 개의 다른 컴퓨터 네트워크를 연결하는 장치로 스마트폰보다 더 발전된 시스템을 갖춘 미래의 개인용 컴퓨터) 접속을 엄마가 차단해 버린 것이다.

엄마와 알리는 마주 보고 놀이를 하고 있다. "가위, 바위, 보!" "와일드 와일드 웨스트!" 엄마가 어렸을 때 유치원 버스 안에서 배웠다는 시시한 손가락 놀이였다. 엄마가 가끔 내 쪽을 보며 정말 궁금하다는 듯 물었다. "도대체 무슨 생각이었던 거니?"

드디어 우리 비행기가 탑승을 시작했다. 그때까지의 괴로운 시간을 잘 견딘 대가로 나는 창문 쪽 좌석을 차지했다. 기대감으로 심장이 뛰었다. 내 인생에서 두 번째 비행인 이번 여행이 심지어 지난주의 비행보다도 더 좋을 것 같았다. 왜냐하면 집으로 돌아가는 길이기 때문이다.

생애 최초로 탄 비행기가 이륙할 때의 아찔한 해방감은 이루 말할 수 없었다. 리그를 창문 쪽으로 들고 나는 밖으로 보이는 시든 잔디와 보도의 풍경이 녹색과 갈색의 추상화로 멀어져 가는 것을 지켜봤다. 도로와 강줄기들은 그 추상화에 난 흠집처럼 보였다. 알리는 내 다리를 꼭 붙잡고선 흥분해 탄성을 질렀다.

"꼭 우리가 프테로사우루스를 탄 것만 같아!" 심지어 엄마도 웃는 얼굴이었다.

그때 우린 실비아 이모의 장례식에 서둘러 가는 길이었다. 모든 비용은 치러진 상태였고 나를 둘러싼 세상은 빛나고 있었다. 나는 일부러 슬픈 척 따윈 하지 않았다. 실비아 이모는 거의 모르는 사람이나 다름없었다. 말 그대로 세상 꼭대기에서 나는 황홀해했다. 학교의 첫 주를 빠지고 우울한 회색 교복도 뉴 미들타운에 던져둔 채 신이 소유한 팔레트같이 아름다운 별인 지구 위로 날아오르는 중이었다. 비행기가 안정 고도에 이를 때까지 나의 첫 비행은 더할 나위 없이 완벽했다. 엄마한테 메시지로 공지 사항 하나가 뜨기 전까지는 말이다. 누군가 우리 학교를 폭파해 버리겠다고 장난으로 협박했는데, 발송지가 그날 아침 우리 아파트 단지라는 것이다. 엄마는 바로 내 손에서 리그를 낚아채더니 날카롭게 물었다.

"너 루카스라는 이름으로 로그인했어?"

"엄마는 뭐 때문에 무조건 나라고 생각하는 거예요?"

엄만 눈을 부릅뜨고 흥분해서 거친 숨소리를 내었다. 다른 아이들은 절대 규칙 따위 어기지 않을 거란 듯이.

"그냥 장난친 거예요." 내가 말했다. "걔가 자기 리그를 아파트 로비에 두고 갔다고요. 패스워드가 '루카스1'이고요."

"너랑 친구였잖아!"

나는 어깨를 으쓱했다. "걘 소모품인걸요."

그런 말을 해서는 안 되는 거였다. 그건 아카데믹 스쿨에 다니는 애들이 아무렇지도 않게 트레이드 스쿨 애들을 부르는 말이었다. 내가 그때 말조심만 했어도 이미 지난주에 리그를 돌려받았을 것이다. 엄마가 장례식장과 법률 사무소, 출입 제한이 없는 도시의 아무 보호 장치도 없는 거리 사이로 나를 끌고 다니는 동안 결국 내 리그는 스위치가 꺼진 상태로 아무것도 담지 못하고 엄마의 핸드백 안에서 흔들거린 채 갇혀 있었다.

애틀랜타는 내가 뉴 미들타운을 벗어나 처음으로 가 본 도시였다. 정신없는 패치워크처럼 아무렇게나 뻗어나간 애틀랜타는 나름대로 아름다웠지만 빈곤으로 심각하게 훼손된 상태였다. 바람이 대로를 따라 종이 상자에 사는 노숙인들이 있는 좁은 골목으로 휘몰아쳤다. 거지와 도둑들이 곳곳에 도사리고 있다가 교통 정체에 갇힌 리무진 창문에 들러붙어서는 경찰이 와서 억지로 떼어 낼 때까지 악을 써댔다. 적대감과 절망에 잠긴 사람들로 불안이 팽배한 도시였다.

하지만 차와 사람들 뒤로 이제껏 내가 본 가운데 가장 멋진 그래피티들이 그곳에 있었다. 거대하고 생생하면서도 분노가 느껴지는. 알리가 나한테 슬며시 자기 리그를 건네준 덕분에 나는 몇몇 이미지를 남길 수 있었다. 한쪽으로 기울어진 스카이라인에 부딪히는 파도, 안구가 비어 있는 수감자들이 줄을 선 모습, 죽은 꿀벌들이 나뒹구는 소금 평야.(salt flat, 바닷물이 증발하면서 침전된 염분으로 뒤덮인 평지)

나도 언젠가는 그런 작품을 그리고 싶었다.

엄마는 이모의 장례를 치르며 시간을 보냈다. 사흘째가 되자 예술적인 그래피티조차 애틀랜타의 소음과 먼지, 냄새를 참아내는 데 아무런 도움이 되지 않았다. 원래는 사촌 레베카가 모든 걸 정리해야 했다. 하지만 그녀는 이미 10년 전에 캐나다로 이민을 간 상태여서 올 수가 없었다. 레베카는 자기 엄마로부터 약간의 재산을 상속받았지만, 정부가 압수해 버렸다. 우리 엄마는 오로지 장례 관련 비용만을 정부에서 받을 수 있었다. 그렇게 비행기 여행, 일주일간의 호텔 조식, 저녁 시간들이 애틀랜타의 라일락 꽃무더기 위로 느릿느릿 이어졌다.

이제 우리는 아무 쓸모도 없는 레베카의 어린 시절 잡동사니

가 든 박스를 들고 집으로 향하는 중이었다. 손으로 쓴 편지, 사진을 넣은 액자들, 성적표 등등. 유품으로 무슨 재활용 쓰레기통을 통째로 넘겨받은 것 같다. 하지만 이 대단한 유품 중에는 플라스틱 통에 든 열여섯 색의 굵은 사인펜과 세 권의 회색 스크랩북이 있었고 나는 그 세 권을 이미 지구의 추상화로 빼곡하게 채운 상태였다. 내 리그를 돌려받으면 나의 작품들을 콜라주 해서 포스팅할 생각이었다. '학교 밖, 위험한 행성 위에서 견디다'란 제목으로.

비행기가 이륙하려고 전속력으로 활주로를 달리기 시작하자 알리는 내 손을 꼭 잡았다. 기체가 덜컹거리고 날개 플랩이 펄럭거리고 바퀴는 미친 듯이 돈다. 우리는 좌석 손잡이를 꼭 붙든 채 입을 다물었다. 엄청난 속도란 게 제대로 실감 나지 않았다. 비행기는 요란한 굉음을 냈다. 땅 위로 뜬다는 것 자체가 거의 어림없는 일처럼 느껴졌다. 그런데 갑자기, 어느 순간 비행기가 날아올랐다. 큰 소리로 웃음이 터져 나왔다. 우리는 패치워크처럼 이어진 도시 위로 강렬한 흰 불빛이 되어 날아가고 있었다. "위를 봐. 하늘을 가로지르는 저 은빛 작은 점이 보이지? 바로 나야!" 나는 친구들한테 당장 알려 주고 싶었다. 하지만 그걸 올리려면 집에 갈 때까지 기다려야만 했다. 그때쯤이면 아무도 내 비행에 관심을 보이지 않을 것이다. 일단 과거 시제가 되면 그건 지나간 일일 뿐, 아무도 지나간 일을 궁금해할 만큼 시간이 많지 않았다.

좌석 앞주머니엔 무료로 제공하는 스낵이 있었다. 그런데 칩이 아니라 물컹한 게 무슨 젤리 같다. 씹을 때마다 실망스러운 맛이 나는 스낵을 나는 순식간에 먹어 치웠다. 엄마가 자신의 것을 나에게 건네줬다. 먹을수록 우울해질 뿐이었다.

"이제 내 리그 돌려주면 안 돼요?"

"안 돼."

알리는 앞에 달린 테이블을 펼치더니 자기 스낵 봉지를 베개 삼아 테디베어를 눕혔다.

"너 그거 안 먹을 거야?"

알리는 번개처럼 빠른 동작으로 자기 봉지를 쥐더니 무릎 사이에 끼웠다.

"안 먹을 거면 내가 먹게."

복도 건너편의 뚱뚱한 남자가 엄마 쪽으로 추파를 던지며 말했다. "아이들이란 참… 도대체가 만족하는 법이 없다니까요."

이런 종류의 사람을 볼 때면 난 유전자 검사에 감사하고 싶어진다. 앞으로 내가 어떤 모습으로 변하게 될지는 모르지만 절대 이런 뚱뚱한 대머리 백인이 되지는 않을 테니까 말이다. 이 남자는 좌석을 두 개나 차지하고서도 여전히 꽉 끼어 있는 상태였다. 나는 그의 배 위에 올려놓은 칩을 가리켰다. "그거 드실 건가요?"

"그냥 무시하세요." 엄마가 남자에게 말했다.

그는 통통한 하얀 손으로 자기의 칩 봉지를 가리고 엄마한테 윙크했다.

알리는 내 어깨를 가볍게 치더니 부드럽고 높은 목소리로 물었다. "오빠, 창문 안 내다볼 거면 우리 자리 바꿀까?"

"아니." 나는 스트레칭을 하는 척 팔을 뻗어 몰래 알리의 칩을 손에 넣었다. 구름을 계속 쳐다보면서 탁 하고 봉지를 연 다음 가만히 손을 넣어 몇 개를 집은 뒤 재빨리 입에 털어 넣었다. 알리는 전혀 모르는 눈치였다. "너도 칩 먹을래?" 내가 물었다.

"아니 괜찮아. 내 거 있어." 알리는 자기 테이블 밑으로 손을 넣더니 갑자기 당황한 표정이 되었다. 테디베어를 들어올리고 자기 다리를 만져보더니 바닥을 유심히 살펴보고 더러운 카펫 위를 손으로 더듬었다.

"뭐 잃어버렸어?"

"내 칩이 없어졌어!"

"어떻게 생긴 건데?"

알리는 이번엔 자기 좌석 뒤쪽으로 손을 넣어 보았다.

"빨간 봉투에 든 거야!"

나는 칩 봉투를 창틀 중간 쪽으로 옮겼다.

"흰색 글씨가 쓰여 있고?"

"맞아! 오빠가 봤어?"

"알리 칩 돌려줘라, 맥스." 엄마가 말했다.

알리는 엄마를 보다가 나를 쳐다보고 다시 내 손의 칩으로 눈을 돌렸다.

"여기, 이거 너 해." 알리에게 칩을 내밀었다.

"정말 오빠? 이니미니(eenie, meenie, manie, moe 순서나 술래 정할 때 부르는 라임의 일종)로 누가 가질 건지 정할까?"

"아냐, 됐어. 그냥 너 줄게."

알리는 반쯤 남은 봉지를 보고 미소를 지었다.

"고마워, 오빠. 오빠 역시 착해."

엄마가 한숨을 쉬었다.

뚱뚱한 남자가 기침을 하더니 물었다. "사랑스러운 아이들이군요. 당신이 낳은 아이들인가요?" 엄마의 얼굴은 원래 나와 알리의 얼굴보다 다섯 배쯤은 더 어두운색인데 이 질문을 듣는 순간 훨씬 더 어두워졌다. 엄마는 눈을 크게 뜨고 그 남자를 위아래로 훑어보았다. 그걸로 대화는 끝났어야 했는데 남자는 지나치게 궁금한 게 많았다. "애들 아빠는요?" 그는 끈적거리는 눈길로 엄마 가슴을 쳐다보며 말했다.

"아빠는 돌아가셨어요." 내가 말했다. "유행성 독감으로 3년 전에요. 온몸이 흐물흐물해져서요."

"맥스, 제발." 엄마가 말했다.

"그러니까 엄마는 지금 싱글이지요." 내가 덧붙였다.

뚱뚱한 남자는 몹시 당황해 미안하다는 듯 뭐라고 중얼거렸다.

그의 옆 좌석에 앉은 남자가 그의 뚱뚱한 배를 슬쩍 쳐다보았다. 내 입에서 신음이 흘러나왔다. 알링턴 리치몬드였다. 내 단짝인 달라스의 아빠다. 그는 나를 아주 싫어한다. 우리 가족 모두를 아주 싫어하는 것 같다. 아빠가 살아 계셨을 때는 특별히 우리를 신경 쓰지 않았지만, 우리 가족의 수입이 반으로 줄자 우리를 향한 그의 태도는 아주 싸늘해졌다. 인사를 한 뒤 나는 다시 창가 쪽으로 몸을 돌렸다.

달라스한테 너희 아빠가 3만 피트 상공에서 나를 훑어보는 중이라고 메시지를 보내고 싶었다. 하지만 리그 없이는 누구와도 연락이 불가능하다. 그래도 좋은 점이라면 숙제가 뭔지 모른다는 것이다. "학교 첫 주를 빠지다니 우린 정말 운이 좋았어." 난 알리에게 속삭였다.

알리는 얼굴을 찌푸렸다. "난 학교 좋아해."

엄마가 알리의 머리 위에 입을 맞추었다. 알리는 엄마의 얼굴을 두 손으로 감싸 쥐고 자기도 뽀뽀하기 시작했다. 엄마의 뺨과 코, 눈꺼풀에 계속해 대는 바람에 불안해 보이기까지 했다. "이제 됐어, 아가." 엄마가 말했다.

〈프릭쇼Freakshow〉의 주제곡이 기내의 웅성거림을 뚫고 내 앞 어딘가에서 들려왔다. 나는 어디서 나는 소린지 주의를 집중했다.

십 대 소년 하나가 고개를 휙 돌려 주위를 둘러보더니 신음 소리를 냈다. 방금 칩을 먹어치운 내 입 냄새가 심하거나 아니면 그 아이의 시야가 아주 좋거나 둘 중 하나였다. 이어폰을 다시 꽂는 그 아이에게서 나는 눈을 떼지 못했다. 그는 어디를 보나 '최상'이라고 쓰여 있었다. 앉아 있는데도 무슨 거인처럼 보일 만큼 상대를 압도했다. 그의 부모는 분명 그 아이를 발견하기까지 적어도 열두 개쯤의 난자를 테스트했을 것이다.

나는 '최상'이 아니다. 셋 중에 제일 나았을 뿐이다. 부자들만이 완벽한 배아를 얻을 때까지 테스트를 계속할 수 있다. 뉴 미들타운엔 부자가 많기 때문에 난 이 아이 같은 최상급들과 경쟁하는 데 익숙하다. 보통은 게네들이 이긴다.

대부분 사람들은 그냥 덤으로 생긴 존재이다. 최소한의 기형아 검사만 받은 채 집에서 임신과 출산을 한다. 그런 사람들은 '최상'급이나 셋 중 최고를 선택해 태어난 나와 같은 경우를 유전자 조작으로 태어났다고 말한다. 하지만 그렇지 않다. 인공수정 클리닉에서 태어나도 유전자 결합 같은 건 없으며 사실 그리 대단한 계획이 동원되지도 않는다. 부모들은 임의로 선택한 일정한 수의 배아에 돈을 지불한다. 어떤 배아를 얻게 될지는 부모도 알 수가 없다. 비용에 따라 선택한 수의 배아를 가지고 유전자 검사를 한 뒤 그 가운데 자궁에서 키울 하나를 고르는 것이다. 건강하지 않은 배아는 종료시키고, 선택하지 않은 배아는 미래 언젠가 불임 비율이 위기를 초래할 때를 대비해 차가운 저장소에 보관한다. 그게 아니면 팔리거나 실험에 사용되거나 부분적으로만 성장시키기도 한다. 그건 어떤 음모론을 믿느냐에 따라 다르겠지만. 아무튼 유전자 조작은 아니다.

나는 수확량 셋 중에 최고라고 자랑스럽게 떠벌릴 만한 게 못된다. 내 앞에 앉아 있는 아이는 훨씬 더 많은 수확량 가운데 최고였을 것이다. 그의 눈은 마치 어깨너머로도 나를 살필 수 있을 듯 빛이 났다.

"스트리퍼가 입지만 않았다면 멋진 반바지네, 모자라기는."

나는 거칠게 그에게 인사를 건네고 뒤로 기댄 뒤 일부러 그의 좌석을 발로 차댔다. "미안." 한 마디 한 뒤 또 찼다. 어디선가 보안 요원이 노려보는 눈빛이 느껴졌다.

"착하게 있자, 오빠." 알리가 말했다. 내 여동생은 최상급도 아니고 셋 중 최고도 아니다. 얘는 그냥 덤이다. 6년 전에 상황이 좋지 않던 부모님이 자연스럽게 임신한 아이였다. 엄마는 동생을 하나님의 선물이라고 말한다. 알리는 넓은 마음과 작은 두뇌를 지녔다. 그걸 보면 하나님이 또다시 선물을 하시기 전에 자기의 창조물을 좀 더 잘 살펴보는 게 필요할 것 같다.

"사람들이 다 너 같지는 않아." 나는 동생에게 말했다.

리치몬드 박사가 경멸하듯 웃었다.

엄마가 복도 건너편을 쳐다봤다.

"알링턴? 어머 웬일이에요, 안녕하세요?"

뚱뚱한 남자가 엄마를 보더니 리치몬드 박사 쪽을 돌아봤다. 두 사람 대화에 자기가 무슨 관련이라도 있는 듯이.

"안녕하세요, 카레나. 전 텍사스에서 열린 세계 교육 학회에 참가하고 돌아가는 길이에요. 원래는 고속 열차를 탈 예정이었는데 멕시코인들이 역에 폭탄 테러를 일으켰지 뭡니까. 뉴스 들었어요? 지금 애틀랜타에서 바로 오시는 길인가요? 거기 가족들이 계신다고 들었는데. 주말에 아이들까지 모두 데리고 다녀오려면 돈이 엄청 들었겠어요."

"아, 전혀 그렇지 않아요." 학교를 빠지고 간 지난주의 장례식에 대해 굳이 설명하지 않은 채 엄마는 간단히 대답했다.

"다음번에 학회에 가실 땐 달라스를 꼭 데리고 가세요. 달라스가 비행기 타는 거 무척 좋아할 텐데." 내가 끼어들었다.

리치몬드 박사는 얼굴을 찌푸렸다. "이 나이쯤 되면 애들이 참 건방지게 굴죠. 하지만 이런 태도를 참아 줘야 하는 것도 얼마 안 있으면 끝날 거예요."

엄마가 자기 시계를 들여다봤다. "20분? 시간이 빨리 갔네요."

"제 말은 학교에서 맥스웰의 행동을 교정해 줄 때까지 오래 걸리지 않을 거란 뜻이에요." 리치몬드 박사가 대답했다.

나는 콧방귀를 꼈지만 큰 소리를 내진 않았다. 엄마는 여전히 부자연스런 미소를 머금고 있었다.

"아이들을 위한 새로운 지원 프로그램이 곧 시작되거든요." 그가 덧붙였다. "지난주에 이미 딸아이를 통해서 그 결과를 보셨을 거라고 믿어요. 댁의 아이들처럼 학습 동기가 부족한 아이들에게 그걸 심어 주는 거죠."

엄마의 미소가 사라졌다. "우리 애들처럼이라니요?"

뚱뚱한 남자가 리치몬드 박사를 향해 사과하라는 뜻으로 고개를 저었다.

"물론 착한 아이들이라고 생각해요." 리치몬드 박사가 말을 이었다. "그냥 좀 다를 뿐이죠. 안 그런가요?"

안전벨트를 매고 짐들을 제대로 놓고 테이블을 접으라는 기내 방송이 흘러나왔다. 리치몬드 박사도 뒤로 기대어 더이상 보이지 않았다. 엄마는 그가 있던 쪽을 무섭게 노려보았다. 뚱뚱한 남자는 그의 가슴팍 주머니에 칩을 집어넣는 중이었다.

나는 빈 봉지를 알리의 테이블 쪽으로 민 다음 내 테이블을 접어 앞 좌석 쪽으로 세게 밀었다. 그 최상급이 신음 소리를 낼 때까지.

"어디서 나온 거지, 이 봉지는?"

나는 모르겠다고 어깨를 으쓱했다. "네 거겠지, 뭐."

알리는 이상하다는 듯 봉지를 돌려보더니 접어서 좌석 앞주머니에 넣었다. 그러고는 내 가슴에 바짝 기댄 채 자기 테디베어를 창문을 향해 올려들었다.

나는 알리의 머리에 키스해 주었다. 쉽게 속아 넘어가는 마음 착한 동생이 너무나 사랑스러웠다.

비행기가 기울며 착륙을 준비했다. 아래로 우리 옆쪽을 에스코트하는 군인들과 활주로의 불빛이 보였다. 무슨 감옥으로 향하는 것 같다. "방학은 끝이네." 내가 중얼거렸다.

*

브래드포드 공항에서 국유림을 거쳐 뉴 미들타운까지는 셔틀버스로 30분이 소요되는 거리였다. 하지만 엄마는 여전히 내 리그를 돌려줄 생각이 없었다. 나는 펜실베이니아 와일드 숲의 아름다움을 멍하니 쳐다볼 수밖에 없었다. 할 게 없는 난 알리의 발을 찼다.

"너 지금 하는 짓 당장 그만두지 않으면 리그 돌려받을 생각은 절대로 하지 마." 엄마가 너무 크게 말하는 바람에 다른 승객들도 우리 쪽을 쳐다보았다. 나는 상관없는 일이라는 듯 창밖을 내다보고 있었다.

뉴 미들타운 역에는 렌트할 차가 없어서 우리는 택시를 탔다. 기사의 아이디에는 '압달-살람 알-풀린'이라고 되어 있었다. 안전벨트를 매자마자 그가 물었다. "남서쪽에서 발생한 기차 폭파 사건 들었어요? 사망자가 3백 명이 넘었대요. 더 이상 어떤 곳도 안전하지가 않아요."

우리는 경비대에게 신분증을 보여 주고 영광스러운 도시의 출입구를 지나 안쪽으로 진입했다. "여기 오니까 꽤 안심이 되네요" 하고 말했지만 사실 이 택시에서 내리고 나면 훨씬 더 안도감이 들 거란 사실을 나는 알고 있었다.

알리는 뒷좌석 엄마 옆에 앉아 〈동물의 세계〉를 보고 있었고, 엄마는 창밖을 응시하고 있었다. 아빠가 죽기 전까지는 엄마도 리그 중독이었다. 우리 가족의 일상을 그때그때마다 올리곤 했다. 지금은 그저 세상만사가 흐릿하게 사라지도록 놔둔다.

"이 도시에서 운전하는 걸 아주 좋아하죠." 기사가 말했다. "여기선 모든 길이 직선으로 쭉쭉 뻗어 있어요."

"에너지 효용을 높이는 방법이에요." 내가 말했다. "뉴 미들타운은 북동부에서 환경적으로 가장 똑똑한 도시예요. 하지만 이 도시를 짓기 위해 26제곱킬로에 달하는 넓이의 숲을 갈아엎어 버렸죠. 굉장히 아이로니컬하게도요."

"나는 숲은 별로예요." 기사가 대꾸했다.

난 어깨를 으쓱하며 말했다. "아름답잖아요." 사실 숲속으로 발을 들여놓은 적은 없다. 하지만 그 옆으로 차를 타고 지나가면서 아주 다양한 색조의 녹색 물결을 보는 걸 좋아했다. 뉴 미들타운은 단조롭다. 이 도시의 모든 것은 같은 시기에 지어졌고 같은 스타일에 같은 색이다. 부족한 개성을 대신하는 건 안전이다. 도시의 반은 숲이 경계를 이루고 나머지 반은 성벽으로 보호된다. 도시로 들어가는 길은 단지 여섯 개뿐이며 모두 경비대가 지키고 있다. 우리 도시는 아무렇게나 펼쳐져 있지 않다. 흐트러짐 없이 꼿꼿이 서 있다. 뉴 미들타운에 거지나 도둑은 없다. 사는 집이나 일하는 직장 없이는 이 도시에 들어올 수 없다. 택시 운전기사는 아마도 숲에서 텐트를 치고 살아야 해서 숲이 싫다고 하는지도 모르겠다.

지난 20년 동안, 켐로즈 인터내셔널에서는 세계에서 가장 큰 요양원 여섯 개를 두기 위해 똑같이 생긴 여섯 개의 도시를 건설했다. 뉴 미들타운에서 살거나 일하는 이들은 모두 켐로즈에 세를 내고 있다. 도시 전체는 뉴 미들타운 매너하이츠 노인 요양원과 삼만 이천 개에 달하는 그곳의 침상들을 중심으로 움직인다.

"여기선 절대 길을 잃는 법이 없어요." 기사는 뉴 미들타운의 척추인 중심 도로와 나란히 뻗어 있는 북쪽으로 난 길에 합류하

면서 말했다. 우리는 병원과 실험실, 사무실 건물들을 지나 달리
고 있었다.

"여기서 일을 많이 하신다니 의외네요." 내가 말했다.

도시의 중심 도로는 전부 인도로만 되어 있었다. 네 개로 구분
된 각각의 구역은 자립 자족형의 마을과 같아서 학교와 병원, 공
원, 레크리에이션 센터, 심지어 각각의 수경 재배 시설과 정수 처
리장까지 갖추고 있었다. 여기서 택시를 부르는 일은 흔하지 않다.

"사실 일이 많은 건 아니에요." 기사가 털어놓았다. "대부분은
사람들을 멀리 실어 나르죠."

"어디로요?"

그는 어깨를 으쓱했다. "여기서 학교 다니나요?"

"그럼요. 아카데믹 스쿨에 다녀요."

"운이 좋군요. 크면 뭘 할 건가요?"

"건축가요." 나는 망설임 없이 대답했다. 아카데믹 스쿨에선
어떤 진로를 택할지 일찍부터 정한다.

"저런 건물들을 지을 건가요?" 기사가 뉴 미들타운의 시청 및
안전센터를 가리켰다. 우리 왼편 저 멀리에서부터 희미한 불빛
을 뿜어내고 있는 건물이었다. 도시의 척추인 도로들이 정확히
만나는 지점, 즉 도시의 정중앙에 위치한, 색유리로 된 스물여덟
층이 서로 엇갈리는 구조의 건물이었다.

"그랬으면 좋겠어요."

그는 콧방귀를 꼈다. "저 건물, 난 싫어요. 꼭 얼음으로 만들어

진 것 같잖아요."

차는 지하차도로 들어섰고 건물은 시야에서 사라졌다.

"그래도 저 건물이 이 도시에선 예술적인 심장과 같은 곳인걸요."

그는 다시 콧방귀를 꼈다. "이 도시에서 예술적인 면이라곤 찾아볼 수 없어요. 전혀 보이지 않죠. 음악도 안 들리고, 이야기도 안 들려요. 극장도 하나도 없고요."

"여기서는 우리만의 커뮤니케이션 네트워크가 있어요." 내가 말해 주었다.

그는 한숨을 내쉬었다. "여기서 사는 거 좋아요?"

"물론이죠. 왜 아니겠어요? 사람들이 들어와 살기 위해 줄을 서는 도시예요."

"나처럼 말이죠, 나는 줄을 서서 기다렸다 안으로 들어오고 당신 같은 주민들을 내려준 다음 다시 나가지요."

"힘든 시기니까요."

"다 그런 건 아니죠." 그가 웅얼거렸다. 우리가 탄 택시는 중심가를 벗어나 다시 땅 위로 올라왔다.

켐로즈라는 회사는 내가 태어나기 직전, 8년의 기간과 수십억 달러의 돈을 들여 이 도시를 완성했다. 그들은 마치 거대한 거미가 거미줄을 치는 것처럼 도시의 중심 골격을 세우고 도로들을 연결했다. 사람들은 떼를 지어 이 도시로 몰려왔다. 하지만 모두가 들어올 수 있는 건 아니었다. 판잣집과 주차장 들이 도시의 서쪽 벽 밖으로 퍼져나갔고 그곳은 하루 몇 시간 동안만 우리의 집을 청소하고 운전기사 노릇을 하기 위해 이 도시로 들어오는, 뉴 미들타운을 동경하는 이들로 가득하다. 베네수엘라 인플루엔자가 유행했을 때 심한 타격을 입은 곳도 거기였다. 뉴 미들타운에서도 노인 절반과 나머지 인구의 10퍼센트가 목숨을 잃었고, 그중엔 우리 아빠도 있었다. 그 전염병은 켐로즈에게 막대한 민간 자금과 함께 특별한 도시에 대한 자부심을 잃게 했다. 엄마는 지금도 간호사 일을 계속한다. 그래서 우리는 그럭저럭 형편이 괜찮은 편이다. 방 네 개가 있는 주택에서 우리는 예전 동네의 변두리에 있는 방 두 개짜리 아파트로 이사했다. 그래도 알리와 나는 아직 아카데믹 스쿨에 다닌다. 그래서 희망이 있다. 이런 위태로운 시절에 그건 흔치 않은 일이다. 대부분 사람들이 우리보다 훨씬 더 많은 손상을 입었다.

"아마 늙으면 여기서 침대 하나 얻게 될지도 모르죠." 기사는 다시 한번 냉소적으로 말했다.

"여기서 좌회전해 주세요."

우리는 도시의 북동쪽 주거 지역을 지나고 있었다. 예전에 우리가 살았던 개인 소유의 흰색 주택들을 지나 베이지와 황갈색을 칠한 3층 주택들, 황갈색과 갈색으로 된 연립 주택을 지나 드디어 갈색과 검은색으로 된 우리 아파트 단지로 들어섰다.

"6동이에요."

기사는 경찰처럼 천천히 의심스럽게 둘러보면서 아파트 단지에 진입하더니 똑같이 생긴 다섯 개의 건물을 지나 우리가 사는 동인 스파르탄에 도착했다. 스파르탄이란 이름은 고대 그리스에서 따온 것이 아니라 사과 이름에서 따온 거다. 아파트들은 땅에 떨어진 사과들에 대한 기념비였다. 리버티, 갈라, 크리스핀, 후지, 맥킨토시. "여기서 사나요?" 위를 올려다보면서 기사가 심드렁하게 물었다.

우리가 사는 아파트는 검소와 절제가 배어 있었다. 발코니도 없고, 옥상 정원도 없으며, 벤치 같은 것도 없었다. 그저 직각의 구조와 태양열 발전을 위한 판 그리고 재활용 수거함이 전부였다. 한때 나는 여기 사는 사람들을 우습게 봤었다. 이젠 다른 이들의 조롱을 견디며 산다.

나는 엄마한테 손을 내밀었다. 엄마가 무슨 뜻이냐는 듯이 쳐다보았다. "리그." 나는 짧게 말했다. 엄마는 눈을 흘기면서 내가 원하는 것을 돌려주었다. 나는 전원을 켜고 택시 트렁크에서 우리 짐을 꺼내 두 개의 여행 가방을 문 앞으로 밀고 갔다. "감사합니다." 압달에게 말했다. "행운을 빌어요."

"그쪽도." 그가 외쳤다.

*

우리 집 문턱을 넘어서기도 전에 이웃에 사는 자비에 라빈이 지저분한 복도를 지나 내 쪽으로 걸어왔다. "리즈 선생님께 우리가 한 역사 숙제는 거짓말이었다고 얘기했어." 자비에가 말했다.

"그리고 언드미디어(Earned Media, 비용을 들이지 않고 노출 효과를 얻게 해준 제3자적 위치에 있는 미디어)에서 퍼 온 보고서를 보여줬지. 그런데 나한테 징계위원회에 가야 된대." 이건 자비에 식의 '안녕'이라는 인사였다. 누구든지 자기 옆에 있는 사람들에게 그는 끊임없는 음모론을 제기했으며 이진 부호를 포함, 총 열일곱 개의 언어로 얘기했다. 그는 매주 불법 인터넷 접속으로 걸렸는데, 그건 자기가 해킹한 정보를 다름 아닌 본인 에세이 숙제에 포함시켰기 때문이다. 그의 뛰어난 두뇌는 어딘가 결함이 있었다. 내가 자기에게 아주 못되게 굴지는 않고, 그냥 살짝 놀리기만 하니까 나를 자기의 단짝으로 생각했다. 우정에 대한 기대 수준이 아주 낮은 것도 그의 결함 중 하나였다. 나는 자비에를 집 안으로 들어오라고 하지 않았고, 그는 이것을 기분 나빠하지 않았다.

"야, 자비에. 부탁한 대로 크로스컨트리 신청서에 내 이름 등록했어?"

그는 고개를 끄덕였다. "너를 그 명단에 올리느라고 네가 학교에 나온 걸로 위조했어."

"그런 것도 할 수 있는 거야?"

그는 문틀에 기대 미소를 지었다. 나는 한 발 뒤로 물러섰다.

자비에의 가장 특이한 점은 그에게서 늘 맛있는 냄새가 난다는 것이다. 그는 마치 인간 디저트 같았다. 이번엔 오렌지 마멀레이드 냄새였다. 비누에 대한 고급스러운 취향을 가진 그는 강박적으로 끊임없이 씻어대는 타입이었다. 그는 또한 내가 본 사람 중에 제일 잘생겼다. 나는 게이가 아니기 때문에 성적 의미가 담긴 말은 아니다. 그의 외모가 언제나 놀라움을 안겨 준다는 것만은 사실이다. 그는 성인처럼 보였다. 키가 180센티미터가 넘는 자비에는 육상 연습에 매달린 결과 딱 벌어진 골격에 탄탄한 몸매를 지녔다. 티 하나 없이 하얀 피부에 반짝이는 금발이었으며 터키블루 색의 눈은 신경증적인 열정으로 빛이 났다. 얼굴은 완벽한 대칭을 보여줬다. 자비에의 외모는 너무 완벽해서 그의 결함 있는 성격과 부조화를 이루었다.

"그거야 쉽지." 자비에가 말했다. "내가 알리의 출석도 위조했어. 축구팀에 등록하려고. 수요일에 있었던 수학 시험에서는 75점 맞은 것으로 해놨고 금요일에 놓친 접종을 위해 간호사에게 내야 하는 양식도 작성했어. 너희 엄마한테 알려드리는 게 좋을 거야."

"그럴게, 고마워."

"너 고속 열차 탔었니? 폭탄 테러 봤어?"

"아냐. 비행기로 왔어."

"멕시코인들이 그랬대. 우리가 그들의 담수 공장을 일부러 파괴해서 그들이 우리 열차를 그렇게 한 거라는데."

"말도 안 돼, 자비에. 그들에게 담수 공장을 지어 준 게 바로 우리잖아. 그 공장을 파괴한 건 애리조나의 민병대야. 이번 폭탄 테러도 아마 그들 짓일 거야."

"애리조나에선 사람들이 너무 목이 말라서 죽고 있대."

"그러니까 고속 열차가 아니라 저수지들을 터뜨렸어야지."

자비에의 얼굴이 구겨졌다. "우리 부모님이 그런 얘기는 하지 말랬어."

나는 웃었다. "왜 잡혀갈까 봐 겁나?"

"진짜 그럴 수도 있어. 나라에선 시위의 권리를 제한해 버렸어. 그거 들었어? 이제는 자기 소유의 땅에서만 시위할 수 있대. 그리고 전 세계적으로 사용할 수 있는 아이디를 합법화했어."

"우리는 이미 그런 아이디를 가지고 있잖아."

"여기 뉴 미들타운에서만. 하지만 이제는 다른 데서도 다 통용되는 아이디를 만드는 거야. 사진과 지문이 들어 있는 걸로."

나는 머리를 흔들었다. "전 세계 어디서나 쓴다고? 그런 일은 절대 없을걸."

"미안하다, 자비에." 엄마가 현관에서 말했다. "그동안 잘 지냈니?"

"감옥에 갇힌 죄수들한테 새로운 약을 실험하고 있대요." 자비에의 대답이었다.

엄마는 고개를 끄덕이면서 웃고는, 짐을 풀기 위해 알리를 데리고 방으로 들어갔다.

자비에가 켐로즈 인터내셔널의 비리를 상세하게 이야기하는 동안 나는 오프라인으로 지냈던 지난 일주일간 내 리그에 쌓인 총 735개의 메시지를 걸러냈다. 광고, 연예뉴스, 리스트서브(listserv, 우편 목록 관리용 소프트웨어) 채팅과 기록들. 그 가운데 페퍼

카씨디에게서 온 메시지를 보고 나는 놀라서 멍해졌다. 페퍼는 REAL의 멤버였다. 전자 활동 줄이기 운동(Reduced Electronic Activity in Life) 말이다. 그녀에게서 오는 메시지는 그만큼 흔치 않았고 그래서 더더욱 아름다웠다.

페퍼의 얼굴이 내 리그 화면 안에서 환하게 빛났다. 갈색 눈과 핑크빛 입술, 적갈색 피부. "네가 필요해, 맥스! 우리 모두 네가 필요해!" 카메라는 "네가 필요해, 맥스"라고 중얼거리는 예쁘고 새침한 소녀들이 줄지어 있는 모습을 비췄다. 꿈을 꿔도 이보다 더 행복할 순 없을 것 같았다. 페퍼가 미소를 지으며 가까이 다가섰다. "이번 학기 댄스팀엔 남자애들이 딱 두 명뿐인 데다 몸도 아주 뻣뻣해. 네가 한 번 댄스팀을 시도해 보겠다고 얘기해 줘, 제발."

나는 카씨디의 메시지를 저장해 놓았다.

"한 번 시도해 본 아이들은 다 보호 시설로 가게 돼." 자비에가 말했다.

"댄스팀 말이야?"

"약을 하는 애들 말이야. 서명 운동 돌리게 네가 좀 도와줄래?"

나는 크게 웃었다. "나는 열다섯 살이야. 토스트에 피넛 버터 잘 바르는 것도 겨우 하는 수준이라고."

달라스 리치몬드에게서 온 95개의 메시지를 나는 찬찬히 살펴보았다. 내가 오프라인으로 있던 동안 잠자는 시간을 빼면 한 시간에 하나꼴로 보낸 셈이었다. 그중 90개 메시지는 '너는 누가 싸움에서 이길 것 같으냐?'는 한 문장으로 된 질문이었다. 일곱 개는 우리 반 여자애들의 이름과 브라 사이즈를 적은 리스트였다. 나머지 하나는 풋볼 연습에 빠진 나를 에머리 코치가 뭐라고 욕했는지 모아 놓은 것이었다. "나는 무기력한 자식에다 얼간이 같은 놈이야." 내가 자비에한테 말해 주었다.

공감한다는 표정 없이 그는 고개를 끄덕였다.

"자비에! 아빠가 오래!" 셀레스트 라빈이 자기 동생을 데려가려고 복도를 미끄러지듯 내려왔다. 셀레스트는 자비에의 좀 더 부드럽고 곡선미가 있는 버전이다. 그녀와 나는 아파트 전체에서 동생이 있는 유일한 아이들이었다. 나는 그것이 우리 사이를 더 가깝게 만든다고 생각했지만, 그녀는 나에게 별로 동의하지 않았다.

"셀레스트! 우리 왔어!" 내가 소리쳤다.

그녀는 내 말을 무시했다. "와서 내가 아빠를 어떻게 만들었는지 봐 봐." 그녀는 자비에한테 말했다.

나도 같이 부른 걸로 생각했다.

복도를 내려가자 라빈 부부가 자신들의 아파트 현관 안쪽에서 왔다 갔다 하는 게 보였다. 자비에와 셀레스트가 어떻게 그렇게 잘생기고 예쁘게 태어났는지는 정말 의문이다. 라빈 부부는 너무나 몸이 크고 허연 데다가, 나이가 들어 꼭 늙은 바이킹 같은 모습이었다. 창백하고 푸석푸석한 그들은 단추를 잘못 끼운 울 카디건을 걸치고 있었다.

아저씨 쪽이 특히나 더 상태가 안 좋아 보였는데 그건 셀레스트가 자기 아빠한테 분장을 했기 때문이었다. 그의 얼굴은 검거나 붉게 곪아 터진 자국들이 가득했다. 꼭 무슨 화상 환자 같았다.

"아주 성대한 메이크업이네." 나는 말했다. 셀레스트는 요즘 그녀가 다니는 대학의 특수분장 학과에서 떠오르는 스타였다.

"들어오렴, 얘들아." 라빈 아저씨가 건조한 입술을 열어 말했다. "복도에서 얘기하지 말거라." 그는 코너에 있는 감시 카메라를 쳐다봤다. 사실 자비에 말고는 누구도 복도에서 얘기하는 법이 없었다. 그는 침묵의 세계를 보완하는 존재였다.

*

"돌아왔구나!" 달라스가 자기 리그에 대고 외쳤다. 그는 웃고 있었다. 반짝이고 성숙한 최상급의 모습으로. 달라스와 나는 비슷한 체격이었으나 열두 살 때부터 그의 값비싼 유전자가 모습을 드러내기 시작했다. 지금 달라스는 10학년에서 가장 키가 큰 아이다. 다부지고 건강한 체격에 흰 피부, 검은 머리, 파란 눈의 소유자다. 그의 부모는 달라스와 그 형을 갖기 위해 엄청난 돈을 들였다. 달라스는 사실 기증받은 정자로 태어난 아이였고, 그의 뛰어난 외모는 그렇게 설명이 가능하다. 반면 그의 형인 오스틴은 괴물 같은 몰골로, 리치몬드 박사의 진정한 씨라는 걸 증명한다. "네가 보기엔 누가 싸움에서 이길 것 같아?" 달라스가 나에게 물었다. "지퍼헤드 아니면 쥬스?"

분명 〈프릭쇼〉에 대해서 얘기하는 것이다. 요즘 아이 중에 말도 안 되는 이름을 가진 경우도 많지만 그 정도까진 아니었다.

"아직 쇼를 체크해 볼 시간이 없었어, 방금 내 리그를 돌려받았거든."

"내가 보기엔 쥬스가 이길 것 같아. 과다 출혈로 죽지만 않는다면 말이지. 지퍼헤드는 덩치만 크지 느려. 아마 타이거가 그 둘을 모두 해치울지도 모르지만. 나는 타이거한테 표를 던졌어." 달라스는 언제나 가장 허황된 사연을 가진, 제일 약골로 보이는 쪽을 택하는 버릇이 있었다. 그는 한 번도 이 지역의 〈프릭쇼〉 내기에서 이긴 적이 없었다. 우리가 내기에 참여한 이후로 한 번도.

"학교에선 별일 없었어?"

"타일러 윌킨스가 싸움에 말려들었어."

"말도 안 돼! 그럼 정학 당한 거야?"

"아니, 안 들켰어. 땅꼬마 위튼 스미스윅이랑 붙었거든."

"다행이야. 위튼한테가 아니라 나한테." 타일러 윌킨스는 학교의 사이코패스 같은 놈이었다. 지난 유월, 타일러가 천막벌레나방의 유충들에 라이터로 불을 붙이려고 한 적이 있었다. 내 동생알리가 말리려고 잡았고 그러자 알리 뺨을 갈긴 놈이었다. 물론나도 가만있지 않았지만 그는 나를 정말 신나게 두들겨 팼다. 타일러를 쫓아간 나는 학교 운동장에서 덤벼들었고 그는 다시 한번 내 얼굴에 주먹을 날렸으며 우린 둘 다 정학 당했다. 창피한일이었다. 나름대로 나는 다부진 풋볼 선수다. 타일러는 큰 키에 강단도 있지만 담배 중독으로 삐쩍 마른 데다가 정신적인 문제까지 있는 애였다. 학교에선 타일러가 여덟 살이었을 때 그의 부모를 법원으로 데리고 가 그에게 약을 먹이도록 했다. 하지만 별 도움이 되지 않았다.

올여름 나는 근육을 15파운드 늘렸고 돈을 주고 달라스의 형한테 싸움하는 법을 배웠다. 모두 내일 학교로 돌아가면 타일러 윌킨스가 초주검이 될 정도로 패 주기 위해서였다. 달라스의 형인 오스틴은 타일러만큼이나 난폭한 성향이지만 무에타이와 성장 호르몬으로 그 야만적인 면을 보강했다. 그는 정말이지 최고의 싸움 선생이다. 그런데 몸 꼭대기 부분은 좀 비어 있는 편이라 지금 달라스 뒤에 서서 자기 동생 머리에 대고 방귀를 발사 중이었다.

"이제 가야 돼." 달라스가 말했다.

오스틴이 화면에 얼굴을 갖다 대더니 꽥 하고 소리를 쳤다. "통화 끝났다고, 이 게이 놈아!"

＊

엄마가 내일 점심을 위해 베이컨을 굽는 동안 나는 가죽 소파에 앉아 리그에 올라온 유명인들 가십 기사를 훑어보고 있었다. 기름 냄새가 배어 있는 우리 집이 나는 좋았다. 비좁고 엉성한 데다가 과거 아빠의 유골과 함께 이곳으로 옮겼던 티크 테이블이나 유화들만큼 우리 역시 여기에 어울리지 않았지만 그래도 다시 돌아오니 기뻤다.

알리는 거실의 창가에 서서 자기 리그에 대고 이야기하는 중이었다. "내 베스트 프렌드 멜리사한테 전화하고 있어." 동생이 속삭였다.

"너의 베스트 프렌드는 피넛인 줄 알았는데."

알리는 낄낄댔다. "나는 베스트 프렌드가 되게 많거든."

나는 섹스나 폭력과 관련된 학생들의 일기를 검색했지만 별로 없었다.

알리는 얼굴을 찌푸리며 리그 화면을 껐다.

"학교 얘기가 아니면 지금 통화하고 싶지 않나 봐."

어깨를 한 번 으쓱하고 나는 말했다.

"늦었잖아. 내일 멜리사 만날 텐데 뭐. 간식이나 먹어."

우리는 한 번씩 돌아가면서 크림치즈를 바른 크래커를 먹었고 마지막으로 딱 하나가 남았다. 알리는 우리 둘을 짚어 가면서 순서 정하는 라임을 부르는 중이었다. "하나, 둘, 내 신발 채우세요, 셋, 넷, 문을 닫으세요…."

나는 크래커를 먹어 버렸다.

"안 기다리면 어떡해!"

"마지막엔 누구든지 2번이 걸리는 사람한테 기회가 가는 거야." 알리에게 이걸 한 천 번은 말해 준 것 같은데 이 아인 아직도 자기가 좋아하는 결과가 나올 때까지 라임을 계속하곤 했다.

엄마는 흉하게 생긴 교정용 신발에 발을 밀어 넣었다.

"몇 주 동안은 밤 근무에 배정됐어."

"엄마 지금 일하러 가는 거예요? 우리 지금 막 왔잖아요."

엄만 할 수 없다는 듯 어깨를 으쓱했다.

"아침에 올 거야. 차를 빌려서 학교에 태워다 줄게. 아침 먹고 알리 가방 싸는 것 도와줘라, 할 수 있겠지?"

"네." 아침을 차려 주고 점심을 싸는 일이 나는 너무 싫었다.

나는 창밖으로 머리를 내밀고 뉴 미들타운의 훈훈한 먼지를 들이마셨다. 밤 8시였는데 온도는 37도에 달했다. 구월치고 너무 더웠다. 이런 뜨거운 날씨에 이 아파트 안에서는 과일 썩는 듯한 냄새가 났다. 저 거리 아래쪽 게시판은 또 다른 켐로즈 수경 재배 공장이 올겨울 문을 연다는 소식을 알려 주고 있었다. 앞으로 좋은 날들이 올 것이다. 젊은 남녀가 푸른 유니폼에 핑크색 미소를 띠고 줄줄이 나타나는 모습이 그려졌다.

"엄마가 내일 우리를 차로 데려다 줄 거래." 알리가 내게 말했다. 알리에겐 대단히 흥분되는 일이다. 이틀 동안 두 대의 차라니. 아마 우리는 기름을 채우기가 어려울지도 모른다.

아빠가 없는 삶은 참 팍팍했다. 아마 우린 쉽게 양아버지를 얻을 수 있을 것이다 - 헤르페스(herpes, 포진이 잡히는 질병)와 호르몬, 헤비메탈에 찌들어 보낸 세월로 너무나 약해 빠진 정자를 가진 그런 쓸모없는 남자들은 아이들이 있는 집으로 결혼해 들어가기를 좋아했다. - , 하지만 그런 건 참을 수 없다. 엄마는 나와 알리면 충분하다고 이야기했다. 서로가 있는 한, 우리는 괜찮을 것이다.

"학교 첫 주를 빠져서 문제가 생기지 않았으면 좋겠다." 알리가 말했다.

나는 알리의 머리에 키스했다. "아니, 괜찮을 거야. 1학년은 특별히 좋아. 다 너를 예뻐할 거야. 벌써 감이 오지 않니? 아주 멋진 한 해가 될 거야."

알리는 내 말을 믿고 싶은 듯 고개를 끄덕였다. "진짜로 최고의 해가 될 거야."

2

화학 약품을 엎지른 듯한 고약한 냄새가 나는 차로 엄마는 우리를 학교에 데려다 주었다. 걸어가지 않아도 되는 건 대단한 영광이었다. 거리는 일 마일밖에 안 되고 짐도 많지 않았지만, 아직도 우리가 부자인 척하는 것이 나는 좋았다. 알리는 내 뒤에 앉아 있었다. 빨간 책가방을 무릎 위에 놓고, 여벌의 속옷과 운동화, 줄넘기, 런치 박스, 화이트보드와 내가 몰래 탐내고 있는 스무 개의 굵은 컬러 사인펜까지 자리를 차지한 뒷좌석에 겨우겨우 끼어 앉은 상태였다.

먼저 알리를 내려 주었다. 알리네 학교 앞마당은 울타리가 쳐져 있는 콘크리트와 모랫바닥으로 되어 있는데 1학년부터 4학년까지 모두 천 명에 달하는 아이들로 언제나 신음하고 있었다. 여자아이들은 놀이 기구 근처에서 신나서 꺅꺅댔고 남자아이들은 서로를 잡으러 다니면서 길 있는 데까지 나갔다. 혼자 있기 좋아하는 아이들은 울타리 근처에 서서 종이 울리기를 기다렸다. 알리는 기대에 부푼 얼굴로 아이들을 살피며 자기 친구들을 찾아보다가 혼자 걸어갔다.

"멜리사가 아픈가 보다." 엄마가 말했다.

"아닌데." 나는 출입문 쪽을 가리켰다. 아직도 문이 열리려면 8분이나 더 남았지만 교복을 입을 수백 명의 아이들이 자기의 학생증 배지를 손에 든 채 거기서 기다리고 있었다. "저기 문 옆에 있는 게 멜리사 아니에요? 노란색 가방 멘 아이요."

엄마가 고개를 끄덕였다. "멜리사네 반 아이들이 전부 줄을 서 있네. 지난주에 알리가 놓친 중요한 게 있는지 모르겠다."

"아 맞아요. 자비에가 얘기해 줬는데 지난주에 수학 평가 시험이랑 예방접종이 한 번 있었대요."

"자비에가 어떻게 1학년 스케줄을 아는 거니?"

"걔는 원래 모르는 게 없잖아요."

"독감 백신을 맞았나?"

"잘 모르겠어요. 자비에한테 물어보세요."

엄마는 마치 내가 동생의 예방접종 기록을 모두 꿰고 있어야 한다는 듯이 나한테 눈을 치켜떴다.

내가 다니는 고등학교는 길을 따라 5분 정도 더 가면 나왔다. 초등학교나 중학교보다 더 크고 멋있는데 유리와 콘크리트로 지은 여섯 동의 까만 색 건물들이다. 도시의 이 구역에 있기엔 너무 웅장하고 또 넓어서 어딘가 불안한 느낌을 풍겼다. 뉴 미들타운의 네 개 구역에는 각각 아카데믹 스쿨이 하나씩만 있었다. 도시에 사는 아이 중 사 분의 삼은 다 트레이드 스쿨에 다녔다. 아카데믹 스쿨은 학비가 더 들었고 1학년 때부터 평균 B 이상의 성적을 요구했다. 아카데믹 스쿨에 들어가기 위한 경쟁은 언제나 치열했지만 유치원이야말로 서로 먹고 먹히는 냉혹한 곳이었다. 트레이드 스쿨로 가는 게 낫겠다는 평가가 내려지면 다시는 돌아올 수 없게 되어 있었다.

나는 두 번째 과정의 2학년, 다시 말해 10학년이다. 11학년과 12학년을 위한 건물에 우리는 들어갈 수 없다. 학년이 높아질수록 평균 B 이상의 성적을 유지하는 학생들의 수가 줄어들기 때문에 남는 학생들에게는 더 큰 관심과 더 넓은 공간이 허락된다. 그리고 그들에게 이런 혜택이 돌아가는 건, 일단 졸업 후에 외국 학생들이나 사립학교 졸업생들과 경쟁해야 하는 것이 바로 그들이기 때문이다. 아카데믹 스쿨에 다니는 12년의 시간 동안 막대한 돈을 들여도 졸업한 뒤에 경쟁에서 뒤처진다면 아무 소용이 없다. 그럴 바엔 온라인에서 무료로 제공하는 교육을 받는 게 차라리 낫다.

학비는 우리를 말려 죽이고 있었지만 엄마는 절대 그런 얘기를 하는 법이 없었다. 교문 앞에서 차를 멈추고 엄마는 다른 데가 아닌 학교에 가는 내 모습이 마냥 흐뭇하다는 듯 미소를 지었다. "10학년의 첫날이네." 자랑스럽게 엄마가 말했다.

"그리고 난 이미 한 주 뒤처져 있죠." 내가 덧붙였다.

그레이엄 교장이 우리를 맞이하러 황급히 나왔다. 아마 차를 타고 온 걸 보고 내가 잘 나가는 집 아이라고 생각한 게 분명했다. 내가 조수석에서 내리자 그의 얼굴이 갑자기 혼란스러워졌다. 관자놀이에서 흘러내린 땀이 그의 셔츠 깃으로 떨어졌다. 교장은 도무지 더위를 견딜 수 없는 또 한 명의 뚱뚱한 대머리 백인이었다. 군대에선 이런 종류의 사람들 리스트를 작성해 어딘가 너무 덥지 않은 장소에다 그들만의 부대를 만들어야 한다. 아마 이 부대는 유니폼도 필요 없을 거다. 이미 부대원들이 다 똑같이 생겼기 때문이다. 뚱뚱한 대머리 백인들이 무장한 부대는 어떤 적도 너무 무서워 도망치게 할 것이다. 그중 단 한 사람만으로도 난 이미 소름이 끼치는 중이었다.

엄마가 교장한테 내가 얼마나 착한 아이인지 얘기하는 동안 난 후드티에 달린 모자를 눌러 쓰고 두 손을 움켜쥐었다.

"아카데믹 스쿨에 다니는 게 얼마나 행운인지 맥스도 잘 알고 있어요. 수업도 빠지지 않고 싸움도 하지 않겠다고 저를 안심시켰답니다."

"노력할게요. 그래도 누군가 먼저 싸움을 걸어오면 나 자신을 지킬 거예요."

엄마와 교장은 동시에 좀 모자란 놈이란 듯이 나를 쳐다봤다.

"내 성적은 최상위권이에요." 나는 그들에게 이 사실을 상기시켰다.

엄마가 한숨을 쉬었다. "맥스도 문제 일으키지 않도록 최선을 다할 거예요."

"걱정하지 마세요, 코너스 부인." 그레이엄 교장이 말했다. "일단 우리의 학생 지원 프로그램이 진행되기 시작하면 모든 게 괜찮을 거예요. 지난 금요일에 학부모 모임에서 뵙지를 못했다는 게 저한텐 좀 더 염려되는 부분이네요. 집에서 보셨나요?"

엄마가 고개를 저었다. "완전히 잊어버리고 있었어요."

"이번 달 말에 있을 기금 마련 행사에는 꼭 나오시길 바랍니다." 교장이 말했다.

엄마는 어깨를 으쓱했다. 엄마는 좀처럼 거짓말은 하지 않는 사람이다. 다만 대답을 피하고 있었다.

그레이엄 교장이 얼굴을 찌푸렸다. "분명 지금 상황에서 최선을 다하고 계신 것이라 믿죠." 그는 경멸하는 눈빛으로 나와 우리가 몰고 온 차를 보았다. 번호판을 외워 두려는 것 같다. 자기가 정말 관심을 두는 이들과 다시는 혼동하는 일이 없도록.

"아주 불쾌한 인간이라고 얘기했잖아요." 그가 들어간 다음 나는 엄마에게 말했다. "엄마를 이용하기 위해 좋은 사람인 척하는 거예요. 일단 그런 뒤에 잡힌 사람들을 상어의 먹잇감으로 삼는다고요."

"상어는 이제 없어."

"교장한테는 자기 소유의 상어 연못이 있어요. 방과 후에 남으라고 했는데 내가 도망치자 나를 매달아 들고 그 위로 지나갔다고요."

엄마가 웃더니 나한테 사랑한다고 말했다.

"좋은 하루 되렴."

교복을 입고 운동장을 돌아다니는 500명의 9학년과 10학년 학생들 가운데 나는 달라스를 찾았다. 울타리 주변에 모여 있는 아이들도 있고, 모여서 수다를 떠는 그룹도 있었으며, 사진을 찍기도 하고 개중엔 미친 듯이 메시지를 보내는 아이들도 있었다. 일단 학교 건물 안으로 들어가면 모든 리그 사용은 금지였다. 학교의 네트워크인 블랙보드만 빼고. 그래서 마지막 종이 울릴 때까지 모든 아이들이 밖에 머물렀다. 내가 속한 풋볼팀이 피크닉 테이블 근처에 모여 있는 게 보였다. 지난주 게임에서 내가 놓친 경기를 다시 보는 중이었다. 코치의 아들인 브레넌 에머리가 나를 보고 외쳤다.

"맥스, 돌아왔구나! 이모 일은 유감이야."

"어!" 난 언제나 브레넌에게는 뭐라고 대꾸해야 할지를 몰랐다. 그는 모든 면에서 나를 능가했다. 키가 컸고 다른 사람을 배려할 줄 알았으며 실력이 뛰어난 쿼터백인데다가 유색인종 학생 협회의 회장으로도 뽑힌 아이였다. 사람들이 소위 타고난 리더십이라고 부르는 것을 지니고 있었다. 하지만 브레넌 역시 '최상급'이었기 때문에 그런 능력이 완전히 자연스러운 것이라곤 볼 수 없다.

피크닉 벤치에서 점프한 달라스가 내 어깨에 쿵 하고 부딪혔다. 달라스의 교복 재킷은 벌써 겨드랑이 부분이 꽉 끼고 바지는 신발 위로 껑충 올라와 있었다. 팔월에 우리는 교복을 주문했는데 그때 잰 치수가 벌써 작아진 것이다. 인생은 정말 공평하지 않다.

"너 그 울타리 지지대로 맞아 죽은 불쌍한 중국 애 얘기 들었어?" 그가 물었다.

"완전 토 나와."

"응 그 뉴스 봤어. 미친 패거리 같으니라고."

"넌 어떤 걸로 맞는 게 나을 것 같아? 울타리 지지대 아님 가시철조망?"

"울타리 지지대." 내 대답이었다.

"나도."

자비에가 운동장 건너편에서 손을 흔들며 웃고 있었다. 햇빛이 그의 머리 뒤로 무슨 후광처럼 빛나고 있었는데 그가 우리 쪽으로 걸어옴에 따라 잔물결이 일었다. 목소리가 들리는 거리에 닿기도 전부터 그는 이미 세 개의 문장을 주절대며 우리에게 얘기 중이었다.

그때 어디선가 나타난 타일러 윌킨스가 자비에를 넘어뜨렸고 자비에는 길바닥에 쓰러졌다. 모여 있던 아이들 무리가 갈라서면서 자비에는 아프게 바닥으로 처박혀야 했다. 타일러가 낄낄대며 소리쳤다.

"너무 많이 걸었구나, 어?"

타일러는 자비에가 유령의 집 거울에 비친 것 같은 이미지였다. 타일러도 180센티미터가 넘는 키에 금발이었지만 해골 같고 못생겼다. 그에게선 늘 햄이나 담배 냄새가 났다. 언젠가는 질투심 때문에 자비에의 얼굴을 칼로 그을 놈이었다. 우리 모두 그런 사실을 알고 있지만 아마 진짜 그런 일이 일어나면 놀란 척 행동할 것이다.

타일러의 일당들이 낄낄대면서 자비에의 다리를 훌쩍 뛰어넘었다. 타일러는 그의 한쪽 발을 자비에의 등 위에 올려놓고 일어나지 못하게 자비에를 누르고 있었다.

마치 무슨 행성들이 정렬하는 것처럼 보였다.

타일러 쪽으로 거들먹거리면서 걸어간 나는 강력한 오른손 펀치를 날렸고 타일러는 충격으로 휘청거렸다. 몰려 있던 아이들은 한 걸음 뒤로 물러서서 싸움을 위한 무대를 마련해 주었다. 자비에는 특공대원 같은 자세로 기어서 한쪽 끝으로 이동했다.

타일러는 나한테 욕을 하면서 턱을 문질렀다.

"넌 이제 죽었어, 코너스."

머릿속 어디선가는 지금 같은 순간 내가 긴장해야 하는 건지 묻고 있었다. 무슨 소리, 그럴 필요 없다. 나는 지난여름 2백 하고도 20시간 동안 바로 이 순간을 준비해 왔다. 나는 완전히 물오른 상태였다.

타일러한테 한 방 날릴 기회를 줬다. 하지만 왼쪽 팔 앞으로 가볍게 막은 나는 오른 주먹으로 그의 배를 강타했다. 숨 막히도록 정신없이 그를 두들겨 팬 나는 팔꿈치로 그의 볼을 쳤다. 흥분으로 피식하는 소리가 내 입에서 흘러나왔다. 구경하던 아이들이 웅성거리기 시작했다.

나는 팡팡 뛰어오르면서 웃었다. 놀란 타일러는 피를 흘리고 있었다. 내가 이번 싸움에서 이기리라는 것을 그는 알고 있었다. 하지만 그는 신경들이 다 죽어 버린, 자만심으로 가득한 싸움꾼이었다. 타일러 같은 놈한테 물러서는 건 선택 사항이 아니었다. 소매로 볼을 닦아낸 녀석이 침을 뱉으며 나에게로 다가왔다.

나는 그의 얼굴에 계속 주먹을 날렸다. 짧고 강한 훅을 날리고, 잽을 날리고 팔꿈치로도 공격했다. 퍽, 퍽, 퍽. 그가 정신을 수습하고 주먹을 날리는 순간, 난 그의 팔을 잡고 등 뒤로 비틀어 버렸다. 그를 무릎 꿇고 앉게 만든 다음 발로 차서 땅에 고꾸라뜨렸다. 원래 생각보다 훨씬 더 세게. 지켜보던 여자애들이 신음을 내뱉는 소리와 게이 녀석들이 키득대는 소리가 들려왔다.

타일러는 자기 몸을 힘들게 일으켜 세우더니 나를 치려고 했다. 하지만 화가 나고 창피한 상태였다. 그가 어떻게 움직일지 다 보였다. 그의 주먹을 잽싸게 피한 나는 이리저리 뛰어 그가 나한테 오도록 만들었다. 그런 다음 갑자기 멈추고 타일러의 발을 걸어 넘어뜨렸다. 그는 길바닥에 쿵 하고 쓰러졌다. 바로 5분 전에 자비에가 그랬던 것처럼. 구경꾼들은 숨을 멈췄고, 웃었고, 싸움 장면을 찍으며 설명을 덧붙였다.

나는 타일러 윌킨스가 흐물흐물한 살덩어리로 으스러질 때까지 패 줄 준비가 되어 있었다. 하지만 양쪽으로 팔을 뻗은 그레이엄 교장이 우리 사이로 들어왔다. 타일러는 나한테 오기 위해 그를 거칠게 밀쳤다. 그 모습에 난 웃음을 터뜨렸다. 교장을 밀치는 건 무사히 넘어갈 일이 아니었다. 나는 타일러의 손목을 꼼짝 못 하게 비틀어 꺾었다.

두 명의 보안 요원이 우리를 떼어 놨다. 서서 구경하던 아이들이 소리치기 시작했다.

"타일러가 먼저 시작했어요!"

"맥스가 시작한 거예요!"

교장은 부르르 떨었다. 머리 꼭대기까지 화가 난 상태였다. 십대 아이들의 무리 속에 선 그는 속에서 불이 나는 것 같았다. "둘 다 일주일간 정학이야." 그는 이를 악문 채 이렇게 말했다. "정문 밖에서 너희 부모가 데리러 올 때까지 기다려라." 그는 뒤돌아 갔다. 아마 손을 씻으러 가는 것 같았다.

결국 나는 학교 앞에서 두 명의 보안 요원과 내가 세상에서 제일 증오하는 놈과 함께 꼼짝없이 기다리고 있을 수밖에 없었다. 비통해하는 엄마한테 내가 가장 최근에 친 사고의 잔해에 대해 말하기 위해서 말이다. 심장은 아직도 쿵쾅거렸다. 손은 욱신거렸다. 하지만 기분은 완전히 최고였다.

사람들은 폭력이 나쁘다며 어쩌고저쩌고 얘기한다. 하지만 내 인생에 지금처럼 행복한 순간이 또 있었나 싶다. 타일러 윌킨스의 먹이로 전락할지도 모른다는 불안을 나는 떨쳐내 버렸다. 나

자신의 주먹과 발로 내 앞길을 말끔하게 만든 것이다. 이제 어디든 내가 원하는 곳으로 갈 수 있었다.

맞다. 타일러와 그의 일당들이 내일 숟가락으로 내 눈알을 빼버릴지도 모른다. 하지만 지금 당장 내 눈앞의 타일러는 나한테 맞아서 피를 흘리고 있었고 나는 얼굴에서 웃음을 거둘 수가 없었다. 그가 나를 쳐다볼 때마다, 그의 부풀어 오른 코와 처참한 눈두덩을 볼 때마다 내 미소는 더 커질 뿐이었다.

"도대체 언제 싸움을 배운 거지?" 타일러가 물었다.

나는 코웃음을 치며 이를 드러내 보였다.

그는 고개를 젓더니 피가 흐르는 입술을 닦아 냈다.

"분명 내가 연습이 부족해서야."

그가 나를 상대로 연습한다면 좋겠다. 아마 두들겨 패기를 월요일 스케줄에 끼워 넣을 수도 있을 텐데 말이다. 점심 도시락 싸기, 알리를 학교에 데려다 주기, 타일러 윌킨스 죽도록 패기, 정학 당하기, 이런 식으로.

엄마가 학교의 진입로로 터벅터벅 걸어 들어올 때도 내 행복감은 수그러들지 않았다.

"교장한테 전화를 받기 직전에 차를 막 돌려줬다."

엄마는 말했다.

나는 고개를 떨구면서 뭔가 후회하는 모습으로 비치길 바랐다.

"너 데리러 누가 오시니?" 엄마는 타일러에게 물었다. 그는 어깨를 으쓱했다. 키가 제일 큰 보안 요원이 엄마한테 다가서더니 말했다.

"얘는 자기 보호자와 가야 됩니다."

엄마가 고개를 끄덕였다. 보안 요원들이 온종일 정문 앞 계단에서 타일러의 부모가 나타나기를 기다리다 보면 결국 그 규칙을 후회하게 될 거란 사실을 엄마는 알고 있었다.

"알았어요. 맥스, 가자. 안녕, 타일러."

"안녕히 가세요." 그러더니 타일러가 덧붙인 한마디가 나를 놀라게 했다. "안녕, 맥스." 마치 우리가 친구 사이라도 되는 듯, 같이 수업을 빼먹는 바람에 문제를 일으킨 것 마냥 나한테 인사를 건네다니.

"나중에 보자." 나는 대답했다. 협박조처럼 말할 의도는 없었지만 말하고 나니 그런 식으로 들리는 게 맘에 들었다.

엄마는 집으로 걸어 돌아가는 동안 말이 없었다.

"블랙보드에서 숙제를 받아서 할 수 있어요." 엄마는 나를 쳐다보지 않았다. "자비에를 보호해 주려고 그런 거예요"라고도 말했지만 엄마는 한숨을 내쉴 뿐이었다.

건물을 나서자 계단을 성큼성큼 뛰어 올라가고 싶었지만 엄마를 위해 속도를 낮췄다. 엄마는 하품하더니 말했다. "토요일 밤부터 계속 잠을 못 잤구나."

"엄밀히 따지면 일요일 아침이었어요."

마치 이 세상에서 제일 대책 없는 망나니를 보는 것처럼 엄마는 나를 빤히 쳐다보았다. 사실 그럴지도 모른다. 하지만 마음속으로 다시 타일러와의 결투를 떠올리자 - 뒤에는 아나운서를, 옆으로는 카메라들을 더했다. - 관객들이 흥분의 도가니로 빠져드는 모습이 그려졌다.

*

난 정학을 받고 집에 있는 동안 운동과 〈프릭쇼〉를 보는 것으로 시간을 보내리라 생각했다. 하지만 잠자고 오후에 일어난 엄마는 그런 나의 꿈에 마침표를 찍어 주었다. 샌드위치 대신 엄마가 나에게 만들어 준 건 할 일 리스트였다. 설거지, 먼지 털기, 빨래, 알리 방 청소, 알리 숙제 봐주기. 내가 이 리스트에 알리 엉덩이 닦아주기를 더하자 엄마의 표정이 밝지 않았다.

"알았어요, 하면 되잖아요."

이렇게 대답한 뒤 엄마의 시선이 따가워질 때까지 나는 계속 〈프릭쇼〉를 보았다.

6시가 되어서야 겨우 리스트에 적힌 일을 마무리할 수 있었다. 나는 엄마가 저녁을 준비하는 동안 알리의 숙제를 봐주었다. 나는 아주 훌륭한 선생은 못 되었다. 배운 것을 이해하지 못하는 알리의 모습이 좌절감을 안겨 주었다. 동생이 뭔가 부족한 아이처럼 느껴졌고 그녀를 너무나 사랑하는 나로선 그런 생각이 드는 걸 견딜 수가 없었다.

알리의 받아쓰기 단어들은 좀 이상했지만 단순했다. 듀티, 잡, 조이, 러브, 파워, 헬프, 허트, 굿, 배드, 보이, 걸(duty, job, joy, love, power, help, hurt, good, bad, boy, girl). 어딘가 결함이 있는 단어들의 조합이었다. 하지만 음성적으론 규칙이 있었다. 러브love만 빼고. 이 단어는 어떤 식으로도 규칙을 만들어 내지 못했다.

"아니!" 나는 네 번째 이 말을 반복하고 있었다.

"에이치-유-알-티(h-u-r-t)라고, 에이치-이-알-티(h-e-r-t)가 아니라!"

"내가 할게, 맥스. 넌 가서 상 차려라." 엄마가 말했다.

엄마는 알리에게 미소를 지었다.

"네가(U, You) 다칠(hurt) 수 있는 거야(You can get hurt, u 발음이 반복됨), 기억나지? 이E가 아니라."

알리가 웃었다.

"이E는 다칠 수 없어요, 그렇죠?"

포크와 나이프를 놓던 나는 스스로가 한심했다.

"근데 학교에서 애들이 좀 이상해요."

알리는 리그의 화면을 끄면서 말했다.

"어디가 좀 아픈 것 같아요."

엄마 눈에 공포가 번졌다. 4백만 명의 아이들이 베네수엘라 유행 독감으로 죽었다.

"애들이 기침하니?"

알리는 머리를 저었다. "그렇게 아픈 게 아니라 그냥 좀 멍한 것처럼 아파요."

"말할 때 발음이 분명하지 않아? 균형도 잘 못 잡고?"

"아니, 아무튼 정상은 아니에요. 애들이 다 느려졌어요."

엄마는 내가 그 이유를 안다는 듯 나를 쳐다보았다.

나는 어깨를 들썩하면서 말했다.

"내일 학교에 데려다주면서 한 번 볼게요."

＊

아침에 집을 나설 때 나는 타일러를 만날 준비가 되어 있었다. 재킷 주머니에 스테이크용 나이프를 넣었다. 하지만 어떻게 휘둘러야 할지는 감이 없었다. 다행히도 정학 당한 애들이 다 그러듯 집에서 잠이나 자고 있는지 타일러는 보이지 않았다.

알리는 학교로 가는 내내 설치류 동물에 대해 떠들어댔다. "쥐들은 시력이 나빠."라든가 "얼룩다람쥐들은 지하에 집을 만들어." 같은 쓸데없는 사실을 줄줄이 이야기하는 중이었다. 학교에 가까이 가자 알리는 입을 다문 채, 껴안고 인사를 하는 나를 어서 가라고 떠밀었다.

나는 학교 울타리 쪽에 좀 더 머물면서 나한테 막 뛰어와 얼굴을 찌푸리며 자기 친구들을 고자질하고 내가 누군지 묻는 여덟 살짜리 꼬마들이랑 이야기를 나누었다.

"안녕, 맥스." 자비에가 숨을 헐떡이며 뛰어왔다. 그는 반은 벗은 채로 지금 막 체육관에서 순간 이동이라도 한 듯 내 옆에 우뚝 섰다. 오늘은 라즈베리 크럼블(산딸기에 밀가루, 버터, 설탕으로 만든 반죽을 씌워 구운 디저트) 냄새가 났다.

"크로스컨트리로 5마일 달렸는데 이젠 학교로 전력 질주해 가려고. 나랑 같이 뛸래?"

"이번 주엔 나 학교 못 가." 자비에에게 난 정학 당한 상태란 걸 상기시켰다. 그는 혼란스러운 표정이었다. 부풀어 오른 손을 그에게 보여 주었다.

"어제 타일러가 널 어떻게 뭉개 버리려고 했는지, 그래서 내가 걔를 어떻게 패 줬는지 기억나지?"

"응."

"그거 땜에 정학 당했어."

네 명의 여고생이 우리 쪽으로 다가오면서 말이 없어졌다. 그 아이들은 멍하니 자비에를 쳐다봤다. 무릎까지 오는 반바지를 입고 발목까지 닿는 운동화를 신은, 땀을 흘려 한 겹의 윤기만이 온몸에 흐를 뿐 다른 건 전혀 걸치지 않은 그의 몸을.

그중 한 명에게 나는 윙크했다. 여자애들은 낄낄거리더니 계속 걸어갔다. 자기들끼리 소곤거리고 뒤를 돌아보면서.

"넌 수업에 들어가야지." 나는 자비에에게 말했다. 정학 당하는 게 대단히 즐거운 일인 것처럼 웃어 보인 뒤 나는 다시 알리네 학교 운동장 쪽으로 몸을 돌렸다.

1학년 아이들은 오늘도 일찌감치 줄을 서 있다. 2학년 아이들도 몇십 명 섞여 있어서 줄이 더 길어졌다. 멜리사는 앞쪽에 서서 닫힌 문 쪽을 바라보고 있었다. 지도 교사 하나가 줄 옆으로 걸어가면서 울타리 밖에서 은밀히 지켜보고 있는 나를 쳐다보았다. 나는 손을 흔들며 "안녕하세요!" 하고 말했지만 그녀는 인사하지 않았다.

고학년 아이들은 정글짐에서 놀거나 콘크리트 바닥을 가로질러 달리거나 울타리 쪽으로 공을 던져 나를 놀래키려고 했다. 종이 울리자 뚱한 표정의 지도 교사가 뒤처져 있는 아이들을 불렀다. "다음 주가 빨리 와야 하는데!" 그녀는 콘크리트 저편의 또 다른 지도 교사에게 소리쳤다. 알리는 내 쪽을 보면서도 손을 흔드는 나에게 아무 반응이 없었다. 지도 교사들이 알리한테 줄 서라고 소리를 질렀다.

문 가까이에 줄을 선 가장 어린 학년 아이들은 정말 질서정연했다. 아무도 밀거나 뛰는 일이 없었고 심지어 여자애들끼리 서로 손을 잡고 있지도 않았다. 줄은 점점 길어지면서 구불구불해졌다. 뒤쪽에 있는 4학년 아이들은 난장판이었다. 자리를 바꾸고 시끄럽게 떠들고, 서로를 밀치느라 정신이 없었다. 지도 교사들이 아이들의 팔을 세게 잡았지만 별 효과가 없었다.

결국 얼마 후 아이들이 선 줄은 모두 안으로 스르르 자취를 감췄다. 나만 손가락을 울타리 구멍에 끼운 채로 이제 적막이 감도는 콘크리트 바닥을 쳐다보고 있었다. 자비에는 내 뒤쪽 공간에서 여전히 달리고 있었다.

"여기서 뭐 하는 거야?" 내가 물었다. "너 수업에 늦겠다."

"나랑 같이 뛸래?" 그는 같은 질문을 또 했다. 웃음이 나왔다.

"집에 가야 돼, 자비에. 네 목숨 구하느라 정학 당했다니까."

자비에는 나의 개인적인 신화를 내가 만들어내는 속도보다 더 빠르게 해체할 수 있었다.

"너 싸우는 거 싫어. 네가 착한 게 좋아."

자비에가 말했다.

가끔 자비에는 나한테 알리를 연상시켰다. 친절하고 순수하기 때문이다. 그런데 또 가끔 그가 빠른 속도로 말하고 있지 않을 때는 - 그는 너무 나이 들고 하얗고 진지하게 보였기 때문에 - 아빠 생각이 나기도 했다. 그럴 땐 왠지 슬퍼졌는데 그 이유는 알 수 없었다.

"늦기 전에 학교 가. 오늘은 너랑 달릴 수 없어."

"알았어, 맥스. 안녕."

자비에는 전속력으로 뛰기 시작했다. 엄청나게 빠르고 강한 자비에는 30초 안에 시야에서 사라져 버렸다. 사람들과 관계 맺는 법이나 폭력을 조절할 능력만 조금 된다면 나는 그를 풋볼 선수로 데려오고 싶었다.

중간에서 노닥거렸던 아이들이 나를 지나 제시간에 학교에 도착하려고 서둘러서 갔다. 십 대 후반의 아이들과 어른들은 자전거를 타고 출근하는 중이었다. 나는 한동안 그들을 바라보았다. 그러고 나서 집 밖에는 달리 갈 데가 없다는 걸 인정할 수밖에 없었다.

"쓰레기 밖에 내놓는 걸 잊어버렸구나." 엄마가 두 시에 일어나 말했다.

나는 내 리그에서 눈을 뗐다.

"죄송해요."

"다음 주에 쓰레기가 넘치겠다, 맥스. 벌금이 40불로 올랐는데."

나는 어깨를 으쓱했다.

"공원에 갖다 버리면 돼요."

"그러면 안 돼."

"사람들한테 일자리를 만들어 주는 방법이기도 하죠."

엄마는 희미한 미소를 띠었다.

"오늘은 또 뭐 했니?"

"오우, 완전 조용히 지냈어요. 온라인상에 있었던 애들은 소모품들이랑 타일러 윌킨스뿐이었어요."

"아니, 난 뭔가 제대로 된 일을 했냐고 물어본 거야."

"아." 나는 부엌을 둘러보았다. 내 시리얼 그릇은 부엌 싱크대 위에 들러붙어 있었고 시리얼 조각들이 그 안에 팅팅 불어 끈적끈적하게 남아 있었다. 파스타 그릇이 그 옆에 있었는데 거기엔 말라붙은 토마토 조각이 엉겨 붙어 있었다. 엄마는 전자레인지를 열어보더니 누군가의 새끼 토끼가 그 안에서 폭발하기라도 한 듯 헉하고 숨을 멈췄다. 그저 스파게티 몇 조각이 튄 것뿐이었는데.

"그냥 청소나 해야겠어요." 내가 말했다.

엄마는 물 한 컵을 지저분한 전자레인지에 데우더니 커피 한 스푼을 넣었다. 커피를 저으면서 발로 탁탁 소리를 냈다.

"알리를 데리러 갈 때까지 몇 분 안 남았어. 청소하려면 지금 당장 시작하는 게 좋을 텐데."

탁, 탁, 탁. 엄마가 채찍을 내리치듯 몰아붙였다. 바로 이 우리 엄마가 말이다.

＊

내가 알리를 데리고 집에 오자 엄마는 이미 나가고 없었다. 부엌의 스크린에는 메모가 붙어 있었다. *일찍 나오라는 호출이 왔구나. 착하게 지내렴.*

"공원에 갈까?" 내가 물었다.

알리는 찬장으로 가더니 해바라기 씨를 한 움큼 집었다. 동생의 다람쥐 친구인 피넛을 위한 것이다. 엄마는 어린 시절 시골에 살 때 다람쥐들에게 땅콩을 먹여주곤 했다. 엄마는 동물에 관한 이야기를 많이 알고 있었다. 알리가 그중에서 제일 좋아하는 건 어느 가을 한 마리의 어미 곰과 두 마리 새끼 곰이 외할아버지네 과수원에 와서 땅에 떨어진 사과들을 먹고 간 이야기였다. 그 곰들은 10분 만에 90리터가 넘는 엄청난 양의 사과를 먹어 치운 뒤 나무 아래에서 낮잠을 잤는데, 새끼 곰들은 엄마 곰의 넉넉한 배 위에 퍼져 누웠다. 나중에 낮잠에서 깬 곰들이 사과를 더 먹으려고 하자 외할아버지가 엽총으로 위협해 쫓아낼 수밖에 없었다. 엄마 곰은 새끼들을 살살 몰고 어딘지 알 수 없지만 자기들이 나온 숲속으로 물러갔다.

알리는 이 이야기를 좋아했다. 엄마는 이 이야기의 마지막을 결코 알리에게 얘기하지 않았다. 사과를 훔치려고 간 다음 장소에서 엄마 곰은 총에 맞고 새끼 곰들은 결국 다 붙잡혀 우리 안에서 평생을 갇혀 지내게 되었다는 사실을 말이다. 엄마는 이 행복한 곰 가족이 국유림으로 가서 안전하고 평화롭게, 가끔 자기들끼리 사과를 훔쳐 먹고 총알을 피했던 오후 이야기를 하면서 지낸 것처럼 꾸며냈다.

나도 그게 진짜라고 믿고 싶었다. 알리한테 정말이라고 얘기했다. 하지만 사실이 아니었다. 그 곰들은 다 죽고 말았다.

알리는 곰을 보고 싶어 했지만 자기 손이 닿는 범위 안에 있는 야생으로 만족했다. 공원으로 가는 길에 웅덩이에 빠질 위기에 처한 벌레를 구해 잔디에 놓아주면서 "자, 이제 됐다."고 말하는 아이였다. 마치 나이 든 할머니를 도와준 것처럼.

공원은 우리 아파트 단지에서 한 블록만 내려가면 있다. 참나무와 단풍나무들이 양옆에 심어져 있고, 두 개의 그네와 턱걸이 연습이 가능한 정글짐이 있는 곳이다. 이 날은 여덟 살짜리 아이 두 명, 재커리와 멜보른이 정글짐을 무대로 전투를 벌이고 있었다. 모래를 던지고 정글짐에 머리를 부딪치고 구경하는 아기들을 밀치고 발로 차고 소리를 지르면서 노는 중이었다. 그런데 재커리가 미는 바람에 멜보른이 정글짐에서 거꾸로 떨어졌다. 멜보른의 엄마는 주먹을 높이 쳐들고 벤치에서 벌떡 일어났다. 꼭 재커리를 한 대 때릴 듯한 기세였다. 그걸 본 재커리의 엄마가 멜보른 엄마를 칠 것처럼 따라 일어섰다. 그때 멜보른이 재커리의 발목을 붙잡더니 확 잡아당겨 정글짐에서 떨어뜨렸다. 엄마들은 이제 아무 문제가 없다는 듯이 다시 자리에 앉았다.

"아, 저기 멜리사 왔네." 알리한테 내가 말했다.

멜리사는 보도 위에 서 있었다. 그녀의 길고 가느다란 다리와 팔이 꽃무늬 반바지와 프릴 달린 블라우스 밖으로 쑥 나와 있었다. 멜리사는 아빠 손을 잡고 자기 발 쪽을 쳐다봤다. 멜리사 아빠는 놀이 기구들 가장자리로 멜리사를 데리고 가더니 모래밭 안으로 천천히 데리고 들어갔다. 미끄럼틀로 걸어간 멜리사는 위로 올라가 아주 조용히, 찍소리도 없이 빙글빙글 미끄럼을 타고 내려왔다. 그다음엔 아빠가 그네 쪽으로 데리고 갔다.

"다리를 쫙 폈다가 구부려! 속도가 붙게 계속!"

멜리사는 멜보른과 재커리가 와서 "내려! 이제 우리가 탈거야!" 하고 소리를 지를 때까지 그네를 탔다.

"그래." 멜리사 아빠는 말했다. "이제 그만 가자."

나는 그들을 가리키며 알리에게 말했다. "가서 인사해."

알리는 고개를 저었다.

"안녕, 멜리사!" 내가 불렀다. "알리랑 조금 놀래?"

멜리사가 알리를 보는 표정이 꼭 처음 만난 사이 같았다. 멜리사네 아빠가 시계를 보았다.

"글쎄, 놀 시간이 되나 모르겠네."

"괜찮아요!" 알리가 대답했다. "우리도 별로 놀 시간이 없을 것 같아요."

알리는 멜리사가 가자 자기도 등을 휙 돌렸다.

"왜 그렇게 얘기했어?" 내가 물었다. "그건 별로 너답지 않은데, 알리. 멜리사 기분이 상했을 수도 있잖아."

알리는 머리를 흔들었다.

"갠 이제 기분 같은 거 없어."

나는 이 말을 농담으로 생각하고 웃었다. 그런데 나를 올려다보는 알리의 표정이 꼭 울음을 터뜨릴 것 같았다.

"왜 그래, 알리. 뭐가 문제야? 학교에서 친구들 사귀는 게 힘드니?"

"학교 친구들이 어딘가 이상해. 다들 멍하고 느려. 나도 그냥 아무 생각 없이 지내."

알리는 아무도 자기 말을 듣는 사람이 없다는 걸 확인하려고 주변을 돌아봤다.

"처음엔 우리 반만 그랬어. 그런데 지금은 1학년이랑 2학년이 다 그런 것 같아."

나는 그녀의 작은 머리에 키스해 주면서 땋은 머리를 빙글빙글 돌렸다.

"그래서 넌 친구가 하나도 없는 거야?"

알리는 한숨을 쉬더니 다른 데를 쳐다봤다.

"피넛을 찾아봐야겠어."

동생은 키가 제일 큰 참나무 앞에 앉더니 목 안쪽서부터 혀 차는 소리를 냈다. "츠, 츠, 츠." 까만 다람쥐 한 마리가 바깥쪽을 힐끗 내다보더니 꼬리를 씰룩거리며 나무에서 내려왔다.

"피넛." 알리가 속삭였다. 알리는 해바라기 씨 몇 개를 바닥에 뿌려 주었다.

다람쥐는 잠깐 멈췄다 다시 꼬리를 씰룩이며 내려오다 물러서기를 반복하더니 마침내 땅으로 폴짝 뛰어내려 알리와 몇 인치밖에 안 떨어진 가까운 곳으로 다가왔다. 해바라기 씨를 오렌지색 이빨로 깨물어 빠른 속도로 씹어 먹으면서 불안한 까만 눈알로는 나를 쳐다보았다.

알리는 나머지 해바라기 씨들을 자기 손바닥 안에 놓았다. 다람쥐 입이 자기 손을 건드릴 때마다 알리는 깔깔 웃어댔다. 다람쥐 머리를 쓰다듬으면서 정말 예쁘다고 얘기했다. 피넛은 해바라기 씨를 다 먹어 치운 뒤에도 알리한테 붙어 있었다. 알리의 질문들에 찍찍대는 소리로 답해 주면서. 그러다 그네 쪽에서 누군가 소리를 지르자 놀라서 다시 나무 위로 올라갔다.

"이제 가자."

내 말에 알리는 일어서더니 다람쥐에게 잘 있으라고 손을 흔들었다. 사랑스러워하는 맘이 가득 담긴 눈빛이었다. 알리도 크면 사람들과 사귀어야 한다는 사실이 나를 슬프게 했다. 동생을 향해 성큼성큼 미래가 다가오는 소리가 들리는 것만 같았다. 쿵, 쿵, 쿵.

3

나는 정학 당한 일주일의 마지막 오전을 쿠션을 덧댄 나무에
펀치 연습을 하고 스케치를 한 뒤 〈프릭쇼〉에 나온 선수들의 이
력을 읽으면서 보냈다. 나는 지퍼헤드에게 돈을 걸었다. 태어날
때 몸이 붙어있던 쌍둥이에서 분리 수술을 받아 온통 상처투성
이인, 바위 같은 머리를 가진 스물두 살의 선수였다.

이번 시즌의 선수 중 두 명은 뉴멕시코 출신이었다. 이건 상당
히 드문 일이다. 보통은 다들 프릭타운 출신이다. 이 도시의 진짜
이름이 뭔지는 기억이 안 난다. 언제나 그냥 프릭타운이라고 불
러왔기 때문이다. 25년 전, 두 대의 유조선이 검증되지 않은 농
약을 세인트로렌스 강독에 유출하면서 이 이름이 붙었다. 당시
엔 누구도 이 일을 크게 신경 쓰지 않았다. 기형아들이 태어나기
전까진 말이다. 몸이 붙은 쌍둥이, 척추 이상, 팔이나 다리 수의

이상, 비정상적으로 큰 뇌, 외부로 노출된 장기, 생식기 부재, 장기 과다, 장기 부족 등의 기형아들이 태어났다. 이런 결함을 지닌 아기들이 전국의 농촌 지역에서 태어나자 그제야 정부는 해당 독성 물질을 시장에서 회수하고 해안선을 청소하기 시작했다.

하지만 이미 너무 늦은 조치였다. 지금까지도 프릭타운에서 태어나는 아이 셋 중에 하나는 기형아다. 아무도 더 이상 그곳에 가지 않는다. 기이하게도, 그곳을 떠나는 사람도 없다.

기형아로 태어나는 아기들은 불쌍하다. 하지만 그들이 자라 성인이 되면 엄청나게 매력적으로 된다. 4년 전, 한 영리한 방송에서 프릭타운의 스물 몇 가지 사실에 대한 다큐멘터리를 일주일에 한 번씩 방송하기 시작했다. 처음엔 교육적인 프로그램으로 출발했다. 하지만 얼마 지나지 않아 1등을 예상해 표를 던지고 상을 주는, 내기 돈을 거는 시합으로 변했다. 지금은 자선 프로그램이라고 불린다. 자비에는 이 프로를 범죄조직이 컨트롤하고 있다고 말했다.

나는 2년 전 뉴 미들타운에서 이 〈프릭쇼〉에 돈을 건 이들 중 4등에 올랐다. 하지만 나이 제한에 걸렸고 엄마가 나 대신 나서지 않아서 상을 받지 못했다. 엄마는 이 프로가 비난받아야 한다고 생각했다. 하지만 그게 어디서 나온 돈이건 엄마가 거절하지 않게 될 때가 오고 있음을 나는 알고 있었다. 그래서 이번엔 지퍼헤드에게 돈을 걸었다.

점심을 먹고 숙제를 한 다음 깔끔하게 정리를 하고 수업이 끝나는 3시에 맞춰 알리네 학교로 달리기를 하며 갔다. 집으로 돌아오는 길에 알리는 계속 뭔가 얘기했지만, 리그로 차이니즈 시빌 워 게임에 접속해 공산주의와 싸우고 있던 나는 유심히 듣지 않았다. 나는 소모품들처럼 그렇게 자주 게임을 하는 편은 아니었지만 뉴 미들타운은 우리 네트워크에 언더독Underdog이라는 새로운 게임을 추가했다. 어떤 ISP로 접속하느냐가 어느 편인지 결정하기 때문에 지금 접속해 있는 모든 미국인은 1946년 중국 지도상에서 국민당원으로 싸우고 있었다. 반면 브라질인은 다 공산당이었다. 단순한 게임이 애국심과 연결되어 버렸다.

군인 하나가 내 스크린 안에 갑자기 나타나더니 너무나 오랫동안 꼼짝하지 않고 있어서 나는 공산당 스파이로 의심했다. 그런데 내가 칼로 찌르려는 순간, 그놈이 말했다. "네 젊음 낭비하는 짓 좀 그만해라, 맥스. 이거 끄고 미술전에나 응모해 봐. 풋볼 끝나고 들린다." 어떻게 된 건지 달라스는 내가 온라인에서 시간을 죽이고 있을 때면 늘 나를 찾아냈다. 나는 그가 화면을 빠져나가기 전에 찔렀다.

집에 와 미술전 신청서를 훑어본 뒤 포트폴리오와 함께 내가 왜 아티스트로 뽑혀야 하는지에 관해서 쓴 에세이를 제출했다. 나는 아주 허풍스럽게 거짓말을 늘어놓으면서 그래피티 때문에 세 번 유죄 판결을 받았던 것에 대해 사과하고 미술과 건축 과목에서의 내 점수를 부풀린 뒤 마지막으로 정말 건실한 시민이 되겠다고 약속했다.

알리가 내 이어폰을 세게 잡아당겼다. "현관에 누가 와 있어."

양쪽 끝으로 올라간 콧수염을 기른 빨간 머리의 남자 하나가 사과들이 담긴 커다란 그릇을 들고 복도에 서 있었다. 그의 미소는 한쪽으로 처졌고 치아는 까맸다. 그래도 목소리는 속일 수 없었다.

"이 사과들이 유기농이라는데 남아 있는 농약 성분을 발견했어. 그래서 실험실에 샘플을 보내려고. 유기농 인증 사항을 말도 안 되게 과장하고 있거든."

나는 웃었다. "들어와, 자비에. 그거나 깎아 먹자."

엄마가 6시에 연속으로 두 번의 근무를 마치고 집에 돌아왔을 때, 자비에와 달라스는 소파에 편하게 늘어져 있었다. 세상을 뒤바꿨던 기계를 다룬 아주 옛날 영화를 보는 중이었다. 이번엔 달라스가 빨간 가발을 쓰고 콧수염을 달았다. 자비에는 액션 장면 사이사이로 떠들어댔다.

"왜 친구들이랑 같이 있지 않고?" 엄마가 물었다.

나는 알리의 숙제를 띄워 놓은 부엌의 스크린을 가리켰다.

"공부하고 있어요."

엄마는 알리의 윤리 과목 숙제를 살펴봤다. 못된 토끼 한 마리가 식료품점 벽에다가 낙서를 하고, 근처 모든 식물에 독을 풀었다. 운전자들을 산만하게 해 자전거와 충돌시키고, 상점을 턴다. 온갖 끔찍한 지옥 같은 상황이 펼쳐진다. 그러다 두 마리의 수다쟁이 토끼가 그 못된 토끼를 배신하고, 붙잡힌 토끼는 심문 당하게 되자 잘못을 뉘우쳤다. 이 이야기 뒷부분에는 다음과 같은 질문들이 나왔다. 무엇이 좋은 사회의 구성원을 만들까요? 만일 어떤 사람이 건물에 해를 입히는 것을 보면 어떻게 해야 할까요?

"휴, 1학년한테는 너무 어려운 내용인데."

엄마는 걱정된다는 듯 얼굴을 찌푸리더니 알리 옆에 앉아서 나한테 저녁 식사를 데워 달라고 부탁했다.

나는 모든 문장과 씨름하는 알리의 목소리를 피하려고 이어폰을 귀에 꽂았다. 엄마가 알리한테 왜 스피치에디터 프로그램을 못 쓰게 하는지 모르겠다. 이 나라 인구의 절반이 읽거나 쓰지 못한다. 그래도 이상한 대피 공지 말고 그들이 특별히 놓치는 건 아무것도 없었다. 내가 수프를 다 담았을 때 엄마와 알리는 열 문제 중 겨우 네 번째를 풀고 있었다.

"달라스! 자비에! 너희도 먹을래?"

자비에는 자기 리그로 영화를 스트리밍하더니 저녁 식탁으로 들고 왔다. 엄마는 보통 식탁에 리그를 들고 오는 걸 질색했지만 어떤 경우에도 자비에의 마음을 상하게 하고 싶진 않아 했다.

"일레인이 오늘 너에 관해서 물어보더라." 엄마가 내게 말했다.

일레인은 노인요양소에 있는 환자였다. 7학년 때, 거의 가학적인 수준의 학교 숙제 때문에 일레인을 내 동네 할머니로 삼았다.

"내일 한 번 오면 어떨까?" 엄마가 물었다.

나는 움찔했다. 그곳에 다시 가느니 차라리 누가 토해 놓은 걸 먹겠다. 일레인은 다정하고 재밌는 사람이었지만 그게 오히려 상황을 더 끔찍하게 만들었다. 자기도 모르는 사이 오줌을 지리고 서서히 썩어 가고 있는 수천 명의 사람들 틈에 그녀가 처박혀 있는 모습을 보는 건 너무나도 우울한 일이었다.

"내일은 머리 자르러 갈 건데요."

"안 돼! 난 오빠 머리가 긴 게 좋아." 알리가 말했다.

"나도." 자기 머리카락이 토마토수프에 닿을 지경인 자비에가 덧붙였다.

달라스가 웃음을 터뜨렸다. 붙이고 있던 콧수염이 수프 그릇 안으로 떨어졌다. 그는 손가락 사이로 그걸 집어 들더니 마치 잘린 꼬리처럼 물이 뚝뚝 흐르는 걸 높이 들었다.

"맥스 머리는 세심한 관리가 필요해." 그가 말했다. "우리가 잘라 줘야 되겠어."

"우리 누나가 머리도 해." 자비에가 말했다.

"아, 나하고도 했으면 좋겠다." 달라스는 말했다. 나는 웃었다. 엄마는 눈을 치떴다. 알리와 자비에는 무슨 말인지 알아듣지 못했다. 그래서 오히려 다행이었다.

＊

나는 우리 구역에서 가장 싼 미용실, 킴스트림스에 다녔다. 내 방만 한 크기의 이 미용실은 넓어 보이기 위해 한쪽 벽을 거울로 된 타일로 마감했다. 헤어스프레이와 킴의 머스크 향수 냄새가 배어 있는 곳이었다. 킴은 중년의 미용사로 도시 외곽의 고속도로 옆에 있는 주차장에서 살았다. 그녀를 비롯해 다른 세 명의 스타일리스트가 미용실에서 교대로 근무했다. 그녀는 아마 내 머리를 감겨 주는 세면대에서 목욕도 할 것이다.

엄마는 그 주차장이 원래는 아침에 일터로 가기 위해 버스를 타는 사람들이 차를 주차해 두던 곳이었다고 말했다. 하루가 저물 무렵이면 다시 버스를 타고 와 자기 차로 갈아타고 집으로 향했다. 그 차들엔 아직 기름이 남아 있을지도 모른다. 바퀴도 아직 멀쩡하게 달려 있을 것이다. 심지어 음악을 듣기 위한 장치들도 제자리에 있을지 모른다. 주인들이 차를 버렸을 때의 상태 그대로. 그것이 모두가 일자리를 갖고 있던 상황이 가져다주던 안전함이었다.

물론 이제, 주차장은 더 이상 운행하지 않는 차를 집으로 삼은 이들이 사는 장소였다. 이걸 현대적인 효율성의 상징이라고 말할 수 있을지도 모르겠다. 더 이상 아무도 몰고 다닐 여유가 없는 여러 대의 차가 있고 집을 살 여유가 없는 한 무리의 사람들이 있을 때 주차장이야말로 안성맞춤이었다. 특히나 킴처럼 혼자 사는 경우라면 더할 나위 없는 선택이었다. 혼자라 차 안엔 자리도 충분했다.

킴은 너무 수다스러워서 원래도 한 6센티밖에 안 되는 내 머리를 다듬는 데 한 시간하고도 반이 걸렸다. 한 시간 반의 대부분을 그녀는 가위를 들고 거울을 쳐다보면서 그게 뭐였든 그녀의 마지막 질문에 내가 대답하기를 기다리는 데 썼다.

"네?" 나는 다시 물었다.

"내가 네 나이였을 때는 학생회가 이사회와 매주 만나서 꾸준히 대화를 진행시키곤 했다고." 이 답변이 내가 왜 멍하니 졸게 되었는지를 설명해 준다.

"그런데 내 조카 말로는 걔네 학교 학생회는 졸업 앨범 색깔이나 고를 뿐이라고 하더구나. 그런 일로는 학교의 중요한 정책에 전혀 영향을 못 미치지."

나는 어깨를 으쓱했다. "저는 학생회 멤버가 아니에요."

"학생회에 들어가야지."

나는 웃음이 나왔다. "저를 받아주지 않을 거예요. 학교 시작하고 첫 두 주를 빠졌는걸요."

"다른 사람들이 결정하도록 내버려두면 그들이 결정하는 사안에 대해 불평할 수가 없는 거야." 그녀가 말했다. "내 아들한테도 난 그렇게 얘기해 줘. 언제나 엔진에만 머리를 처박고 있거든. 세상이 어떻게 돌아가는지 전혀 관심이 없어. 그러다가 고개를 들고는 어떻게 이렇게 상황이 나빠졌냐고 황당해하곤 하지."

자비에에게 헤어 디자인 세계의 문이 그를 향해 아주 넓게 열려 있다고 얘기해 주어야겠다. 사람들을 의자에 앉혀 놓고 몇 시간동안 꼼짝없이 자신이 하는 말을 듣게 만드는 합법적인 방법이 여기 있었다.

"올 가을에 시작한다는 그 새로운 교육 프로그램처럼 말이야." 킴이 말했다. "어느 학생회 한 군데에서도 거기에 의견을 내지 않았다고 하더라."

난 달라스한테 내 머리를 맡길 걸 잘못했다고 생각했다.

∗

"내 머리는 우리 엄마가 잘라 줘." 달라스는 자기 리그에 대고 속삭였다. "그게 부자들이 부자로 사는 이유야." 그는 아마 다른 누구한테도 이런 걸 털어놓지 않을 것이다. 그건 마치 자기 부모가 집에서 먹을 고기를 위해 직접 동물을 키운다든지 털장갑을 직접 짠다고 얘기하는 것과 같았다. 정신 상담을 받아 보라는 말을 들을지도 모르는 일이었다.

그는 비단처럼 윤기 나는 자기 앞머리를 쓸어내렸다.

"〈프릭쇼〉에서 너 누구한테 투표했어?"

"지퍼헤드. 넌?"

"쥬스랑 타이거."

나는 아무 말도 안했다. 타이거는 뾰족하게 생긴 귀랑 아마도 플라스틱으로 된 것 같은 금색 눈을 보완하기 위해 줄무늬 타투를 한 십 대 선수였다. 쥬스는 거의 스물다섯의 나이로 너무 기형이 심해서 몸에 뚫린 구멍마다 모조리 뭔가가 흘러나오고 있었다. 그가 이길 가능성은 전혀 없었다. 그는 가짜라는 게 드러나거나 아니면 출혈 과다로 죽을 것이다.

"네가 보기엔 누가 이길 것 같아?" 달라스는 물었다. "타이거 아니면 두 명의 쿠거(cougar, 퓨마와 비슷한 고양잇과의 야생동물)?"

"이제 타이거는 한 마리도 안 남아 있어."

"동물원에 가면 몇 마리 있을 것 같은데."

"그렇다면 당연히 타이거가 이기겠지."

"나도 같은 생각이야."

갑자기 리그 화면 속으로 오스틴이 자기 얼굴을 디밀었다. 입술이 깨졌고 귀는 보라색으로 부풀어 오른 데다 턱에는 찐득찐득한 흰 거품이 묻어 있었다.

"아이스크림! 아이스크림!" 그는 바보처럼 소리를 쳤다. "내 싸움이 끝난 뒤에 아빠가 아이스크림 사 주셨어. 너네 건 없다, 하!"

달라스는 형을 무시하고 나에게 물었다.

"앞으로 사는 동안 딱 한 가지 종류의 디저트만 먹을 수 있다면 넌 뭘 고르겠어? 초콜릿케이크? 아님 아이스크림?"

"자비에가 나한테 초콜릿케이크엔 초콜릿이 안 들었다고 얘기해 줬어."

"그래서? 아이스크림엔 크림이 없어. 그래도 여전히 둘 다 맛있잖아."

"아마 초콜릿케이크."

"나도." 달라스가 말했다.

오스틴이 달라스의 볼을 후려쳤다. "아이스크림이 더 나아, 이자식아."

달라스는 오스틴의 손을 때렸다. 그러다가 실수로 아이스크림

콘을 쳐서 바닥에 떨어뜨리고 말았다. 아주 짧은 침묵이 흘렀고 곧장 오스틴이 달라스의 머리 위로 점프해 그를 덮쳤다. 화면은 꺼졌다. 어느 집이건 아이가 둘이면 그중 하나만 정상인 것 같다.

*

내 첫 수업은 개학하고 2주가 지난 뒤에야 시작되었다. 그렇게 많이 학교를 빠지다니 다들 나한테 화가 나 있었다. 다행히도 내가 제일 좋아하는 미스터 리즈 선생님이 일주일에 한 번씩 찾아오는 건강염려증 증세가 있는 날이어서 오전 중반쯤에는 잔소리에서 벗어날 수 있었다. 역사 시간에 보니 리즈 선생님을 대신할 임시 교사가 우리가 자리에 앉는 동안 두 손을 꼭 움켜쥔 채 앞에 서 있었다. 그녀는 젊고, 볼품없는 외모에 겁에 질려 있었다. 나는 유혹을 이길 수가 없었다.

출석을 부르기 시작했고 나는 페퍼가 미처 손을 올리기 전에 페퍼 카신디로 대답했다. 임시 교사는 페퍼는 여자 이름이라고 생각했다는 듯 눈을 가늘게 뜨고 내 쪽을 쳐다보았다. 하지만 요샌 절대 알 수 없는 법이었다. "맥스웰 코너스?" 선생이 다음 이름을 불렀다.

나는 기다렸다. 이런 종류의 장난에는 항상 이런 위험 요소가 있었다. 나는 어쩌면 우리 반의 흥미진진한 게임을 이끌어 나갈 수도 있고 아님, 그냥 무시 당하고 말 가능성도 있었다. 다행히 내가 지난주에 타일러를 어떻게 박살 냈는지에 대한 소문이 아이들 사이에 이미 퍼져 있었다. 브레넌 에머리가 손을 들고 말했다. "여기요." 내 시도는 승인 도장을 받았고 유통이 허락되었다.

브레넌의 이름이 불리자 세 명이 손을 들었다. 모두 그처럼 되고 싶은 아이들이었다. 치어리딩 팀에 있는 몽고메리가 자리에서 일어났다. 그는 목소리를 낮추고 어깨를 떡 벌어지게 폈다. "제가 브레넌인데요." 당당해 보이려 애쓰면서 그가 말했다.

몽고메리를 부르자 달라스가 답했다. 그는 손가락으로 딱 소리를 내면서 노래했다. "두려움 없네! 나 여기 있으니!" 달라스는 타고난 배우였다. 9학년 때 크리스마스 공연에서 그는 드래그 퀸인 엘프로 분했는데 그 후 몇 주 동안 풋볼팀 전체가 그를 피해 다닐 정도였다. 그는 이번 장난을 그 역할을 부활시킬 기회로 삼았다. 사실 우아하게 고상을 떨 기회라는 게 온 가족이 텍사스 각 지역에서 따온 이름을 가진 집에 사는 열다섯 살 거구에게는 절대 흔치 않다.

페퍼는 최고의 치어리더인 케일라 파머로 대답했다. 페퍼는 손가락을 흔들고 가슴을 흔들어대면서 응원하듯 구호를 외쳤다. "그건 나! 케일라에요! K-A-Y-L-A. 케일라!"

갑자기 모두가 새로운 이름과 성격을 갖게 되었다. A와 B로 시작하는 이름을 가진 몇몇 정직한 아이들과 아무도 그를 대신해서 대답하고 싶지 않았던 타일러 윌킨스만 빼고 말이다.

나는 페퍼 흉내를 꽤 그럴듯하게 냈지만 조명은 온통 달라스한테로 가 있었다. 달라스가 게이 중에서도 유독 눈에 띄는 편인 몽고메리를 흉내 내는 모습에서 누구도 눈을 떼지 못했다. 달라스는 조금도 빼지 않고 끼를 드러냈다. 그는 박하사탕 상자를 열더니 복도를 따라 왈츠를 추며 올라갔다. 말 그대로 왈츠였다. 돌면서 하나, 둘, 셋 박자에 맞춰 스텝을 밟았다. 여자아이들과 평범한 남자아이들 옆을 지나 나를 연기하고 있는 브레넌을 향해서 "안녕, 맥스." 달라스가 말했다. 그는 브레넌의 책상에 비스듬히 몸을 기대더니 탄탄한 근육질의 배 위로 셔츠가 올라오게끔 몸을 쭉 늘였다. 그러고는 속눈썹을 깜박거리면서 속삭였다.

"박하사탕 하나 줄까?"

브레넌은 웃지 않으려고 기를 썼다.

워싱턴 앤더슨이 그들 앞쪽 책상에서 욕을 했다. 제일 꼴 보기 싫은 타일러 똘마니인 그는 과격한 동성애 혐오자에 인종 차별주의자로 문제가 심각한 자기 캐릭터를 오늘 오전에도 담당하고 있었다.

"피에서 악취 나는 놈, 리치몬드." 워싱턴이 투덜거렸다. "네 책상으로 돌아가."

달라스는 이 사이에 박하사탕 하나를 물더니 입술을 안으로 당겼다. 그리곤 그걸 받아먹으라는 듯이 워싱턴 쪽으로 몸을 기울였다.

워싱턴은 벌떡 일어서서 주먹을 치켜들었다.

임시 교사는 비명을 질렀다.

달라스는 브레넌의 책상에서 몸을 일으켜 188센티미터의 큰 키로 우뚝 섰다. 한순간에 행복한 게이는 사라지고 심각한 전사가 나타났다. 그는 이로 물고 있던 사탕을 부스러뜨렸다.

타일러는 워싱턴 옆쪽으로 가기 위해 책상을 뛰어넘었다. 나는 홀쩍 뛰어 달라스 옆으로 갔다. 타일러 놈의 엉덩이를 다시 한번 차 줄 기회가 온 것에 기뻐하면서. 브레넌이 내 옆으로 섰고 풋볼팀에서 가장 크고 가장 까만 베이가 그 옆에 섰다.

"경솔한 짓은 안 하는 게 좋을 텐데." 브레넌이 워싱턴에게 말했다. 교실은 조용했고 긴장이 감돌았다.

임시 교사는 시선을 우리에게서 떼고 감시 카메라 쪽과 문을 쳐다봤다. 말 한마디 내뱉지 못할 정도로 그녀는 새파랗게 질려 있었다.

달라스가 워싱턴에게 미소를 지었다.

"내 박하사탕에 무슨 문제라도 있냐? 네가 제일 좋아하는 맛이 아니라서?"

워싱턴은 코웃음을 치면서 욕을 하더니 주먹을 움켜쥐었다. 거센 분노가 그의 두 눈에 이글거렸다. 하지만 그의 성적은 아슬아슬했고 여기서 정학 처분 받으면 소모품들이 다니는 학교로 보내질지도 모르는 상황이었다. 결국 그는 "밖에서 보자."는 한마디를 중얼거리면서 뒤로 물러났다. 임시 교사는 21세기 기후 변동에 관한 수업을 다시 진행했다. 그녀는 모기 같은 목소리로 너무 더듬거려서 수업 내용은 거의 알아들을 수가 없었다.

"컴퓨터 없이 지내는 시간을 지금 내가 이런 거에 낭비하고 있는 거야?" 케일라가 물었다.

"온라인상의 가상 선생보다도 더 심해." 몽고메리가 동조했다.

긴장감은 서서히 사그라졌고 우리는 오늘 오전에 맡은 역할들을 다시 주워 들었다. 브레넌은 스케치하고 나는 춤을 췄고 몽고메리는 작전회의를 소집했고 달라스와 페퍼는 응원했다.

복도에서는 모두가 수업 시간을 즐겁게 만들어 준 것에 대한 고마움의 표시로 내 등을 두드렸다. 기분이 최고였다. 내 존재감을 부각하기 위해선 이런 식의 성공이 나에게 꼭 필요했다. 특히나 내 작은 키를 생각하면 더더욱.

"연습 때 보자." 브레넌이 케일라와 함께 복도를 걸어 내려가면서 외쳤다. 쿼터백과 치어리더의 조합, 시간이 가도 절대 낡지 않는 러브스토리다. 단지 비싸질 뿐.

페퍼의 단짝인 세이지 터너가 그들을 음흉한 눈길로 쳐다봤다. "넌 브레넌이 학교에서 제일 잘 생겼다고 생각해?" 그녀가 물었다.

페퍼는 조금 오래다 싶을 정도로 달라스를 쳐다보더니 대답했다. "잘 모르겠어."

달라스는 이 질문으로 나를 곤란하게 만들지는 않았다. 대신 그는 말했다. "말도 안 돼. 우리 학교에서 제일 잘생긴 애가 누군지 알아?"

페퍼가 나를 보고 웃었고 우리는 한꺼번에 다 같이 외쳤다. "자비에!"

달라스, 페퍼 그리고 나는 길 위쪽 스케이트보드장에 가서 점심을 먹었다. 우리 또래의 몇 명 빼고는 거의 비어 있었다. 그쪽은 아마 수업을 빼먹고 온 소모품들 같았다. 네 명의 남학생이 스케이트보드를 타는 동안 두 명의 여자애는 난간 쪽에 기대 탄산음료를 마시고 있었다.

페퍼는 자기 아빠한테 전화를 걸면서 한쪽 눈으로는 남자애들 쪽을 바라봤다. "우리가 얘기했던 그 사람들이 있을 곳을 엄마가 찾았나요?" 그녀의 부모님은 집이 바닷속으로 가라앉아 버린 뉴욕 사람들이 다시 자리 잡는 것을 도와주는 일을 했다. 페퍼의 가족은 보기 드물게 사이가 아주 가까웠다. 엄마는 나한테 자신이 돌보는 환자들에 대해서는 절대 얘기하는 법이 없었다. 달라스네 아빠는 소리 지르지 않고는 누구하고 얘기할 수 없는 사람이었다.

달라스는 다시 그의 본래 주제로 돌아갔다. "네가 보기엔 싸움하면 누가 이길 것 같아? 까만 셔츠를 입은 쪽 아니면 저 동양인 아이?"

소모품 가운데 동양인 아이는 보드를 타고 우묵한 데서부터 위쪽으로 올라가더니 휙 공중제비를 돌았다. 몸을 구부리고 부드럽게 착지한 그는 다시 아래쪽으로 내려왔다. 까만 옷을 입은 백인 아이도 그렇게 따라 해 보려고 했지만 공중제비하려는 순간 겁을 먹고 포기했다.

"싸움을 스케이트보드 타고 하는 거야, 아님, 그냥 신발 신고 하는 거야?" 나는 물었다.

"스케이트보드."

"아마 저 동양인 아이. 저 세 명이 패거리로 쟤한테 달려들지 않는 한."

달라스가 내 팔을 철석 때리면서 스케이트보드장 저쪽을 가리켰다.

"저기 봐!"

타일러 윌킨스는 여자애들이 있는 근처에서 난간에 기대 소모품들이 스케이트보드 타는 모습을 지켜보고 있었다. 워싱턴 앤더슨이 그 옆에 나란히 섰는데 아직도 눈에선 이글거리는 분노가 느껴졌다.

동양인 아이와 백인 아이가 양쪽 높은 곳에서부터 서로를 향해 내려오고 있었다. 중간 지점에서 만난 그 둘은 와락 붙어서는 팔짱을 끼고 미친 듯 뱅뱅 돌다가는 다시 서로를 놔주고 웃으면서 반대 방향으로 멀어져 갔다. 동양인 남자아이는 콘크리트 위로 순식간에 날아올라 공중에서 스케이트보드를 뒤집어 바퀴가 위로 향하게 한 채 다시 내려왔다. 착지한 그가 허리를 굽혀 인사하자 여자애들이 손뼉을 쳤다.

워싱턴이 타일러를 쿡 찔렀다. 드디어 자기 분을 풀 데를 찾은 모양이었다. 요즘은 중국에 대한 반발감이 지독하게 퍼져 있었다. 가뭄과 기아, 식품 가격 상승 등이 그 이유라고 뉴스에서는 이야기했지만 사실 다 헛소리였다. 타일러나 워싱턴 같은 애들은 언제나 적대심으로 가득했고 흑인이나 남미 출신들은 이미 너무 많이 그 표적이 되어왔기 때문에 이젠 아시아인들로 그 대상이 바뀌었을 뿐이다.

타일러가 스케이트보드를 타는 동양인 아이한테 뭐라고 소리쳤다. 정확히 말로 표현하긴 힘들지만 그 뜻은 분명했다. 그 애 얼굴에서 웃음기가 사라졌다. 그는 지금 자기 상황을 파악하려는 듯 스케이트보드장을 둘러봤다.

"이런 제길." 달라스가 중얼댔다.

"난 지금 가야 해." 페퍼가 자기 리그에 대고 말했다. 우리 셋은 동시에 일어났다.

"어쩌지?" 달라스가 물었다.

난 어깨를 으쓱할 뿐이었다.

"쟤도 친구들이 세 명이나 있잖아."

"글쎄, 별로 그래 보이지 않는데." 페퍼가 말했다.

동양인 아이는 나머지 아이들이 타일러와 워싱턴을 쳐다보고 있는 움푹한 중앙으로 다시 내려왔다. 그런데 세 명의 백인 아이가 바깥쪽으로 물러섰다. 동양인 아이 하나만을 남겨 두고서.

"어떻게 하지?" 달라스가 다시 물었다.

"싸울 때가 있고 그냥 물러날 때가 있는 거야." 페퍼가 말했다.

"알아, 그런데 지금은 어떤 때냐고? 넌 어떻게 했으면 좋겠어,

맥스?"

작년이라면 우리는 아마도 조용히 빠지고 말았을 것이다. 상황과 사진들을 리그에 포스팅하는 것으로 마무리하고. 하지만 일단 누군가에게 맞서기로 했다면 끝까지 맞서야 하는 법이다.

나는 눈을 치켜뜨고 한숨을 쉬었다. 지금 하려는 것을 나도 하기가 싫었다.

피자 끝부분을 음식쓰레기 더미에 던져 넣고는 스케이트보드를 타는 콘크리트 구조물의 가장자리로 걸어갔다. 달라스가 내 옆으로 왔다. 친구로서 아주 바람직한 행동이긴 했지만 상대적으로 내 작은 키를 더 돋보이게 할 뿐이었다.

"너희 게이들은 원하는 게 뭔데?" 워싱턴이 외쳤다.

모두 우리 쪽을 쳐다보고 있었다. 여자애들은 난간에서부터 떨어져서 자기들끼리 속삭였다. 스케이트보드를 타던 아이들은 손으로 햇빛을 가린 채 우리를 올려다봤다. 나는 무슨 망토라도 펄럭이고 있어야 할 것만 같았다.

동양인 남자아인 모두가 정신이 딴 데 팔려 있는 사이 자기 가방을 집어 들었다. 그는 속도를 내서 구조물 가장자리를 지나 우리 옆을 지나 보도로 내려가 공원 밖으로 사라졌다.

달라스가 웃었다. "지금이 바로 도망가야 할 때 같군." 그는 워싱턴에게 돌아서더니 소리쳤다. "우리도 쟤처럼 스케이트보드 타는 법 좀 배우고 싶다!"

워싱턴은 공원 주위를 둘러보더니 고개를 흔들고 욕을 하면서 시계를 봤다.

타일러는 난간 위아래로 손을 왔다 갔다 하면서 여자애들한테 상스러운 소리를 지껄이고 있었다. 그러더니 워싱턴에게 뭔가 얘기한 뒤 둘은 공원을 걸어 나갔다.

스케이트보드를 타는 아이들은 나와 달라스를 계속 쳐다보고 있었다. 여자애들은 무슨 일이 벌어지기를 기다리는 눈치였다.

"학교로 돌아가야 해." 페퍼가 말했다.

달라스는 자기 팔을 페퍼에게 둘렀다.

"학교 밖으로 빠져나온 거 걸리면 어떻게 될까?"

나는 달라스의 포옹에서부터 페퍼를 빼내며 말했다.

"얼마나 쪽팔릴지 상상에 맡긴다."

페퍼는 이미 우리 둘에게서 벗어나 저만치 가고 있었다.

"난 문제 생기는 거 싫어해."

달라스와 나는 그녀를 따라잡으려고 요란을 떨었다. 이 경쟁이 대체 언제부터 시작된 건지는 잘 모르겠다. 다른 부분에서 우리의 경쟁은 아주 분명했다. 더 빠른 쪽, 더 큰 쪽, 지난번 게임에서 더 잘한 쪽이 이기는 거였다. 하지만 페퍼를 두고서는 우리는 둘 다 자기가 이기는 중이라고 믿고 있었다.

학교 정문에선 보안 요원 한 명이 우리를 기다리고 있었다. 타일러가 알려준 게 틀림없었다. 페퍼는 키 작은 나무들 뒤로 재빨리 몸을 숨겼다가 달라스와 내가 교장실로 기어들어 가는 동안 들키지 않고 학교 안으로 들어오는 데 성공했다. 교장실에는 그레이엄 교장과 함께 에머리 코치도 있었다. "이 아이들은 훈련에 들어와야 합니다." 코치가 말했다. 결국 우리는 정학 처분 대신 오후의 쉬는 시간 동안 복도 당번을 해야 했다.

창피한 일이었다. 우리는 노란색 줄무늬 조끼를 입고는 괜히 서서 배회하는 사람들이나 마약 거래가 없는지 구석구석 돌아다니며 살펴봐야 했다. 역사 시간이 끝나고 내 등을 두드려줬던 아이들 모두가 이젠 내 얼굴을 보면서 비웃고 있었다.

고등학교라는 곳은 이렇게 변화무쌍한 대결의 장이다.

＊

"2주 동안이나 연습에 빠져서 아빠가 너한테 화가 나 있어." 브레넌이 풋볼 트레일러에서 나한테 주의를 줬다.

"그리고 우리의 첫 시합." 베이가 덧붙였다. "우리가 지고 말았거든."

"알아, 나를 무기력한 자식에 얼간이 같은 놈이라고 부른 거."

에머리 코치가 트레일러 안으로 얼굴을 밀어 넣고는 고래고래 고함을 쳤다. "코너스! 너 이리 나와 이 자식아!" 그는 나한테 물병들을 채우고 벤치들을 옮기라고 지시했다. 전통적으로 이런 건 9학년들이 하는 일이었다. 올해는 이런 일이 걔네들한테 넘어가기를 기대하고 있었다. 그런데 정작 9학년들은 비웃는 얼굴로 나를 쳐다보는 중이다.

브레넌이 내가 끌고 가던 벤치의 한쪽 끝을 잡았지만 곧 그의 아빠인 에머리 코치가 버럭 소리쳤다. "도와줄 것 없어! 저번 게임에서 개가 너 도와주든? 혼자 하게 놔둬."

코치는 아주 무서운 척하고 있지만 나는 그가 나를 사랑한다는 걸 안다. 지난 시즌이 끝날 때 엄마한테 그는 정확히 이렇게 말했었다. "걱정하지 마세요. 결국엔 잘 클 거예요."

불행히도 연습 시간에는 코치의 그런 사랑이 느껴지지 않았다. 그는 먼저 경기장을 왔다 갔다 하면서 나에게 전력 질주와 팔굽혀펴기를 번갈아 시켰다. 그러다 태클 연습을 위해 모두 줄을 세우고는 나를 베이와 짝을 짓게 했다. 여름 내내 나무를 때려댄 나는 오늘은 사람 몸을 상대로 부딪치고 싶었다. 하지만 베이의 몸은 너무 단단해 나무와 다를 바가 없었다. 연습 경기를 위해 팀을 나눌 무렵엔 나는 거의 감미로운 고통 속에 빠져있었다.

부코치인 미스터 레이드가 우리 팀을 이끌었다. 예전에는 두 명의 부코치가 있었지만 베이의 아빠가 일자리를 구하게 되면서 자리가 비었고 대신할 사람이 나서지 않았다. 자비에가 보는 옛날 영화에서 작은 도시의 고등학교 풋볼팀이 나온 걸 본 적이 있다. 관람석이 있는 경기장에는 야간 경기를 위한 강한 조명등이 있고 선수들 모두 같은 유니폼을 입는다. 경기가 있는 날이면 도시 인구의 절반이 경기장으로 모여들고 여자애들은 선수들을 위해 자기 팬티를 던져 주며 코치들은 그날의 경기 내용을 커다란 화면이 있는 방에서 나중에 돌려 보는 그런 풋볼팀 말이다. 뉴미들타운의 풋볼은 그런 것과는 거리가 멀다.

아마 그런 풋볼팀은 아직도 다른 개방된 도시들의 공립학교나 아니면 영화에만 나오는 건지도 모르겠다. 어쨌든 여기선 그렇지 않았다. 더 이상 돈이 없기 때문에 아니 만약 있다고 해도 학교에서는 아마 화학 실험실을 개선하는 데에 썼을 것이다. 어쨌든 우리는 무너져 내리는 이 제국의 엘리트들이니까. 도시를 둘러싼 벽 바깥쪽에는 어쩌면 운동에 목숨을 거는, 인대 따위 끊어져도 그만인 그런 열다섯 살 소년들이 있을지도 모르겠다. 하지만 우리는 결코 그들을 만날 기회가 없었다. 달라스가 운 좋은 몇 명을 경기장으로 데려다줄 운송 수단을 만들어 내거나 내가 나머지 아이들이 있을 감옥이나 공장을 설계하지 않는 한 말이다. 우리는 그렇게 꼭 필요하지도 않고 별 승산도 없는 일에 뇌세포를 써먹는 스타일은 아니었다.

그 결과, 뉴 미들타운 노스이스트 고등학교의 풋볼팀은 정말 힘든 상황이었다. 우리 팀 이름은 스콜피온(scorpion, 전갈)이었지만 우리한테는 독침이 없었다. 아무도 우리의 경기를 보러오지 않았고 우리를 응원하기 위해 팬티를 던져 준 건 몽고메리뿐이었으며, 부코치의 역할도 전혀 도움될 게 없었다. 올해 우리 팀 선수는 모두 서른여섯 명이었지만 그중 절반은 풋볼의 경기 규칙도 몰랐다. 그냥 두 가지 운동이 학교에선 필수였고 크로스컨트리는 빨리 마감되기 때문에 이쪽으로 온 것뿐이었다. 진짜 선수라고 할 만한 건 쿼터백인 브레넌과 리시버인 달라스가 다였다. 둘 다 풋볼에 미친 아빠를 두어서 이미 일곱 살 때부터 풋볼을 시작한 아이들이었다. 우리는 보통 다른 아카데믹 스쿨들을 상대로만 경기를 했기 때문에 거의 이기는 편이었다. 브레넌이 달라스에게 계속 공을 던져 주면 달라스가 터치다운을 하다가 상대편이 잡으러 오면 그때 나한테 공을 건넨다. 그러면 베이가 막아 주는 사이 내가 엔드존까지 공을 잡고 뛰는 식이었다. 키커가 필요하면 그땐 벤치에 있는 헤이브락을 불러냈다. 그게 우리가 가진 경기 전략의 전부였다.

달리기는 내가 이 팀에 있는 이유였다. 달리기 실력, 그리고 고통과 폭력을 주고받기 좋아하는 내 성향이 있었다. 에머리 코치는 내가 꼭 뒤에서 악마가 쫓아오는 것처럼 뛴다고 말했다. 나는 필드를 볼 때면 선수들보다는 오히려 그들 사이에 있는 공간이 보인다고, 마치 어떤 예술 작품 속의 공간을 탐구하듯 그렇게 된다고 이야기했다. 그는 입 닥치고 그냥 뛰라고 했다.

오늘 나는 그 어느 때보다 더 빠르고 날쌔게 뛰어다니고 있었다. 미스터 레이드는 내가 혹시 속도를 더해 주는 약물을 먹었는지 물었다.

"싸움이 풋볼 실력까지 향상시켰는데." 브레넌이 필드 정리를 하며 내게 말했다.

달라스도 동의했다. "더 이상 넌 겁쟁이가 아니야."

에머리 코치가 우리 쪽으로 뛰어오더니 물었다. "도대체 그렇게 짧은 다리로 어떻게 그렇게 빨리 뛰는 거냐?"

나는 다리 길이와 진자 운동 사이의 수학적인 논리를 설명했다. 하지만 코치는 별로 공감하지 않았다.

"이제부터 네가 토요일마다 중학교 팀을 맡게 됐다. 부코치가 필요하대서 너를 보내기로 했어." 코치가 말했다.

"무슨 말씀이세요? 7학년과 8학년 아이들을 지도하라고요? 게 네들은 벌써 키가 160은 될 텐데."

"그렇다면 너까지 아주 한 팀처럼 보이겠네." 에머리 코치는 이 말을 끝으로 가 버렸다. 나만 빼고 모두 웃음을 터뜨렸다.

＊

"왜 아직 숙제도 하지 않고 영화를 보는 거니?" 시장을 보고 집에 온 엄마가 물었다. 엄마는 돈을 쓰고 나면 항상 기분이 나 빴다.

"엄마는 어렸을 때 학교 다녀와서 한 번도 쉰 적 없었어요?"

"잊어먹지 않는 한, 난 언제나 숙제를 먼저 했어."

나는 예전엔 책과 노트들을 늘 챙겨서 학교에 다녔다는 게 도 무지 상상이 안 갔다. 나라면 아마 매번 뭔가를 흘리고 다녔을 거다. 그럼 엄마는 "일 마일을 더 가라.(going that extra mile, '한 걸음 더 나가다, 한층 더 노력하다'는 뜻)"는 막연한 소리 대신 정신이 번쩍 나게 나를 혼낼 구체적인 물건을 필요로 했을 것이다. 사실 기름값이 너무나 비싼 요즘 "일 마일을 더 가라."는 건 비유로서 결함이 있 다. 일 마일을 더 가는 건 이제 용납되지 않는 행동이었다.

"저녁 먹고 할게요." 나는 말했다.

"숙제 뭔지 보자." 철썩, 이미 채찍질 시작이다.

나는 오늘의 숙제 부분을 쭉 스크롤했다. "인체의 유기적 구조, 법에 대한 내용 세 페이지 복습, 그건 이미 수업 때 했고. 북아메리카의 역사에 대한 두 단원, 자비에는 이게 다 거짓말이래요. 심리 종교적인 내용을 담은 어떤 텍스트 번역, 이건 수학 시간에 끝낸 거고. 삼각법, 이건 뭐 너무 쉽고. 그리고 혹 내가 뽑힐지도 모르니까 미술전을 위한 계획도 세워야 해요."

엄마는 휘파람처럼 높은 톤으로 숨을 내쉬었다. "요새 학교 공부는 정말 버겁구나."

"아카데믹 스쿨만 그래요. 소모품들은 그냥 읽고 계산하는 것만 하잖아요."

"그렇게 부르지 마라. 걔네들도 다 너와 알리처럼 여느 집 자식들이야."

엄마는 블랙 보드를 열고 오늘의 공지 사항을 읽기 시작했다. "4학년 학생들이 다음 주에 간염 예방접종을 받습니다. 접종을 담당할 간호사가 필요합니다. 자원하는 분께는 수고비가 지급됩니다." 엄마는 이력서를 첨부해 메시지를 보냈다. 몇 시간의 잠을 포기하고 돈 벌 기회를 잡은 거였다.

"엄마, 우리 학교엔 오면 안 돼요."

"너희 학교 아니야, 알리네 학교야."

"하지만 언제든 우리 학교에서도 그런 일이 있게 되면 절대 와서 주사 놓지 마세요."

"왜 안 되는데?"

나는 소름이 끼쳤다. "학교 간호사들은 영 아니에요. 그냥 최소한의 월급 때문에 억지로 나오는 쓰레기 같은 인간들이잖아요. 그런데 엄마가 와서 나를 그쪽으로 엮으면 안 되죠."

엄마는 얼음처럼 차가워진 목소리로 말했다. "그래서 지금 내가 쓰레기라는 거니?"

"아뇨. 하지만 엄마가 우리 학교에 오면 그렇게 보일 거예요."

엄마가 나를 쏘아봤다. 석탄처럼 까맣고 어두운 눈동자로. 하지만 나는 물러서지 않았다. "문제는 우리가 어떤 사람이냐가 아니에요, 엄마. 우리가 어떤 사람으로 보이느냐가 문제죠. 우리 학교에 주사 놓으러 오지 마세요, 절대. 그러면 내가 너무 비참해져요."

다행스럽게도 그 순간 달라스의 전화가 왔고 과학 숙제 때문에 집에 와 줬으면 했다. 나는 현관문을 향해 달려갔고 엄마는 빨리 나가 버리라는 듯 나를 밀어냈다. 마침내 우리 둘의 의견이 하나가 되는 순간이었다.

나는 조깅하면서 우리가 예전에 살던 동네로 향했다. 그러고는 아주 환한 웃음을 지으며 리치몬드 박사에게 인사했다. 그는 낮게 앓는 소리를 내더니 내 어깨가 겨우 통과될 만큼만 문을 열어 주었다.

오스틴이 소파에서 뛰어오르더니 주먹을 치켜들고 내 앞에 우뚝 섰다. 그의 아버지는 내 귓가에서 낄낄대고 있었다. 주먹이 내 턱 쪽으로 향했고 나는 순간 휙 몸을 수그렸다. 결국 오스틴은 자기 아버지 목으로 주먹을 날렸다. 리치몬드 박사는 기침을 쿨럭하면서도 욕을 퍼부으며 폭발했다.

나는 만면에 미소를 띤 채 달라스의 방으로 재빨리 들어갔다.

"안녕, 맥스, 그림은 좀 그렸니?" 달라스는 철제로 된 육중한 책상 뒤에 앉아 있었다. 앞에는 여러 가지 도표가 빛나고 있었다. 리더십과 탁월함으로 이어지는 미래를 준비하는 모습이었다. 그는 호흡기에 대해 그가 조사한 것들을 보여 주었고, 나는 혈액 순환에 대한 자료를 펼쳐 놓았다.

거실에서 쫓겨난 오스틴은 달라스 방문 밖에서 우리를 게이라고 부르면서 어슬렁댔다. 그의 바보짓 때문에 난 집중하기가 어려웠다.

"너도 기억력을 높여야 해." 달라스가 말했다.

"말도 안 돼. 그건 청소년들의 뇌를 낭비하는 짓이야. 실험 단계에 참가했던 애들은 지금 다 소모품이 됐어. 심지어 약도 위험해. 너 그거 먹었을 때 생각나?"

그는 웃었다. "우리 아빠가 어땠는지도 기억나?" 그는 자기 아버지의 노려보는 표정을 똑같이 흉내 내면서 손가락을 흔들어댔다. "언제나 적응 기간이라는 게 있는 법이지요. 이런 행동은 완전히 정상입니다."

"난 네가 죽는 줄 알았어. 완전히 미친 것처럼 보였으니까. 그 약을 먹고 환각 상태에서 본 것들에 대해서 쉬지 않고 떠들어댔지."

그는 당시의 기억에 머리를 흔들었다. "다행히도 엄마가 그만 두게 했어."

"넌 어떤 약도 필요하지 않아. 넌 최고의 두뇌를 갖고 있어."

"너도 마찬가지야, 맥스."

"부모님들은 언제나 꼭 해야 하는 것보다 더 많은 걸 하게 만들어. 적당히만 해도 구십 점대는 받는데 엄마는 그거로는 안 된대. 백 점을 따내기 위해 지쳐 쓰러질 때까지 해야 한다는 거야."

"그러니까 말이야. 우리 아빤 내가 좀 더 쓸모 있는 인재가 될 수 있다면 아마 뭐든지 할 거야. 내가 부서질 때까지 멈추지 않을걸."

"아주 괴로워." 나는 말했다. "이건 자연스럽지 않아. 우린 더 노력해야 할 필요가 없어."

오스틴이 방문을 마구 두드려댔다.

"야, 좀 도와줘! 나 끼었어!"

달라스가 거대한 자기 형을 향해 방문을 열자 바지를 다 내린 채 몸을 굽히고 있던 오스틴이 미친 듯이 웃어댔다.

"그런데 가만 보면." 내가 말했다. "우리 중 일부는 충분히 노력하지 않는다는 게 사실인 것 같아."

*

비가 내렸다. 알리와 나는 학교에 가는 길이었다. 동생은 머리를 앞으로 쭉 빼고 물에 빠진 벌레들이 있는지 살펴보았다. 알리는 행복했지만 그게 나를 슬프게 했다. 무자비한 세상에서 알리는 무력하게 휘둘리고 말 것이다. 만약 강을 건너야 하는데 악어가 "내 위를 밟고 건너가요, 나는 통나무예요." 한다면 알리는 말할 것이다. "정말요? 당신은 악어 같아 보이는데요." "아니, 아니에요, 난 통나무예요. 내 위로 올라와 보면 알 거예요." 그래서 결국 알리는 그 말대로 하고 다시는 보이지 않게 될 것이다.

학교 밖에서 나는 우산을 받쳐 들고 알리가 마지막 벌레를 구할 때까지 같이 있어 주었다.

내 우산은 따로 가지고 오지 않았다. 학교에 도착하면 후드티에 달린 모자를 벗을 참이었다. 하지만 조금 불편해도 가는 도중엔 머리를 보호하기 위해 쓰고 있는 편이 나았다.

불행히도 비 때문에 모자를 눌러쓰는 바람에 주변 시야가 좁아져 나는 타일러 윌킨스가 자기 똘마니들을 끌고 내 뒤로 몰래 따라붙는 것을 보지 못했다. 그들 무리가 나를 꽉 붙잡았다. 워싱턴이 한쪽 팔을 잡고 또 다른 9학년짜리 하나가 다른 쪽 팔을 낚아챘다. 알리의 우산이 떨어졌다. 너무 놀란 나머지 멈췄던 숨을 내쉬기가 무섭게 타일러가 내 배에 펀치를 날렸다.

나는 격분해 빠르게 일어났다. 그들의 예상대로 허우적대는 대신 나는 워싱턴에게 기대어 팔을 움직일 만한 공간을 확보한 뒤 팔꿈치로 그의 목을 세게 쳤다. 그는 곧바로 나가떨어지면서 내 손을 놓쳤고 그 손으로 나는 9학년 놈의 머리를 붙잡아 타일러의 다음번 주먹이 향하는 곳에다 갖다 댔다. 픽! 나는 마치 영화배우가 된 것 같았다. 그런데 알리의 우산에 걸려 넘어지는 바람에 타일러한테 한 방 더 맞았다..

이번 공격은 나를 굉장히 화나게 했다. 나는 타일러의 슬개골을 최대한 세게 두 번 걷어찼다. 그는 높고 길게 꽥 소리를 지르더니 앞으로 넘어졌다. 난 무릎으로 그 자식의 턱을 들이받았다. 그의 머리에 가해진 타격은 굉음을 냈고 그 소리가 내 광분 사이로 터져 나왔다.

알리는 비명을 질렀다.

나는 타일러의 목을 붙잡았다. 조금은 터프해지기 위해서였지만 무엇보다 그의 머리가 내 여동생 앞에 떨어지는 일 따위는 절대 생기지 않게 하기 위한 행동이었다. 나는 그의 눈을 쳐다보면서 말했다. "다음번이라는 건 이제 없어. 나를 꿇어앉히기 위해 두 명도 넘는 놈들의 도움이 필요하다면 이젠 포기할 때가 된 거야." 멍하니 봤던 자비에의 이상한 옛날 영화들에서 이런 대사가 나왔었다. "너를 위한 영예는 이제 여기 없어."

타일러의 똘마니들은 뒤로 물러섰다. 워싱턴은 자기 목을 붙잡은 채였고 다른 놈은 코피를 틀어막고 있었다. 나는 얼굴을 적신 빗물을 털어낸 뒤 타일러를 일으켜 세웠다. "다시는 너랑 싸우고 싶지 않아." 내가 말했다. "이제 넌 내 상대가 안 돼."

그는 몇 초 동안 나를 뚫어져라 쳐다봤다. 나를 칼로 찌르려는 셈인지 아니면 날 사랑한다는 고백이라도 하려는 건지 도무지 알 수가 없었다. 결국 고개를 끄덕인 그는 바닥에 침을 탁 뱉었다. 하지만 나와 알리 근처는 피했다. 만약 그랬으면 정말 이번엔 고개를 꺾어 버리고 말았을 것이다. 타일러는 얼굴을 닦아내더니 학교 쪽으로 눈을 돌렸다. 자기의 이런 굴욕을 얼마나 많은 1학년 아이들이 지켜보았을지 확인하려고. 그러더니 중얼거렸다. "말도 안 돼."

나도 눈을 돌렸다. 워싱턴과 다른 멍청이들 그리고 알리도 학교 쪽을 쳐다봤다. 그리고 다음 순간 학교 운동장을 본 우리 모두는 말이 없어졌다.

학교 울타리에 달라붙은 채 우리 싸움을 구경한 아이는 아무도 없었다. 놀이 기구에서 쳐다보는 아이도 없었다. 아무도 물웅덩이에서 노닥거리지 않았고 우산으로 서로 찌르지도 않았으며 더 잘 보겠다고 아우성치지도 않았다. 아무도.

학교 운동장은 침묵이 흐르는 콘크리트 들판 같았다. 천이백 명의 아이들은 아직 닫혀 있는 문 앞에서 우산을 들고 학생증을 턱 밑에 건 채 들어가기를 기다리고 있었다. 우리와는 겨우 10미터 못 미치게 떨어져 있지만 이쪽으로 고개를 돌린 아이는 단 한 명도 없었다. 그들은 퍼붓는 빗속에서 똑바로 기다랗게 줄을 서 있었다. 눈은 앞을 보고, 입은 다문 채, 자로 잰 듯 정확하게 떨어져서, 무슨 비석들처럼.

건물 처마 밑에서 지도 교사 하나가 우리가 이미 죽어 버렸기를 바라는 눈빛으로 쏘아보더니 억지웃음을 지으며 소리쳤다.

"알렉산드라 코너스! 어서 친구들한테로 오렴!"

알리는 망가진 우산을 끌고 얼굴에 비를 맞으며 교문을 통과했다. 안녕이라는 인사조차 생략한 채.

4

"중학교에 한 번 가서 어떤지 살펴보자."

달라스는 경멸이 가득한 표정이었다. 그는 네 번째 피자 조각을 두 번째 우유 통을 비워가며 먹는 중이었고 또 반 인치쯤 자라고 있었다. "왜?"

"거기도 알리네 학교 같은지 봐야겠어."

그는 얼떨떨하게 고개를 저었지만 나를 따라왔다.

중학교의 모든 것들은 키가 작고 땅딸막했다. 거기 다니는 아이들처럼. "여기 정말 싫어했는데." 나는 중얼거렸다.

5학년부터 8학년 사이의 천 명에 이르는 아이들이 고작 3층 높이의, 콘크리트로 편평하게 지붕을 마감한 세 개의 건물에 비좁게 들어차 있었다. 세 건물 외에 단층 건물 하나는 음악원이었다. 삭막한 땅 위로 흐르는 음악은 감미롭겠지만 음악원 건물은 자체 방음이 되어 있었다. 우연찮게라도 누군가에게 영감이나 위안은 주고 싶지 않은 것 같았다.

"중학교 때 너 문제 참 많이 일으켰지." 달라스가 웃으며 말했다.

그래피티를 그린 것 때문에 세 번째로 유죄 판결을 받은 8학년 때 나는 거의 퇴학 당할 뻔했다. 교장은 아무것도 없는 새하얀 벽이 나 같은 애들한테는 어떤 것인지 절대 이해하지 못했다. 내가 세 번째로 정학 당하자 엄마는 울었고 아빠는 내 작품이 지워지기 전에 보려고 서둘러 학교로 갔다.

"너무 덥다." 겨드랑이에 대고 쿵쿵대면서 달라스가 불평했다. "여긴 모든 게 다 내가 기억하고 있는 것보다 작네. 학교로 들어오는 진입로도 몇 킬로는 더 길었던 것 같아. 배수로 쪽에 늘 숨었던 애가 누구였지?"

"위튼 스미스웍."

"위튼, 맞아. 걔 개학하고 첫 주 이후로는 못 본 것 같아."

"아마 학년을 낮췄는지도 모르지."

달라스는 음악원 쪽을 가리켰다. "우리 언젠가 한번 걔 붙잡으려고 저 지붕에 기어 올라간 적 있었잖아, 기억나? 그때는 훨씬 더 높아 보였는데. 그리고 축구장도 훨씬 더 멀리 있었고."

우리는 8학년 아이 두 명 뒤에서 음악원 쪽으로 걸어갔다. 그중 하나는 나보다 키가 크고 말랐으며 아주 짧게 자른 머리에 화장이 매우 진했다. 그녀는 키가 작은 자기 친구 하나를 배수로 쪽으로 밀고 있었다.

"절대 안 변하는 것도 있어." 내가 말했다.

달라스가 웃으면서 나를 밀치는 바람에 나는 배수로 코앞에서 야 멈춰 섰다. 타이를 컬러 부분까지 꼭 조여 맨 세 명의 5학년 아이가 우리 때문에 가던 길이 막혔다. "난 한 번도 저렇게 어리 지 않았던 것 같은데." 달라스가 말했다.

"저 미안한데." 나는 몸집이 작은 백인 아이들에게 말을 걸었 다. "우리가 지금 설문 조사를 하나 하고 있거든."

그들은 내 옆으로 그냥 지나갔다.

난 마지막 아이의 팔을 붙잡았다. 회색 교복을 입은 아이의 팔 은 화장지의 심처럼 부실하게 느껴졌다. 나는 그를 쓰다듬으며 미소 지었다. "몇 가지 좀 물어봐도 되니?"

아이는 자기의 금발 머리를 흔들었다.

"모르는 사람하고는 얘기 안 해요."

달라스가 소년의 어깨에 한 손을 올렸다.

"그냥 질문 몇 개만 할 거야."

소년의 시선이 달라스의 가슴팍에 닿았다. 그는 우리 사이에 서 앞뒤를 살펴보더니 소리를 지르기 시작했다.

"도와주세요! 모르는 사람이에요!"

우리는 주춤했다.

소년의 친구들이 우리 쪽을 돌아보더니 소리쳤다. "도와주세 요! 모르는 사람이에요!" 학교 진입로에 있던 작은 흑인 여자아 이도 외쳤다. "도와주세요! 모르는 사람이에요!"

8학년 아이들이 킥킥댔다. "당신들, 이제 큰일났어요!"

금발 소년은 인형 눈처럼 빛을 번쩍이며 달라스를 올려다봤다. "도와주세요! 모르는 사람이에요!" 소년은 다시 소리쳤다. 이번엔 열 명이 넘는 5학년 아이들이 합세했다. 그들의 새된 목소리가 콘크리트에 부딪히며 울렸고 배수로 쪽으로 퍼졌다.

"나가자." 달라스는 말했다.

우리는 진입로 쪽으로 속도를 내어 달린 뒤 우리 학교에 도착할 때까지 계속 뛰었다.

"중학교 말이야, 뭔가 이상해." 달라스가 말했다. "동영상으로 찍어 놨어야 하는데."

"올해는 아이들을 좀 다른 식으로 가르치나 봐."

"그러게. 아마 연극 수업에서 하는 프로그램인지도 모르겠다."

"아, 그러니까 생각났다. 〈프릭쇼〉 결과 알지? 나한테 10달러 줘야 해. 쥬스는 이제 탈락이야."

*

금요일, 풋볼팀은 오후에 있을 경기 준비를 위해 점심시간에 소집되었다. 공지 사항이 나오자 우리는 반 애들과 코를 비비며 인사했고 우리가 교실을 나설 때 아이들은 야유를 보냈다. 그런 게 뉴 미들타운 학교의 스피릿이었다.

바깥으로 나오자 강렬한 삼원색이 눈앞을 채웠다. 맑고 파란 하늘, 짙은 노란색 태양 그리고 멀리 보이는 단풍나무들의 피같이 붉은 나뭇잎들. 건조하고 먼지가 많았으며 숨쉬기가 답답했다. 경기장 바닥은 콘크리트처럼 딱딱했고 죽은 잔디 때문에 꺼끌꺼끌한 느낌이었다.

에머리 코치는 훈련은 수월하게 이끌었지만 죽도록 잔소리가 많았다. 이거 해라. 저거 해라. 이 데빌스 놈들을 완전히 부숴 버려라! 블루마운틴 데빌스는 방문 팀이었다. 뉴 미들타운의 남동쪽 지역에서 온 아이들, 즉 돈 많은 집 애들이었다. 작년의 플레이오프 때 우리를 완전히 무너뜨린 팀으로, 그때는 브레넌이 폐렴에 걸려서 제대로 공을 던질 줄 아는 선수가 우리 팀에 아무도 없었다.

데빌스 팀이 파란색과 베이지색의 새 유니폼을 입고 버스에서 내렸다. 데빌스 팀 누군가의 아빠가 분명 후한 풋볼 팬임이 틀림없었다. 우리는 다 바래버린 까만색과 흰색 운동복 차림으로 투덜댔다.

서른 명의 학생이 우리의 경기를 보기 위해 슬렁슬렁 나와 자리를 잡았다. 페퍼는 스콜피온 모자를 쓰고 소리 나는 응원 도구를 든 채 관중석에 나와 앉았다. 내가 그녀를 볼 때마다 그녀도 나를 보고 있었다. 달라스 쪽은 거의 쳐다보지도 않았다.

데빌스 팀의 치어리더들은 오지 않았기 때문에 우리 쪽 치어리더들도 경쟁 상대 없이 편안하게 쉬고 있었다. 케일라가 재미없는 노래 세 곡을 이끈 뒤 바닥에 친구들과 털썩 앉았고 그러는 사이 몽고메리는 태양빛 아래서 외쳤다. "자, 시작하자!"

킥오프부터 이미 쉽지 않은 게임이었다. 데빌스 팀의 새로운 선수 두 명은 베이만큼이나 덩치가 컸고 소모품들처럼 사나웠다. 우리는 공을 가지고 2야드도 못 간 상태에서 테이크 다운(take down, 풋볼 경기에서 공을 가진 선수를 태클해 쓰러뜨리는 것)을 당하곤 했다. 달라스가 가는 데마다 상대 팀은 떼로 들러붙었고 브레넌이 팔을 올릴 때마다 그를 들이받았다. 우리도 똑같이 상대해 주었지만 그들은 이름값을 했고 결국 엔드 존으로 공을 가지고 갔다.

하프타임에 스코어는 7 대 0이었고 마지막 쿼터의 딱 5분만 남은 상황에서도 점수는 같았다. 우리는 타임아웃을 부른 뒤 남아있는 정신력 부스러기를 긁어모아 작전회의를 했다. 케일라는 치어리더들을 가동시켰다. "가자, 우리 팀, 싸우자!"

에머리 코치는 고함치는 데 시간을 낭비하지 않았다.

"공이 공중에 떠 있으면 우리는 이번 게임에 지는 거다. 공을 코너스한테 갖다주고 앞으로 달릴 수 있도록 길을 만들어 줘. 공을 던지면 안 된다. 코너스는 공을 못 잡아. 그냥 직접 갖다주고 달릴 수 있게 해 줘라, 아들."

달라스와 나는 '아들'이라는 단어에 움찔했다. 내 경우엔 이제 나를 그렇게 불러 줄 사람이 없기 때문이었고, 달라스는 자기 아빠가 형인 오스틴만을 그렇게 불렀기 때문이다.

그때 큐 사인이라도 받은 것처럼 리치몬드 박사가 관중석에서 쿵쾅거리며 내려오더니 갑작스레 우리 팀을 위한 신성한 응원 연설에 돌입했다. 그는 차림새도 꼭 우리 유니폼을 입은 것 같았다. 까만색 바지와 조끼, 칼라와 겨드랑이 부분이 축축한 누런색으로 물든 흰 셔츠. 그에게서 술 냄새가 확 풍겼다. 그건 가히 충격이었는데, 아직 시간이 오후 4시밖에 안 된 데다가 학교가 알코올에 대해선 무관용 정책이었기 때문이다. 리치몬드 박사는 에머리 코치의 어깨에 한쪽 팔을 걸쳤다. "이 아이들한테 필요한 건 그 망할 놈의 팬티스타킹을 벗고 나가서 진짜 풋볼을 하는 겁니다!" 그가 소리쳤다. "살다 살다 이런 풋내기들은 또 처음 보네. 내 말 믿어, 풋내기들이라면 나도 진짜 많이 봤으니까." 그는 취해서 웃어대기 시작했다. 목에선 걸걸거리는 소리가 났고 기침을 했으며 취해서 끼룩댔다.

달라스는 멍하니 입을 벌리고 이런 자기 아버지를 쳐다보고 있었다.

"너!" 리치몬드 박사가 툴툴거렸다. "네가 저기 있는 놈들 중 최악이야. 몸으로 봐선 너의 반도 안 되는 애들한테 공을 뺏기고 있잖아! 오스틴이 유니폼이라도 입고 들어가 널 도와주기를 바라는 거냐?"

마스크 뒤로 달라스의 얼굴이 시뻘겋게 물드는 게 보였다.

"아니면 저 예쁘장한 치어리더는 어떠냐?" 그의 아버지는 케일라에게 추파를 던지면서 한술 더 떴다. "저 여자애라면 분명 네놈들을 뛰게 만들 수 있겠지." 그는 눈썹을 치켜뜨고는 우리 팀 옆에서 소리 없이 웃었다.

"나가세요." 달라스가 말했다. 그런데 말이 목에 걸린 것처럼 속삭이듯 새어 나왔다.

에머리 코치는 어색한 미소를 지으면서 리치몬드 박사를 옆으로 밀어냈다. 리치몬드 박사는 비틀거리며 웃더니 치어리더들에게 손을 흔들었다.

"세상에, 저 사람 얼마나 취했는지 좀 봐요!" 누군가가 벤치 쪽에서 크게 말했다.

달라스는 그의 풋볼 패딩 아래에서 부르르 떨었다.

오스틴이 관중석에서 뛰어 내려와 자기 아버지를 데리고 다시 자리로 들어갔다. "계속해요, 아가씨들!" 그는 소리쳤다.

에머리 코치가 바로 달라스를 향해 돌아섰다. "코너스가 뛸 수 있게 네가 막아. 지금 너한테 끓어오르는 이 분노로 저 큰 백인 데빌 선수를 들이받아, 73번 말이야. 난 이 경기에서 그를 안 봤으면 좋겠다. 무슨 말인지 알겠지?"

달라스는 고개를 끄덕였다. 계속 고개를 끄덕이는 바람에 내가 쿡 찌르면서 말해야 했다. "그만해."

다시 경기가 시작되자 달라스는 멈출 수 없는 괴력을 뿜어냈다. 사랑받지 못한, 80킬로그램의 수치심과 분노 덩어리인 그를 아무도 막지 못했다. 73번 선수는 경기가 시작된 지 8초 만에 절뚝거리며 필드를 나가야 했다. 고맙다는 뜻으로 내가 달라스의 어깨를 치자 그는 나를 밀쳐냈다. 그의 얼굴엔 아무 표정도 없었다.

그의 이런 모습을 전에도 본 적이 있었다. 우리가 열한 살이었을 때 문 닫은 목재소에서 찾아낸 목재 조각들을 가지고 달라스네 뒷마당에다 요새를 만든 적이 있었다. 우린 꼬박 2주나 걸려서 그걸 만들었다. 매일매일 온종일 망치로 박고 재단하고 치수를 잘못 재서 다시 재단해 가면서. 비뚤어진 창문을 단 허름한 요새였지만 우리는 그해 여름을 그 안에서 보냈다. 상상 속의 게임들을 벌이고 훔쳐 온 소다를 마시고 동네 모든 아이들에게 우리가 만든 걸 보여주면서. 그러다가 개학을 했고 오스틴이 응용 수학 과목에서 수치를 예상하기 위해 오두막집 모델을 만들어야 했다. 어느 날 우리가 집에 가보니 리치몬드 박사는 뒷마당에서 우리의 요새를 부수고 있었다. "형한테 이 나무 조각들이 필요해." 그가 한 말이었다. 다음 날 달라스는 학교에 나왔지만 그는 거기 없었다. 아무도 보지 않았고 아무 말도 하려 하지 않았다. 그날 달라스는 쓰레기통으로 선생님을 쳐서 이를 부러뜨렸고 자기 신발에 묻은 피를 보고서야 정신을 차렸다. 미스터 나바로는 좋은 선생님이었다. 달라스는 그 선생님을 자기가 다치게 했다는 것을 믿을 수 없어 했다. 절대 하지 못할 것으로 생각했던 일들을 얼마나 쉽게 저지를 수 있는지.

그는 지금, 다시 그때 같아졌다. 눈에는 아무 감정이 보이지 않았고 심지어 미움조차 느껴지지 않았다. 하지만 달라스의 거대한 몸집만큼 이런 상황은 위험했다. 갑자기 뼈를 부러뜨리고 두개골을 박살 낼지도 몰랐다. 그를 보고 있으니 떨렸다.

"경기에 집중해." 브레넌이 나를 상기시켰다.

공을 잡는 순간, 나는 내가 점수를 낼 것임을 알았다. 공을 잡을 때마다 그렇게 느끼는데 이번엔 내 생각이 틀리지 않았다는 확신이 들었다. 데빌스 팀의 수비수들은 너무 넓게 퍼져 있었고, 달라스는 그들을 한 명씩 제쳤다. 나는 아무도 가로막지 않은 필드로 치고 나가 32야드를 달려 나갔다. 모두 다 뒤로 따돌릴 때까지 경기장 가장자리를 둘러 가며 미친 듯 뛰었다. 내 눈은 벌게졌고 심장은 불이 붙었으며 머리는 곧 폭발할 폭탄처럼 지끈거렸다. 그리고 내 뒤를 쫓는 상대편들보다 더 먼저 엔드존 야드를 찍었다.

난 옆으로 앞으로 이리저리 재주를 넘으며 함성을 질렀다. 페퍼한테 손을 흔들고 그녀가 하는 춤동작 중 하나를 따라 했다. 그녀는 일어나 소리를 지르며 이 경기가 맘에 든다는 듯 응원 도구를 흔들고 있었다.

달라스는 축하를 위해 달려오지 않았다. 그는 그저 우울한 자기만의 공간에서 왔다 갔다 하며 페이스를 유지했다.

사라가 우리한테 한 점을 더 내주었고 우리는 승리에 대한 희망으로 웅성거렸다.

데빌스 팀의 순서가 되자 우리의 그 소중한 공을 되찾기 위해 죽자 살자 광적인 연인처럼 그들에게 들러붙었다. 그들이 한 걸음을 나가기도 전에 우리가 덮쳐서 쓰러뜨렸다. 그들의 경기는 이제 3초 동안 이어지는 게 다였다. "얍, 쾅, 쿵." 쿼터백은 길게 패스했고 그럼 어딘가로 이어지는 듯 보였지만 그때마다 달라스가 공을 받는 쪽을 향해 황소처럼 달려들었다. 그가 달려드는 모습을 보면 나조차 도망가고 싶어졌다. 데빌스팀 리시버는 공을 놓쳤고, 달라스는 공중으로 뛰어올랐다가 그 손에 공을 잡은 채 상대편 위로 세게 내려앉았다. 다시 일어설 때도 얼굴엔 웃음기조차 없었다.

에머리 코치는 데빌스가 득점할지 아니면 달라스가 누구 하나를 죽이고 말지 불안해했다. 드디어 20초를 남겨두고 스코어는 동점, 세 번째 터치다운인 상황에 갔고, 달라스가 말했다. "나한테 공을 줘." 자기 아버지가 나타난 이후 그가 처음 내뱉은 말이었다. 그는 그 말을 반복하지 않았고 누구도 토를 달지 않았다. 자세를 제대로 잡은 그가 자기 포지션에 섰다. 골에서 18야드 떨어진 지점이었다.

"달라스를 저런 모습으로 집에 보내진 말자고." 우리가 각자 위치로 가는 중에 브레넌이 속삭였다.

다시 게임이 시작되고, 브레넌은 달라스를 향해 멀리 공을 던졌다. 달라스는 자기를 둘러싼 데빌스 팀과 부딪치며 뚫고 나갔다. 그는 헬멧들을 밀치고 손들을 비틀어 버리고 어떤 선수의 팔은 거의 분지를 뻔했다. 그는 공을 가지고 서둘러 엔드 존으로 향했고 점수를 냈다. 이겼다. 경기 종료 1초를 남겨둔 순간이었다.

그는 웃지 않았고 어깨를 두드리지도 않았으며 폐퍼를 보며 의기양양 걷지도 않았다. 심지어 경기를 마무리 짓는 순서도 따르지 않았고 패자들과 악수도 하지 않았다. 그냥 필드에서 곧바로 샤워장으로 들어가 버렸다.

나머지 아이들이 샤워장에 갔을 때도 달라스는 여전히 샤워 중이었다. 샤워 꼭지 아래 벗은 몸으로, 양손을 벽에 붙인 채. 까만 머리카락이 눈가를 덮었고, 물이 얼굴 위로 줄줄 흘러내렸다.

아까 리치몬드 박사가 나타났을 때 벤치에 있던 아이들이 달라스 쪽을 보면서 눈을 가늘게 뜨고 뭐라고 수군거렸지만 아무도 동조하지 않자 조용해졌다. 우리는 씻었고 달라스는 꼼짝하지 않고 그대로 서 있었다. 가끔씩 흐느끼는 듯한 숨소리를 냈지만 나는 그가 우는 건지 씩씩대는 건지 알 수가 없었다. 나와 다른 애들은 "도대체 우리가 어떡해야 해?"라는 표정을 주고받았지만 답은 아무도 몰랐다.

나는 옷을 입고 다른 애들이 다 나갈 때까지 내 사물함 옆 벤치에 앉아 있었다. 달라스는 아직도 자기만의 폭포 아래 서 있었다. 실오라기 하나 걸치지 않은 몸이 눈부시게 하였다. 무슨 시체마냥 표백한 듯 그는 창백했고 샤워장은 표백제 냄새로 가득했다.

나는 달라스 옆으로 걸어가 그의 팔을 쳤다.

"어이, 야, 우리 가야 해. 브레넌이 너 집으로 데려가래."

그는 턱에 힘을 주었지만 눈은 뜨지 않았다. 뜨거운 물이 그의 어깨 위에서 내 얼굴 쪽으로 튀었다. 그는 천천히 숨을 들이마셨다.

달라스를 여기에 내버려둘 수는 없었다. 하지만 그를 다시 건드리고 싶지도 않았다. 어떻게 이 상황을 해결해야 할지 몰라 나는 일단 뒤로 물러나 농담을 던졌다. "브레넌이 너의 뚱뚱한 흰 엉덩이를 20분 동안 쳐다보더니 나한테 이러더라고. '맥스, 내가 너라면 저 덩치 큰 소년을 집으로 데려가겠어.'"

달라스는 보일락 말락 미소를 짓더니 가만히 코웃음을 쳤다. 머리카락 사이로 흘끗 나를 보면서 혀 짧은 소리로 말했다. "언제쯤 되어야 네가 눈치챌지 궁금했어."

나도 웃었다. 그의 푸른 눈은 온통 핏발이 서 있었지만 내가 걱정했던 것보단 괜찮은 것 같았다. 난 달라스의 팔을 쳤다. "자, 오래된 홈 레노에 그래피티나 그리러 가자." 내 입에서 튀어나온 이름이 몇 년 전 우리가 뒷마당에 요새를 만들기 위해 좀도둑질하던 그 목재소란 걸 깨닫는 순간 나는 움찔했다. "내가 왜 이 얘길 했는지 모르겠다. 난 그냥 뭔가 건설적인 걸 하러 가자는 소리였어. 네가 원하는 건 뭐든지 할 수 있어."

달라스는 한숨을 쉬더니 머리를 들고 얼굴에서 물을 닦아냈다. "네가 왜 그 얘기 한 건지 알아." 그는 샤워 꼭지를 잠그고 수건을 집어 들었다.

밖으로 나오니 운동장은 텅 비어 있었다. 페퍼조차 가고 없었다. 에머리 코치는 트레일러 옆에서 우리가 풋볼 패드를 넣는 동안 문을 잡고 있었다. "멋진 시합이었어." 그가 말했다.

달라스는 웃으려고 노력했다. 그 순간 그는 자기 아버지와 형이 주차장에 있는 것을 보았다. 브레넌과 케일라는 자전거 세워두는 곳 옆에서 기다리고 있었다. 길로 나가기 위해선 그들 모두를 지나가야 했다.

우리는 눈이 마주치는 걸 피했다. 그냥 우리끼리 걸어가고 있는 척, 아무도 쳐다보지 않았다. "우리 집에 가자." 나는 말했다.

"그래. 칠리 시켜 먹자고."

리치몬드 박사가 비틀거리면서 소리 질렀다. "맥스웰이랑 걔네 엄마는 레스토랑 같은 데는 못 가는 거 알지. 맥스웰 학교 보내는 데 돈을 다 쓰고 있어서."

브레넌과 케일라는 마치 유치원생들에게 얻어맞은 팔 없는 난쟁이라도 보듯 나를 딱하게 쳐다봤다. 망할 인간을 아버지로 두는 것 외에 지금보다 더 불쌍해지는 길은 없어 보였다.

리치몬드 박사는 달라스에게 팔을 두르려고 했다. 하지만 달라스는 뒷걸음질 쳤고 나와 부딪쳤다. 화가 나서 몸을 부르르 떨고 있었다.

"너희들 다 우리 집에 오면 어떠냐?" 리치몬드 박사가 외쳤다. 그는 케일라를 보면서 윙크도 했다. "와서 즐거운 시간 보내라."

브레넌은 역겨운 듯이 머리를 흔들었다. "해야 할 일이 있네요." 그나마 친절하고 마음이 넓은 브레넌은 이렇게 덧붙였다. "미안, 달라스."

"오늘 너 잘했어." 케일라가 자전거에 올라타기 전에 말했다.

리치몬드 박사는 케일라 엉덩이를 쳐다보려고 앞으로 몸을 숙였다.

"이 아이들은 열다섯 살이에요." 에머리 코치가 자리를 뜨며 말했다. "그 점 기억하세요."

리치몬드 박사는 마치 쟁반을 들지 않은 하인을 앞에 둔 양 에 머리 코치를 쳐다봤고, 자기 신발에 붙은 먼지처럼 나를 봤다. "그럼 이제 남은 건 너뿐이로구나."

달라스는 자기 아버지 앞으로 불쑥 다가섰다. "우리는 아빠랑 아무 데도 안 가요. 내 인간관계를 위해 아무것도 하지 마세요. 이젠 아빠의 어린 아들이 아니라고요."

리치몬드 박사는 뒤로 물러서서 머리를 똑바로 들더니 시선을 집중하려고 했다. 깜박, 깜박. "형이랑 집으로 와라, 피자 시키자."

달라스는 자기 아버지의 얼굴 앞으로 다시 가 그의 축축한 눈을 내려다보았다. "내 경기 중에 다시는 저 필드로 걸어 들어오지 마세요."

리치몬드 박사는 달라스에게서 시선을 돌려 나를 보았다. "너희 둘이 학교에서 그렇게 오랫동안 대체 뭘 한 거냐?"

달라스는 발끈했다. "내 친구들한테 말 걸지 마세요. 우리 팀한테 아무 얘기 하지 마세요. 나한테도 말하지 마세요. 아예 내 경기를 보러 오지도 마세요. 아빠가 여기 오는 거 싫어요."

"내가 너를 도와주고 있잖아!" 리치몬드 박사가 소리쳤다. "내가 본 아이 중에서 도움이 필요한 아이가 있다면 그건 바로 너다. 그 망할 놈의 지원 치료 프로그램이라는 걸 받을 때까지 더 이상 기다릴 수가 없구나, 넌 정말 그게 꼭 필요해."

"아빠 도움 같은 건 하나도 필요 없어요." 달라스가 말했다. "나는 너무 싫어요. 당신의 모든 게 다 싫어요. 아빤 냄새.고약한 술꾼이에요." 달라스는 길 쪽으로 가 버렸다.

"친구랑 같이 태워다 줄게!" 리치몬드 박사가 고함쳤다.

"그냥 꺼지라고요!" 달라스가 받아쳤다.

자기 아버지에게 아들 하나를 더 만들어 낼 정자가 남아 있지 않은 상황에선 저렇게 험한 말을 내뱉는 입으로도 무사할 수 있다니 놀라울 뿐이었다.

*

자비에는 우리 집 거실에서 커다란 스크린으로 옛날 영화를 감상 중이었고 그의 누나는 부엌 테이블에서 알리의 숙제를 도와주고 있었다. 셀레스트의 금발 머리가 가슴에 딱 달라붙은 핑크색 꽃무늬 셔츠 위로 물결쳤다.

달라스는 아치형 현관에서 자기의 이두박근을 푸는 자세를 취했다. 마치 안 그러면 자기처럼 키 큰 사람도 그녀가 못 볼까 봐서.

"엄마는 아직이야?" 내가 물었다.

"초과 근무가 생기셨대." 셀레스트가 대답했다. "노인들에게 치명적인 병이 발병했다나 봐. 뭔가 쥐와 관련된 거라는데. 암튼 8시까지는 오신댔어."

나는 알리의 머리에 키스해 주었다.

"우리가 오늘 경기 이겼어. 뭐 좀 먹었니?"

알리는 고개를 끄덕이며 속삭였다.

"버거 먹었는데 속이 이상했어."

"가서 누울래?"

알리는 웃으면서 테이블에서 쑥 내려가 버렸다. 다 끝내지 않은 숙제를 부엌 스크린에 남겨둔 채. 나는 냉장고 문을 열기 전에 스크린을 껐다.

"됐어! 내가 뭐 주문할게." 달라스가 자기 리그를 급히 꺼내면서 큰 소리로 말했다.

"칠리랑 칩스 먹을 건데 같이 먹을래, 셀레스트?"

"고마워, 데니스. 그런데 난 알리랑 이미 먹었어."

나는 웃음이 나왔다. "달라스. 애 이름은 달라스라고."

셀레스트는 그건 자기랑은 상관없는 일이라는 듯이 어깨를 으쓱했다. "일어나, 자비에. 가야 할 시간이야."

자비에는 움직이지 않았다.

"무슨 영화야?" 내가 물었다.

"시체 도둑."

"괴상해 보여."

셀레스트는 자기 리그에다 그 영화를 틀어 자비에를 문쪽으로 오게 했다.

자비에의 얼굴은 그의 왼쪽 눈썹에서 시작해 코랑 볼을 지나 턱뼈까지 찢어진 가짜 상처 자국으로 나뉘어 있었다. "이 영화는 우주 생명체들이 지구상 모든 인간의 복제인간이 된다는 이야기야." 그가 말했다. "복제된 그들이 사람들을 다 죽이고 사회에서 그들의 자리를 차지하는 이야기."

"왜 그냥 자기들의 사회를 따로 세우면 안 되나?" 달라스가 물었다. "뭣 땜에 우리 인간들을 복제해?"

자비에는 멍하니 자기의 상처 자국을 문질러 지우면서 대답을 생각했다.

셀레스트가 그의 손을 멈추며 말했다. "그건 비유지."

"무엇에 대한 비유?" 달라스가 물었다.

"우리를 사람으로 만들어주는 것이 무엇인가에 대한 비유."

"바로 그거지." 달라스는 이렇게 말하고는 나에게 돌아서서 어깨를 으쓱해 보였다.

셀레스트가 가고 나자 우리는 아마 평생 진정으로 갖추지는 못할 성숙함을 흉내 낼 이유가 없어졌다. 달라스와 나는 편안하게 칠리와 〈프릭쇼〉로 돌아왔다. "얻어터졌네." 타이거가 최하위권의 세 명에 들자 달라스의 입에서 신음 소리가 났다. 그는 소파의 커다란 쿠션을 위로 삼아 부둥켜안았다.

"야, 저건 뭐야?" 나는 쿠션 밑에 있던 검정색의 얇은 리그를 끄집어냈다. "자비에 거네. 아직 로그인된 상태야."

달라스는 폭소를 터뜨리며 신발 뒷굽을 딱 소리 나게 붙였다.

이후 두 시간 동안 우리는 로그인된 자비에의 리그로 커플들을 갈라놓고 싱글들을 맺어 주고 우리 학교의 모든 선생을 해고하고 열댓 명의 할머니들에게 복권에 당첨되었다고 알리고 나의 그 수다스러운 헤어 스타일리스트에겐 사흘간의 예약 리스트를 채워 주었다.

엄마가 집에 들어왔을 때 우리는 웃느라 거의 바지에 오줌을 쌀 지경이었다. 우리가 쓸데없는 짓 하느라 정신없는 게 엄마 눈에도 보였을 것이다. 하지만 엄마한테도 우리의 즐거움이 전달됐다. "정말 못 말린다니까." 엄마가 말했다.

마지막 메시지는 그레이엄 교장한테 보냈다. 뉴 미들타운의 올 10년을 빛낸 교장으로 그가 선정되었다는 소식을 알리기 위해서였다.

"됐어, 이제 그만 좀 해라!" 엄마가 부엌에서 소리쳤다. "알리는 어디 있니?"

"침대에요."

"이건 칠리야?"

"달라스가 주문했어요."

"좀 드세요." 달라스가 말했다. "전 이제 가야겠어요."

"남은 칠리 가지고 갈래?"

그는 웃으면서 아래쪽을 보고 머리를 흔들었다. 우리 집 생활이 지금 **빡빡**한 건 알고 있지만 남은 음식 약간에도 신경을 쓸 정도로 여유가 없다는 게 어떤 건지 달라스는 상상조차 못 할 것이다.

나간 지 5초 만에 달라스가 다시 돌아왔다. "칠리는 안 돼. 내가 이미 다 먹었어." 나는 거짓말을 했다.

그는 웃었다. "나 기다려 줘서 고마워, 맥스. 아까 학교에서 말이야. 집에는 정말 가고 싶지 않았거든."

"나라도 집에 안 가고 싶었을 거야." 내가 그에게 말했다.

*

월요일 아침에 학교에 수업하러 온 선생은 아무도 없었다. 하지만 학교 오피스엔 10년을 빛낸 교장으로 선정된 그레이엄 교장의 훌륭한 업적을 축하하는 메시지가 커다랗게 나붙었다. 사람들은 아무거나 듣는 대로 믿어 버린다.

5

나는 커뮤니케이션 시간에 손을 들었다.

"그래, 맥스웰?" 미스터 에임스는 마치 내가 오후 내내 그를 귀찮게 군 것처럼 내 이름을 내키지 않아 하며 불렀다.

"초등학교에 새로운 교장 선생님이 왔나요?"

그는 자기의 안경을 들어올리고 콧등을 문지르면서 눈을 부릅뜨고 나를 쳐다보더니 안경을 고쳐 썼다.

난 다시 손을 들었다.

그는 너무 크게 한숨을 쉰 나머지 입술이 부르르 떨렸다.

"이번엔 또 뭐냐, 맥스웰?"

"초등학교 다니는 애들이 예전 같지 않아요."

"그거야 매년 새로운 아이들이 학교에 들어오니까 그렇지."

"하하, 물론 그렇죠. 하지만 제 얘긴 애들 행동이 완전히 달라졌다는 뜻이에요. 놀지도 않아요. 다들 깔끔하고 조용해졌어요."

"아." 그의 얼굴에 웃음이 번졌다. "네스팅Nesting 얘기구나. 학급 운영에 새로운 방향을 제시하는 프로그램이지. 동기 부여 리더십을 이용하는 거야."

나는 같이 기도문을 외우는 장면, 스웻랏지(sweat lodge, 오두막 안에서 불에 달군 뜨거운 돌을 이용해서 하는 아메리카 원주민의 사우나, 몸 안의 독소를 제거하고 영혼을 씻어낸다는 의미가 있다.) 셔닝(shunning, 자발적, 의식적으로 현대 문명이나 사회에서부터 고립되어 사는 삶의 방식) 같은 것들을 떠올렸다. 이 꼬마들을 한 줄로 가지런히 서게 하려면 단순히 스티커 모으기 표가 아닌 뭔가가 필요했을 것이다.

맨 앞줄에 앉은 몽고메리가 손을 들었다.

"그래, 몬티?" 미스터 에임스는 경쾌하게 질문을 받았다.

몽고메리는 다리를 흔들면서 교실 전체로 시선을 돌렸다. "그 프로그램은 집에서도 효과가 있어." 그는 우리에게 말했다. "우리 동네에 항상 나랑 내 친구들을 힘들게 하던 3학년 아이가 있었어. 샘이 너무 많은 여자앤데 그냥 계획 없이 태어난 애 같고. 그런데 이젠 걔가 자기 방에 종일 앉아서 할 일을 한다니까."

"넌 그게 이상하다고 생각 안 해?" 내가 물었다.

그는 나를 굳은 표정으로 쏘아봤다. "나는 모두 다 그 아이 같으면 좋겠어."

미스터 에임스는 바로 그게 자기가 듣고 싶은 말이라는 듯 고개를 끄덕였다.

"하지만 너도 그 여자애 같진 않잖아." 내가 말을 이었다. "복도 지나갈 때도 안 뛰고는 못 배기면서."

몽고메리는 날카로운 반격을 하려는 듯 손을 올렸지만, 나는 계속했다. "그건 괜찮아. 그게 바로 너니까. 넌 음악을 연주하고 환호도 이끌어 내지. 온종일 방에 앉아서 학교 공부만 하지는 않아. 아무도 그러진 않는다고. 그런데 그게 왜 그 여자애한테는 좋은 건데?"

그는 웃음을 터뜨렸다. "왜냐하면 그 아인 정말 짜증이었거든."

"우리 학교 학생 중 반은 너를 짜증스럽다고 생각할 걸." 내가 그에게 상기시켜 주었다.

교실 저쪽에서 워싱턴이 키득댔다. 타일러는 나를 너무 뚫어져라 쳐다보고 있어서 눈알에서 피가 날 것만 같았다.

"난 너 짜증 안 나." 달라스가 미소를 지으며 몽고메리에게 말했다.

＊

토요일 아침, 나는 하는 수 없이 7학년들이 너무 큰 풋볼 패드를 걸친 채 트랙을 돌고 있는 모습을 중학교 축구장에서 지켜보고 있었다. 이 아이들에겐 근육도, 호르몬도, 독기도 없었다. 필드 역시 제대로 갖춰진 게 없었다. 벤치도, 골포스트도 심지어는 공을 넣어둘 트레일러조차 없었다. 야드 수는 파일론(pylon, 공사 현장이나 교통 통제 구역 등에 쓰이는 원뿔형 플라스틱 조형물)으로 표시되어 있었다. 마치 변장한 난쟁이들의 게임 같았다.

해가 뜬 지 얼마 되지도 않았는데 체육 선생인 미스터 헨드릭스는 벌써 커피를 석 잔째 마시면서 땀을 흘리고 있었다. "모두 이쪽으로 와!" 그가 소리쳤다.

난쟁이들이 서둘러 나를 향해서 모이자, 나는 그들을 난쟁이 말고 다른 말로 불러야 한다는 사실을 깨달았다. 비싼 돈을 들인 아이들은 나보다도 키가 컸기 때문이다.

헨드릭스는 급하게 아이들에게 풋볼 규칙을 설명했다. 그는 욕을 퍼부어대면서 풋볼의 기본기를 가르쳤다. 그런 다음 연습 팀으로 나누어 큰 아이들이 애기 같은 아이들을 완전히 박살내게 만들었다. "이 아이들은 뭐가 문제일까?" 그가 나에게 물었다.

"열두 살이잖아요."

돋보이는 선수라곤 딱 한 명뿐이었다. 사프론, 8학년 여자아이로 다른 어떤 남자아이보다도 더 세게 공을 던지고 더 빨리 달렸다. 아무도 이 아이를 잡지 못했다. 그 나이였을 때의 나를 떠올리게 하는 아이였다.

프랭키와 시카고, 두 명의 거대한 7학년 최상급들은 사프론이 공을 잡는 걸 허락하지 않았다. 경기 흐름은 무시한 채 사프론을 소외시켰고 그녀가 태클에 걸렸을 땐 손을 철썩 때리기도 했다. 자신들이 흑인 여자아이보다 못한 것을 용납할 수 없어 했다.

헨드릭스 선생이 중얼댔다. "다음 주에 네스팅이 시작될 때까지 기다리기가 힘드네."

"네스팅이요?" 내가 물었다.

"응, 다음 주에 시작되지. 요즘엔 다른 방법을 써서는 학교를 운영해 나갈 수가 없어. 우린 경쟁에서 지고 있어. 동기 부여 리더십이 꼭 필요하다고."

나는 십 대 후반의 세련된 소녀 둘이서 벽에 공을 튀기고 있는 음악원 쪽을 쳐다봤다. "뭐가 필요한지 알겠어요."

나는 그 소녀들 쪽으로 당당하게 걸어갔다. "숙녀분들, 잠시만 풋볼 연습하는 걸 좀 와서 보시지 않겠습니까? 새로운 팀인데 열심히 뛰게 할 동기 부여가 좀 필요하다네요."

금발인 소녀가 내 말에 콧방귀를 꼈다. 고등학교 운동장에서 그녀를 본 적이 있는 것 같았지만 확실치는 않았다. 다른 수많은 여자애와 비슷한 외모였다. 긴 머리, 짧은 옷, 핑크색 메이크업, 통통한 살. "우리가 무슨 치어리더처럼 보이니?" 그녀가 물었다.

"응."

그녀는 눈을 흘겼다. "내 동생이 어려서 데려다주러 온 거야. 응원하러 온 건 아니라고."

"꼭 응원 안 해도 되는데, 그냥 몇 분 동안 구경만 해주면 돼."

그녀가 나를 하나하나 뜯어보기 시작했다. 신발과 헤어스타일을 꼼꼼히 살펴보면서 내 값을 매겼다.

"우리가 심판 보는 것처럼?" 이번엔 친구 쪽이 물어봤다. 그녀는 작은 키에 미끄러워 보이는 얼굴, 뾰족뾰족한 까만 머리, 녹색 눈에 속옷 같은 옷을 걸치고 있었다. 그녀의 허리는 내 양손으로 감싸 쥘 수 있을 정도였다.

"그럼, 물론이지. 심판 좀 봐 줘."

그들의 시선이 나한테서 축구장 쪽으로 옮겨갔다. 그러더니 어깨를 으쓱하고 웃으면서 나를 따라왔다.

그 즉시, 풋볼 선수들은 자기 유니폼 안에서 제대로 된 자세를 취하기 시작했다. 심지어 사프론조차도 새롭게 보는 눈 아래에 서는 더 강해졌다.

내가 데리고 온 소녀들은 칭찬과 비난의 고함을 질러대면서 자신들의 힘을 과시했다. "더 세게 쳐야지!" 금발 머리 쪽은 이렇게 말하기를 좋아했다. 꼬마 요정 같은 쪽은 폴짝폴짝 뛰면서 손뼉을 쳤다.

내가 이 상황을 맘껏 즐기기 시작할 즈음, 자비에가 셔츠도 안 입고 땀에 젖은 몸으로 내 옆에 등장했다. "안녕, 맥스. 너희 엄마가 너 여기 있을 거라고 하셨어. 풋볼 연습 끝나면 크로스컨트리 같이 뛸래?"

"그래, 그러자."

자비에가 일단 소녀들의 눈에 띄자 난쟁이들의 풋볼 경기 따위는 이제 더이상 관심의 대상이 못 됐다. 그의 옆으로 다가선 그녀들은 재빨리 옷매무새를 다듬었고 일부러 무관심한 척 따위는 하지 않았다. 말들이 입에서 매끄럽게 흘러나왔고 깔깔대는 웃음은 속눈썹처럼 파르르 떨렸다. 서로 질문들을 속삭이고 침이 마르게 대화를 이어 나갔다.

"안녕, 맥스!" 자비에는 30초 후 나에게 외쳤다. "우리 뛰는 거 취소해야겠어. 아이스크림 먹으러 가야 해!" 소녀들은 웃으면서 자비에를 잡아당겼다.

미스터 헨드릭스가 자기 시계를 확인했다. "오, 이런. 내가 열 시에 차를 픽업하러 가야 되거든. 집에 보내기 전에 아이들 펌블 (fumble, 공을 떨어뜨려 소유권을 잃게 하는 것) 연습 한 번 하게 해라, 알겠지? 연습 끝나면 공이랑 파일론은 창고에 갖다 넣고. 문 잠겼는지 꼭 확인하고, 그래 줄 수 있지? 고맙다."

이게 나의 토요일 아침이라니.

10분 뒤에 나는 연습을 마쳤다. "아주 훌륭해." 사프론을 칭찬했다. 시카고와 프랭키, 공을 독차지하고 있었던 헐크 같은 두 명에겐 말했다. "너희들은 그리 훌륭하지 못했어. 다음번엔 경기에 집중하고 모든 선수가 자기 역할을 할 수 있게 해."

"그럼, 물론이죠, 난쟁이." 시카고가 말했고 프랭키는 웃었다.

"여기요, 코치." 아주 작은 몸집의 금발 소년이 필드에서 파일론들을 모아 왔다. 팀에서 제일 소심한 선수로 옅은 청록색 운동복 속에서 허우적대는 듯 보이는 7학년생이었다. 아주 허약해 보이는 아이였지만 나를 코치라고 불러주는 게 맘에 들었다.

"우리 누나 어디 갔는지 알아요?" 그가 물었다.

"미안, 근데 벌써 간 것 같다."

그는 주위를 둘러보더니 고개를 끄덕였다.

"알았어요, 고마워요."

트레일러도 없고 체육관도 잠겼기 때문에 아이들은 유니폼과 징이 박힌 운동화를 신고 건들건들 손에 헬멧을 매단 채로 집에 돌아가는 길이었다.

파일론과 공들을 나는 창고에 집어넣었다. 창고 안은 청소 도구와 체육 시간에 쓰는 장비들과 학교에서 필요한 물품으로 꽉 차 있었다. 훌라후프, 축구공, 사다리, 전구, 쓰레기봉투, 정원용 도구, 세제, 테이프, 풀과 잉크, 양동이들을 가득 채운 스토리지 칩, 종이 뭉치와 두꺼운 종이 그리고 숨이 막힐 만큼 엄청나게 다양한 종류의 물감이 거기에 있었다.

세 살 때 처음 64색 크레용 박스의 뚜껑을 열어본 이후로 미술용품은 언제나 내 심장을 뛰게 했다. 페인트, 잉크, 엄마의 매니큐어부터 심지어 콘크리트 바닥의 젖은 쪽과 마른 쪽이 보여주는 대조적인 배열조차 나에겐 설렘의 대상이었다. 나란히 늘어놓을 수 있는 파란색의 다양한 색조, 그 개수만으로도 마음이 들썩였다.

창고의 물감은 믿을 수 없을 정도로 그 개수 많았다. 무지개를 잘라서 말린 뒤 템페라 덩어리들로 만든 것처럼 보였는데 그것들이 바닥에 무릎 정도 높이로 쌓여 있었다. 그 위 선반에는 선명한 레드와 로열 블루, 아이보리와 반짝이는 블랙, 알루미늄 색상의 컬러 스프레이가 수십 개 놓여 있었다.

너무 많았다. 나에겐 다른 수가 없었다.

무심하게 보이려고 애쓰면서 난 농구공을 두 손으로 번갈아 튕기기 시작했다. 매번 더 높이 튀어 오르게 만들면서. 두 번쯤 내 손에서 많이 벗어난 데까지 가게 한 뒤 벽으로 세게 튕겼다. 아차, 문 위에 있는 감시카메라에 공이 맞았다. 쩽, 쾅, 쿵. 쓰레기봉투 두 개를 물감 덩어리들과 컬러스프레이 캔으로 채운 나는 너무 신이 났고 흥분으로 짜릿했다. 싹 쓸어 가는 건 아니었지만 꽤 챙겼다.

그 뒤 세 시간을 나는 중학교 음악원 뒤쪽 벽을 칠하면서 보냈다. 컬러스프레이의 가스 때문에 질식할 것 같은 상태로 배경을 재빨리 메꾼 다음 천천히 내 그림의 주제를 표현했다. 나는 구석구석 아주 훌륭한 작품을 만들어냈다. 프랭키와 시카고처럼 생긴 두 명의 백인 아기가 코를 파서 더러운 파란색 기저귀와 운동복에 묻히는 중인데, 그 옆을 열 한 명의 아주 멋들어진 흑인 소녀들이 깔끔한 빨강 유니폼을 입고 잔근육이 잡힌 팔 아래 헬멧을 끼운 채 조깅해서 지나가는 장면이었다. 선수 중 주장은 사프론의 얼굴을 하고 있다. 힘이 있고 집중한, 아주 진지한 얼굴. 마치 전쟁에라도 나가는 것처럼 보였다.

전체적으로는 아주 단순하게 완성했다. 파란 하늘, 녹색의 필드, 갈색과 베이지의 몸체들. 빨강은 유니폼과 시카고의 콧물 아주 약간에만 사용했다. 종이봉투로 바르고 내 소매와 손가락 끝을 이용해 다 마르기 전에 문질렀다. 작업은 오후 내내 걸렸다. 내 손과 얼굴은 온통 물감투성이였고 옷은 엉망진창이었지만 마음은 온통 자유로 넘실댔다.

둔탁한 소리를 내는 훔친 물감 덩어리들을 옆에 가득 끌고 집에 도착했을 때 엄마는 낮잠을 자는 중이었고 자비에가 알리랑 같이 거실에서 영화를 보고 있었다.

"그 어린 애들이 너한테 물감칠을 한 거야?" 자비에가 물었다.

"아니야. 그 키 큰 소녀들은 어땠어?"

"아주 육감적인 애들이었어."

"당연. 지금 보고 있는 건 뭐야?"

"〈스텝포드 와이프〉."

"이상해 보여."

"자기 아내와 똑같이 생긴 로봇을 만들고 진짜 아내들을 죽인 뒤에 로봇으로 그들을 대신하는 남자들이 사는 도시에 관한 이야기야."

"왜 그냥 로봇을 놔두고 이혼하지 않고?"

"비유지." 자비에도 이번엔 지체 없이 답했다.

난 웃을 수밖에 없었다.

*

나는 초등학교 밖 보도에 서서 알리를 안아 주려고 팔을 벌렸다. 동생은 양팔을 옆으로 축 늘어뜨리고 있었다. "오빠 안아 줘야지!" 내가 말했다.

알리는 순순히 팔을 벌렸다.

나는 무릎을 꿇고 동생을 안았다.

"나도 다른 애들처럼 행동해야 해." 알리는 말했다.

나는 알리의 어깨 뒤로 울타리 너머를 쳐다봤다. 천 명의 좀비가 초등학교 입구에 줄을 서 있었다.

"쟤네 정말 무시무시하다. 그렇지?"

알리는 천천히 고개를 끄덕였다.

감독 교사 하나가 정글짐 옆에 서서 자기 리그에 대고 수다를 떨고 있었다. 자기를 바라보는 나를 본 그녀는 나와 내 동생의 사진을 찍었다.

"뭐든지 네가 해야 하는 걸 하면 돼." 알리에게 얘기했다. "친구들의 좋은 면을 봐."

알리는 앞만 보고 있는 좀비들의 대열로 들어갔다. 난 이제 다른 아이들과 알리를 구분할 수가 없었다.

"어이, 코너스!" 타일러 윌킨스가 거들먹거리는 폼으로 담배를 피우며 걸어 올라왔다. 얼룩진 손으로 그는 나한테 손을 흔들었다. "지난 주말에 중학교에서 너 봤다."

나는 자랑스럽게 고개를 끄덕였다.

"내가 중학교 풋볼팀을 지도하거든."

그는 낄낄댔다. "그게 다는 아니지. 점심때 지나다가 네가 어떤 작품에 열중하고 있는 거 봤어. 그런 그림 실력이 있는지는 몰랐다. 넌 꼭 특별한 학교에 가야 해."

"우습네. 나도 너한테 같은 얘길 하는데."

그는 담배를 비벼 끄더니 자기 리그를 내 얼굴 앞에 바싹 가져다 댔다. 난 중학교 음악원 벽을 훼손하는 나를 찍은 그의 동영상을 보면서 타일러에게서 나는 냄새를 맡지 않으려고 애썼다. 내가 생각할 수 있는 전부는, '내가 정말 저렇게 키가 작은가?' 였다.

"감시카메라가 없는 벽을 고를 정도로 넌 충분히 똑똑했어." 그는 말했다. "그런데 가끔 한 번씩 어깨 뒤를 돌아볼 정도로는 똑똑하지 않았지. 내가 한 20분은 거기 있었을 텐데."

난 한숨을 쉬었다. "무슨 말이야, 타일러?"

"너야말로 무슨 뜻이야?"

"녹화한 거로 뭐 하려고 하는 거야? 포스팅할 거야?"

"모르겠어. 그냥 찍은 거야."

"그래피티로 나를 정학 먹이려고 한다면 먼저 너부터 죽도록 패 주겠어."

그는 콘크리트 바닥에 침을 뱉었고 내 발 옆으로 황갈색 액체를 튀겼다. "왜 꼭 그렇게 말하는 거지? 내가 이걸로 교장한테 달려가기라도 할 거라 생각하는 건가?"

"아니라면 왜 나한테 보여주는 건데? 나를 협박하는 거야?"

"네 그림이 찍어둘 만한 가치가 있다는 생각은 안 해 봤냐? 이 바보 자식아!" 그는 나를 쏘아보더니 고개를 흔들었다. "넌 나에 대해서 정말 아무것도 몰라. 너 같은 놈이랑 말 섞고 싶지 않아." 그는 주먹을 풀면서 저쪽으로 걸어가 버렸다.

그의 몸이 구부러지고 흔들렸다. 슬프게 천천히, 키 작은 꼽추처럼. 그리고 그 순간 갑자기 그가 방금 나를 칭찬하려 했다는 사실을 깨달았다. 타일러 같은 애는 결코 달라지지 않는다. 나는 외치고 싶었다. '미안!' 하지만 난 그럴 만한 용기가 없었고 그는 이미 너무 멀리 있었다. 미안하다는 말은 내 속으로 돌덩이처럼 가라앉았다.

＊

나는 자비에를 설득해 학교 감시카메라 시스템을 해킹하고 10학년 사물함 중 한 줄의 접속을 차단하게 했다. 그는 기꺼이 그렇게 해 주었다. 자기가 신뢰하지 않는 규칙을 깨는 걸 그는 좋아했다. 점심시간에 난 내 리그로 몽고메리가 그의 사물함 비밀번호를 누르는 장면을 확대해서 지켜보았다. 2분 뒤에는 워싱턴이 자기 사물함을 열었다.

모두 식당에 있는 동안 달라스와 나는 그 두 개의 사물함을 열고 안에 있는 내용물을 바꿔놓았다. 워싱턴이 애지중지하는, 비단뱀을 엉덩이에 감고 있는 여자의 나체 사진은 이제 몽고메리의 사물함 문에 걸렸다. 몽고메리의 건설 현장 인부들과 코러스 라인 이미지는 워싱턴의 사물함 안쪽을 뒤덮었다. 우리는 아이들이 점심을 먹고 올 때에 맞춰 사물함 쪽으로 갔다. 달라스는 몽고메리가 부들부들 떨면서 마치 추행이라도 당한 듯 손을 떠는 모습을 찍었다. "내 겉옷은 어디 간 거야?" 그는 악을 썼다.

"이게 다 뭐지?" 몽고메리는 주변의 사물함 번호들을 보더니 다시 자기 사물함 앞으로 갔다. 푸른색 트레이닝복을 꼭 오물이 잔뜩 묻은 것처럼 두 손가락 사이로 집어 들었다. 냄새를 맡고 움찔하더니 그 옷을 타일 바닥에 떨어뜨렸다. 그러더니 이 일을 알릴 만한 높은 사람을 찾기 위해 성큼성큼 걸어갔다.

워싱턴은 타일러와 저지랑 같이 그들이 방금 성희롱한 열네 살의 소모품 얘기를 거들먹거리며 들어왔다. 그 자랑은 사물함 문을 여는 순간 멈췄다. 저지는 웃으면서 말했다.

"몹쓸 짓에 열중하고 있구나, 너."

지나가던 몇 명이 어깨너머로 들여다봤다. 그들의 웃음소리가 커지고 점점 더 많은 학생이 잘생긴 목수와 코러스 라인 근처로 몰려들자 워싱턴은 얼굴이 새빨개졌다.

"이거 내 거 아니라고!" 그는 소리쳤다.

"너 몽고메리랑 같은 겉옷 있었어?" 저지가 외쳤다.

나는 코너에 숨어야만 했다. 너무 큰 소리로 웃고 있었기 때문이다. 달라스는 아무렇지도 않은 척 계속해 영상을 찍었다.

워싱턴은 사물함에 있는 물건을 모조리 바닥으로 내던지더니 몸을 떨면서 소리쳤다. "이거 내 거 아니라고!"

달라스는 그의 이마 위에 불끈 솟은 핏줄을 클로즈업해서 화면에 잡았다.

교장이 몽고메리와 같이 쿵쿵 걸어왔고 몽고메리는 숨이 멎을 듯 놀라면서 자기 소지품들 옆에 쓰러지듯 무릎을 꿇었다. 그는 코러스 걸의 사진을 마치 죽은 자기 엄마 사진이라도 되듯 부여 잡았다.

"이 옷들 주워라." 그레이엄 교장이 워싱턴에게 말했다.

"도대체 이것들이 왜 내 사물함에 들어가 있었던 거지?" 워싱 턴이 소리쳤다.

몽고메리가 자기 사물함으로 급히 가더니 남아 있던 워싱턴의 소지품들을 바닥에 쏟았다. 뱀을 두른 여자 사진이 그의 발에 밟 혔다.

"어! 저기 내 물건들이다!" 워싱턴이 외쳤다. 마치 어떤 환상 적인 거라도 발견한 듯 그의 눈동자가 빛이 났다. 그는 5분이 더 지나서야 자기와 몽고메리가 이번 장난의 희생자라는 것을 깨달 았다.

타일러는 팔짱을 낀 채 히죽거리면서 홀 저쪽에서 나와 달라 스를 빤히 쳐다봤다.

그레이엄 교장이 고함을 쳤다. "누가 이런 짓을 벌였든지 간 에, 지금 보고 있다는 걸 안다! 어쨌거나 이런 우스운 짓이 다 감 시카메라에 찍혀 있다는 점만 말해 두지." 그는 자기 머리 위의 고장 난 카메라를 가리켰다. "다른 사람을 희생양 삼아 재밌어 하는 것도 이번이 마지막이 될 거다."

희생양이라니. 말도 안 되는 소리. 20분 동안의 이까짓 소동이 뭐 그리 대단하다고.

＊

"네가 한 짓인 거 알아." 지리 시간에 페퍼가 작은 소리로 말했다. "사물함 바꿔치기? 그 장난 나한텐 절대 칠 생각 마."

"내 풋볼 장비들을 네 댄스 사물함에서 꺼내게?"

그녀는 웃었다. 머리를 젖히고 목을 쭉 늘이면서, 마치 뭔가로 초대하듯이. "내 댄스 의상들 입고 공을 잡는 그림이 그려지는데."

"내가 꿈꾸는 게 바로 그거야."

페퍼는 자기 어깨를 내 쪽으로 가까이 들이댔다.

"그런 장난 칠 날도 별로 안 남은 것 같아."

"올해 안에 망막 스캔(retinal scan, 사람의 지문처럼 눈의 망막을 스캔해서 개인의 신원을 확인하는 장치)이 도입되는 거야?"

"그건 나도 몰라." 페퍼는 내 눈을 보면서 속삭였다. "부모님이 이사 가는 걸 생각 중이셔."

"안 돼! 어디로?"

그녀는 어깨를 으쓱했다.

미즈 레이놀즈는 우리에게 주목하라고 하면서 사라진 원주민 문화에 존재했던 청소년들의 성인식 의식에 관하여 이야기했다. 이런 내용은 다른 때라면 농담으로 삼기에 좋은 소재였지만 그러기엔 페퍼의 말을 듣고 너무 우울해졌다.

"페퍼가 너한테 이사 간다는 얘기 했어?" 달라스가 과학 시간에 물었다.

"너한테도 얘기했어?" 내 말은 거의 우는 소리처럼 들렸다.

"조용히 해, 맥스웰!" 미스터 톰슨이 소리쳤다. 그는 계속해서 소화기관을 그려 나갔다. 햄버거가 똥이 되는 과정을 단계별 일러스트레이션으로 보여 주는 중이었다.

커뮤니케이션 시간에 우리는 다섯 개의 동화를 다섯 개의 언어로 읽었다. 개구리가 왕자로, 거지들이 부자로, 달콤한 혀들이 날카로운 이빨로 변하는 내용. 오늘 학교에서 배운 건 하나 같이 변화에 대한 것이다. 그런데 난 여기에, 매일 같이 똑같은 하루를 보내며, 출구도 없이 있다.

자비에가 미스터 에임스를 이어받아 영웅 이야기들의 심리학적 필요에 대해 자세하게 설명했다.

타일러가 중간에 끼어들었다. "왜 넌 대학에 가지 않고, 자비에? 너는 완전 어른 같아 보여. 생각도 어른같이 하고. 왜 여기 있는 건데?"

자비에가 혼란스런 표정으로 주위를 돌아봤다. "난 고등학교 졸업장이 필요해. 교육은 자유를 얻을 수 있는 열쇠야."

"자비에도 너처럼 열다섯이야, 타일러." 미스터 에임스가 말했다. "하지만 자비에는 자유 시간을 싸움 대신 공부를 하면서 보내지."

"그건 공평하지 않아요." 내가 말했다. "타일러도 공부와 싸움에 같은 시간을 투자하고 있는 걸요."

다들 낄낄댔다. 타일러는 나를 향해 셋째 손가락을 들어 보였다.

"난 진지하게 말하는 건데. 우리 학교에 게으른 학생은 없다고
요."

미스터 에임스는 너무 심하게 코웃음을 치는 바람에 안경을
떨어뜨렸다.

"사실이에요!" 나는 외쳤다. "평균 70점 이하로 떨어지면 소모
품들이 다니는 학교로 보내진다는 걸 다 알잖아요."

"트레이드 스쿨." 미스터 에임스가 정정했다.

"트레이드. 고상하게도 말하네요. 오래된 기계를 해체하고 그
부속을 재활용하는 작업."

"도대체 요점이 뭐지, 맥스웰?" 미스터 에임스가 한숨을 쉬었다.

"제 요점은 우리 중 아무도 멍청하지 않고 아무도 학교 수준이
떨어지도록 가만히 있지 않는다는 거예요. 선생님은 우리가 빈
둥댄다고 생각하실지 모르겠지만, 물론 우리 중 일부가 그럴진
몰라도, 모두들 매일 밤 최소한 두 시간 이상 공부하고 있잖아
요."

"총 몇 시간 중에 두 시간일까?" 미스터 에임스가 물었다. "일
곱 시간? 여덟 시간? 그게 그렇게 숙제가 많은 건가?"

"정말 그렇게 생각하세요?"

그는 미소를 지었다. "자, 이제 그 크고 못된 늑대 이야기에 대
해서 다시 한 번 생각해보자."

"더 이상 늑대는 없어." 나는 중얼거렸다.

달라스가 내 쪽으로 몸을 기대더니 속삭였다. "네 생각엔 누가 이길 것 같아? 빨간 모자랑 할머니 중에?"

*

역사 시간에 우리는 최근의 베네수엘라 독감을 1300년대에 유행했던 흑사병과 비교했다.

"둘 다 점점 사회적인 통제가 늘어나는 시대였지." 미스터 리즈가 말했다.

자비에는 사회적 통제라는 마법의 단어에 봇물이 터졌다. 그는 통로 쪽으로 몸을 기울인 채 현재의 정부와 중세 교황의 통치에 대한 비교라는 샛길로 우리를 이끌었다. 사실 그 두 가지 모두 건강보험과는 아무런 관련도 없는 주제였다. 신경증을 앓지만 친절한 미스터 리즈는 자비에가 자유롭게 말할 기회를 주었다.

브레넌이 자기 인내심의 한계에 이르렀다.

"네가 무슨 얘기 하는 건지 알아, 자비에. 하지만 현대 사회에서 사회적 통제는 꼭 필요해. 정신 나간 사람들이 나머지 사람들한테 대형 사고를 치기가 너무 쉬워."

"베네수엘라 독감이 테러리스트들에 의해 퍼졌다고 얘기하진 말아 줘." 몽고메리가 한숨을 쉬며 말했다. "그 이론은 이제 너무 지겨워."

브레넌은 그의 눈을 내리깔았다. "캘리포니아의 핵 재난 사태가 테러리스트들의 소행이라는 걸 우리는 알고 있어. 그런 일이 우리 도시에서 일어난다면 어떻게 될까? 가뭄과 점점 심해지는 해수면 상승 때문에 이미 수백만의 환경 난민이 생긴 상태잖아. 산업적 사보타주(sabotage, 겉으로는 일을 하지만 의도적으로 일을 게을리함으로써 사용자에게 손해를 주는 방법)와 테러리즘으로 거기에 짐을 더할 수는 없어."

"몇 년 전에 국경을 봉쇄했어야 하는데." 워싱턴이 말했다.

"아니, 우리 경제를 튼튼하게 만들어 주는 건 바로 이민자들이야." 자비에가 말했다. "그런 개방성이 우리를 위대하게 만들어 준다고."

"핵심은," 브레넌이 이어받았다. "우리가 가진 테크놀로지가 예전에 우리가 누렸던 만큼의 자유를 허용하기에는 너무 치명적이 되었다는 사실이야. 프릭타운에서 어떤 일이 벌어졌는지를 봐, 그게 그냥 하나의 사고였다고."

"그건 캐나다인들이었잖아." 워싱턴이 말했다.

"그건 우리나라 산업이었어." 자비에가 반박했다.

"우리의 적들 입장에선 반복되길 원하는 사고였지." 브레넌이 말했다. "우리가 가진 민간의 자유를 우리 자신의 안전을 위해 제한해야 한다고 봐."

"우린 기업들의 자유를 우리의 안전을 위해 제한해야 해." 자비에가 다시 반박하고 나섰다.

"너는 어떤 자유를 말하는 거야, 브레넌?" 달라스가 물었다. "이 도시의 모든 거리와 이 학교의 모든 교실에서는 감시카메라가 우리를 내려다보고 있어."

"우리나라의 다른 곳에서도 그런 시스템이 필요해." 브레넌은 말했다.

"최소한 전 세계에서 통용되는 아이디를 도입 중이긴 하잖아." 몽고메리가 말했다. "그게 첫 단계야."

"절대로 그걸 상용화하진 않을 걸." 내가 말했다. "남서부 지역은 물 공급을 다시 받기 위해 사인한 거야. 하지만 실제로 시행하진 않을 거야. 텍사스 같은 데는 토지 이용 규제법 같은 것도 거의 없는데 뭘."

달라스가 웃음을 터뜨리며 말했다.

"바로 내가 옮겨갈 곳이지."

"감시카메라가 없는 장소가 꼭 필요하다고 보니?" 미스터 리즈가 물었다.

자비에가 소리쳤다. "네!" 동시에 브레넌도 외쳤다. "아뇨!"

"코너스한테 물어봐." 타일러가 말했다. "감시카메라 없는 데를 다 알고 있으니까."

나는 미소 지었다. "누군가가 다른 사람들을 지켜보고 있다는 사실을 아는 건 좋아요. 하지만 그들이 내 움직임을 일일이 감시하기 시작하면 그건 문제가 될 수 있죠."

"그들이 누군데?" 미스터 리즈가 질문했다.

"켐로즈요." 타일러가 대답했다. "그리고 정부, 경찰, 학교, 또 선생님이요."

미스터 리즈가 숨이 턱 막혀 했다. "나?"

타일러는 자기 의자에 깊숙이 앉더니 노란 손톱을 물어뜯으면서 씁쓸한 표정으로 교실을 둘러봤다. 그는 브레넌을 지적했다. "너도 마찬가지야. 쿼터백. 최상급, 이런저런 모임의 회장. 당연히 너는 더 많은 통제를 원하겠지." 그는 달라스를 가리켰다. "너희 아빠가 학교 이사회를 이끌어 나가지, 안 그래?" 그는 내 쪽을 돌아봤다. "너도 쟤네 중 하나가 되고 싶을 거야. 안 그래, 코너스? 하지만 너는 거기 안 어울려."

"우리가 다 그들이야." 페퍼가 말했다. "너도 그렇고, 타일러. 세상의 나머지 사람들과 비교하면, 심지어 우리나라의 다른 사람들과 비교만 해봐도. 우리를 봐, 다 가지고 있잖아."

"단지 우리가 특권을 누린다고 해서 우리가 누군가를 통제한다는 의미는 아니야." 내가 말했다. "아니면 통제하기를 원한다든지."

"넌 그 정도로 특권을 누리고 있지 않아, 맥스." 달라스가 웃으면서 말했다. "그리고 넌 그들 중 하나가 될 수 없어, 그렇게 걔네 뒤에서 어슬렁대다간. 안 그래?"

"감시카메라 고장 내고 커뮤니케이션 네트워크 해킹한 건 내가 아니야." 나는 자비에를 힐끗 보면서 얘기했다. "하지만 내가 그랬다 쳐도, 나는 그렇게 위험한 인물은 아니야. 통제받을 필요까진 없다고."

브레넌이 눈썹을 치켜올리면서 어깨를 으쓱했다.

"사람들은 언제나 사회적 통제를 두고 벗어날 방법을 찾아내죠." 자비에가 말했다. "좋은 사람이든 나쁜 사람이든 상관없이. 그게 문제예요. 거기엔 끝이 없으니까. 반면 정부와 기업들은 우리가 그냥 놔두는 한 계속해서 더 많은 통제를 가하려고 할 거예요. 우리가 모두 감옥에서 살게 될 때까지."

"주차장보다는 감옥이 나을 수도 있어."

"농담이 아니야." 자비에가 말했다. "하나씩 하나씩 우리의 권리들이 사라져 가고 있어. 이동의 자유, 언론의 자유, 집회의 자유. 넌 지금 네가 원하는 곳에 있으니까 신경 쓰지 않는 거야. 언젠가 너한테 중요한 것들에 대해서도 그들의 통제가 시작될 거야, 맥스. 그때가 되면 너도 그들의 통제를 따르든지 아니면 거기 맞서 싸울지를 선택해야만 해."

타일러는 거의 히스테리컬한 웃음을 터뜨렸다. 믿지 못하겠다는 듯 머리를 흔들면서. "너 뭐야, 정신 나갔냐? 그때는 절대 우리한테 선택할 수 있는 자유가 주어질 리 없어, 이 바보야."

*

달라스가 금요일에 〈프릭쇼〉 선발전을 보러 왔다. "안 돼!" 타이거가 다시 제일 하위권으로 떨어지자 그는 앓는 소리를 냈다.

타이거는 최근 세상을 떠난 자기 딸들 이야기를 했다. 진행자는 얼굴을 찡그렸다. 어차피 몸이 붙어있는 기형 쌍둥이였으므로 딸들을 잃은 게 그리 큰 일은 아니라고 생각하는 것처럼 보였다.

"아이들 아빠라기엔 너무 젊어." 달라스가 말했다. "우리보다 세 살 밖에 안 많은데."

나는 어깨를 으쓱했다. "프릭타운에서 달리 할 일이 뭐가 있겠어."

지퍼헤드, 샴쌍둥이로 태어났던 그가 육중한 자기 머리를 힘들게 마이크 앞으로 끌어오더니 말했다. "어린 딸들을 잃었다니 정말 유감이다, 타이거. 이런 기형으로 태어난다는 것이 얼마나 많은 고통과 아픔을 주는지 사람들은 모르지. 독성 물질들이 여전히 우리 도시를 오염시키고 있고 또…."

진행자는 마이크를 휙 낚아채더니 지퍼헤드에게 등을 돌렸다.

달라스는 웃었다. "아마 분명 이렇게 말하려고 했을 거야. '우린 다 사랑하는 이들을 잃었어. 하지만 그들에 대한 기억이 우리를 계속 살아가게 하지.'" 그건 죽은 이들에 관한 질문을 받으면 선수들이 항상 하는 대답이었다.

〈프릭쇼〉의 패자를 발표하기 직전 엄마는 알리와 함께 집에 들어왔다. "선생님과 부모님이 만나는 시간이 있었어. 그리고 나 앞니 빠졌다!" 알리가 외쳤다. 동생은 빠진 앞니 사이로 키득댔다. "나 사진 찍어야지."

"저녁은 먹었니, 달라스?" 엄마가 물었다. "치킨이 있는데 완전히 인간적인 방식으로 실험실에서 키운 닭." 엄마의 목소리는 무겁고 느릿했다. 피곤해서 머리를 늘어뜨리고 있었다.

"아뇨, 됐어요. 감사합니다." 달라스가 말했다. "그냥 이 쇼 끝날 때까지만 있다 갈게요." 그는 한 마디라도 놓칠세라 화면 앞으로 몸을 바싹 당겼다.

"당신들 가운데 한 명만이 다음 주 쇼에 진출하게 됩니다." 진행자가 발표했다. "다른 한 선수는 프릭타운으로 돌아가 나머지 인생을 사회적 외톨이로, 구걸이나 도둑질하면서 근근이 먹고 살게 되죠."

카메라가 두 얼굴 위로 클로즈업되었다. 원래의 기형적인 모습에 더해 이 순간 수치심과 두려움으로 가득 찬 타이거의 눈은 인조처럼 보였다. 하지만 스쿼드의 눈은 거의 안구에서 튀어나올 것만 같았다. 그는 팔꿈치까지만 오는 팔이 세 개였으며 척추는 휘었고 거대한 이마에, 세 단어도 제대로 연결해서 말하기 어려워했다. 그는 한 주 더 버틸 자격이 있었다.

"팔백만 표의 투표가 있었고 그 결과," 진행자가 말했다. "다음 주까지 우리와 함께 남게 될 선수는… 스쿼드입니다!"

스쿼드의 칠흑같이 까만 미소는 너무나도 보기 흉한 나머지 사회자조차 눈을 찌푸렸다. 타이거는 고개를 떨궜다. 그의 귀가 씰룩거렸다.

"제길," 달라스가 말했다. "죄송해요, 코너스 아줌마. 하지만, 완전 빌어먹을. 난 저 선수 정말 좋은데. 이젠 거지로 살아야 해."

"도둑이지." 내가 말했다.

"그럴 것 같아? 프릭타운에 훔칠 만한 게 뭐가 있겠어?"

또 다른 한 주 동안 살아남은 네 명의 선수가 무대 위에 나란히 섰다.

"제발 그거 좀 끌래?" 엄마가 말했다. "너무 우울한 프로구나."

"그들에게 돈을 딸 기회를 주는 거예요." 나는 말했다.

"그 얘긴 이미 한 것 같은데, 맥스. 이제 꺼라."

"난 가야겠어." 달라스가 말했다. "오스틴 대학 입학 시험이 곧 있는데 오늘 밤에 내가 테스트하기로 했거든."

"학기 시작한지 얼마 되지도 않았는데, 벌써?" 엄마가 물었다.

달라스가 고개를 끄덕였다. "만약에 떨어지면 주립 대학교에 지원할 시간이 필요하거든요. 안녕히 계세요, 코너스 아줌마. 잘 있어, 알리!"

알리가 화장실에서 노래로 인사했다.

"잘 가요, 잘 가요, 좋은 달라스 오빠, 잘 가요!"

그는 웃었다. "나중에 보자, 맥스."

달라스가 나가고 문이 닫히는 순간부터 엄마는 지저분한 집, 잊어버리고 안 한 일들, 다 마치지 않은 숙제에 대해서 일장 연설을 시작했다.

"일요일에 크로스컨트리 한 다음에 하려고 남겨 둔 거예요. 십 대의 뇌가 최상의 작동 상태가 되는 시간이 바로 그때거든요."

엄마는 전혀 웃지 않았다.

나는 엄마를 따라 부엌으로 갔다.

"엄마, 괜찮아요? 설거지 내가 할 수 있어요."

엄마는 머리를 흔들고 한숨을 쉬더니 핸드백에서 종이 서류를 꺼냈다. "알리가 학교를 옮겨야 해."

내 목의 털이 곤두서고 쭈뼛거렸다. "네?"

"알리가 전학 당했다고."

"소모품들이 다니는 학교로요?"

"그렇게 부르지 마라."

"하지만 그 학교 얘기하는 거잖아요?"

"아카데믹 스쿨 말고 다른 학교는 거기밖에 없어."

나는 조리대로 쓰러지듯이 기댔다.

"숙제할 때 내가 좀 더 도와줬어야 했는데."

엄마는 내 머리를 쓰다듬었다.

"그건 그렇게 중요하지 않았을 거야, 맥스. 알리는 그냥 따라가기가 힘든 거야. 지금은 백 명의 1학년 아이들을 한 명의 교사가 담당하는 데다 새로운 교과과정은 너무 어렵기도 하고."

"소모품들을 위한 학교는 도대체 어디에요? 거기까진 어떻게 다닐 거냐고요?"

엄마는 손으로 내 턱을 붙잡고 자기 눈을 똑바로 바라보게 했다. "그렇게 부르는 거 그만두도록 해. 트레이드 스쿨이야. 다 같은 아이들이라고." 내가 고개를 끄덕일 때까지 엄마는 내 턱을 잡고 있었다. "학교는 미들타운 중심에 있어. 여기서 1마일도 안 돼. 예전에 카니발이 있었던 곳이야. 우리 동에 사는 다른 애들과 같이 걸어가면 돼. 그 애들 명단이 있어. 예전에 네 친구였던 루카스도 여기 있네."

죄책감 때문에 나는 신음했다. 처음 이 아파트 단지로 이사 왔을 때는 루카스와 시간을 많이 보냈었다. 하지만 그는 너무 약골이었고 사회적 계층이 나와는 다르다고 생각해서 멀리해 버렸다. 매정하게.

"오늘 밤에 루카스 부모님께 전화를 걸어서 알리와 같이 걸어다닐 수 있게 하려고." 엄마는 말했다. "새 학교는 8시에 시작해서 4시에 끝나."

나는 머리를 부엌 조리대에 박았다. 지저분하게 떨어진 토스트 부스러기들 위에 이마를 비벼댔다. 하루에 여덟 시간씩 여섯 살 때부터 구리 선을 재활용하고 쓰레기통에서 플라스틱을 분리해내기 위해 훈련받는 알리의 모습이 상상되었다.

"알리도 알아요?"

엄마는 고개를 끄덕였다. "오늘 모임에서 얘기해 주었어. 신나는 일처럼 얘기하더라. 아마 그럴지도 모르지."

"하지만…."

"그만하자."

나는 혀를 깨물었다.

6

토요일 아침 일찍 알리가 나를 깨웠다. 그래서 중학교 풋볼팀을 코치하러 가기 전에 잠깐 동생과 함께 공원으로 갔다. 밤사이 여름은 자취를 감췄다. 잔인한 한랭전선에 쫓겨나 버렸다. 바람이 나무의 모든 색채를 떨궈 내는 동안 우리는 스웨터 안에서 떨고 있었다.

"가을은 아빠가 제일 좋아하는 계절이었는데." 알리가 말했다. 어떻게 그런 걸 기억하는지 알 수가 없었다.

재커리와 멜보른이 엄마들과 함께 공원에 와 있었다. 그 아이들은 그네와 미끄럼틀을 조심스럽게 탔고 서로에게 기분 좋은 말을 했으며 뿌듯해하는 부모들에겐 미소를 지어 보였다. 재커리의 엄마가 말했다. "가야 할 시간이네, 우리 잭." 그러자 그녀의 꼬맹이는 곧바로 걸어와 엄마 손을 잡았다.

"오늘은 여기 별로야." 알리가 말했다.

"집에 갈래?"

알리는 어깨를 으쓱했다.

"우리 라임 불러서 어떻게 할지 결정할까?" 내가 물었다. "라임이 나한테서 끝나면 있는 거고, 라임이 너한테서 끝나면 가는 거야."

동생은 나랑 자기를 왔다 갔다 가리키면서 속삭였다. "하나, 둘, 셋, 꿀벌이. 내 코를 쏘고는 멀리 날아가 버렸네." 손가락이 알리에게서 멈췄다.

나는 웃었다. "가자."

알리는 고개를 떨궜다.

나는 무릎을 굽히고 알리의 볼에 뽀뽀해 주었다. 축축했다.

"알리, 너 우는 거야?"

알리는 해바라기 씨 한 움큼을 주머니에서 꺼냈다.

"아냐, 알리. 꼭 가야 하는 거 아니야. 피넛 먹이 주고 싶었어?"

알리는 코를 훌쩍이며 눈가를 닦았다. "응, 그러고 싶어." 알리는 내 손을 잡더니 좀비 같은 멜보른을 지나 나를 참나무 있는 데로 데리고 갔다.

"그럼 그렇게 얘기하면 되잖아." 내가 말했다.

동생은 고개를 흔들었다. "자기 의견을 솔직하게 얘기하는 건 안 좋은 거야."

중학교에서는 내가 지도하는 아이 가운데 절반이 정상이 아니었다. 7학년 아이들 전부 어딘가 달라져 있었다. 딱 꼬집어서 뭐라고 말하긴 힘들었지만. 7학년 아이들은 8학년들보다 뒤처지는 것 같이 보였지만 8학년들만큼 열심히 뛰고 세게 치고 경기에도 집중했다. 그냥 좀, 그들의 생각에 쿠션 같은 걸 댄 느낌이었다. 기존의 잘난 척이 사라졌는데 뭐가 남은 건지는 알 수 없었다.

엔드존 근처에는 흙탕물 웅덩이가 있었다. 음악원 벽에서 내 그림을 지우느라 물을 썼던 곳이다. 8학년 아이들은 웅덩이를 피해 갔다. 프랭키와 시카고는 철벅철벅 그 안을 헤치고 다녔다. 몸집이 작은 아이가 공을 놓치자 프랭키는 "다시 해봐!"라고 외쳤고, 큰 아이가 절뚝거리면서 필드에서 나오자 시카고는 자기의 거친 태클에 대해 사과했다.

"7학년들 사이에 무슨 일이 벌어지고 있는 건가요?"

나는 미스터 헨드릭스에게 물었다.

그는 미소를 지었다. "네스팅. 뉴 에듀케이션 서포트 트리트먼트(New Education Support Treatment, 새로운 교육 지원 치료)를 뜻하지. 우리의 미래가 거기 있어. 동기부여 리더십의 기초가 되는 프로그램이야. 우리가 속한 공동체를 필요한 방향으로 나가게 이끌어 줄 거야. 나라 전체도 필요한 방향으로 이끌어 갈 거고."

사프론이 터치다운을 성공한 뒤 옆으로 재주를 넘었다. 8학년들은 기뻐하며 그녀의 어깨를 두들겨 주었다. 7학년들은 무슨 조회에 참석할 때처럼 박수를 쳤다.

"지난주에 음악원 건물에 그려진 그림을 보았나?" 미스터 헨드릭스가 물었다. "이제 더 이상 그런 일이 없을 거야. 문제아들이 친 사고를 수습하는 데 낭비할 자원이 우리에겐 없거든."

"제가 한 짓 아니에요." 내가 말했다.

"네가 한 게 아니란 거 알아. 누가 한 짓이든 다시는 그러지 못할 거란 소리지. 너무 지나치게 아이들을 소중한 존재로 대해 왔어. 사실 이 세상엔 아이들이 넘쳐나고 그 아이들 대부분 뭐 하나 쓸모 있는 데가 없는데 말이야. 우리는 어떤 일이든 간에 가능한 분야에서 더 열심히 일하도록 아이들을 가르칠 필요가 있어."

"어이, 맥스. 오늘도 지도 좀 하시지 않고?" 달라스가 소리쳤다. 그는 필드 건너편에서 오스틴과 함께 접이식 의자를 펴놓는 중이었다. 둘은 가죽 재킷에 카우보이 부츠를 신고 있었고 그래서 더 커 보였다. "자비에가 여기서 여자애들을 만났다고 그래서. 오늘 또 왔으면 좋겠다."

"주워, 수비!" 오스틴이 외쳤다.

높은 학년 아이들은 그에게 손가락 욕을 했다. 아래 학년들을 그를 쳐다보지도 않았다.

미스터 헨드릭스는 눈을 가늘게 떴다. "저쪽이 알링턴 리치몬드의 큰아들인가?" 그는 오스틴 쪽으로 가 그와 악수했다.

"연습 경기 한 판 어때?" 내가 크게 말했다.

달라스가 연습 경기를 위해 팀을 나누는 걸 도와주었다. "너라면 어느 쪽이랑 붙겠어? 저 몸집 큰 가드 아니면 저 여자애?"

난 시카고가 사프론의 터치다운에 박수를 보내는 걸 보았다. 그는 다른 모든 7학년들과 박자를 맞추고 있었다. 짝-짝-짝, 멈췄다가 다시, 짝-짝-짝. "양쪽 다 싫어, 둘 중 어느 쪽도 가까이 가고 싶지 않아."

*

월요일 아침, 엄마는 부엌 스크린에 알리를 위한 메시지를 남겨두었다. 새 학교에서 즐겁게 지내렴, 사랑한다, 알리. 우리가 손을 흔들며 배웅하는 사진에 다람쥐 피넛 이미지를 같이 붙여놓았다.

동생은 흥분했는지 시리얼과 주스를 쏟았다. "이제 그만 낄낄거려야지." 알리가 말했다. "학교에선 그러면 안 되니까." 나는 한바탕 웃음을 토해내라고 간지럼을 태웠지만 알리는 앞니 빠진 입으로 계속 키득거리기만 했다.

루카스가 내 또래의 다른 백인 소년 하나와 같이 우리 집 현관문에 도착했다. 회색 폴리에스터로 된 교복을 입고 있었는데 내 것보다 옅은 색에다 모양은 더 촌스러웠다. 무릎까지 내려오는 아무 특색 없는 바지에 목까지 꼭 채운 둥근 금속 단추가 달린 재킷. 무슨 박물관 투어를 안내하는 사람의 복장 같았다.

"안녕, 맥스웰." 루카스가 말했다. "알렉산드라를 데리고 학교에 가려고 왔어." 그의 목소리는 어리지만 진실했고, 원망 같은 건 조금도 배어 있지 않았다.

"고마워, 루카스. 알리, 이제 가방 메자."

알리는 어깨를 똑바로 폈다. "새 학교가 맘에 들면 좋겠어."

"관심을 가지면 좋아하게 될 거야." 루카스가 말했다.

알리는 웃었다. "난 동물에 관심이 많은데."

"잘됐네." 루카스가 말했다. "우리 학교는 해충 방제 작업도 훈련하거든."

"알리는 동물들을 좋아한다고." 내가 끼어들었다. "해충 방제 작업 같은 건 몰라."

그는 못마땅하다는 듯 눈을 자꾸 깜박였다. "늦으면 벌칙이 있어. 다음번부터는 로비에서 만나야겠다."

나는 알리의 볼에다 키스했다. 동생은 내 목을 껴안고 말했다. "새로운 학교를 좋아하게 될 거 같아."

"그럼, 그럴 거야." 루카스가 우리의 작별 인사에 끼어들었다. "아카데믹 스쿨에서 문제가 있었던 아이들은 트레이드 스쿨에 다니는 거야. 너는 네 분야에서 일할 준비를 마치고 더 빨리 졸업하게 돼."

"잘 다녀와, 무지 보고 싶을 거야." 나는 알리에게 속삭였다.

"쉬." 알리도 나에게 조용히 속삭였다.

동생은 가벼운 발걸음으로 문을 나서 계단 쪽으로 걸어갔다.

빨간 고무장화를 신고 책가방을 멘, 여러 갈래로 짧게 딴 머리를 한 알리의 뒷모습이 번질거리는 복도에서 너무나 작아 보였다. 알리는 이제 여섯 살인데 이미 소모품이었다. 나는 울고만 싶었다.

루카스가 악수하려고 나에게 손을 내밀었다. 난 본능적으로 감정을 자제했다. "우리는 소모품들이 아니야." 그는 마치 내 마음을 들여다본 듯 말했다. "우리 학교는 너희 학교보다 취업률이 더 높아. 그러니까 행운인 거지."

"들었어, 알리?" 내가 소리쳤다. "새로운 학교 다니게 되어서 넌 운이 좋은 거야."

"알렉산드라!" 루카스가 꽥 소리를 질렀다. "오빠한테 대답해야지!"

"내 동생한테 이래라저래라 하지 마." 나는 으르렁거렸다. 복도로 나가 그의 표정 없는 얼굴 앞으로 바짝 다가섰다.

그는 뒤를 돌아 감시카메라를 쳐다보고는 다시 나를 봤다. 루카스 뒤에 있는 아이도 같은 행동을 취했다. 그들도 이렇게 소리칠 것 같았다. "도와주세요! 모르는 사람이에요!"

알리가 뒤돌아보았다. 웃지도 찌푸리지도 않은 얼굴로. 알리역시 루카스만큼이나 아무 표정이 없었다. "나도 내가 운 좋은 거 알아, 오빠. 학교에 다니는 아이들은 모두 행운인 거야."

"바로 그거야." 루카스가 말했다. "안녕, 맥스웰."

그러고서 그와 그의 좀비 친구는 내 여동생과 함께 멀어져 갔다.

＊

난 알리랑 같이 학교로 걸어가는 걸 불평하곤 했었다. 알리가
열 걸음 가다 멈춰 벌레들을 옮겨 주고 깃털들을 줍느라 종소리
가 들리기 직전에 도착하는 바람에, 나는 수업 전에 다른 애들이
랑 떠들 시간이 없다고 말이다. 하지만 이제는 서로 부딪치는 팔
꿈치와 웃음, 끄덕이는 고개들로 가득한 사이에서 떠밀리고 있
었다. 그런데 이게 정말이지 싫었다.

"안녕, 맥스." 자비에였다. "이렇게 제시간에 학교 오는지 몰랐
다."

나는 엄마한테 열일곱 번이나 메시지를 보냈다. *만약에 알리
가 안 좋아하는 일을 해야 한다면 어떡해요? 만약 루카스가 알리
를 아무것도 없는 휑한 데서 버리고 가면 어쩌나요? 알리가 너무
늦게 걸어서 경고받게 되면요?*

엄마는 답을 딱 한 번 보냈다. *일하는 중이야, 맥스. 바이러스
가 심각하구나. 일레인이 너한테 사랑을 전한다.* 마치 그게 내 기
운을 북돋아 주기라도 할 것처럼, 내가 찾아가지도 않는 일레인
할머니가 죽음을 맞이할 침상에서 보내는 사랑의 안부 따위가
말이다.

＊

풋볼 연습을 하러 가는데 페퍼가 나의 팔을 잡았다. "집에 바

래다줄래?" 그녀는 물었다.

달라스는 우리를 보지 못한 채 체육관 쪽으로 달리기를 하며 가는 중이었다. "물론이지." 내가 말했다.

페퍼는 걸어가는 동안 거의 말이 없었지만 내가 그녀의 손을 잡게 해 주었다. 난 너무 떨려서 죽을 지경이었다.

그녀는 4층짜리 연립주택에 살았다. 우리 아파트 단지보다는 한 단계 위였지만 예전에 내가 살던 곳처럼 멋진 주택가와는 거리가 멀었다. 페퍼네 집은 제일 끝 집으로 앞에는 화단이 있었다. 우리는 문 앞에 바싹 다가선 채로 감시카메라 아래에서 작별 인사를 했다.

나는 한쪽 손을 그녀의 머리 뒤에 대고 키스하려고 몸을 기울였다. 그녀에게선 체리 캔디 냄새가 났다. 그녀의 목 뒷덜미는 내가 지금껏 만져본 것 가운데 가장 부드러웠다. 그녀도 나에게 따스하게 키스했지만 나를 뒤로 밀어내기 전까지의 그 순간이 너무나도 짧았다. 페퍼는 두 손을 내 가슴 위에 올렸다. 작고도 섬세한 손이었다. 그녀가 지금 내 심장 박동을 듣는 건지 아니면 나를 진정시키기 위해 그러는 건지는 알 수 없었다.

"바래다줘서 고마워, 맥스."

나는 페퍼의 손과 팔, 갈색의 목까지 올라가면서 부드럽게 어루만졌다. 한 번 더 키스하려고 내가 몸을 기울였지만 그녀가 머리를 내리는 바람에 페퍼의 머리카락 냄새를 맡는 것으로 그쳤다.

"그냥 너한테 내가 어디 살았는지 알려 주고 싶었어." 페퍼는 말했다. 과거형을 사용해서.

지나간 역사와 지구의 중력이 나를 아래로 잡아당기는 것 같았고 내 어깨는 털썩 내려앉았다. 나는 주춤주춤 뒷걸음질 치면서 머리를 긁었고, 한쪽 팔을 공중에서 내리쳤다. "또 보자, 페퍼." 나는 그녀가 내 앞에서 문을 닫는 모습을 봐야 하는 순간이 오기 전에 먼저 자리를 떴다.

집으로 갈 수가 없었다. 엄마가 알리와 같이 있을 테고 난 트레이드 스쿨이 얼마나 좋았는지에 관한 얘기는 듣고 싶지 않았다.

시간을 봤다. 이미 늦었다. 그래도 상관없었다. 나는 다시 학교로 달려갔다.

내가 갔을 때 우리 팀은 여전히 반복연습 중이었다. 나는 서둘러 트레일러에 들어가 내 장비들을 챙겼다.

"뭐 하려고?" 에머리 코치가 내가 필드에 들어서자 소리를 질렀다. "너 연습 반은 빼먹었어!"

난 열심히 뛰었다. 페퍼와 알리 그리고 모든 부질없는 희망을 내 마음속에서 지워내면서. 코치도 결국엔 나에게 부드러워졌다.

연습 마지막 경기 중에 달라스가 나에게 공을 던졌다. 나는 공을 꽉 잡고는 필드 아래쪽으로 길을 만들어 나갔다. 날쌔고 맹렬히 거침없이 움직였다. 베이는 가까이 오는 선수들을 힘들게 헤쳐 나갔지만 얼마 안 가서 나보다 훨씬 뒤처졌다. 내 눈앞에 엔드존이 시원하게 보였고 나는 악마에게 쫓기는 것처럼 미친 듯이 달렸다.

브레넌이 옆쪽에서 달려오는 게 보였다. 장애물들을 뚫고. 그는 빨랐다. 아마 나보다도 더. 몸집 또한 거대했다. 그가 만약 이런 각도에서 나한테 태클한다면 나는 분명 다칠 것이다.

난 한 번 더 맹렬히 속도를 냈고 브레넌은 태클을 하려고 몸을 굽혔다. 나는 공중으로 휙 뛰어올라 그를 뛰어넘었다. 손으로는 그의 헬멧을 누르고 다리로는 그의 어깨 위를 밀쳤다. 다가오는 그를 피한 나는 안정감 있게 다시 내려와 필드를 달렸다. 아드레날린으로 쿵쿵대면서 뻥 뚫린 40야드의 공간을 질주했다.

마침내 엔드존을 향해 있는 힘껏 공을 찍었다. 소리치며 쿵쿵 뛰고 물구나무서서 걷고 발꿈치를 구르며 먼지를 일으켰다. 곧 우리 팀들이 달려와 나를 덮쳤다. 달라스는 너무 세게 쳐서 내 어깨가 빠질 지경이었다. 그는 너무 심하게 웃는 바람에 마스크 안에도 침이 튀었다.

에머리 코치와 브레넌이 같이 달려왔다. 그들이 그렇게 어깨를 맞대고 같이 있는 걸 볼 때마다 나는 아빠가 살아 계셨으면 하는 마음이 들곤 했다.

브레넌이 내 어깨를 두드리더니 날 껴안고 들어올렸다가 다시 땅으로 떨어뜨린 다음 한 번 더 나를 쳤다.

"정말 잘 피했어, 맥스. 완전 최고야. 상 받아야 해. 다음번 우리 게임에서도 그렇게 해."

나도 왕처럼 거들먹거려 주었다. 브레넌의 등을 치면서 말했다. "너도 수고했어." 우리는 모두 같이 웃음을 터뜨렸다.

필드에서 난 첫 번째로 걸어 나왔다. 에머리 코치가 트레일러 옆에서 나에게 다가왔다. "오늘 잘해서 나도 기쁘다. 코너스. 오늘 네 점프를 아마 몇 년 동안 기억하게 될 거야."

나는 바로 이때가 목요일 연습에서 빠지겠다고 얘기할 적절한 타이밍이라고 생각했다.

그의 미소가 사라졌다. "무슨 이유지?"

"중학교 풋볼팀 첫 시합이 있어요."

그는 얼굴을 찌푸렸다. "네가 코치 일을 열심히 하는 건 좋다. 하지만 그게 너의 연습을 방해하게 만들어선 안 되지."

"이번엔 제가 가야 해요, 코치님. 저희 엄마한테도 오시라고 했어요. 코치님도 오세요."

다른 선수들이 트레일러로 가는 길에 우리를 지나갔다. "잘했어, 맥스." 그들이 말했다.

에머리 코치는 내 어깨를 한 손으로 누르며 나를 계단 제일 아랫단에 있게 했다. "내가 도대체 왜 가야 하는 거지? 난 내 연습이 있다고."

"아이들을 한 번 보셔야 해요. 뭔가 이상하다고요. 꼭 무슨…."

"나도 그 학교의 착한 아이들에 대해선 들었다." 그가 내 말을 끊었다. "그 아이들 코치하는 게 아주 즐겁다니 다행이구나." 그는 내 어깨를 두드리면서 감시카메라 쪽을 흘끗 보았다. 그런 뒤 그는 뒷걸음질 치다 베이와 부딪쳤다. 좀 이상했다. 아무리 시야가 좁아도 베이처럼 몸집이 큰 아이를 못 보긴 힘들었다.

에머리 코치는 몸을 똑바로 펴더니 말했다. "저쪽으로 비켜주자." 그는 나를 감시카메라가 없는 트레일러 뒤쪽으로 데리고 갔다. "너 이번 게임을 무슨 이유로 하려는 거지?" 그가 속삭이듯 말했다.

나는 코치가 크게 소리치는 데 익숙했다. 그의 속삭임이 오히려 긴장됐다. "그냥 사람들이 와서 아이들을 한 번 봤으면 해서요."

"누구한테 와 달라고 한 거니?"

"제 가족들이랑 달라스요."

그는 숨을 멈추고 물었다. "리치몬드네 가족 말이냐?"

"아뇨, 달라스만 불렀어요."

"알링턴 리치몬드는 초대하지 마라. 그리고 다른 선생들도 부르지 말고."

"왜 안 되나요? 그들도 봐야 한다고요. 코치님도 봐야 하고요. 정상이 아니에요, 걔네들."

"그런 건 너 혼자서만 생각하고 있어라, 코너스." 그는 내 목 뒷덜미를 잡더니 내 눈을 똑바로 바라보았다. "내 말 명심해. 이런 식으로 여기저기 얘기하고 다니지 마."

나는 그게 주의를 주는 건지 협박을 하는 건지 알 수 없었다.

*

"풋볼 경기에는 갈 시간이 안 돼." 엄마가 말했다. "네 경기라면, 그래, 나도 좋아하지. 하지만 중학생들? 아니, 하루 끝날 때쯤이면 나도 피곤하단다. 이번 달엔 근무가 새벽 다섯 시에 시작이야."

"꼭 와야 해요, 엄마."

"나도 네가 그 아이들 지도하느라 열심히 했다는 거 알아…."

"말했잖아요, 그런 게 아니라고요!"

"우리 선생님이 그러는데 어른한테 말할 때 그렇게 소리 지르면 안 된대." 알리가 말했다. 동생은 테이블 건너편에 앉아서 자기 샌드위치의 딱딱한 부분을 먹고 있었다. "새로 학교에 다니는 아이들은 말도 거의 안 해."

"그건 참 안됐구나, 알리." 엄마가 말했다. "그런데 맥스 오빠랑 나는 지금 개인적인 대화를 하는 거야."

"우리 선생님이 개인적인 대화는 안 좋은 거랬어요. 우리는 종일 조용히 해야 할 일을 해요."

엄마는 동생을 슬프게 쳐다보았다.

"그렇게 나쁘지는 않아요. 색칠 공부랑 집짓기도 하는걸요."

더 이상 알리의 쓸쓸한 설명을 듣기 전에 내가 말을 이었다.

"엄마가 거기 와주는 게 꼭 필요해요. 내가 지금 뭔가 있지도 않은 일을 혼자 상상하고 있는 건지 알아야겠어요."

엄마는 한숨을 쉬었다. "경기는 얼마나 걸리니?"

"한 시간 반요. 좀 늦게 오셔도 돼요."

엄마는 풋볼경기에 오느라 놓치는 돈과 잠을 따져 보고 있었다.

"제발요." 내가 애원했다. "내가 언제 엄마한테 뭐 이렇게 부탁하는 거 봤어요?"

엄마는 잠시 생각에 잠겼다가 놀란 듯 말했다.

"아니, 한 번도 없었네."

＊

중학교는 워리어 팀의 첫 시합을 위해 관람석을 마련했다. 관람석은 학생들로 가득 차 있었는데 모두 교복을 입은 채 단정하게 줄지어 앉아 있었다.

십여 명의 부모들이 금방이라도 쏟아질 듯한 비에 대해 잡담을 나누며 서 있었다. 두 손을 엉덩이에 얹고 배가 폴리에스터 바지 위로 축 늘어진 아빠들은 초조하게 서성거렸다. 엄마들은 바지의 신축성이 어느 정도인지 시험하듯 꽉 끼게 입고는 변비에 걸린 듯한 찌뿌둥한 표정으로 실눈을 뜬 채 필드 쪽을 바라보고 있었다.

치프 팀이 남서쪽 구역에서부터 버스로 이동했다. 워리어 팀보다 더 몸집이 크지는 않았지만 구름 사이로 해가 잠깐씩 나올 때마다 반짝이는 빨강과 주황색 유니폼을 입은 모습이 아주 근사했다.

미스터 헨드릭스는 머리를 흔들었다. "저 팀은 네스팅을 우리보다 조금 늦게 시작했어. 우리가 절대 이길 수 없을 거야." 동기부여 리더십이 드디어 작동 중이었다.

워리어 팀 아이들이 필드를 돌면서 옆을 지날 때 나는 소리쳤다. "천천히 해, 프랭키. 경기를 위해 에너지를 아껴야지! 그래 좋아, 시카고. 땅에서 발을 떼!"

미스터 헨드릭스가 눈을 부릅뜨고 나를 봤다.

"사프론은요?" 내가 물었다.

그는 관람석을 가리켰다. 관람석 제일 윗줄 끝에 앉은 그녀는 자기 팀이 필드를 돌며 뛰는 모습을 지켜보고 있었다.

"뼈가 부러졌나요?"

"그만뒀어. 오히려 다행스러운 일이지. 남자아이들이 사프론하고 그렇게 부딪치는 거? 뭔가 찜찜하게 느껴지는 구석이 있었거든."

내 입이 멍하니 벌어졌다. 난, 마치 손에서 어떤 답이 나오기라도 할 듯 두 손을 휘휘 저었다. 헨드릭스하고 얘기하는 건 관두고 관람석으로 뛰어갔다.

사프론은 예의 바른 얼굴로 나를 보았다. "안녕, 잘 지냈어?"

"왜 팀을 그만둔 거야?" 내가 소리쳤다.

"여자아이들이 자신을 적절하게 표현하기 위해선 여자팀이 필요해. 남자애들이랑 경쟁하는 거 지쳤어."

"하지만 네가 게네들 코를 납작하게 만들었잖아. 이 학교에 여자 풋볼팀은 없는 거야?"

사프론은 고개를 저었다.

"유니폼 갈아입어."

그녀는 필드를 보고 나를 보더니 고개를 저었다.

"이 팀에 여자 선수를 위한 자리는 없어."

"코치가 그렇게 말했니?"

그녀는 인상을 썼다. "누가 한 얘긴지는 기억 안 나."

"너는 이 팀 최고의 선수야, 사프론. 네가 필요하다고."

"더 이상 이 얘기는 하고 싶지 않아." 그녀는 자기 친구한테로 돌아섰다. 보라색 머리핀을 하고 지퍼가 달린 흰색 스웨터를 입은 작달막한 흑인 여자아이였다.

"여자애가 남자애랑 얘기하는 게 불편하다면 대화를 계속할 필요는 없어." 그 친구가 말했다.

뒷줄에 앉아 있던 학생들 모두 고개를 끄덕이면서 내가 자리를 뜨기를 바랐다. 그들은 모두 같은 눈빛, 같은 말, 같은 마음이었다. 나는 소름이 끼쳤고 거의 휘청거리며 관람석에서 내려왔다.

미스터 헨드릭스 말이 맞았다. 워리어 팀에게 승리의 희망은 전혀 없었다. 치프 팀 선수들이 더 크거나 빠른 건 아니었지만 아직 좀비들로 변하지 않았다는 게 강점으로 작용했다. 그들은 사이드라인에서 방방 뛰면서 외쳤다. "잘한다. 매티, 잘한다! 그래, 그래, 힘내!" 그들은 절대 가능성이 없는 태클을 위해서 몸을 던졌다. 그들은 창을 들고 뒤쫓아 오는 식인종들을 피해 도망치듯이 달렸다. 점수를 얻을 때면 소리치고 뛰어오르고 기쁨에 넘쳐서 서로를 얼싸안았다.

워리어 팀은 사이드라인에 서서 특별한 이유도 없이 판에 박힌 문구를 외쳐댔다. "좋은 시도야! 우리가 최고야!" 그들은 가능해 보이는 태클을 위해서만 몸을 던졌다. 공을 갖고 뛸 때는 조깅하는 것만 같았다. 그리고 점수가 나면, 그건 단 한 번뿐이었는데, 그들은 예의 바르게 손뼉을 쳤다. 짝, 짝, 짝 쉬었다가 짝, 짝, 짝.

엄마는 경기에 늦게 도착했고 다른 부모들에게서 멀리 떨어져 서 있었다. 긴장되고 어울리지 않는 곳에 와 있는 것 같았다. 알리가 엄마 옆에서 누군가 와서 태엽을 감아 주길 기다리는 기계 인형처럼 서 있었다.

"내가 무슨 얘기하는 건지 알겠어요?" 내가 물었다.

"너희 팀이 별로 잘하지 못하는구나." 엄마가 말했다.

"잘 못한다고요? 저 아이들을 한번 보세요, 엄마. 어딘가 정상이 아니에요. 멀쩡한 애가 아무도 없어요. 이젠 8학년 애들까지도 이상해졌어요."

시카고가 공을 잡고 달리다가 놓쳤고 치프가 그 위로 몸을 던졌다. 시카고는 웃으면서 손에 묻은 먼지를 털었다.

"저거 보여요? 자기가 공을 놓쳤는데도 별로 신경 안 써요. 화도 안 내고, 창피해하지도 않고. 2주 전만 해도 아이들이 어땠는지 봤어야 해요. 시카고는 이 필드보다도 더 큰 자존심에 자기주장이 센 날라리였다고요. 그런데 이젠 로봇이 되었어요. 모두 마찬가지예요, 보세요."

"우리 학교 애들도 그래." 알리가 말했다. 알리는 자기의 테디 베어를 가슴에 꼭 껴안고 있었다. "다들 느려졌어."

엄마가 얼굴을 찌푸렸다. “그래도 너희 팀은 다른 팀만큼 빨리 뛰는데.”

“안이.” 알리가 속삭였다. “다들 안쪽이 느려졌어.”

“약간 조용해 보이긴 하네.” 엄마가 말했다.

“안녕하세요, 카레나!” 뚱뚱한 백인 여자가 소리쳤다. 그녀는 웃는 얼굴로 숨을 헐떡이며 우리 쪽으로 걸어왔다. “당신인 줄 알았어요.”

“린다 맥밀란.” 엄마가 대꾸했다. “너무 오랜만이에요. 맥스, 여긴 린다야. 매너하이츠 요양원에서 나랑 아빠랑 같이 일했던 분.”

난 린다를 만난 기억이 전혀 없었다. 만났다면 쉽게 잊어버릴 만한 사람은 아니었는데 말이다. 그녀는 족히 2백 킬로는 될 법한 몸무게에 힘겹게 그 몸집을 끌고 다니고 있었다.

“이번 주가 정말 인생 최고의 한 주 아니에요?” 그녀는 크게 소리쳤다. “하나 같이 착한 이 아이들 말이에요! 난 네스팅 프로그램이 정말 고마워요.”

“네스팅이요?” 엄마가 따라했다.

“뉴 에듀케이션 서포트 트리트먼트 말이에요.” 린다는 알리를 보면서 말했다. “학교에서 첫 주를 보냈겠네요. 1학년 맞죠?”

엄마는 뭔가를 얘기하려고 입을 벌렸다가 다시 꽉 다물고 알리의 어깨에 손을 얹었다.

“어린아이들일수록 효과가 잘 보이지요.” 린다는 말했다. “학년이 높은 아이들은 성적을 받을 때까지 그 효과를 알아보기가 좀 어려워요. 그때쯤 되어야 차이가 나타나거든요." 그녀는 나를 위아래로 훑어보더니 코웃음을 쳤다. "8학년치고는 아주 크네. 너도 필드에 나가 있어야지." 그러고는 손가락을 흔들면서 엄마에게 말했다. "얘가 좀 말썽꾸러기라는 얘기를 들은 기억이 나네요. 이제 그럴 일은 없어서 아주 좋으시겠어요. 지금은 어떤가요?"

"맥스는 아주 착한 아이예요." 엄마가 조용히 대답했다.

"먹구름이 점점 더 몰려오네. 비 안 맞았으면 좋겠는데. 물론 뭐 풀밭에는 좋겠지만 말이에요. 필드 끝에 있는 페인트 덩어리 보셨어요? 페인트가 이런 땅속으로 씻겨 내려가게 하는 건 옳지 않아요. 왜 그냥 그 위에 다시 페인트를 칠하지 않았는지 모르겠어요. 페인트 한 통이 요즘엔 얼마나 하나요?" 린다는 음악원 쪽을 보면서 고개를 절레절레 흔들더니 중얼거렸다. "이번 달에 고등학교도 하고 나면 그런 그래피티 같은 건 다시는 안 보게 될 거예요. 정말 다행 아니겠어요? 정말 그런 애들은 통제 불능이라니까요."

뚱뚱한 흑인 여자 하나가 거들먹거리며 걸어 올라왔다. 그녀는 엄마에게 손을 내밀었다. "드니즈 앳킨스라고 해요. 이 학교에서 일하고 있어요. 와 주셔서 감사합니다." 그녀는 나와 알리를 향해 고개를 끄덕였다. "아이가 둘이면 정말 스트레스가 많으시겠어요. 예전엔 어떻게 하셨어요?"

엄마가 어깨를 으쓱했다. "별로 힘든 아이들은 아니에요."

"그럼요, 지금은 당연히 힘들게 안 하겠죠. 이번 학기 들어서 제가 얼마나 많은 전화를 받았는지 모르실 거예요. 많은 가족이 결국은 아주 만족해하고 있어요. 끝없는 싸움, 불평, 숙제 때문에 언성 높이는 일, 거짓말로 속이기까지, 모두 안녕이니까요."

"아이들 앞날에 대해 걱정할 필요도 없고요." 린다가 덧붙였다. "저한테는 그 점이 제일 중요해요. 학급이 새로운 규모로 편성되면서 1분도 그냥 흘려보낼 수가 없게 되었어요. 어떤 말썽꾸러기 때문에 수업 시간을 낭비해 내 아이 성적이 떨어지는 건 원치 않으니까요."

"우리 사프론도 아주 뛰어난 학생이에요." 드니즈가 말했다. "그 재능을 예전 시스템 안에선 썩히고 있었죠."

"사프론 어머니세요?" 너무 놀라서 큰 소리로 물었다.

드니즈와 린다는 내가 자기들을 뚱뚱한 암소라고 부르기라도 한 듯이 나를 돌아보았다.

"사프론은 정말 훌륭한 풋볼선수예요." 내가 말을 이었다.

"어떤 부작용 같은 건 아직 없었나요?" 린다가 물었다. 나를 자세히 뜯어보면서. "다른 약을 복용 중인 애 중에선 혼란이 와서 저렇게 격해지기도 한대요. 매너하이츠 요양원에서 그랬던 것처럼요."

"무슨 부작용 말씀이세요?" 엄마가 물었다.

린다와 드니즈는 서로 눈빛을 주고받았다. "학부모회에 안 나가세요?" 린다가 물었다.

엄마가 고개를 저었다. "올해는 못 나갔어요. 학부모회 회의록 조차 못 읽었는걸요."

"동기부여 리더십에 대해서 그럼 모르세요?" 드니즈가 숨이 턱 막혀 했다. 엄마가 다시 고개를 저었다.

"카레나, 그건 반드시 알고 있어야 해요." 린다가 힘주어 말했다. "프로그램이 성공하기 위해선 부모들의 참여가 필수예요. 아이들에게 혼란스러운 메시지를 줄 수는 없으니까요."

"이미 몇 주 전에 안내문을 읽었어야 하는 건데." 드니즈가 꼬집어 말했다. "아까 같은 격한 감정을 보였을 때 그냥 넘어가선 안 돼요."

린다가 자기 친구의 어깨를 두드렸다. "얘는 치료 시작되고 한 주밖에 안 된 거잖아요, 드니즈. 남자아이한테는 좀 버거울 수도 있어요." 그녀는 엄마한테로 돌아섰다. "시카고는 지난주에 7학년한테 치료가 시작되면서 약간 적응 기간이 필요했는데 지금은 괜찮아요. 아니 괜찮은 정도가 아니라 아주 좋아요." 그녀는 시카고를 가리켰다. 한 줄로 서 있는 좀비들 가운데 하나처럼 보이는 그를. "시카고는 팀에서 최고의 선수예요."

나는 코웃음을 치면서 웃고 말았다. 바보 같은 짓이란 건, 나도 안다. 곧바로 후회했으니까. 하지만 그 말도 안 되는 진술을 코웃음이라도 쳐서 거부하는 수밖엔 없었다.

의심과 증오가 뚱뚱한 두 여자의 얼굴에 스쳐 갔다.

난 호흡기에 큰 문제가 생긴 양 코를 일부러 긁으면서 기침하고 쿵쿵거렸다. 그들은 결국 나를 노려보는 걸 멈췄다.

"네스팅 프로그램이 시카고의 학업적인 면도 구제했어요."린다가 말했다. "시카고는 어디든 제시간에 가는 법이 없었어요. 숙제는 항상 마지막 순간까지 미뤄 놨었고 수업 시간에도 제대로 듣지 않았었죠. 그런데 지금은 다 달라졌어요."

드니즈는 나를 대상으로 철저한 검사를 진행 중이었다. 내 얼굴과 팔을 자세히 뜯어보고, 심지어 몸 뒤쪽까지 슬쩍 살펴보고 있었다. 마치 밭일에 부릴 노예를 고르는 것처럼. "넌 풋볼 안 하니?" 그녀가 물었다. "아까 코치하고 네가 얘기하는 거 봤는데. 왜 필드에 안 나가고 여기 있니? 아님, 반 친구들이랑 관람석에 앉아 있든지."

엄마는 알리에게 한 것처럼 내 어깨에도 손을 올렸다. "난 우리 애들이 가까이 있는 게 좋아요."

린다는 미소를 지었다. "우리 공통점이 많네요, 카레나. 저도 우리 아들하고 관련된 일에는 그렇게 마음이 약해지는 편이에요." 그녀는 필드 건너편을 바라보며 고개를 끄덕였다. "아들 학교에서 치료가 있었을 때 내가 갔었어요. 그렇게 하길 잘한 것 같아요. 치료가 제대로 되었다는 것을 아는 게 중요하니까요. 그리고 약간 여윳돈도 벌게 되고요. 이번 여름에 병원을 그만두게 되었어요. 지금은 거의 한 사람 수입만으로 사는 거죠." 그녀는 공중에서 손을 휘젓더니 덧붙였다. "어머나, 카레나. 미안해요. 생각 없이 말했네요. 혼자 벌어서 산 지가 벌써 꽤 되었을 텐데,

그렇죠?"

엄마가 끄덕였다.

"당신도 나랑 같이 주사 놓으러 가요!" 린다는 마치 무슨 가든 파티라도 준비하는 것처럼 활짝 웃으며 신나 했다. "한 사람 더 도와주면 좋겠다고 얘기해 놨거든요. 그리고 허가도 떨어진 상태예요."

"전 보통 세 시까지 일해요." 엄마가 말했다.

린다가 어깨를 으쓱했다. "그래도 모르니까요. 방과 후에 접종을 할 수도 있고요. 내일 일하러 가서 한 번 확인해 볼게요."

"고마워요." 엄마는 알리와 나를 꼭 붙든 채 꼿꼿이 뭔가 어색하게 서 있었다. 저 멀리 하늘에서 천둥이 우르르 울리기 시작하자, 엄마가 우리를 너무 꽉 붙잡아서 아플 정도였다.

*

"우리 경기에 졌어." 리그에 대고 나는 달라스한테 말했다. "정말 형편없었어."

"신경 쓸 필요 없어."

"네가 거기 왔어야 하는 건데." 나는 그 뚱뚱한 여자들과 그녀들이 엄마에게 한 얘기, 그리고 그 내용이 우리한테 "모르는 사람이에요!"라고 소리치던 좀비 아이들을 설명하기에 얼마나 충분한지 말해 주었다.

달라스는 웃었다. "그래서 네가 8학년이라고 생각했다는 말이야?"

"그게 요점이 아니야."

"그럼 대체 요점이 뭐라는 건데? 설마 간염 예방주사가 아이들을 좀비로 바꾼다고 생각하는 거야? 네가 말하는 게 지금 꼭 그런 것처럼 들려."

"내가 말하는 게 바로 그거야."

그는 머리를 흔들었다. "너 미쳤구나, 맥스. 부모들이 왜 그런 짓을 하는데? 우리는 그들의 자식들이야. 우리가 이 나라의 미래라고."

"아마도 이 나라의 미래에 노예들이 많이 필요한가 보지."

달라스는 다시 웃었고 화면은 꺼졌다.

7

월요일 아침 우리는 두 가지 공지 사항을 들었다. 첫째, 다음 금요일에 있을 핼러윈 댄스 파티에 핼러윈 의상을 입어도 된다는 것. 둘째, 점심시간에 예방접종을 실시할 거라는 것. 오늘은 9학년, 내일은 10학년 순서로. "다들 알겠지만." 미스터 그레이엄이 모든 화면에서 말하고 있었다. "점심시간에 학교를 벗어나선 안 됩니다. 오늘뿐만 아니라 어떤 날도."

"하지만 내일은 정말로 안 된다는 거겠지." 달라스가 속삭였다.

"난 내일 여기에 있을 생각이 없어." 나는 말했다.

"왜 너를 좀비로 만들어 버리기라도 할까 봐?" 그는 비웃었다. 그러더니 혀를 쭉 내밀고 두 팔을 옆으로 벌리더니 나를 쏘아봤다. 하지만 나는 하나도 웃기지 않았다.

우리는 점심시간에 슬쩍 빠져나왔다. 화학 실험실을 지나 주차장을 가로질러 풋볼 경기장을 넘어 감시카메라들을 피해 나갔다. 우리는 스케이트보드장에서 보온병에 든 붉은 라면을 후루룩거리며 먹었고 거기 있던 최상급 12학년 두 명은 자신들의 환상적인 여자 친구들을 위해 스케이트보드 스턴트를 선보이고 있었다.

"열세 살 때 이후론 한 번도 스케이트보드를 탄 적이 없어." 달라스가 말했다. 마치 한 10년은 지난 일이라는 듯이.

한 명이 스케이트보드장의 둥근 구조물을 타고 위로 올라가획 돌더니 쾅 부딪치고는 길 쪽으로 내동댕이쳐졌다. 그는 신발을 벗고 두 손으로 발목을 잡고 이리저리 움직여 보았다.

"나도 쟤보다는 잘 타겠다." 달라스가 말했다.

또 다른 한 명이 난간이 있는 쪽으로 올라가더니 자기 여자 친구와 오랫동안 키스했다. 한 손은 그녀의 목뒤에 대고 다른 한 손으로는 스케이트보드의 바퀴를 돌리면서.

"아마 쟤보다는 잘 타기 힘들겠고." 달라스가 덧붙였다.

난 페퍼와 키스했다고 말하고 싶어 애가 탔지만, 그랬다가 둘이 이번 학기 내내 같이 잔 사이였다는 얘기를 들을까 봐 겁이 났다.

달라스가 팔꿈치로 나를 건드렸다. "너 오스틴 스케이트보드 빌려 탔던 거 기억나?" 그는 구급차처럼 윙윙거리는 소리를 내더니 낄낄댔다.

"나 바퀴 달린 거에 소질 없어." 순순히 인정했다.

실력 없는 스케이트 보더가 또다시 길 쪽으로 요란한 소리를 내며 떨어졌다. 그는 엉덩이를 문지르더니 신경질적으로 웃었다. 그러더니 콘크리트에 기대서 담배에 불을 붙였다. 차갑고 파란 하늘에 동그란 고리 모양 연기를 날려 보내며.

"넌 어떻게 죽는 게 나을 것 같아?" 달라스의 질문이었다. "불에 타 죽는 거 아니면 차가운 얼음물에 빠져 죽는 거?"

"불. 당연히."

"불이라고? 미쳤구나. 아무도 불은 선택 안 하는데."

나는 어깨를 으쓱했다. "난 추운 거 싫어."

"그럼 불에 타 죽는 거랑 뜨거운 탕에 빠져 죽는 것 중에선?"

"뜨거운 탕."

"그렇지. 이제 갈까?"

"아직 좀 더 있다가." 나는 여자 친구와 같이 있는 스케이트 보더의 사진을 찍었다. 그의 손은 그녀의 회색 주머니 속에 있고, 그녀의 붉은 머리카락은 바람에 날리고, 말라 버린 갈색 나뭇잎들이 그들 주변에 있는 풍경.

달라스가 내 리그를 쥐더니 내 사진 앨범을 훑어보기 시작했다. 나의 음악원 벽화 사진에서 멈춘 그는 코웃음을 쳤다.

"정말 네가 했다는 걸 믿을 수가 없다."

"작품은 최고였어."

"작품 얘기가 아니고, 훔친 거 말이야. 학교에서." 그는 손을 들어 올리더니 공중에다 대고 물었다. "올해 미술 시간엔 아이들이 무엇을 할까요? 아무것도 못해요. 맥스가 그들이 쓸 물감을 훔쳤기 때문이지요." 그는 나를 보면서 고개를 저었다. "네가 얘기했으면 내가 물감 사줄 수도 있었을 텐데. 그나저나 그거 가지고 다 뭐 하려고?"

"미술전 때 쓰려고."

"넌 물감 덩어리를 오십 개나 훔쳤어, 맥스. 프로젝트 하나에 도대체 얼마나 필요한 거니?"

"큰 캔버스 천에다 그릴 거야. 엄마가 서플러스 스토어(surplus store, 주로 군대나 정부의 여분 물자를 판매하는 가게)에서 오래된 해군 텐트를 발견했어. 주차 건물에 가면 그걸 잘라서 펴 줄 사람이 있어."

"텐트 전체에다 그림을 그린다고?" 달라스는 코웃음을 치면서 자기 의견에 동조할 사람이 없는지 주변을 둘러봤다.

회색 텐트의 모습이 가만히 내 눈앞으로 튀어 올랐다. 사각의 캔버스 천으로 된 벽, 편평한 지붕, 내부를 가리고 있는 덮개. "캔버스들로 자를까 했는데 어쩌면 안 그러는 게 낫겠어." 텐트 벽이 그래피티로 피어나는 모습을 나는 그려봤다. 그래피티에서 쓰는 상징들로 가득 차고 충격적인 스텐실들이 펼쳐지는, 아직은 상상하기 힘든 하나의 걸작을. 나는 일어나 왔다 갔다 하면서 달라스에게 손가락을 들어 흔들어 보였다. "학교를 대표할 만한 텐트가 될 거야. 그 네 면을 다 칠할 만큼 물감도 충분하고."

그는 머리를 흔들었다. "너 사실 그 물감들을 어떻게 해야 하는지 알잖아."

"말도 안 돼. 다시 돌려주다가 발각될 수도 있어. 그런 짓은 퇴학 감이고."

"그런 짓을 한 너는 정말 퇴학 당해야 하는데."

다른 때라면 달라스와 논쟁을 벌였겠지만 내 새로운 작품을 상상하는 것만으로도 나는 너무 흥분해 있었다.

"이제 가자." 그가 중얼거렸다. 달라스는 내 눈을 쳐다보려고 하지는 않았지만, 최소한 고개를 흔드는 건 그만두었다.

*

우리는 시무룩한 표정으로 늦게 학교로 돌아왔다. 종이 울렸고 교장은 정문 앞에서 우리를 잡았다. "끝나고 남아!" 그가 소리쳤다. "코너스! 리치몬드! 오늘 2시 30분에 남는 애들 모이는 데로 와!" 교장의 말은 그걸로 끝이었다. 아이들 이름을 모조리 기억하는 이런 기괴한 능력이 교장으로서의 그의 주된 자질이었다.

역사 시간엔 미스터 리즈가 일주일에 한 번 쉬는 날이어서 내가 제일 싫어하는 대체 교사인 미스터 워튼이 대신 왔다. 그는 너무 털이 많아서 우리는 그를 늑대인간이라고 불렀다. 목뒤, 손등, 얼굴의 광대뼈부터 발톱까지 그의 몸은 온통 털북숭이 담요 같았다. "오, 어서들 와라. 오, 반갑다" 달라스와 내가 교실로 들어가자 그가 말했다. 우리는 작년 크리스마스 선물로 그에게 면도기를 주었고 그는 아직 우리의 사려 깊음을 기억하고 있는 듯했다.

나는 페퍼의 빈자리 뒤에 앉았다.

"댄스 연습하다가 발목을 다쳤대." 자비에가 말해 주었다. "페퍼 아빠가 데리고 병원에 갔어."

"진짜야?"

그는 고개를 끄덕였다. "내가 봤어. 아빠가 대머리더라."

"백인 아니면 흑인?"

"그 중간."

"머리를 민 거야, 아님 원래 대머리야?"

"끝나고 남아!" 늑대인간이 나한테 울부짖었다. "너도!" 자비에한테도 말했다. "3시 30분 파란 방으로 와. 잡담이 너무 많아."

"하지만 전 방과 후에 남는 벌은 절대 안 받는데요." 자비에가 말했다.

"그럼 오늘 받아 봐." 늑대인간이 으르렁댔다.

나는 큰일이라도 난 것처럼 매달리고 징징댔다. 오늘 연습에 안 가면 풋볼팀에서 잘릴 거고 그럼 내 여자 친구가 나를 떠나 버리고, 그렇게 되면 내 청소년 시절은 완전히 끝장난 거라고 말하면서. 결국 늑대인간은 내 입을 다물게 하려고 포기하고 말았다. "알았어, 하지만 수업 끝날 때까지 조용히 하고 있어."

"정말이세요?" 나는 자리에서 벌떡 일어나 외쳤다. "오, 정말 감사하고 또 감사합니다. 미스터 워튼." 그리고 나선 다시 자리에 앉아 말했다. "아니, 잠깐만. 사실 나 오늘 늦어서 이미 방과 후에 남아야 하는 거였구나. 하지만 어쨌거나 고맙네요, 선생님."

온 교실이 웃음을 터뜨렸다. 늑대인간의 얼굴이 보라색으로 변했다. "그래도 애쓰셨어요." 나는 그에게 말했다.

달라스가 마녀처럼 낄낄거리다가 넘어졌다.

늑대인간이 그를 돌아봤다. "끝나고 남아!"

"하지만…."

"한마디도 하지 마!"

"하지만 저 이미 방과 후에 남아야 하는데요." 달라스가 꽥 소리쳤다.

전부 달라스를 따라 웃었다.

"곧 너희들 태도가 달라질 테니 두고 보자." 늑대인간이 이를 갈면서 말했다.

달라스와 나는 조용히 허밍을 하기 시작했다.('태도가 달라지다'라 는 sing a different tune을 아이들이 글자대로 해석해서 장난을 치는 것)

*

끝나고 남은 아이들이 모인 교실은 〈프릭쇼〉에 대한 수다로 들끓었다. 아이들은 의자에 앉아 빙빙 돌거나, 통로 쪽으로 다리를 내밀거나, 의자 등판을 잡고 옆에 있는 아이들과 떠들어댔다. 아직 감독교사는 오기 전이었다. 선생들도 휴게실에서 누가 갈지 제비뽑기를 하는 중 같았다.

자비에는 내 앞에 있는 책상에다 자기 리그를 갖다 놓고는 블랙 보드를 해킹해서 자기 과학 점수를 바꾸려 하고 있었다. "나는 A를 받을 만해." 그는 그게 설명이라도 된다는 듯 말했다.

정말 이해하기 어려운 놈이다.

마침내 선생이 나타났을 때 나는 신음을 내뱉었다. 이번에도 늑대인간이었다. 그가 출석을 불러서 내가 "저요." 하고 대답하자 그는 입 닥치라고 했다. 출석 명단 정리를 끝낸 그는 통로를 서성거렸다. 그는 엉덩이를 내 책상에 걸치더니 나와 내 뒷자리에 앉은 달라스를 보면서 히죽거렸다. "조금만 있으면 작은 선물을 받게 될 거다. 너희 부모님이 우리한테 고마워하게 될 그런 선물."

"어떤 종류의 선물인가요?" 자비에가 물었다. "우리 모두를 위한 건가요, 아니면 맥스만을 위한 건가요?"

늑대인간이 낄낄거렸다. 그는 교실 앞쪽으로 나가 알렸다. "너희들이 속한 반은 내일 예방접종이 있을 예정이지만, 너희는 먼저 맞는다. 너희 중 일부는 점심시간에 몰래 빠져나간 벌로 여기 온 거고 그래서 더더욱 빼먹을 수가 없거든."

"제기랄." 내가 중얼거렸다. 달라스를 쳐다봤지만 그는 내 심란함에 눈만 껌벅거렸다. "선생님, 저는 어떤 접종도 원하지 않는데요." 나는 말했다.

늑대인간은 그의 숱 많은 눈썹을 치켜올렸다. "그거 참 안됐구나."

나는 진땀이 나기 시작했다. 뛰어서 도망갈까 하는 생각도 했지만 출입구는 순식간에 그레이엄 교장의 엄청난 흰 몸뚱어리로 막혀 버렸다. 교장은 늑대인간과 악수하더니 앞으로 나섰다. "다들 어떻게 진행되는지 알고 있을 거예요. 양쪽 팔에 한 번씩 두 번 주사를 맞게 됩니다. 여기 있는 동안 숙제하는 데에는 아무 지장도 없어요. 간호사분들께 예의 바르게 행동하도록 합시다."

그는 복도를 내다보면서 린다에게 손짓했다. 중학교 풋볼 게임에서 만났던 그 뚱뚱한 백인 여자 말이다. 그녀는 핑크색 폴리에스터 셔츠를 입고 있었다. 모양이나 크기가 꼭 바베큐 커버 같았다. 스테인리스 스틸로 된 카트가 그녀 뒤에서 굴러오고 있었다. 카트의 제일 위 선반에는 아주 작은 갈색 병들과 주사기, 한 무더기의 살균된 주삿바늘, 쌓아놓은 거즈, 커다란 네모 모양 반창고들이 있었다. 카트 바퀴 하나가 제대로 안 굴러가서 카트는 바닥의 타일 위로 질질 힘들게 지나갔다. 쉬이이, 쉬이, 쉬.

카트를 밀고 오는 흑인 여자를 보고 나는 기겁했다. 엄마였다. 엄마는 여기에 자기를 아는 사람이 아무도 없는 것처럼 바닥을 내려다보고 있었다.

"야, 맥스⋯." 자비에가 말했다.

"잡담 금지!" 미스터 그레이엄이 딱 끊었다. "서둘러 조용히 이걸 끝내도록 하자고. 누구든지 쓸데없이 떠드는 사람은 미스터 워튼이 내일 방과 후에 남도록 다시 이름을 올리게 되어 있다." 그는 린다에게 웃어 보였다. "이제 저는 맡기고 갑니다. 이따가 사무실에 오늘 접종받은 아이들 명단을 제출하는 것 잊지 마세요. 주사를 두 번 놓는 일은 없어야지요." 그는 싱긋 웃었다. 늑대인간은 코웃음을 쳤다. 린다는 어릿광대 같은 미소를 지어 보였다. 엄마는 눈을 내리깔고 카트만 보고 있었다. 노예처럼 공손하게.

늑대인간은 교장을 배웅한 뒤 문을 닫고는 그 앞에 보안요원처럼 버티고 섰다.

딸깍하는 소리와 함께 걸쇠가 잠기자 엄마는 고개를 들더니 나를 응시했다. 어려웠다. 엄마가 나한테 무슨 말을 하려는지 도무지 알 수가 없었다. 도망가라고? 있으라고? 안녕이라고? 모르겠다. 엄마의 입은 걱정으로 굳게 다물어져 있었고 피부는 광대뼈 쪽으로 당겨진 채 경직된 모습이었다.

"자, 얘들아." 린다가 말했다. "겉옷을 벗고 소매를 걷어 주세요. 팔 위쪽에 맞을 거고 양팔에 한 번씩이야." 그녀는 엄마에게 미소를 지었다. "오른쪽 팔을 맡으실래요?"

엄마는 갈색 병과 주사기를 집어 들었다. 바늘을 끼우고 플라스틱 보호 덮개를 뺀 뒤 주사기에 아무도 그 정체를 모르는 주사액을 채웠다. 엄마는 내 미용사가 가위를 들고 하듯이 주사기를 공중에 들고는 첫 번째 자리에 앉아 있는 남자아이를 내려다봤다. 마이클인지 마틴인지 하는 애였다. 그는 나와 자비에랑 같은 크로스컨트리 팀이었다. 그는 팔을 내밀고 근육에 힘을 푼 다음 엄마에게 윙크했다.

"아주 적극적이구나." 린다가 환하게 웃으며 말했다. "카레나, 그쪽은 뭔가요? 억제제예요? 그럼 내가 간염을 하죠."

엄마는 얼굴에 일말의 감정도 드러내지 않은 채 고개를 끄덕였다. 복도에서 자신부터 먼저 그 주사를 맞고 들어온 건 아닌지 궁금해졌다.

엄마는 그 아이의 귀에 체온계를 꽂고 체온을 확인한 뒤 끄덕였다.

"별로 아프지 않을 거야." 린다가 시끄럽게 말했다. "요즘엔 주삿바늘이 아주 얇거든. 우리 부모님 시대엔 어땠는지 너희가 봤어야 하는데. 거의 연필만큼이나 굵었단다! 그런데 너희들 아직도 연필은 쓰니?" 그녀는 아이 팔의 주사 놓을 자리를 꽉 쥐더니 바늘을 쑤셔 넣었다. 부드러운 손길이라곤 전혀 없었다. 그러니 요양원에서 잘릴 수밖에. 거기 있는 노인들은 너무 말라서 그녀는 분명 주사를 놓다가 매번 뼈에 닿게 했을 것이다.

엄마는 소년의 호리호리한 오른팔에 장갑 낀 두 손가락을 대고 주삿바늘을 그 사이로 향하게 했다. 아이 쪽으로 약간 몸을 숙인 엄마는 주삿바늘을 찌르기 직전 무언가 속삭였다.

주사기가 그의 근육 안으로 주사액을 밀어 넣는 것을 난 보았다. 그리고 이제 그 아이가 좀비가 되었다는 사실을 알았다. 그가 원래 어떤 사람이었는지, 또 이제 다시는 돌아가지 못할 그 모습이 어땠는지 나는 궁금해졌다.

엄마는 바늘을 빼고 조그맣고 네모난 거즈를 주사 놓은 부위에 대고 눌렀다. "여기에 대고 있으렴." 그러더니 크기가 큰 네모 모양의 반창고를 집어 포장을 벗기고 뒷부분을 뗀 다음, 피 묻은 거즈를 들어내고 조심스레 아이의 팔에 갖다 붙였다.

"이 패치는 일주일 동안 가만히 붙이고 있어야 한다." 린다가 설명했다. "이건 그냥 반창고가 아니야. 너희가 받는 치료의 한 부분이야. 마음대로 떼어냈다간 고생하게 될 거야. 하지만 걱정할 것 없어. 샤워도 그냥 붙인 채로 하면 되니까. 며칠 안에 곧 너희 부모님들에게 안내문이 나갈 거야."

나는 돌처럼 앉아서 엄마가 아이들의 열을 따라 내려오는 걸 지켜봤다. 쉬이이, 쉬이, 쉬, 나한테 점점 더 가까이.

"물론, 방과 후에 남았다고 해서 너희가 꼭 못된 아이들이라는 건 아니지." 린다는 횡설수설 지껄였다. "그냥 뭔가 잘못한 일이 있다는 뜻이고 그럼 그냥 넘어가선 안 되는 거니까."

주사 놓는 지점이 책상 두 개 앞으로 다가오자, 엄마가 모든 아이의 귀에 대고 속삭이는 말이 나에게 들렸다. 미안하구나.

나는 떨기 시작했다. 일어서서 나가고 싶었지만 모든 아이, 감시카메라와 늑대인간 선생, 그리고 엄마가 여기 있는 상황에선 꼼짝할 수 없었다.

자기 리그만 열심히 쳐다보고 있는 자비에가 내 앞 차례였다. 엄마는 자비에를 보더니 흠칫 놀라 숨을 멈췄다. 자비에는 고개를 들어 엄마를 보더니 웃었다.

"안녕하세요, 코너스 아줌마."

엄마는 천천히 깊은숨을 내쉬었다.

"안녕, 자비에. 오늘 기분은 어떠니?"

"좋아요."

"어머나, 너 정말 미남이구나!" 린다가 말했다. "몇 살이니? 열여덟? 스물다섯? 대학 기숙사에 붙여놓는 포스터에 등장할 만한 얼굴이네. 정말 그렇게 생겼어." 그녀는 웃으면서 엄마 쪽을 봤다. "요즘 대부분 아이가 잘생겼다는 건 알지만 그래도 얘는 정말 특별하네요, 그렇지 않아요?"

엄마가 자비에의 어깨에 손을 올렸다.

"그럼요, 아주 아름다운 청년이지요."

자비에는 수줍은 듯 엄마를 향해 미소 지었다. 그도 이럴 땐 말이 없어졌다.

체온계가 울리자 엄마가 고개를 저었다.

"미열이 있네요. 열이 없을 때까지 기다려야 되겠어요."

린다가 날카롭게 쏘아보더니 자비에의 책상 쪽으로 와 엄마가 손에 든 체온계를 잡아챘다. 그녀는 고개를 설레설레 흔들더니 중얼댔다. "글쎄, 잘 모르겠네. 아주 살짝 있는 건데. 그냥 접종하지요, 뭐." 그녀는 자기가 든 주삿바늘을 자비에의 왼팔에 푹 찔러 넣었다.

엄마는 손에 든 주삿바늘을 쳐다보았다. 그러고는 마른침을 삼키면서 억지로 웃어 보였다. "그건 아닌 거 같아요. 자비에가 다른 약들을 먹고 있는 걸 알고 있어서 이상 반응이 염려되네요. 특히 이렇게 열이 있는 경우는요."

"학교에서 벌을 자주 받는 아이들일수록 빨리 접종을 끝내는 게 중요해요. 이 일에 당신을 추천한 걸 후회하게 만들지 말아요."

엄마가 낮은 신음을 내면서 아랫입술을 깨물고 자비에의 천사같은 얼굴을 가만히 봤다. "복용 중인 다른 약은 뭐가 있니, 자비에?"

린다는 화가 나 씩씩거리면서 코웃음을 쳤다. 자비에의 의자 뒤로 지나가려고 했지만 공간이 없자, 그녀는 내 책상 뒤로 쿵쿵거리면서 반대쪽으로 갔다. 터질 것 같은 신발이 바닥에 닿으면서 찍찍 소리를 냈다. 린다는 엄마의 손에서 주사기를 뺏더니 자비에의 오른팔에 단숨에 푹 찔러 넣어 버렸다.

"아!" 자비에가 소리쳤다.

"안 돼." 엄마의 탄식이 들렸다.

린다는 주사기를 빼내면서 노려보았다. "자꾸 미적거리면 결국 이렇게 되는 거예요." 그녀는 엄마에게 패치 하나를 건넸다. "우리는 애들 접종하러 온 거예요. 그러니까 그냥 하면 돼요. 자, 이제 계속 할까요?"

엄마는 자비에의 팔에 패치를 대고 피부에 잘 붙어 있도록 부드럽게 눌러 주었다.

"고맙습니다, 코너스 아줌마." 자비에가 말했다.

엄마는 내 쪽으로 얼굴을 돌렸다. 아빠의 장례식에서 본 이후로 가장 슬픈 표정이었다. "안녕, 맥스." 엄마의 목소리가 어린 소녀처럼 가늘게 떨렸다.

"세상에나!" 린다가 외쳤다. "당신 아들이잖아요! 바로 이 학교에 다니는 거였군요!"

아이들은 모두 내 쪽으로 돌아앉아 엄마가 아들인 나에게 놓기 위해 주사액을 채우는 모습을 보려 했다.

린다는 큰 소리로 웃음을 터뜨렸다. "풋볼 경기 때 그렇게 이상하게 굴더니 이제 알겠네! 세상에, 오늘이 지나면 정말 확 달라진 모습을 보게 될 거예요. 오! 그 효과에 반하고 말 거예요."

엄마는 체온계를 내 귀에 꽂았다. 아주 불쾌한 느낌이 들었다. 나는 움찔해 조금 뒤로 물러났다. 엄마는 내 책상에 몸을 기댔다. 라텍스와 어딘가 유독 물질 같은 냄새가 났다. "그때 설명을 들어서 다행이에요. 이 학교 접종을 내가 맡게 되어 좋네요."

"말도 말아요." 린다는 주삿바늘을 준비하면서 말했다. "아이들에게 필요한 모든 변화를 한 번에 가져오는 치료라니까."

엄마는 내 체온을 보더니 고개를 끄덕였다.

"엄마…." 나는 애원하기 시작했다.

엄만 내 팔을 손톱이 파고들만큼 꽉 잡고 비틀었다.

"조용히 해, 맥스!"

나는 여섯 살짜리 어린애가 되어 버린 것만 같았다.

엄마는 내 오른팔에 장갑 낀 손가락을 올려놓았다.

"나에겐 여기 온 게 모든 걸 달라지게 만드네요."

나는 입을 벌려 뭔가 말을 하려 했지만 내 입에선 아무 소리도 나오지 않았다. 공기조차도.

엄마가 내 쪽으로 바싹 기대더니 속삭였다. "아무 말도 마."

"엄마, 제발…."

"쉬."

린다가 내 왼팔에 주사기를 찔러 넣었다.

"아프지 않지? 아프니?" 엄마가 부드럽게 물었다. 난 엄마를 올려다봤다. 엄마가 미소를 지었다. "아프니, 맥스? 살살 하는 건데."

내 오른팔에는 주삿바늘이 들어오지 않았다. 피부에 뭔가 차갑고 축축한 게 닿았지만 주삿바늘이 찌르지는 않았다. 나는 팔을 내려다봤지만 엄마 손이 주사기를 가리고 있어서 엄마가 뭘하는지 볼 수가 없었다. 고약한 화학약품 냄새가 훅 끼쳤다.

"거의 다 됐어." 엄마가 말했다.

엄마는 내 피부에 거즈를 대고 누르면서 내 손을 가져다가 조그맣고 하얀 네모 거즈 위에 손가락을 올려놓게 했다. "꼭 잡고 있어라." 엄마는 바늘을 쓰레기통으로 획 던져 넣고 주사기는 흰 테이블 덮개 위에 놓았다. 비어 있었다. 주머니에서 패치를 꺼내 포장을 제거한 엄마가 내 팔에다 그걸 붙여 주었다. "자, 됐다. 별로 아프진 않았지? 그렇지?"

난 아무 대답도 할 수 없었다.

엄마는 내 옆 책상에 앉은 달라스에게 돌아섰다.

"이번엔 너구나."

"내가 다른 쪽으로 돌아갈게요." 린다가 말했다. "카레나 당신은 그냥 거기서 쭉 올라오면서 왼팔을 맞히면 되겠어요. 돌아가도 난 상관없어요." 그녀는 내 뒤로 힘들게 숨을 쌕쌕거리며 발로는 찍찍 소리를 내며 걸어갔다. "이제 한 줄은 끝났고 네 줄 남았네요. 4시 반 전에는 다 끝내고 갈 수 있겠어요. 아 걱정하지 말아요. 더 일찍 끝나도 한 시간 일당은 다 채워 받으니까요."

엄마는 새로 끼운 바늘을 약병에 찔러 넣었다. 나는 주사기가 좀비로 만드는 옅은 색의 투여량을 빨아들이는 걸 지켜봤다. 약병을 내려놓은 엄마는 바늘을 높이 쳐들었다.

"엄마, 안 돼요."

"그만 좀 해, 맥스." 엄마가 쉿, 조용히 하라고 했다.

아이들은 내가 무슨 괴물인 양 나를 쳐다보았다.

"목소리 낮춰라." 늑대인간도 나에게 주의를 시켰다.

"주사를 무서워하나 봐요?" 린다가 물었다.

"네, 그럴 필요가 없는데도 그러네요." 엄마는 달라스에게 돌아섰다. "준비됐니?"

달라스는 마치 엄마가 아이스크림이라도 사 주는 것처럼 미소를 보였다.

나는 그의 팔을 잘 보려고 머리를 책상 쪽으로 내렸다. 엄마가 왼손으로 주삿바늘을 감싸고 있어서 잘 보이지 않았다. 엄마는 오른손 엄지로 주사기를 눌렀다. 정말 주사를 놓는 것 같았다. 내 심장은 혈액이 너무 걸쭉해서 판막 사이로 밀어내기가 힘든 것마냥 쿵쾅거리고 있었다.

"오우." 달라스가 소리를 내며 방금 다른 쪽 팔에 주사를 찌른

린다를 올려다봤다.

"너처럼 다 큰 남자애가 이런 작은 주삿바늘을 무서워하는 거니?" 린다가 외쳤다. "네 이런 근육들 사이로 뭐든지 통과할 수 있다는 게 놀랍다. 무슨 바위같이 딱딱하구나."

"거의 끝났다." 엄마가 부드럽게 말했다.

달라스는 엄마를 보고 미소 짓고는 자기 팔에 뭘 하는 건지 보려고 했다.

"됐다." 그의 피부에 거즈를 대고 누르면서 엄마는 말했다.

달라스는 뭔가 말을 하려고 입을 벌렸지만 엄마가 막았다.

"아무 말 말고 그냥 쉬렴. 이거 잘 잡고."

엄마는 쓰레기통에 바늘을 재빨리 던져 넣고는 주머니에서 패치를 또 하나 꺼냈다. 나는 의자 뒤쪽으로 깊숙이 몸을 기대어 짧은 순간이었지만 달라스 팔을 분명히 보았다. 아무런 자국도, 찌른 곳도 없었다. 그냥 촉촉하게 빛나는 부분이 있을 뿐이었다.

엄마는 패치를 눌러 주고 그의 어깨를 두드렸다. "다 끝났다."

다시 책상을 따라 올라가면서 엄마는 일을 계속했다. "미안하다." 모두에게 이렇게 속삭이면서. 나랑 달라스를 뺀 모두에게.

타일러 윌킨스 순서가 되자 엄마는 멈춰 서서 한숨을 쉬었다. "안녕, 타일러." 슬픈 목소리로 엄마가 말했다. 책상 너머로 린다를 쳐다보았지만 굳이 말을 꺼내지는 않았다.

"세상에나. 얘, 너한테 담배 냄새가 풀풀 나는구나." 린다가 요란스레 말했다. "담배 한 개비에 독성 물질이 얼마나 많이 들어 있는지 아니?" 엄마 쪽을 본 그녀의 얼굴에서 웃음이 사라졌다.

"세상에나, 이번엔 또 뭐예요? 얘도 열이 있나요?"

"아뇨, 하지만…."

"그럼 얼른 하세요, 카레나. 얘네 모두 접종을 끝내야 한다고요."

엄마는 타일러의 못생긴 얼굴을 쳐다봤다.

"미안하구나, 타일러."

그는 웃으면서 타투를 한 그의 팔을 손으로 쓸어내렸다.

"괜찮아요, 주사 안 무서워해요."

나는 약물이 그의 피부 깊숙이 들어가는 것을 보았다.

타일러 윌킨스가 좀비가 되는 것을 보게 되어 씁쓸할 건 없었다. 아마 나에 대해서도 그렇게 말하는 사람들이 있을 것이다.

착한 아이들 길에는 사랑스러운 작은 집이 있어.

돌아보면 지금까지 나의 마음 가득히 애정이 차오르는

찰랑거리는 말소리와 타닥타닥 발걸음 소리가

놀고 있을 때 가장 달콤한 음악을 빚어내고

사랑의 햇살이 하나하나 얼굴을 비추어

모든 마음을 덥혀주는 그 오래된 장소.

사랑스런 어린 아이들이 뛰어노는 그곳

인형들과 깡통 뚜껑과 북을 가지고

그런데 세상에나! 아이들이 얼마나 신나게 뛰어놀고

이리저리 움직이고 소리치는지

너무나 빨리 오는 잠자러 가야 할 시간이 될 때까지!

오, 그 빛나는 나날들 덧없이 지나가는 날들

착한 아이들 거리에 사는 그 어린 아이들과 함께하는.

유진 필드의
《착한 아이들 거리》 중 '어린 시절의 사랑 노래들'
(1894)

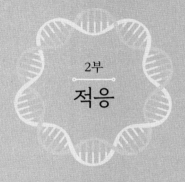

2부

적응

8

엄마는 침대 위에 아이처럼 무릎을 감싸 안은 채 몸을 웅크리고 있었다. 저녁 시간인데 벌써 잠옷 차림이었다. 알리는 거실에서 만화를 보며 샌드위치를 먹고 있었다.

"어떻게 알았어요?" 내가 물었다.

엄마는 훌쩍거리다가 어깨를 으쓱했다.

"방과 후에 남게 되면 부모들한테 항상 연락이 와."

"내 말은 어떻게 그 주사약에 대해서 알았느냐는 거예요."

"아, 린다가 전화해서 얘기해 주었어. 이름을 들으니 어떤 약인지 기억이 났고."

"어떤 약인데요?"

"우리가 요양원에서 쓰는 약물 하나와 비슷한 성분이야."

"누구한테 쓰는 건데요?"

엄마는 어깨를 으쓱하는 건지 몸을 떠는 건지 알 수가 없었다.

"모두 다."

"모두 다." 내가 따라 말했다. 알리의 서랍장에 몸을 기대자 거기 있던 플라스틱 인형들이 흔들렸다. 인형들은 등이 구부러지고 다리는 벌어진 채, 핑크빛으로 칠해진 미소를 머금은 얼굴로 옆으로 넘어졌다.

"네가 생각하는 그런 게 아니야." 엄마가 말했다. "우리 환자들은 고통 속에 있어. 외롭고 권태로워. 비사교적이고. 그래서 이 약을 시작하게 된 거야. 기분 장애 조절용으로."

"일레인은 비사교적이지 않았어요." 나는 3년 전 우리 반 아이들과 같이 요양원을 방문했을 때를 떠올렸다. 줄줄이 놓인 접이식 의자에 털썩 주저앉아 있는 노인들의 슬픈 대열에서 일레인은 벌떡 일어나 소리쳤다. "할렐루야! 세상에는 이렇게 아이들이 살아 있구나!"

"일레인은 기분 장애가 아니었어요." 나는 엄마에게 말했다. "폭죽처럼 생생했다고요."

엄마는 나를 쳐다보며 입술을 깨물었다.

"이젠 일레인도 더 이상 폭죽이 아니겠죠."

엄마는 발끈해서 나를 쏘아봤다. "이 약물은 내 환자들이 상황에 적응하도록 도와주는 거야, 맥스."

"모두 다요? 어떻게 환자들 모두에게 똑같은 약물을 처방할 수 있어요? 거기 있는 노인들 대부분은 아프지도 않아요. 그냥 늙었을 뿐이죠."

"난 그들에게 행복한 삶을 줄 수가 없어, 맥스. 자녀들이 찾아오도록 만들 수도 없고. 일자리를 찾아줄 수도 없고 자신을 스스로 소중한 존재라고 생각하게 만들 수도 없어. 나는 그들에게 식사를 주고 목욕시켜 주고 주사를 놔줄 수 있을 뿐이란다."

"그들이 주사를 맞겠다고 했나요?"

"내가 열 시간의 교대근무 동안 돌봐야 하는 환자가 일흔두 명이야. 한 명당 8분씩이지. 그게 내가 줄 수 있는 시간이야. 나머지 9시간 52분 동안은 그냥 방치되는 거야. 예전에 환자들은 그냥 누워서 울곤 했어. 네가 와 봤을 때 기억나지? 이젠 더 이상 그렇지 않아. 다들 잘 먹고 사교적인 활동에도 참여하고, 운동도 하고 취미 생활도 한단다."

"분명 줄도 아주 똑바로 잘 서겠죠."

"그들은 이제 살아 있는 걸 행복해해, 맥스."

"그들은 행복한 게 아니에요, 엄마. 더 이상 울고 있지 않을 뿐이죠."

"너는 이해 못 해."

"그래요. 이해가 안 돼요. 그게 틀리지 않았다고 생각한다면 나한테도 그냥 주사 놓지 그랬어요?"

엄마는 치솟는 화에 입을 벌리고 나를 쳐다봤다. "그건 아이들을 위한 약물이 아니야. 삶에 아무 것도 남아 있지 않은 사람들을 위한 거지. 아이들에게 그 약물을 주사하는 건 잘못된 일이야."

"바로 엄마가 아이들에게 그 주사를 놓았잖아요!" 내가 상기시켰다. "왜 경찰에 신고하지 않았어요? 왜 그 일을 중단시키지 않은 거예요?"

엄마는 혼란스러운 듯이 눈을 가늘게 뜨고 나를 보았다. "이건 불법이 아니야. 학교는 행동에 문제가 있는 아이들을 치료할 권한이 있어."

"우리가 다 행동에 문제가 있는 건 아니에요."

"너는 분명 있어, 맥스. 모두 다 있어. 모두 더 나아질 수 있고…. 네가 직접 나한테도 얘기했잖니. 문제는 이렇게 광범위하게 치료를 진행한 적이 예전에는 없었다는 거야."

"그럼 왜 우리를 그냥 거기서 빼내 오지 않았어요?"

"누구를 말이니? 난 네 친구들을 학교에서 데리고 나올 수가 없어. 너를 데리고 나오는 게 가능한지 그것조차 잘 모르겠다."

"그래도 그렇게 해야 했어요."

"그런 다음 널 어디에 넣고? 내가 너희를 학교에서 빼 오면 그걸로 알리와 너의 교육은 끝일 거야. 린다가 얘기하는데 이미 트레이드 스쿨에서도 치료가 끝났다더라. 옮길 곳이 없어."

"우리 다른 도시로 가요."

"그리고 나선 무슨 돈으로 살게? 학교를 마치지 않고 어떻게 일자리를 구할 건데? 여기 말고 다른 곳들이 어떤지 맥스 네가 알아? 여기서는 내가 직업이 있으니 우린 운이 좋은 편이야."

"사람들의 뜻에 상관없이 약물을 투여하는 그런 직업이죠."

"그만해! 난 오늘 내 선에선 가능한 일을 했어." 엄마는 먼 데를 쳐다보더니 무릎 위에 머리를 기댔다.

"그런데 어떻게 진짜로 주사 놓는 척한 거였어요?"

엄마는 어수선한 침대 옆 스탠드에서 더러운 냅킨을 집어 한 겹 한 겹 벗기더니 얼룩진 작은 스펀지를 꺼내 보였다. "자비에 한테 시도하기엔 겁이 났어. 이게 얼마나 빨아들일 수 있을지 몰랐거든. 어쨌든 다른 종류의 패치도 두 개만 샀었고, 너와 달라스를 위해서." 엄마는 한숨을 내쉬며 머리에서 그 기억을 털어 버리려 했다.

"내 패치엔 뭐가 들었는데요?"

"에스트로겐."

"에스트로겐이라고요? 말도 안 돼요. 내 가슴이 그럼 커지는 거예요?"

"그렇게 생각하진 않아."

"그렇게 생각하지 않는다고요?"

"그냥 한 달만 효과가 유지되는 거야. 하지만 석 달 동안 붙이고 있어야 할 거야."

"세 달이요? 린다 아줌마는 일주일이라고 했잖아요."

"거짓말한 거야."

"왜요? 그럼 사람들이 일찍 떼 버릴 텐데. 그게 안전해요?"

"부모들이 계속 붙이고 있으라고 얘기할 거야, 맥스. 내일이나 모레쯤 되면 아이들은 뭐든 시키는 대로 할 거야."

나는 머리를 긁으면서 천장을 바라봤다. 무슨 말을 할지 생각하면서. 알리가 거실에서 노래하는 소리가 들려왔다. *"에이 — 내 이름은 알리, 내 남편의 이름은 아놀드, 우리는 아칸소에 살고요, 애플을 팔지요!"*(A로 시작되는 단어들로 이어지는 가사임.)

"석 달 안에 새 패치를 붙이게 될 거야." 엄마가 얘기했다. "너도 그때 가면 지금 붙인 걸 떼고 빈 에스트로겐 패치를 다시 붙이는 거 잊지 마."

나는 시선을 천장에 둔 채 고개를 끄덕거렸다.

"그리고 6개월 있다가 다시 한번 주사를 맞게 될 거야."

나는 놀라서 엄마를 쳐다봤다.

"약물을 몇 가지나 주사하는 건데요?"

"같은 주사야, 용량만 달라져."

"약효가 사라지는 거예요? 그럼 자비에한테도 희망이 있네요?"

엄마가 어깨를 으쓱했다. "그런 것 같아. 우리 환자들은 2년에 걸쳐 천천히 효력을 보이는 주사를 맞았는데 린다 말로는 아이들 용으로는 약물 투여량을 줄였다고 하더라."

"그래서 린다 아줌마가 6개월 있다가 다시 우리 반에 주사 놓으러 온다는 말이에요?"

엄마가 고개를 끄덕였다. "나도 그때 다시 갈 거야."

난 알리의 인형 두 개를 집어 엄마한테 던졌다. 엄마는 너무 놀라 비명을 질렀다. 알리의 노래가 갑자기 멈췄다. "안 그러는 건 어때요?" 내가 소리쳤다. "내가 다른 학교를 찾는 건요? 엄마도 다른 일을 찾아보는 건 어떠냐고요?"

엄마는 인형 하나를 주워 옷과 머리를 똑바로 만져 주었다.

"난 할 수만 있다면 너랑 알리를 뉴 미들타운 밖으로 데리고 나가지 않을 거야. 여긴 지구상에서 가장 안전한 도시야."

엄마는 고개를 숙이고 아랫입술을 깨물었다. "미안하다, 맥스. 나는 네가 아카데믹 스쿨을 졸업했으면 좋겠구나. 그렇게 되면 네 삶이 훨씬 수월해질 거야. 다음번에도 내가 주사 놓으러 갈 수 있어. 절대 아무도 모를 거야."

"그럼 다른 애들은 다 어떡하고요?"

"결국 모두 괜찮을 거야. 공부에 훨씬 더 집중하게 될 거고." 엄마는 인형을 내려놓고 똑바로 고쳐 앉았다. "다들 이 치료가 아이들 자신에게 좋은 거라고 얘기하고 있어. 아마 이 새로운 종류의…."

"시작도 마세요." 나는 엄마 말을 막았다. "그 결과를 다른 학교에서 이미 봤는걸요. 난 그렇게 되고 싶지 않아요."

"그래, 나도 알아. 나 역시 네가 그렇게 되는 건 원치 않아." 엄마는 내 손을 잡으려고 했지만 나는 몸을 뒤로 뺐다. "너도 치료받은 척 해야 해." 엄마가 말했다. "공부를 더 열심히 해야 한다는 소리만 하는 게 아니야. 학교를 좀 더 진지하게 생각해야 한다. 다른 애들처럼 행동해야 해."

나는 같은 말을 알리가 몇 주 전에 자기 학교 밖에서 했던 게
생각났다.

"이미 알리한테도 얘기해 놨다." 엄마가 마치 내 마음을 들여
다본 것처럼 말했다. "알리는 너무 행동을 잘해서 아무도 몰라.
하지만 맥스 넌…." 엄마는 내 눈을 쳐다보고는 어깨를 으쓱했다.
"너도 반드시 착하게 굴어야 한다."

"나도 반드시 착하게 지내야 한다고요?" 내가 따라 말했다.
"착하게요?"

"내 말이 무슨 뜻인지 알잖니. 말을 잘 들어야 한다고. 학교에
서 선생님들이 너를 지켜볼 거야."

엄마는 잃어버린 어린 아들을 보는 듯한 눈길이었다. "다들 알
고 있어, 맥스. 이건 학교 정책이야. 몇 달 동안 의논해 온 일이라
고. 누구든지 달라지지 않는다면 투여량을 늘릴 거야."

"요양원에서 엄마가 하는 일이 그건가요?"

엄마는 대꾸하지 않았다. "달라스한테 형이랑 싸우지 말라고
해. 알링턴이 지켜볼 테고 오스틴은 앞으로도 한두 주 더 있어야
치료받을 테니까."

"12학년도 하는 건가요?"

"전 학년이 다 하는 거야, 맥스. 모두 다."

"모두 다." 나는 되뇌었다. 엄마가 너무 미웠다.

*

셀레스트가 저녁 식사 후 페이스페인팅 재료를 들고 집에 왔다. 그녀는 흰색 울 스타킹을 신고 무릎까지 내려오는 타이트한 푸른 스웨터를 입고 있었다. 머리를 뒤로 묶은 그녀는 베이지색 앞치마를 둘렀다. "아이들보다 훨씬 더 피부색이 짙으시네요." 셀레스트가 화장품을 엄마의 뺨에 쓱쓱 바르면서 말했다. "이건 아줌마한텐 너무 밝은 색이에요. 나이에 비해 피부가 참 좋으세요."

"고맙구나, 셀레스트. 동생은 어떠니?"

"자비에요? 잘 지내요. 사실 지금은 자고 있어요. 테이블에서 그대로 잠들어 버렸지 뭐예요, 너무 피곤한가 봐요. 크로스컨트리를 하고 와서 그래요."

엄마는 얼굴이 어두워지면서 등을 구부렸다. 셀레스트가 더 어두운 색조의 화장품 두 가지를 바르는 동안 엄마는 조용했다. 엄마 얼굴에 미묘한 줄무늬가 나타나기 시작했다. 꼭 빛바랜 워페인트(war paint, 북아메리카 원주민들이 전투에 나가기 전 얼굴과 몸에 물감을 바르던 것) 같았다. "괜찮아야 할 텐데." 엄마는 중얼거렸다.

"자비에요?" 셀레스트가 물었다. "괜찮아요. 그냥 좀 피곤한 것뿐이에요." 그녀는 엄마 얼굴을 흰색 크림으로 클렌징했다. "다른 색깔로 내일 또 해 봐도 돼요?"

"그럼, 물론이지."

"고맙습니다." 셀레스트는 감시카메라 아래로 나풀나풀 복도를 걸어 내려갔다.

나는 늦게까지 안 자고 자비에가 제일 좋아하는 사이트에서 영화를 보았다. 제목은 〈1984〉. 정부가 자신들의 고약한 삶을 즐기는 척 가장하고 있는 모든 노동자를 지켜보는, 가난으로 찌든 세상을 그린 영화다. 영화에 나오는 모든 인물은 못생겼고, 백인이었고, 제대로 못 먹은 사람들이었다. 그건 아마도 비유일 것이다.

엄마가 내 방문을 노크했다.

"엄마, 지금 자야 하는 거 아니에요? 3시에 일어나야 하잖아요."

엄마는 내 침대 끝에 걸터앉아 눈가를 닦았다. 나는 영화를 멈췄다. "어차피 자비에는 절대 좀비가 된 척 행동하지 못할 거예요." 내가 말했다. "걘 말이 너무 많아요. 아마 곧바로 다시 주사를 맞힐 거예요."

엄마는 훌쩍이면서 내 손을 쓰다듬었다. 엄마는 피곤해 보였다. 눈은 퀭한 검은색이었고, 얇고 가느다란 입술은 힘이 없었다. 머리는 부스스했고 손질한 지 너무나 오래된 상태였다. "손이 정말 젊구나." 엄마가 말했다. "완전히 새것 같아."

난 엄마한테 웃을 수는 없었다. 그냥 엄마 손가락을 지그시 눌렀다. "고마워요, 엄마."

"뭐가 말이니?"

"나랑 달라스 구해줘서요."

"오, 맥스." 엄마는 머리와 어깨를 내 쪽으로 기댔다. "너를 그냥 집으로 데려왔어야 하는 건데."

나는 카트를 밀고 교실로 들어서던 엄마의 모습이 기억나 몸이 부르르 떨렸다.

"아이들이 남아 있는 교실로 엄마가 들어왔을 때 그게 나한테 주는 어떤 벌 같았어요. 내가 이렇게 생겨먹어서요."

"내가 왜 거기 갔는지 너도 알 거라고 생각했어. 너를 잃을 수는 없으니까, 맥스."

"엄마가 나를 잃게 될 일은 없어요. 그냥 내가 좀비가 될 뿐이죠."

엄마는 미소 지었다. "좀비라는 표현은 좀 웃긴 것 같다. 좀비는 무덤에서 나와 사람들의 뇌를 먹는 시체을 말하는 거잖아."

"말도 안 돼요."

엄마가 웃었다. "정말이야. 좀비는 사람들을 산 채로 먹어. 절대 조용하지 않지."

"끔찍해요."

"그러니까 좀비 말고 다른 이름으로 불러야 해."

"엄마는 환자들을 어떻게 부르는데요?"

엄마는 뻣뻣해지면서 나한테서 손을 치웠다.

나는 다시 엄마 손을 잡지 않았다. 그냥 편하게 지나가고 싶지 않았다. "로봇이라고 부르면 되겠네요. 아님, 아무 생각이 없는 노예들이라고 하든가."

"그렇지 않아, 맥스."

"그래요." 난 영화를 다시 재생시키고 형태도 없는 유니폼을 입은 빼빼 마른 사람들이 거대한 감시카메라를 피해 숨는 모습을 감상했다. "만약 모든 사람에게 그 약물을 투여하면 어떻게 될까요? 전 국민을요?"

"바보 같은 소리 마." 엄마가 말했다.

"내 몸을 뒤지던 그 공항 직원 생각나요? 분명 그 여자도 좀비일 거예요. 결국 간호사들도 그렇게 될 거예요. 어느 날엔가 엄마도 일하고 나서 좀비로 변해 집으로 올 거라니까요."

"그걸 알아볼 사람이나 과연 있을까?"

그렇게 물어보는 엄마의 얼굴을 보니 화가 치밀었다. "나요."

엄마는 다시 내 쪽으로 기댔다. 엄마의 머리카락은 먼지처럼 건조하고 좋지 않은 냄새가 났다.

"사랑해요, 엄마." 내가 속삭였다.

"나도 사랑해, 맥스."

*

내가 알리의 예전 학교 밖 보도에서 좀비들을 보고 있는데 타일러 윌킨스가 멈춰 섰다. "안녕, 맥스웰. 수업에 안 들어가?" 그는 학교 앞마당을 보면서 얼굴을 찌푸렸다. "여기 뭔가 이상해. 우리 한 번 얘기한 적 있었지." 그는 움찔하더니 가슴에 한 손을 갖다 댔다. "감기가 오나 봐." 그는 아무런 악의도 없는 미소를 내게 지었다.

"너 원래 너 같지 않아." 내가 말했다.

"기분이 이상해." 타일러가 인정했다. 그는 시계를 보았다. "우리 가야겠다." 그의 눈에 뭔가가 있었다. 규칙을 잘 따르는 사람의 반듯한 눈빛 같은 것. 나도 타일러를 따라갔다.

같이 가는 동안 난 별 얘기를 하지 않았다. 그는 이상한 질문들을 했다. "가족들은 잘 지내니?"라든지 "건강한 아침 식사를 하고 왔니?" 같은. 그는 자기 이마와 가슴을 자꾸 문질러댔고 한 번 이상 발을 헛디뎠으며, 담배를 피우지 않았고 욕도 안 했다. 그는 학교 운동장에 나를 남겨 두고 안으로 들어가 버렸다.

달라스는 나를 학교 울타리 쪽으로 잡아당기더니 낮은 목소리로 말했다. "어젯밤에 아빠가 나를 검사했어! 엄마가 그러는데, 내가 학교에 남는 벌을 받게 되었다는 걸 알았을 때부터 계속 나를 기다리고 있었대. 내 혈압이랑 반사 작용 같은 걸 체크했어." 베이가 가까이 다가오자 그는 말을 멈추고 내 눈을 쳐다보지도 않고 손도 흔들지 않았다. 베이가 지나가자 그는 계속 속삭였다. "아빠가 나한테 외워야 할 규칙들을 줬어. 농담을 한마디 했는데 그런 내 모습을 찍었어. 그리곤 나한테 이렇게 말하더라, '이제부터 넌 아주 잘할 거다, 아들.'" 달라스는 고개를 저으며 내 쪽으로 가까이 왔다. "내가 좀비가 되고 나니 이제야 내가 자랑스러워진 것처럼 말이야."

나는 고개를 끄덕였다. "다들 알고 있었던 거야."

"왜? 도대체 왜 우리를 좀비로 만들어 버리려는 거지?"

"나도 모르겠어. 그런데 엄마 말로는 좀비들이 늑대인간처럼 완전히 죽지 않은 존재들이고 사람들의 뇌를 먹고 싶어 한대. 그러니까 좀비 말고 다른 이름으로 불러야 할 것 같아."

"늑대인간들은 죽지 않은 게 아니야." 달라스가 말했다. "그냥 저주받은 거지."

"어쨌거나, 좀비들은 죽은 게 아냐. 반쯤 썩은 채로 무덤에서 기어 나와 먹을 뇌를 찾아다니는 거지."

"말도 안 돼. 나는 좀비들이 어떤 사악한 인간의 명령을 받아 움직이는 최면에 걸린 사람들이라고 생각했어."

"좀비들은 누구의 명령을 받아 움직이는 게 아니야. 뇌를 찾아 헤매고 다니는 거지."

달라스가 코웃음을 쳤다. "그럼 좀비 말고 뭐라고 불러야 하는 거야?"

나는 어깨를 으쓱했다.

"그냥 계속 좀비라고 부르자. 좀비가 좋아."

나도 동의했다.

"넌 어느 쪽한테 죽는 게 나을 것 같으냐? 좀비 아니면 늑대인간?"

"늑대인간."

"나도."

나는 리그를 꺼냈다. "다들 사람 뇌를 먹는 존재들로 변하기 전에 애들을 좀 찍어 두자. 근데 페퍼는 봤어?"

"아니. 그냥 스콜피온 팀 연결해 봐."

우리는 우리의 팀원들에게 데빌스 팀에게 보낼 메시지를 작성 중이라고 얘기했다. 그들은 으르렁거리고 야수처럼 포효하면서 내 리그에 대고 거칠게 굴면서 소리쳤다. "우리가 가니 기다려, 숙녀분들!" 너무 빨리 종이 쳤다. 몽고메리는 몇 미터 떨어진 데서 치어리더들에게 춤동작을 가르치고 있었다. 나는 몇 가지 동작을 동영상에 담으려고 리그를 높이 들어올렸지만 너무 늦었다. 몽고메리는 겉옷을 집어 한 손가락으로 등에 걸치더니 안으로 들어갔다.

그의 단순한 행복이 나를 우울하게 했다. 갑자기 나는 축 처지고 우울해졌는데 그런 내 옆으로 그 모든 활기가 북적이며 지나갔다. 그들의 목소리와 표정은 너무 멀리 있었다. 그들의 기쁨과 혼란, 욕망과 분노가 나를 무너뜨렸다. 나는 그것들을 내 리그에 담아두어야 했다. 하지만 시간이 없었다.

"정신 차리고 자제해!" 달라스가 나를 문 쪽으로 확 잡아당기면서 화가 난 듯 낮은 목소리로 말했다. "네가 울면서 들어가면 그레이엄 교장이 우리한테 어떻게 할 것 같아?"

"미안, 분명 에스트로겐 영향이야."

그의 표정에 난 입을 다물었다.

＊

미스터 에임스는 점심시간에 있을 접종을 위해 아이들을 교실 안에 있게 했다. 그는 통로를 따라 걸으며 결석을 체크했다. 페퍼, 브레넌 그리고 자비에는 모두 아파서 결석이었다. "너는 리스트에 없구나, 맥스웰." 그가 손가락으로 나를 가리켰다. "너 어제 방과 후에 남았던 거로구나."

"네, 선생님."

"너도 어제 방과 후에 맥스웰이랑 같이 남았던 거니?" 달라스에게 그가 물었다.

"네, 선생님. 어제 방과 후에 남는 벌을 받았어요."

"모두 자기 자리에 앉아서 간호사분들을 기다릴 거야." 미스터 에임스가 알렸다. "어제 먼저 접종한 맥스웰, 달라스, 타일러 빼고. 너희는 가도 좋다."

아이들이 신음을 냈다. "어제 남는 벌 받은 소모품들은 아무것도 손해 안 보는데 우리가 점심시간을 뺏겨야 한다는 건 불공평해요." 몽고메리가 투덜댔다.

나는 그냥 넘어갈 수 없었다. 그는 곧 좀비가 될 형편이긴 했지만. "너 누굴 보고 뭐라고 하는 거…?"

"넌 에임스 선생님 말씀을 따라야 해, 몽고메리!" 달라스가 끼어들었다. 그가 나에게 경고의 눈빛을 보내고 있었다.

미스터 에임스가 우리 둘을 번갈아 가면서 쳐다보았다. 좀비가 된 첫날 아침부터 난 이미 의심을 사고 있었다.

타일러는 교실 밖으로 나가는 도중 휘청이며 한 손을 가슴에 댔다. "몸 상태가 좋지 않아."

"예상했던 반응이야." 미스터 에임스가 말했다. "점심 먹고 나서 어떤지 보자."

"감시카메라 보면서 웃는 것 좀 그만둬." 일단 복도로 나오자 달라스가 말했다. "어디로 갈래?"

"스케이트보드장?"

그는 고개를 저었다. "마지막 종이 칠 때까지 학교 밖으로 나가선 안 돼."

"하지만 진짜로 학교 안에서만 얌전히 있을 건 아니지?"

"학교 식당으로 가야 해, 맥스." 달라스는 얼굴엔 아무 표정이 없었지만 아주 화난 목소리로 강하게 말했다. "우리는 모든 규칙을 따라야 한다고."

학교 식당은 반쯤 차 있었다. 9학년 좀비들이 침묵 속에서 수프를 먹고 있었다. 타일러 윌킨스는 혼자 테이블에 앉아 샌드위치를 먹고 있었다. 관자놀이 쪽을 문지르면서. "끔찍한 광경이군." 나는 혼잣말로 중얼거렸다.

미스터 그레이엄은 우리 뒤쪽에 줄을 서서 조리사와 이야기를 나눴다. "다음 주에 있을 핼로윈 댄스 파티가 아주 기대되네요. 장식해 놓은 것들 봤어요?"

조리사의 눈썹 부분엔 구슬땀이 맺혀 있었다. 교장이 하는 잡담에 그녀는 아무 반응이 없었다. 그녀는 공항에서 나를 괴롭혔던 보안요원의 키 큰 버전 같았다. 그녀는 흰 접시에 내가 먹을 라자냐를 탁 덜었다. 뻘건 고깃덩어리들이 면발 아래에서 내 마늘빵 쪽으로 튀겼다. 내 입에선 신음이 나왔다.

달라스가 내 옆에서 뻣뻣하게 긴장했고 미스터 그레이엄은 우리를 가까이에서 지켜보는 중이었다.

연기 인생을 이렇게 빨리 마감하고 싶지 않았던 나는 신음을 낸 이유를 댔다. "이 점심 식사는 일일 권장 식단에 부합하지 않아요." 조리사에게 내가 말했다.

"뭐라고?"

"건강을 위해서 국가의 권장 식단에 맞게 만든 식사를 하는 건 모든 학생의 권리예요."

달라스는 표정 없는 얼굴로 반짝거리는 총기는 눈 뒤에 숨긴 채 돌아서서 말했다. "네 말이 맞아. 이 음식은 한 컵 반 정도의 과일이나 채소를 포함하고 있지 않아."

"거의 파스타뿐이야, 곡물이지." 내가 설명했다.

"우리 무료로 샐러드를 받아야 해요." 달라스가 말했다. "전 감자샐러드 주세요."

"전 과일샐러드요."

달라스가 눈썹을 치켜뜨고 내 쪽을 봤다. "너 과일샐러드 한 컵이 과일 일 인분 두 개 분량인 거 알고 있었어?"

"그건 모르고 있었는걸! 그렇다면 영양가가 아주 뛰어난 거네."

"진짜."

얼굴엔 옅은 미소조차 없었지만 우린 속으로 신나게 웃고 있었다. 어깨의 긴장이 풀렸고 숨도 편안하게 쉬었다. 그들이 우리에게 원하는 모습 뒤로 우리 자신을 숨기는 법을 찾아냈다.

"내가 보기엔 우리가 정신을 바짝 차리는 게 좋겠군요." 미스터 그레이엄이 말했다.

조리사는 자기 입술을 닦았다.

*

집으로 돌아오는 길에 나는 자비에네 문 앞에 멈춰 섰다. 자비에 엄마가 문을 열어 주었다. 그녀는 밝은 푸른색 바지에 카키색 스웨터 차림이었다. 셀레스트가 자기 엄마를 더 늙어 보이게 분장해 놓은 건지, 아님 원래부터 얼굴이 그런 건지 난 알 수가 없었다. "누구세요? 오, 맥스구나. 안녕."

"안녕하세요, 라빈 아줌마. 자비에가 오늘 학교에 안 왔더라고요. 좀 괜찮은지 보러 왔어요."

그녀는 어깨너머로 거실 쪽을 쳐다보았다. "자비에 괜찮아. 편두통이 있다길래 집에서 쉬라고 했다."

"내일은 학교에 오나요?"

자비에 엄마는 나를 믿지 못하겠다는 듯 눈을 가늘게 뜨고 쳐다보았다. "몸 상태를 보고 결정해야지." 그녀는 이렇게 말하고는 문을 닫았다.

복도에선 카펫 세제 같은 냄새가 났다. 벽 뒤에서 내가 실수하기를 기다리면서 나를 지켜보며 앉아 있는 사람들의 모습이 상상되었다.

우리 집 소파에 털썩 주저앉은 나는 페퍼에게 전화했다.

"안녕, 맥스? 잘 지냈어?" 그녀가 말했다. 하나로 높이 묶은 머리에 목소리는 무미건조했다. 립글로스도 안 바르고 미소도 없었다. 뭔가 이상했다.

"오늘 학교에 안 와서."

그녀는 대답이 없었다.

"너 괜찮은지 확인해보려고 전화했어." 내가 덧붙였다. 나는 눈알이 튀어나오도록 스크린을 뚫어지게 쳐다봤다. 내 비밀을 전할 수 있기를 바라면서.

"응, 난 괜찮아." 페퍼는 눈도 깜박거리지 않았다.

"학교에 왜 안 왔는데?"

"내가 발목을 삐었잖아, 의사가 학교까지 걸어가는 게 안 좋을 것 같다고 해서."

"힘들겠다."

그녀는 나를 낯선 사람처럼 쳐다보았다. "뭐 더 할 말 있어?"

"오늘 학교에서 접종이 있었어."

"병원에서도 접종했어."

나는 심장이 내려앉는 것 같았다. 난 입으로 숨을 쉬면서 페퍼에게서 오지 않는 어떤 사인을 기다렸다. "이제 가야겠다." 결국 나는 말했다.

알리가 살금살금 뒤꿈치를 든 채 리코리스(licorice, 감초가 주원료인 젤리 같은 간식)를 나눠 먹으려고 들고 들어왔다. "왜 그래, 오빠?"
알리가 물었다.

"오빠 혼자 있게 좀 놔두렴." 엄마가 부엌에서 알리에게 외쳤다.

알리는 내 손가락 사이에 기다란 리코리스를 끼우더니 노래했
다. "내 친구들이 모두 여기 있었지만, 지금은 다 가 버렸다네. 내
친구들 모두 여기 있었지만, 지금은 나 혼자만 남겨 두고 갔네."
알리가 내 볼에 뽀뽀했다. 토닥, 토닥, 토닥. "괜찮아, 오빠. 난 아
직 오빠 사랑해."

나는 동생을 가슴에 꼭 끌어안고 넘쳐흐르는 호르몬으로 축축
하게 적셨다.

$$9$$

금요일 페퍼는 발목에 붕대를 감고 소맷자락 아래로는 패치를 붙인 채 학교에 왔다. 우리와 같이 점심 먹겠느냐고 묻자 페퍼는 말했다. "그냥 내 여자 친구들이랑 먹는 게 낫겠어." 그러더니 발을 절뚝거리면서 가 버렸다.

"분명 맛있을 거야." 달라스가 속삭였다. 이 말은 우리의 새로운 암호였다. 달라스는 너무나 연기에 능해서 나는 그가 좀비가 아님을 입증할 암호가 필요했다. 우리가 만나거나 메시지를 보낼 때 언제나 우리 중 하나가 "좀비들은 뇌를 먹어."라고 하면 나머지 하나가 "분명 맛있을 거야."라고 대답하기로 한 것이다. 우리가 서로 제대로 대답하면 우리는 안심할 수 있었다. 만일 그렇지 않다면…. 그런 일은 생각하고 싶지도 않았다.

"자기 댄스팀 친구들과 시간을 보내면 페퍼의 춤 실력도 늘 거야." 달라스가 말했다.

나는 고개를 끄덕였다. "우리도 어쩌면 우리 풋볼팀 선수들과 시간을 보내야 하는 건지도 몰라."

"오늘 방과 후에 연습 있는 걸로 알고 있는데."

"그게 좋은 기회가 되겠구나."

우리는 서로를 돌아보며 고개를 끄덕였다. 우리는 이제 농담도 건조하게 했다.

좀비 풋볼팀은 재미가 없었다. 우리 팀이 뭐가 달라졌는지 말로 표현하기는 어려웠지만, 그 차이는 쉽게 느껴졌다. 에너지나 감정이 사라지고 없었다. 5백 킬로그램이 넘는 좀비들이 나를 계속해서 덮칠 때마다 냉담함을 가장해야 하는 건 정말이지 괴로웠다.

"우리 어쩌면 팀을 그만둬야 하는지도 모르겠어." 달라스가 필드 끝에서 작게 말했다.

"난 안 돼. 풋볼이 좋아."

"그러니까 그만둬야 하는 거야."

나는 내 좀비 연기 실력를 향상시키기 위해 그들의 속을 알고 싶어 좀비들을 대상으로 설문 조사를 했다. 나는 팀원들에게 청소년들이 연대감을 형성하는 데 있어 스포츠의 역할을 알아보는 중이라고 했다. 그리고 "청소년기의 구속"이라는 표현을 썼지만 아무도 이 말에 대해 미소조차 띠지 않았고, 결국 그 말 속에 담긴 아이러니는 우울함만 불러일으켰다.('adolescent bondage'라는 표현

을 썼는데, 이것이 다른 면에서는 성적인 연상을 불러일으켜 웃길 것이라 생각한 것)

나는 "태클 거는 것을 사회적 상호작용의 하나로 어떻게 경험하는가?" 또 "점수를 얻으면 어떤 기분이 드는가?" 같은 질문을 던지고 그들의 대답을 동영상에 담았다.

"나는 경기를 하는 데 자부심을 느낀다."는 것이 그들의 하나같은 대답이었다. 브레넌만 빼고, 그는 이렇게 중얼거렸다. "기분이 어떤지는 너도 알잖아, 맥스."

나는 리그를 주머니에 넣고 물었다.

"예전에 느꼈던 그 기분을 오늘도 느꼈어?"

"우리 중 몇 명에게만."

"너 화요일에 학교에 안 왔잖아." 내가 속삭였다. "너 접종 못받았어."

그는 고개를 저었다. "아무도 그 접종을 못 받은 사람은 없어. 난 달걀에 알러지가 있어서 병원에 가서 그 주사 맞았어."

"너희 엄마가 일하시는 그 병원?"

브레넌은 끄덕였다. "비상시에 대비한 의료진이 있거든."

"잘했네." 내가 말했다.

에머리 코치가 다가오더니 브레넌의 어깨를 두드렸다.

"이제 가자, 아들."

＊

학교 전체가 월요일의 풋볼 경기를 보러 나왔다. 내가 본 중에 제일 많은 팬이 모인 경기였다. 부슬비가 내리면서 바람이 불었지만 학생들은 관람석을 가득 채웠다. 반질반질한 회색빛 교복을 입고 나란히 앉아 있는 모습이 꼭 좀비 정어리들 같았다. 부모들은 따로 앉았다. 엄마는 리치몬드 박사 뒤에 앉아 있었다. 옷을 껴입고 입술을 깨물면서, 최악의 상황을 상상하는 듯했다.

케일라가 좀비들의 피라미드 꼭대기로 올라가 반짝이는 얼굴 위로 공허한 웃음을 지으며 외쳤다. "가자, 스콜피온!" 브레넌이 고개를 돌렸다. 케일라랑 그는 지난 주말 헤어졌다. 그녀는 로맨스를 경험하기엔 열다섯이 너무 어리다고 말했고 브레넌은 크게 개의치 않는 척했다.

블루 마운틴 데빌스 팀이 버스에서 내렸다. 조용히 머리를 꼿꼿이 들고 헬멧은 마치 소총처럼 팔에 건 채로. "다른 구역들도 접종이 끝난 것 같네." 내가 중얼거렸다.

달라스가 끄덕였다. "아빠 말로는 모든 지역에서 접종이 시행되었대."

데빌스 팀은 이제 더 이상 악마가 아니었다. 춥고 진흙탕인 필드에서 몸을 푸는 동안 그들은 우리 쪽을 쳐다보지도 않았고, 한마디도 하지 않았다. 그들과 우리 사이에 아무런 일도 없었다는 듯이.

경기는 기이할 정도로 조용했다. 우르르 뛰는 발소리, 보호 장비가 쿵쿵 부딪치며 내는 소리, 삑삑대는 호루라기 소리는 그대로였지만 소리치는 것도, 웃는 것도, 욕하거나 툴툴대는 것도 없었다. 우리는 경기에 몸을 던지는 대신 애매모호한 수준으로 임했다. 마치 옳은 일을 하고 싶지만 왜 그래야 하는지 잊어버린 것처럼. 우리는 크고 강하고, 빨리 달리고 세게 쳤지만 아무도 신경 쓰지 않았다. 우리는 다만 공을 잡아서 다른 곳으로 옮기고 있을 뿐이었다.

우리가 밀리고 있든 아니면 10야드를 앞으로 나가든 상관없이 호루라기가 울리고 나면 관중석에서 힘없는 박수가 나왔다. 관중석에 앉은 이들은 반짝이는 이를 드러낼 뿐이었다. 그렇게 이를 드러낸 것을 미소로 쳐야 했다.

달라스는 아주 능숙했다. 나는 아니었다. 전혀 아니었다. 그냥 그러고 싶지 않았다. 달리고 싶었다.

나는 1미터 넘는 높이로 뛰어올랐다가 내려와 전력 질주하면서 드디어 기회를 잡았다. 데빌스 팀의 좀비들은 피하고 밀치기가 쉬웠다. 나는 떠돌이 개처럼 내 공을 지키면서 미끄러운 20야드를 뛰었다. 바람이 귀에서 윙윙거렸다. 심장이 머릿속에서 쿵쿵 뛰었다. 난 공중으로 솟아오를 것만 같았다. 엔드존으로 돌격한 나는 공을 바닥에 찍었다. 난 점프해 운동화를 맞부딪치고 친구들을 향해서 몸을 돌렸다. 나를 축하해 주기 위해 힘껏 달려오고 있어야 할 친구들 말이다.

그들은 필드 건너편, 몇 야드 떨어져 진흙으로 얼룩진 채 흩어져 있었다. 운동복에 쓰인 번호를 빼면 그들은 다 똑같았다. 달라스는 왼쪽 다리에 의지해 서 있었다. 나머지 아이들의 리듬에 보조를 맞추면서. 그 장면이 왜 그렇게 나에게 강렬하게 다가왔는지 그 이유는 잘 모르겠다. 우리 팀은 그냥 배경의 일부 같았다. 시든 잔디와 차가운 하늘, 관람석 뒤의 벌거벗은 나무들, 줄지어 앉아 우리를 바라보고 있는 텅 빈 눈동자들과 모두 하나였다. 그것들로부터 나는 몇 야드 거리에 서 있었고 우리 사이의 그 공간은 길이 아니라 텅 빈 공백 같았다.

비명이 솟구쳐 올라 밖으로 향했다. 내 속에 있는지도 몰랐던 어떤 빈 곳으로부터 터져 나온 것이었다. 오랫동안 끝나지 않을 분노는 그 높이와 강도를 더해 필드와 스탠드에서 치는 손뼉 소리를 뚫었고 그러다 목뒤에서 새어 나오는 신음처럼 가늘어졌다. 숨이 찼다.

그 뒤를 이은 두터운 침묵을 나는 견딜 수가 없었다. 나는 털썩 무릎을 꺾고 신발에 엉덩이를 대고 앉았다. 그리고 엔드존에서 방금 아이를 잃은 사람처럼 몸부림을 치며 괴로워했다. 진흙이 내 살로 스며들었고 나는 그 안으로 녹아 버리고 싶었다. 거름처럼 그냥 필드에 던져지고 싶었다.

달라스가 내 옆으로 뛰어와 비를 막아 줬다. 그는 내 어깨를 흔들면서 물었다. "뭐 하는 거야, 맥스? 일어나."

난 그의 그림자 안에서 흐느적댔다.

에머리 코치가 달라스 옆으로 와 쭈그리고 앉았다.

"넌 여기 있으면 안 돼, 리치몬드. 팀으로 돌아가."

달라스가 고개를 저었다.

코치는 달라스의 얼굴 보호대를 손으로 감싸 쥐고 겁먹은 달라스의 얼굴을 똑바로 바라보았다. "너희 아빠가 지금 너를 스탠드에서 지켜보고 있어." 그는 미소를 가장하며 일어섰다. "팀으로 돌아가, 둘 다 들키기 전에."

달라스는 끄덕이면서 저쪽으로 걸어가 버렸다. 내 모습을 노출한 채.

에머리 코치는 응급 처치를 해 보였다. 기도 확보, 혈액 순환, 찰과상 여부를 확인했다. "두 다리를 쭉 펴 봐." 그가 말했다.

나는 움직일 수가 없었다. 죽도록 우울했다. 이런 감정을 느끼느니 차라리 좀비가 되고 싶은 심정이었다.

엄마가 갑자기 내 앞에 나타나 부상을 살피고 있었다. 난 엉덩이를 옮겨 엄마가 나를 살펴볼 수 있게 했다.

"아주 심하게 삐었어요." 코치가 엄마에게 말했다. "부러진 걸수도 있어요. 이렇게 아파하는 걸 보면."

"제가 간호사예요." 엄마가 말했다.

교장이 양손을 엉덩이에 걸치고 걸어 올라왔다. 대머리에서 번쩍이는 빛이 났다. "이상한 상황이군요."

"아주 심하게 삐었어요." 에머리 코치가 다시 한 번 말했다.

그러는 동안 엄마는 내 팔다리를 찔러보았고 난 돌처럼 꼼짝하지 않고 앉아 있었다. 그레이엄 교장은 우리를 불쾌한 표정으로 내려다봤다. 엄마가 내 아킬레스건을 꼬집었다.

"아!" 난 다리를 움직였다.

"맞네요, 아주 심하게 삐었어요. 하지만 뼈는 부러진 것 같지 않아요."

"발목을 삔 것 때문에 그렇게 소리소리 질렀단 얘긴가요?" 미스터 그레이엄이 물었다.

에머리 코치가 싱긋 웃었다. "씩씩한 애들이에요. 종일 불평 한마디 없이 서로 태클하는 아이들이죠. 하지만 근육이 너무 많이 늘어나면 어린 소녀들처럼 운답니다."

"정말 그런가요? 그런 반응을 보일 거라곤 생각하지 않았는데."

"전적으로 신체적인 고통에 대해선, 네, 아직 그럴 수 있어요." 엄마가 마치 인터뷰를 당하는 것처럼 대답했다. "그렇지만, 보시다시피, 아주 짧게 지나가죠." 엄마가 진흙탕에 조용히 주저앉아 있는 나를 가리키며 말했다.

"브레넌! 리치몬드!" 코치가 불렀다. "미세스 코너스가 맥스를 필드에서 데리고 나가게 좀 도와드려!" 에머리 코치가 내가 일어설 수 있게 도와주자 미스터 그레이엄은 나를 살펴봤다. "지금 당장!" 코치가 소리쳤다. 그는 엄마 쪽으로 돌아섰다. "이제 나을 때까진 풋볼을 쉬어야겠어요. 핼로윈 댄스 파티도 못 가고요. 이번 주엔 집에서 공부하게 하시고 걸어 다니지 않게 하세요."

브레넌과 달라스가 나를 양쪽에서 부축했다. 내 팔을 자기들 어깨에다 걸치고 손으로는 내 허리를 감쌌다. 둘 사이에서 나는 키가 너무 작았다. 어린애 같았고 망가져 있었다.

"오른쪽 발목에는 절대로 힘을 주지 마." 엄마가 말했다. 엄마는 단단하게 땅을 디딘 내 발을 쳐다봤다. 난 오른쪽 발꿈치를 들고 달라스한테 기댔다.

"괜찮아질 거야, 맥스." 엄마가 말했다.

"물론 그럴 거예요." 코치도 얘기했다. "그냥 잘 낫도록 시간을 주면 돼요."

달라스가 내 갈비뼈 부분을 꼭 잡았고 나는 둘 사이에서 한 발로 절뚝거리며 뛰었다. 브레넌은 한 마디도 없었고 나를 한번도 돌아보지 않았다. 내가 아는 한, 그도 이미 좀비였다. 이젠 그걸 구분하기도 점점 더 어려워지고 있었다.

*

"내일 직장에서 차를 빌릴 수 있어. 텐트 갖고 가서 캔버스로 쓸 수 있게 잘라 올 수 있을 거야." 엄마가 말했다.

나는 리그를 보다가 눈을 들었다. "그냥 텐트 상태로 놔둘래요."

엄마가 얼굴을 찌푸렸다. "캠핑장은 별로 안전하지 않아, 맥스. 그리고 그 텐트 너무 오래된 거잖니. 캠핑 가려면 스토브도 필요하고 아이스박스도 있어야 할 텐데."

"내 말은 미술 전시회용으로요. 텐트 전체에 그림을 그릴 생각이에요."

"몇 주는 걸리겠다."

"아뇨. 대부분 태그와 밤으로 채울 거예요.(tag는 그래피티를 그린 사람의 사인을 작품에 남기는 것, bomb은 빠른 속도로 간단히 그리는 그래피티 기법의 하나) 오래 안 걸려요."

엄마는 내 방 입구에서 몸무게를 이쪽저쪽 다리에 실으면서 서성거렸다. "그래피티 하려고?"

"맞아요. 여러 가지 스타일로 겹쳐서 할 거예요."

"그게 현명한 생각 같아?"

"아주 대단한 작품일 거예요, 엄마. 어떤 게 나올지 눈앞에 다 보여요." 난 다시 하던 숙제로 돌아갔다. 외워야 할 500년의 역사 속 날짜들과 분류해야 할 거의 절반에 달하는 동물계가 과제였다.

엄마는 내 방에서 나갔다. 입술을 깨물면서.

*

"오빠 발목 다친 줄 알았는데." 내가 공원으로 걸어서 데려다 주자 알리는 말했다.

"난 빨리 낫는 편이야."

"그럼 내일 학교 가?"

"아니. 다음 주에."

"또 정학 당한 거야?"

"무슨 소리. 나 아주 착하게 지냈어. 그냥 며칠 동안 움직이지 말고 쉬어야 하는 거야."

동생이 내 신발을 쳐다봤고 나는 춤추듯 발로 리듬을 맞췄다. 알리는 깔깔대며 폴짝거렸다. 나는 알리를 잡고 길 위에서 공주처럼 빙글빙글 돌려 주었다. "그만해." 동생이 속삭였다.

어떤 여자 하나가 자기 거실 창문으로 우리를 지켜보고 있었다. 불 꺼진 실내에 있는 흐릿하고 어렴풋한 형상이었다. 누군지는 알 수 없었다. 우리는 침묵한 채 계속 걸었다.

개화된 검투사들인 재커리와 멜보른이 역시나 공원에 있었다. 엄마들이 그네 뒤에서 얘기하면서 공중으로 그네를 밀어 주고 있었다.

알리는 참나무 쪽으로 걸어갔다. 나는 동생의 모습이 보이지 않게 가려 줬다. 피넛이 재빨리 내려와 정신없이 알리가 준 씨앗들을 집어삼켰고 알리는 피넛에게 다정하게 이야기했다. "넌 너무나 예쁜 다람쥐 아가씨, 착하고 예쁜 귀염둥이." 동생은 피넛에게 재잘대고 깔깔거리면서 키스를 전했다. 좀비로 변해 버리지 않았다면 친구들에게 주었을 모든 사랑을 이 다람쥐에게 쏟아붓는 거였다.

"도대체 뭐 하는 거니?" 한 여자가 우리 뒤로 와서 소리 질렀다. 피넛은 급하게 다시 나무 위로 올라가 버렸다. 알리는 씨앗들을 땅바닥에 쏟고 자기 치마로 덮었다.

내가 뒤돌아보니 멜보른 엄마의 화난 눈동자가 우리를 노려보고 있었다. 그녀는 젊고 평범했다. 헐렁한 옷차림에 갈색 머리를 하나로 묶고 있었다. 그녀는 엉덩이에 두 손을 올린 채 우리한테 설명을 요구하며 서 있었다. "우리 뭐 나쁜 짓 하는 거 아니에요." 내가 말했다.

"이런 동물들을 길들이면 안 돼! 이런 애들이 퍼뜨리는 병이 있다고."

"그 병은 쥐가 퍼뜨리는 거예요."

"그게 뭐가 다르니? 다 같은 종이잖아!"

"아니, 그렇지 않아요." 난 그녀의 좀비 스타일을 노려봤다. "같은 과(科, family)조차도 아니라고요. 쥐랑 다람쥐는 사천만 년 이상에 걸쳐 서로 독립적으로 진화해 왔어요. 쥐 설치류보목(Rodentia)의 서로 다른 아목(亞目, suborder)이라고요."

그녀는 코웃음을 쳤다. "그냥 무조건 가까이 가지 마! 그것들이 내 아이한테 오게 길들이지 말라고."

난 그녀를 타고 있는 그녀의 어린 좀비를 쳐다봤다. 백 마리의 다람쥐가 자기 머리 위에 똥을 싸도 꿈쩍도 안 할 아이였다. "그게 뭐 끔찍한 일이라고." 나는 중얼댔다.

"뭐라 그랬니?" 그녀가 소리를 빽 질렀다. 못생기고 일그러진 얼굴로.

"그러면 끔찍할 거라고요."

그녀는 나를 위아래로 날카롭게 훑어보더니 가버렸다.

알리는 자기 엉덩이를 털었다. "이제 가자."

"그래, 씨들은 피넛이 나중에 찾아낼 거야. 그리고 네가 준 건지도 알 거야."

알리가 고개를 끄덕이고 내 손을 잡았다. 이번엔 빙글빙글 돌리기는 생략한 채 집을 향해 걸었다.

✻

달라스가 토요일, 스파르탄 아파트에서 핼로윈을 즐기기 위해 우리 집에 왔다. "나 열한 시까지 있을 수 있어! 아빠한테는 같이 과학 공부한다고 했어." 그는 정말 신이 나 웃으면서 팔을 머리 위로 들고 춤을 췄다.

"어젯밤 핼로윈 댄스 파티는 어땠어?" 내가 물었다.

"핼로윈 댄스 파티? 오 마이 갓, 그놈의 댄스. 그게 어땠었지?" 그는 웃다가, 한숨을 쉬고, 소파 위로 주저앉았다.

"그래. 어땠냐고. 누구랑 춤췄어?"

"어땠을지 생각해 봐, 맥스. 코스튬을 입은 좀비들로 가득한 댄스였어. 어땠을 거라고 생각해?"

난 어깨를 으쓱했다. "나도 몰라. 그래서 묻는 거잖아."

그는 앞쪽으로 기대 손뼉을 쳤다. "어떻게 얘기해야 하지? 똥 범벅인 강을 헤치고 나가는 느낌이랄까, 아니다. 사실은, 똥으로 꽉 찬 체육관에서 세 시간 동안 사람들이 내 머리에 고무줄을 팅기고 내 엉덩이에 온도계를 찔러 넣는데, 나는 더 해 달라고 하면서 서 있는 느낌이었어. 바로 그거야. 네가 놓친 게 그거였어." 그는 미소를 지으면서 뒤로 기댔다. "정말 대단했지. 크리스마스 댄스 파티 때까지 도저히 기다릴 수가 없다."

"우와, 너 괜찮아?"

그가 웃었다. "내가 괜찮냐고? 내가 괜찮냐고?"

"그래, 달라스. 진정하고."

그는 다리를 뻗어 소파 쿠션들 쪽으로 구부정하게 앉아 머리를 뒤로 기대고 천장을 쳐다봤다. 그는 무슨 말인지 알아듣기 힘든 욕을 줄줄이 내뱉고 신경질적으로 웃더니 더할 나위 없이 행복한 표정으로 눈을 감았다. "이럴 수가, 여기 오니까 너무 좋다. 어떤 기분인지 넌 절대 모를 거야." 그는 머리를 내 쪽으로 돌리더니 실눈을 떴다. "너한테는 하나의 일과일 뿐이야. 학교에 가고, 거기서 시간을 보내고, 집으로 와서 쉬면 되지. 그런데 난…." 그는 눈을 다시 감더니 머리를 흔들면서 깊은 한숨을 내쉬었다. "절대 끝나지 않아. 아, 빌어먹을, 매 순간 계속된다고."

알리가 방 안으로 폴짝거리며 뛰어 들어왔다. 동생은 아침 열 시부터 내내 토끼 차림을 하고 있었다. 셀레스트가 얼굴에 그림을 그려 주고 콧수염도 만들어 줬다. "달라스 오빠, 안녕! 방금 나쁜 말 썼지. 근데 핼로윈 코스튬은 어디 있어?"

달라스는 똑바로 앉아 미소를 보이며 알리의 토끼 귀를 잡아당겼다. "우린 직접 만들 거야." 그는 신이 나서 나를 쳐다봤다. "셀레스트가 해 주지 않으면 말이야. 필요하다면 졸라 볼 수도 있지만."

"내가 이미 물어봤어. 어떤 남자랑 파티에 갔어."

"뭘로 핼로윈 코스튬 만들 건데?" 알리가 물었다.

달라스가 싱긋 웃었다. "상상력으로!"

알리가 한 걸음 뒤로 물러섰다. "우리 선생님이 그러는데 상상력은 우리를 문제에 빠뜨린대."

달라스가 너무 오래 웃어서 나는 그를 내버려두고 점심을 준비했다.

20분 후 우리는 식탁에서 감자튀김을 먹고 있었다. 우리에게 상상력이 없다는 사실을 삼키면서 말이다. "도대체 뭘 만들지?" 나는 열 번째로 묻고 있었다.

그가 어깨를 으쓱했다. 나도 똑같이 했다. 난 부엌을 둘러보았다. 그도 부엌을 둘러봤다. 난 노래를 흥얼거렸고 그는 휘파람을 불었다. 난 소금과 후추통을 집어 – 아주 흔한 은색과 유리로 된 원통 모양의 – 내 노래의 리듬에 맞춰 흔들었다. 그는 손가락으로 딱딱 소리를 내면서 말했다. "아주 훌륭해. 하지만 뭔가 회색으로 된 게 필요해."

우리는 회색 티셔츠, 회색 바지를 입고 윗부분에 구멍을 낸 회색 스키 모자를 썼다. "멀쩡한 모자 두 개를 버리네." 달라스가 말했다. "아무도 우리 머리 윗부분은 보지 않을 텐데."

"그건 네 얘기지. 이 건물에 사는 사람 중 반은 나보다 키가 크다고."

그는 커다란 S자를 자기 셔츠에 그려 넣고 자기의 흰 몸에 그걸 걸쳤다. 나는 커다란 P자를 그려 넣은 셔츠를 내 까만 피부에 입었다. 그리고 엄마한테 보여 주러 갔다. "짜잔!"

"그게 다야?" 엄마가 물었다. "S랑 P? 그게 무슨 제품이니?"

"솔트 앤 페퍼Salt and Pepper잖아요!" 내가 툴툴댔다. "세상에, 엄마. 우리 소금이랑 후추통인 거 안 보여요?"

엄마가 웃었다. "소금과 후추. 그건 첫 데이트 때 네 아빠가 우리를 불렀던 표현인데. 아빠는 정말이지 하겠거든." 엄마는 우리를 위아래로 훑어보면서 고개를 저었다. "나랑 네 아빠 정말 소금과 후추였어. 너희 둘은 차라리 계피랑 마늘 가루라고 하는 게 낫겠다. 거울 봤니?"

달라스와 나는 화장실에서 포즈를 잡아 보았다. 원통형으로 양념 맛이 느껴지도록 애쓰면서. "우리 꼭 불량품 같아." 결국 그가 이렇게 말했다.

"모자가 문제야."

"트릭 오어 트릿(trick-or-treat, 아이들이 핼로윈 코스튬을 입고 집마다 캔디를 얻으러 다니는 것)을 하고 다니기엔 너무 나이 들어 보인다."

"마스크라도 있었으면 최소한 원래 우리처럼 돌아다닐 수 있을 텐데."

"그러니까 우리는 좀 이상한 그냥 소금과 후추통이 아니라 좀 이상한 좀비 소금과 후추통인 거지."

화장실에서 나오면서 김이 샜다. 핼로윈이라고 돌아다니는 건 그냥 관둘 작정이었다.

그때 알리가 창문 쪽에서 폴짝거리며 뛰어오더니 외쳤다.

"와! 소금과 후추! 정말 멋지다!"

우리는 곧장 다시 원래의 계획으로 복귀했다. 캔디를 담을 커다란 통을 손에 든 채.

우리는 복도를 따라 내려오며 문들을 두드렸다. "핼로윈인데 자비에도 오늘 밤에 나오나요?" 나는 미세스 라빈에게 물었다.

"아니, 아직도 몸이 좀 안 좋아."

"아직도요?" 나는 걱정하는 기색을 내보이고 말았다. 달라스가 나를 쿡 찔렀다. "그거 참 딱하네요." 나는 말했다. "매일 컨디션이 좋은 건 중요한 일이에요. 안 그러면 의사를 보러 가야 해요."

자비에 엄마는 내 얼굴을 바로 앞에 둔 채 문을 닫았다.

2층에서 우리는 루카스를 만났다. 그는 씨리얼 박스 같은 차림으로 혼자서 다니고 있었다. 달라스가 루카스의 핼로윈 의상을 한참 보더니 중얼거렸다. "저것도 괜찮네."

"안녕, 맥스웰. 안녕, 알렉산드라." 루카스가 인사했다. "너희 의상도 멋지다." 그는 우리가 무엇으로 분한 건지 알아내려는 듯 나랑 달라스를 번갈아 쳐다보았다.

"고마워." 알리가 말했다. "오빠 것도 멋있어. 오빠네 집에도 사탕 받으러 갈 거야."

"저기야, 우리 집." 루카스는 우리 집 바로 아랫집을 가리켰다. 말린 포도나무 가지와 솔방울로 만든 리스가 문에 걸려 있었다. "난 위층으로 가 볼게. 안녕." 그는 우리랑 같이 가도 되냐고 묻지 않았다. 그는 완벽하게 행복해하며 두꺼운 종이 박스를 뒤집어쓴 채 친구 하나 없이 복도를 걸어갔다.

스파르탄 아파트의 문들을 다 두드린 후에 알리는 자기 캔디
들을 담은 통을 보더니 말했다. "난 이제 됐어, 무거워."

우리는 알리를 집에 데려다줬다. 동생은 별거 없는 초콜릿과
캔디 더미를 식탁 위에다 쏟아 놓았다.

"부자 동네에 가 보자." 내가 말했다.

"더 맛있는 캔디 얻으러." 달라스도 동의했다.

우리는 내 인생에 있어 제일 심란한 핼로윈이 진행 중인 바깥
으로 향했다. 어린아이들은 혼자 또는 부모와 같이 아주 깔끔하
고 질서 있는 차림으로 걷고 있었다. 그들은 순서를 기다려 이웃
집 문을 두드렸다. 그들은 핼로윈 캔디를 받고 나선 매번 "감사
합니다."라고 말했다. 그리고 그들은 절대, 단 한 번도, 어떤 걸
받았는지 보기 위해 자기 캔디를 담은 통 안을 들여다보는 일이
없었다. 그들은 분명 현존하는 좀비들이었다.

십 대 후반 아이들은 소리치고 깔깔대면서 서로 밀치며 돌아
다니는 중이었다. 팔다리를 절단한 몸으로 분장하고 돌아다니는
여섯 명의 소년이 우리 옆을 지나며 "우우!" 하고 야유를 보냈다.
"도대체 너희 둘은 뭐로 분장한 거냐?" 한 명이 물었다. "P와 S?
그게 뭐지?"

"솔트 앤 페퍼." 달라스가 기분 나쁘다는 듯 중얼거렸다.

"야, 뭐?"

"소금과 후추." 달라스가 한 번 더 말했다.

"소금과 후추?" 그쪽이 말했다. "소금과 후추가 핼로윈이랑 무

슨 상관인데?"

그들은 우리를 놀리면서 계속 걸어갔다. 기린 코스튬을 입은 열 살짜리 소녀에게도 "우우!" 하고 야유를 보냈다. 소녀는 입술을 뿌루퉁하게 내밀며 말했다. "나이를 먹을수록 우리는 자신이나 주변 사람들에게 더 책임감 있게 행동할 수 있어야 해."

그들은 폭소를 터뜨리며 그 소녀를 놀려댔다. "저능아, 바보, 불량품." 나도 거기에 동참하고 싶었다.

달라스가 슬픈 표정으로 그들의 모습을 바라봤다. "저것도 괜찮네." 그가 중얼거렸다.

십 대 두 명이 코너에 있는 광고판을 스프레이로 칠하고 있었다. 약국 광고를 엉성한 그래피티 태그로 덮는 중이었다. 나는 미치도록 거기에 끼고 싶었지만 달라스가 말렸다. "저 애들이 네 얼굴에 스프레이 뿌릴 거야, 페퍼 씨."

페퍼라는 그 이름이 내 심장을 찔렀다. 난 페퍼 생각을 하고 싶지는 않았다. 그런데 난 지금 페퍼로 분했다. 무의식은 잔인한 것이다.

"이번 주에 페퍼가 춤추는 거 봤어." 달라스가 말했다. "좀비같아 보이지 않던데."

나는 그에게 돌아섰다. "어젯밤에 핼로윈 댄스 파티에도 왔어?"

"아니, 점심시간에 자기 댄스팀이랑 같이 있는 거 봤어."

"페퍼는 왜 찾아다녔는데?"

"페퍼를 찾아다닌 게 아니야. 그냥 봤다고."

"그리고?"

"그리고 페퍼는 좀비처럼 춤추지 않았다고."

"난 개 발목이 고장 난 걸로 알았는데."

그는 어깨를 으쓱하며 말했다. "그럴지도 모르지. 내가 페퍼 발목을 본 건 아니니까."

"근데 페퍼는 키 큰 남자애들은 좋아하지도 않아."

달라스는 그의 최상급다운 빛나는 미소를 지어 보였다. "걔는 내가 학교에서 제일 잘생겼다고 생각해, 기억하지?"

나는 콧방귀를 꼈다. 나의 갈색 좀비 소녀에게 자기의 기다랗고 하얀 손을 대려는 이 친구한테 할 말이 없었다.

"오, 세상에나." 그가 속삭였다. "맥스, 저거 봐! 타일러야. 쟤 뭐 입고 있는 거냐?"

몇 미터 떨어진 데 있던 타일러 윌킨스가 우리 쪽으로 성큼성큼 다가왔다. 그는 혼자였고 애벌레 복장을 하고 있었다. 검은색과 녹색 줄무늬가 있는 신축성 좋은 폴리에스터 바지에 몸통이 꼭 끼어 유두가 드러나는 녹색 티셔츠를 입고, 기다랗고 돌돌 말린 더듬이가 달린 까만 스키 모자를 쓴 차림이었다. 머리를 모자 아래로 다 집어넣는 바람에 깡마른 그의 얼굴은 극도로 초췌해 보였다. 코끝은 강아지 코처럼 까맣게 칠해져 있었다.

나는 마구 웃기 시작했다. 참을 수가 없었다. 몸을 구부리고 기침하는 척을 했다. 거의 숨도 못 쉴 지경이었다. 웃음을 주체할 수가 없었다.

달라스는 타일러가 보이지 않도록 내 앞을 막아 섰다.

"안녕, 달라스. 잘 지내지?" 타일러가 물었다. 그가 말할 때 더듬이들이 흔들렸다.

달라스도 점점 웃음을 참기가 어려워지는 중이었다. "응, 난 잘 지내, 타일러. 넌 어때?"

"의사가 그러는데 괜찮아질 거래, 고마워. 네 뒤에 있는 게 맥스웰이니?"

"응, 맞아." 달라스가 어렵사리 대답했다.

나는 몸을 좀 펴고 손을 흔들어 보였다.

"솔트 앤 페퍼, 아주 좋은 생각이야." 그는 고개를 두 번 끄덕였다. 덩달아 그의 더듬이가 앞뒤로 흔들거렸다. "해피 핼로윈."

달라스와 나는 길을 따라 내려와 미친 듯이 웃어 젖혔다. 도저히 멈춰지지 않을 것만 같았다.

10

달라스는 엄청난 팀워크를 요하는 역사와 커뮤니케이션 과목 과제를 만들어 냈다. 그 핑계로 거의 매일 밤 우리 집에 왔다. 매번 더 신나 하면서. 끊임없는 감시 아래 좀비로 살아야 하는 스트레스가 그를 지치게 하고 있었다.

금요일에 달라스가 내 미술 작품을 위한 텐트를 거실에 세우는 것을 도와줬다. 텐트는 캔버스 천으로 된 작은 빌딩 같았다. 가로세로 3미터에 2미터가 조금 안 되는 높이. 텐트 바닥 부분은 따로 없었고 – 이건 지난 세기의 전쟁 물품이었다 – 그래서 우린 소파 위로 텐트를 걸쳐 놓았다. 내가 기대했던 것보다 더 뻣뻣하고 무거웠으며 복잡한 물건이었다. 텐트를 다 폈을 즈음엔 둘 다 욕을 퍼붓고 있었다.

"거대한 텐트네." 달라스가 말했다. "거실에 남은 공간이 별로 없다. 너희 엄마가 상관없다고 하실 게 확실해?"

"괜찮아. 엄만 여기 절대 안 앉는데 뭐. 그림 그리기 전에 밑에다가 종이 깔면 돼."

우리는 덮개를 끈으로 고정하고 안에 들어가 앉았다. 곰팡이 핀 지하실 냄새가 났다. 플라스틱 창들은 얼룩져서 거의 빛을 차단하고 있었다.

"환기하고 나면 알리도 아주 좋아하겠는걸." 달라스가 소파 위에서 뛰며 말했다. "모든 아이가 꿈꾸는 거지."

〈프릭쇼〉는 이제 마지막 세 명의 선수만 남은 상태였다. 지퍼헤드가 선두였지만 지난 토요일에 스퀴드와 그의 죽은 부모에 대한 특별방송이 나간 이후 그를 응원하는 사람들이 확 늘었다.

"도살은 이제 탈락할 때가 됐어." 내가 말했다. 도살은 납작하게 휘어진 척추와 혹투성이 두개골을 가진 불구자였지만 뇌는 정상이었다. 그녀는 문헌정보학을 공부하면서 온라인으로 대학 수업을 듣고 있었다. 몇 주 전 그녀에 대한 특별 방송에선 엄마가 언제나 말하듯 한 걸음 더 나아가기 위해 그녀가 얼마나 열심히 노력해 왔는지를 강조해서 보여 주었다. 일 마일을 더 가기는커녕('한 걸음 더 나아가다. 한층 더 노력하다'라는 뜻의 go that extra mile을 직역한 것), 도살이 실제론 차에 앉지조차 못한다는 사실을 쏙 빼고 말이다.

"지퍼헤드는 언제나 슬퍼 보여." 달라스가 말했다. "그것 때문에 쇼가 우울해."

셀레스트가 현관문을 두드렸다. 외계인처럼 분장하고 표정이 어두운 그녀에게선 말 그대로, 또 비유적인 의미에서도 블루가 느껴졌다.(blue에는 '파란색'과 '우울하다'라는 뜻이 있다.) 요즘 들어 그렇게 잘 견디지 못하는 것처럼 보였다.

"아, 셀레스트, 어서 들어와." 내가 말했다. "내 텐트 안에 한번 앉아 볼래?"

"아니 됐어." 그녀는 마치 누구나 자기네 아파트 안에 군용 텐트 하나쯤은 있다는 듯이 미소를 지었다. "부탁할 게 하나 있어서, 맥스."

"뭐든지."

"내일 학교 갈 때 자비에와 같이 좀 가 줄래? 아픈 이후로 다시 학교 가는 첫날인데 아직도 잠깐씩 현기증이 난대."

달라스가 텐트 창문으로 가만히 내다보다가 소리쳤다. "와서 우리랑 같이 캠핑하자, 셀레스트! 우와, 이 창문으로 보니까 완전히 파래 보이는데!"

"달라스 쟤도 별로 상태가 안 좋은 거 같다." 셀레스트가 속삭였다. "불쌍한 것."

*

다음 날 아침 내가 그의 집으로 갔을 때 자비에는 거의 말이 없었다. 그에게서 나는 냄새도 뭔가 이상했다. 상큼한 그의 과일 향들이 발효된 것 같았다. 그는 회색 옷 안에서 구부정했고 머리는 지저분하게 흘러내린 상태였다. 그에게선 십자가에 달린 예수와 같은 종류의 아름다움이 풍겼고 나에겐 그게 눈부셨다. 그에게 물 한 잔을 내어주고 내 어깨에 그를 걸친 뒤 어딘가 안전한 곳으로 데려가고 싶었다.

"좀 부탁한다." 미세스 라빈이 말했다. 그게 뭐든 앞으로 일어날 일에 대해 이미 체념한 듯 굳은 얼굴이었다.

자비에는 걸으면서 뒤쪽으로 기댔다. 마치 사나운 바람이 앞에서 불어오는 것처럼. 내가 괜찮으냐고 물어보면 눈을 반쯤만 뜨고 느릿느릿 고개를 끄덕였다. 내가 모르는 사람이었다면 그가 완전히 술에 취했거나 지구상에서 가장 고상한 아이라고 생각했을 것이다.

"저기 감옥이 있네." 줄을 선 꼬마 좀비들을 지나치면서 자비에가 말했다.

"초등학교야." 내가 말했다. "알리가 예전에 다녔던. 알리 기억하지?"

그는 가볍게 네 번 고개를 끄덕였고 그러면서 나를 옆으로 바라보았다.

"과일과 야채." 그가 말했다. 그러더니 어디가 아픈 것처럼 눈을 가늘게 떴다.

나는 그의 등을 만져 주었다. "네가 말하는 거라면 뭐든지."

"너를 사랑한다고, 맥스."

세상에나, 아주 나를 죽여라. 자비에는 꼭 우리 아빠처럼 말하고 있었다.

고등학교 근처에 이르자 달라스가 성큼성큼 걸어오더니 말했다. "좀비들은 뇌를 먹어."

"분명 맛이 좋을 거야." 나는 대답했다.

"자비에, 네가 다시 학교에 와서 좋다."

자비에는 눈을 가늘게 뜨고 보더니 고개를 끄덕였다. "넌 날 볼 수가 없어."

"자비에도 우리 중에 하나야?" 달라스가 속삭였다.

"아니." 나는 말했다. "그냥 괴짜일 뿐이야."

자비에는 마치 누군가 자기 스위치를 꺼 버린 것처럼 머리를 축 늘어뜨렸다. 달라스는 몸을 돌려서 그의 얼굴을 쳐다봤다. "너, 괜찮은 거야? 침 흘리고 있잖아." 우리는 그를 피크닉 테이블로 데려가 자리에 앉혔다. 그는 하늘을 보면서 미소를 지었고, 그러더니 황홀한 표정으로 눈을 감았다.

"도대체 뭘 복용한 거야?" 달라스가 물었다.

나는 어깨를 으쓱했다. "뭔지 모르지만 늘 먹어 오던 거 더하기 새로 받아 온 것."

"그렇게 나빠 보이진 않는다."

"속삭임은 절대 건강하지 못해." 페퍼의 목소리였다.

가슴이 철렁하면서 몸이 떨렸다. 페퍼는 벤치 뒤에서 나를 보다가 달라스에게 눈길을 옮겼다. 완전히 무표정한 얼굴로.

"그래서 우리가 절대 속삭이지 않잖아." 내가 말했다.

그녀는 실눈을 뜨고 나를 봤다. "너희 속삭이고 있었잖아. 나다 들었어."

"다 들었으면 분명 우리가 속삭이는 게 아니었네." 달라스가 말했다.

"넌 내가 봤던 영화에 나왔어." 자비에가 중얼거렸다.

"다시 학교에 나온 거 보니까 반갑다, 자비에." 페퍼가 말했다.

"다른 모든 애들처럼, 자비에도 운 좋게 학교에 다니는 거지." 내가 말했다. 로봇처럼 머리를 휙 돌리면서. "모두 운 좋은 이 아이들 좀 봐."

달라스는 팔을 로봇처럼 굽히면서 말했다. "우리는 운이 좋아요…. 우리 미래를 위해… 훈련받고 있어서."

페퍼가 얼굴을 찌푸렸다. 우리가 너무 나갔나 보다.

"자비에가 수업에 가기 위해 도움이 필요해." 내가 말했다. "달라스랑 나는 우리 같은 반 친구들의 필요를 잘 알지. 안녕, 페퍼."

우리는 자비에를 붙잡아 일으켜 문 쪽으로 데리고 갔다. 그는 끄덕이면서 중얼댔다. "그에 따른 대가를 치르게 될 거야." 그는 분명 나오는 대로 말했을 테지만 그 말의 타이밍에 소름이 끼쳤다.

*

자비에는 그날 시간이 흐를수록 상태가 나빠졌다. 10학년의 절반인 백 명이 넘는 아이들이 이제 한 반에서 공부했다. 바싹 붙인 좁은 책상에 앉아서. 다른 학생들이 자기 옆을 비집고 지나

갈 때면 자비에는 불안해했다. 그는 모든 사람이 제자리에 있는 걸 좋아했다. 그는 결석한 아이가 있을 때마다 초조함을 내비치면서 부산을 떨었고 빈 의자들을 놀라서 쳐다봤다. 향정신성 약을 복용해 오던 몇 명은 아파서 결석했다. 타일러 윌킨스는 핼로윈 이후로 보지 못했다. "아마도 이제 나비가 되었나 봐." 달라스의 말이었다.

늑대인간이 역사 시간에 미스터 리즈를 대신해서 들어왔다. 이젠 싫어하는 티도 못 내니까 그가 정말 끔찍하게 싫었다. 그 역시 우리에게 조금도 호의를 보이지 않았다. 그는 몽고메리가 경련을 일으켜 병원에 있다는 소식을 전했다. "딱하지." 그는 마치 구두에 흠집이 난 것처럼 얘기했다. "괜찮은 학생 중 하나였는데."

자비에가 일어나더니 몽고메리의 의자에 앉았다. 늑대인간은 그에게 다시 원래 자리로 돌아가라고 말했다. "또 다른 잠재력이 여기 있어요." 자비에가 말했다.

늑대인간은 코웃음을 쳤다. "그냥 네 자리로 돌아가기나 해."

자비에는 그 말을 못 들은 것처럼 자기 리그를 책상에 올려놓았다.

"네 자리로 가라고!" 늑대인간이 쩌렁쩌렁한 소리로 지시했다.

자비에는 자기 머리를 붙잡고 신음했다.

늑대인간은 털 많은 엉덩이를 떼고 일어났다. 그는 자비에 앞에 서서 두 손바닥을 책상 위에 올려놓고는 다시 한 번 말했다.

"네, 자리로, 돌아, 가라고." 그가 말할 때 침이 튀었다. 자비에의 얼굴은 침이 묻어 번들거렸다. 나는 피가 끓어오르기 시작하는 걸 느꼈다.

자비에는 무언가 알아들을 수 없는 말을 중얼거렸다.

늑대인간은 그의 팔을 잡고 그를 일으켜 세우려고 했다. "이 의자에서 나오라고, 이 멍청한 놈아!" 그가 소리쳤다.

자비에는 순식간에 차렷 자세를 취했다. 누가 자기를 만지는 건 절대 좋아하지 않는 그였다.

그는 늑대인간의 가운데 손가락을 움켜잡더니 뒤로 꺾었다. 뚝. 뼈가 부러지는 소리가 벽에 울리면서 감시카메라로 뚫고 들어갔다. 늑대인간은 어린애 같은 흐느낌과 비명을 내질렀고 자기 손을 무슨 이물질이라도 되듯이 공중에서 부여잡고 있었다.

깊은 분노의 표정이 자비에를 덮쳤다. 전에는 한 번도 보지 못한 얼굴이었다. 그는 일어나서 으르렁댔다. 충격적이고 원시적인 소리가 복도로 흘러나왔다. 그는 늑대인간의 얼굴을 세게 쳤다.

늑대인간은 머리가 어깨너머로 휙 넘어가더니 브레넌의 책상 쪽으로 비틀거리며 뒷걸음질 쳤다. 코에선 코피가 쏟아졌다. 뜨겁고 붉은 피가 그의 수염과 깨끗한 흰 셔츠로 뿜어져 나왔고 바닥 타일까지 적셨다. 자비에는 흘러내린 피를 밟고 가 늑대인간의 배를 다시 한 번 쳤다. 그는 호흡이 너무 거칠어져서 거의 담배를 피우듯이 공기를 뿜어내고 있었다.

브레넌은 자기 뒤에 있는 책상으로 의자를 밀쳐냈다. 다른 아이들은 고개를 흔들고 감시카메라 쪽을 흘끗 보면서 폭력을 금지하는 규칙을 외워댔다.

자비에가 다시 한번 올려치기로 늑대인간을 가격했다. 늑대인간은 브레넌의 책상 위에 털이 부숭부숭한 그의 목을 내어놓은 채로 넘어졌다. 꼭 도마 위에 놓인 닭 같았다. 자비에는 자기의 피 묻은 손으로 그 머리를 자를 준비가 된 것처럼 보였고 교실 전체는 짜증스럽게 그 광경을 지켜보고 있었다. 난 거의 그가 진짜로 그렇게 하길 바라며 거기 앉아서 기다렸다. 그런데 브레넌이 둘 사이를 막아섰다.

자비에의 분노가 브레넌에게로 향했고 브레넌은 이미 예상하고 있었다. 브레넌은 자비에의 펀치를 막고 그의 사타구니를 무릎으로 친 다음 바닥에 앉히고 그의 등 뒤로 팔을 잡아 꼼짝 못하게 했다. "자, 진정해. 진정하자." 브레넌이 속삭였다.

자비에는 바닥 타일 위에 몸을 웅크리고 눈을 감았다. 그는 마치 무언가를 파낼 것처럼 자기 머리를 긁더니 흐느끼기 시작했다. 고통으로 몸부림치는 원초적인 울부짖음이었다. 머리카락이 그의 얼굴을 피로 줄줄이 물든 베일처럼 덮고 있었다. 이건 용납이 안 됐다. 난 일어섰다. 내가 뭘 하려는지 알 수 없었다.

늑대인간은 보라색이 되어 버린 파란 장갑으로 그의 코를 닦았다. "팔을 놔주지 마!" 그가 외쳤다. 그는 자비에의 허리 부분을 찰 준비가 된 것처럼 보였다.

난 그를 쓰러뜨리려고 했지만, 달라스가 나를 막아서며 소리쳤다. "도와주세요! 여기서 나가!"

미스터 그레이엄이 두 명의 보안 요원을 데리고 교실로 들어섰다. 그들은 자비에를 홱 잡아 일으켰다. 늑대인간은 절뚝거리면서 투덜대고 있었다. 콧물과 당혹감으로 엉망진창이었다. 교장은 역겹다는 듯 그를 쳐다봤다.

브레넌이 몸을 털어내고 피범벅인 자기 책상 위에 앉았다.

"어떤 상황인지 우리가 말씀드릴까요, 선생님?" 내가 미스터 그레이엄에게 외쳤다.

"그러지 마." 달라스가 속삭였다.

"우리 모두 오늘 교실에서 일어난 무례함에 대한 증인들이에요!" 내가 외쳤다. "제 진술을 들려드리고 싶은데요."

"너의 진술은 필요 없어." 미스터 그레이엄이 말했다. "미스터 와튼과 녹화된 자료가 있으니까."

"제 진술을 들려드리고 싶은데요." 나는 또 한 번 말했다. 난 계속해서 밀어붙였다. 하지만 달라스는 나를 못 하게 막았다. 계속하려면 싸워야 했다.

미스터 그레이엄은 문밖으로 나갔다. 그 뒤를 보안 요원들이 자비에를 끌고 따라갔다.

난 달라스에게서 뒤돌아 책상들 틈을 비집고 교실 뒤 중간 통로 쪽으로 갔다. 감시카메라가 앞에 있었다. 멈춰야 한다는 걸 안다. 스스로에게 멈추라고 말했다. 하지만 난 멈추지 않았다.

늑대인간은 그의 부러진 손을 코트 소매에 가만히 넣었다.

"언어적, 신체적 학대는 적절한 대응이 아니에요. 그렇지 않은 가요, 선생님?" 내가 외쳤다.

"뭐?" 그가 화가 나서 물었다. 그는 내 얼굴을 보더니 그의 강의 영상으로 다시 시선을 돌렸다. 역사 용어와 이미지들이 그의 얼굴 위로 깜박거렸다. 그의 눈이 푸른빛을 받아 반짝거렸다.

달라스가 갑자기 나를 밀쳤다. "우리 선생님들은 롤 모델이 되어주려고 매일 열심히 일해서. 존경심을 가져야 해."

나는 그에게 시선을 돌리지 않았다. "자비에 라빈은 열다섯 살 소년이라고요!" 나는 늑대인간에게 소리쳤다. 그의 히죽거리는 웃음을 수염이랑 같이 잡아 뜯어 버리고 싶었다.

달라스가 내 어깨를 잡고 벽 쪽으로 떠밀더니 나에게 바짝 다가섰다. "좋은 롤 모델들이 있는 학교에 다닐 수 있어서 우리는 모두 운이 좋은 거야. 선생님들 없이 학교에 다녀야 한다면 그건 그만큼 운이 좋지 않은 거야."

그는 내가 스스로 무덤을 파는 걸 막기 위해 거기서 나를 붙잡고 있었다. 늑대인간과 좀비들 그리고 감시카메라 앞에서 그는 나를 위해 위험을 무릅쓰고 이런 행동을 하고 있었다. "우린 모두 운이 좋은 거라고." 그가 또 한 번 반복했다. 그는 내 시선을 마주한 채 고개를 끄덕였다. 여러 번 계속해서. 내가 고개를 끄덕일 때까지.

늑대인간은 불안하고 화가 나 있었다. 하지만 그는 우리의 잘못에 대한 비난은 전혀 하지 않았다. 그는 자기의 수업을 끝내더니 달라스 뒤쪽을 비집고 들어가 재빨리 입구 쪽으로 향했다. 그는 자기의 부러진 손을 – 만일 그에게도 심장이 있었다면 – 그 심장이 있었을 곳에 대고 있었다. "다음 학기에 너희들을 다시 볼 수는 없을 것 같다."

*

"자비에 정학 당했어." 셀레스트가 말했다. "지금은 들어오지 않는 게 좋을 것 같다. 뭐가 또 동생을 건드릴지 모르겠어."

자비에는 거실 카펫에 누워 있었다. 천장을 가만히 쳐다보면서.

"그렇게 슬퍼하지 마, 맥스. 자비엔 괜찮아질 거야. 그냥 새 패치가 필요한 걸지도 몰라." 셀레스트가 내 팔을 토닥였다. "우리 대학교에서 이번에 도입된 학생지원 프로그램에 대한 정보를 나누는 캠페인을 시작했어. 다른 약을 복용 중인 아이들이 더 주의를 기울이도록 하기 위해서 어떻게 해야 할지 의견을 모으는 중이야. 어쩌면 서명 운동도 있을 거야."

나는 웃어 보이려고 애를 썼다.

셀레스트는 어깨너머로 자기의 남동생을 바라봤다. "일요일이 자비에 생일이야." 그녀가 중얼거렸다.

집에서는 엄마가 뉴스를 들으면서 한숨을 내쉬었다.

'새로운 교육지원 치료인 네스트가 문제가 많은 우리 교육 시스템의 흐름을 바꿔놓았다.'고 정부의 대변인은 말하고 있었다. 그가 하는 말은 모조리 다 켐로즈의 웹사이트에서 따온 것으로

커뮤니티의 발전과 비용 절감 그리고 아이가 가진 최고의 적성
에 관한 내용이었다.

"그래서 우리가 어떻게 한다는 거예요?" 내가 물었다. "지금 말
하는 건 전국에 있는 아카데믹 스쿨이야."

엄마가 어깨를 으쓱했다.

"아직도 3년을 더 학교에 다녀야 해요." 내가 엄마에게 상기시
켰다. "알리는 12년 남았고요. 정말로 그 주사 치료가 있을 때마
다 엄마가 항상 올 수 있을 거라고 생각하는 거예요?"

엄마는 입술을 깨물면서 고개를 저었다. "아마 우리가 떠나야
할지도 모르겠다." 엄마가 중얼거렸다.

"당연히 떠나야죠. 엄마는 노인 전문 간호사이고 세상은 사람
들로 꽉 차 있어요. 어디서든 일은 찾을 수 있을 거예요."

"하지만 네 학교 문제가…."

"천 개에 달하는 온라인 가상 고등학교가 있잖아요, 내가 갈
수 있는."

"하지만 그 수준이 말이야, 맥스. 난 아무래도…."

"여기 머물 수는 없어요, 엄마!"

엄마도 고개를 끄덕였다. "그래. 어쩌면 애틀랜타로 돌아가야
하는지 모르겠다."

"애틀랜타요? 실비아 이모가 살해 당한 거기요?" 나는 더러운
거리의 가난한 사람들과 낯선 이들에게 구걸하면서 골목길에 반
쯤 죽은 상태로 나뒹굴던 슬픈 사람들, 문에서 서성이면서 부자

들을 배고픈 표정으로 살펴보던 무서운 얼굴들이 떠올랐다.

엄마는 눈을 흘겼다. "그냥 있든지 떠나든지 둘 중 하나야, 맥스. 내가 세상을 바꿀 순 없어."

"알았어요, 가요. 애틀랜타에는 백만 명의 인구가 살고 살인 사건이 빈번한 곳은 아니에요, 그렇죠?"

"그래."

뉴스에선 미국 남부에서 일어난 노동자들의 폭동을 전했다. 불법 노동자들이 전 세계에서 사용 가능한 새 신분증을 반대하고 있었다.

"달라스도 데리고 갈 수 있어요?" 내가 물었다. "지쳐가고 있어요. 매일 밤낮없이 온종일 연기 중이라서." 엄마는 얼굴을 찌푸렸고, 그래서 난 엄마의 죄책감을 건드렸다. "여기서 데리고 나가든지 아니면 주사를 놓든지 해야 해요. 그냥 저 상태로 두고 갈 순 없어요."

엄마는 머리를 부여잡았다. "그래, 달라스도 데려가자. 누구든 원하면 데리고 가는 거야."

알리는 텐트 안에서 놀면서 테디베어에게 노래를 불러 주고 있었다. "넌 우유를 가져와 난 밀가루를 가져올게, 30분만 기다리면 푸딩이 생길 거야."

*

난 토요일의 풋볼 코칭을 취소하고 공원에서 턱걸이를 한 뒤에 부자 동네의 보도를 따라 달렸다.

그러다가 두 살 정도의 아이와 분필을 가득 담은 통을 옆에 둔 채 무릎을 꿇고 앉은 한 여자의 모습에 깜짝 놀랐다. 그들을 두어 평 정도의 콘크리트 바닥을 옅은 색의 파스텔화로 채우고 있었다. 가는 선을 긁어 내는 건 아이였고 굵은 네모 모양과 구불구불한 선들은 엄마가 그린 것이었다. 난 그들의 작업 옆쪽으로 조깅했다. "정말 멋있어요." 내가 말했다. "이 세상 전부를 그렇게 칠하면 좋을 텐데."

여자는 나에게 미소를 지었다. 진심이 묻어나고 선의를 담은 미소. 그러고는 나에게 분홍과 노랑 분필을 건넸다. "집 앞에다 그림 그려요." 그녀는 아이가 학교에 가기 시작하면 자기 아이를 좀비로 만들어버릴 거란 사실, 그녀도 그러기를 바라게 될 거란 사실에 대해선 전혀 모르고 있었다. 나는 그들을 그들의 무지개에 남겨 두었다.

페퍼의 집에 도착했다. 그녀의 집 문 앞에 있는 콘크리트 판에 나는 핑크 하트를 그렸다. 그 안에 내 이름 이니셜을 쓰고 더하기 부호와 물음표도 그려 넣었다. 그런 뒤에 벨을 눌렀다.

대답이 없었다.

노랑 분필을 그녀의 우편함에 떨어뜨리면서 페퍼가 자기 이니셜을 그 분필로 그려 넣는 모습을 상상했다. 분필이 우편함 바닥에 닿으면서 쟁그랑 소리를 냈다. 손가락을 넣어 보니 두 개의 열쇠가 금속으로 된 철사에 달려 있었다. 주먹으로 그것을 감쌌다.

감시카메라 때문에 나는 벨을 다시 눌렀다. 없는 대답을 기다리다 주머니에 손을 넣고 열쇠가 처음부터 거기 있었다는 듯이 급하게 꺼냈다. 그러고는 서둘러 집 안으로 들어가 문을 닫았다.

난 페퍼의 이름을 부르지 않았다. 그녀가 거기 없다는 걸 알기 때문이다. 환기가 안 된 실내 공기와 냄새로 알 수 있었다. 빈집이었다.

물 한 잔만 마시고 나가자고 되뇌었다. 하지만 속으로 그 말을 하면서도 내가 이 집 구석구석을 살펴보리란 걸 알고 있었다.

두 층이긴 했지만 페퍼의 집은 거의 우리 아파트만큼이나 작았다. 아래층엔 거실과 부엌, 화장실이 있었고 위층엔 방 두 개와 다용도실이 있었다. 집 안은 탐험 대상으로 삼을 게 별로 없었다. 건조대에 널어둔 빨래도 없고 싱크대에 접시들도 나와 있지 않았다. 페퍼의 옷장 안에는 수십 개의 빈 옷걸이 사이로 옷 몇 가지만이 남아 있었다. 서랍엔 티셔츠 몇 장이 있었지만 양말이나 속옷은 남아 있지 않았다. 그전까지 한 번도 그녀의 팬티에 대해서 생각해 본 일이 없었다. 그걸 벗기는 것 역시. 그런데 지금 나는 그녀의 서랍 안을 뒤지고 있었다. 페퍼의 팬티는 어떻게 생겼는지 알고 싶었다.

그녀는 사라졌다. 나는 베개에 기대 이 두 마디를 생각하고 또 생각했다.

그 집을 나서기 전 그녀의 침실 뒤쪽을 슬쩍 훔쳐봤다. 판타지를 즐길 만한 그런 유치한 나이트가운 같은 게 없을까 하는 생각에. 대신 나는 얇고 기다란 나무 조각 - 톱으로 잘라 낸 창틀의 일부 - 을 발견했다. 내가 예전에 그렸던 가장 작은 그림이었다. 그림에서 페퍼는 노출이 심한 엘프 옷을 입고 선물 더미 옆에 서 있었다. 한쪽 다리는 공중으로 높이 들어올렸고 그녀의 뾰족한 신발은 별처럼 반짝였다. 나는 작년 크리스마스 연극 때 이 그림을 스케치했다가 방학 때 작업해서 새해 첫날 그녀에게 선물했었다.

그녀가 이 그림을 여기에 걸어 놔서 기뻤다. 문을 닫을 때마다 내 생각을 했을 것이다. 하지만 그녀는 자기의 다른 액자들과 팬티들을 챙기면서 이 그림은 버려두고 떠났다.

난 그 그림을 걸어 둔 데서 뺐다. 진정한 의미의 도둑질이라곤 할 수 없다. 이걸 가지러 페퍼가 다시 돌아오지는 않을 것이기 때문이다.

*

일요일 아침 내가 크로스컨트리를 하고 돌아왔을 때 텐트 안에서 누군가가 울고 있었다. 앞쪽의 덮개를 들추자 엄마가 소파 위에서 아기처럼 큰 소리로 울어대고 있었다. 엄마 얼굴은 일그러지고 눈물로 얼룩졌으며 손엔 젖은 휴지가 들려 있었다. 엄마는 고개를 들어 나를 보더니 두 손으로 얼굴을 가렸다.

뭐가 잘못된 건지 엄마는 말하려 하지 않았다. 내가 물을 때마다 고개를 저었고 내가 엄마 얼굴에서 손가락들을 억지로 떼어 내려고 하자 나를 찰싹 때렸다.

"오늘이 자비에의 열여섯 번째 생일이에요." 내가 말했지만 엄마는 더 크게 울 뿐이었다.

나는 부엌으로 가서 토스트에다 버터를 바르고 계핏가루와 설탕을 그 위에 뿌렸다. 식탁에 앉아서 〈프릭쇼〉의 '비하인드 씬' 클립들을 스크롤해 나갔다. 지퍼헤드와 그의 여자 친구가 바로 얼마 전에 약혼했다는 소식이 있었다.

결국 엄마는 텐트에서 나와 내 옆에 앉았다. 난 리그 화면을 끈 뒤 마지막 남아 있던 세모 모양의 토스트를 엄마한테 건넸다. 엄마는 고개를 흔들고는 헛기침으로 목을 가다듬더니 내 손을 잡았다. 엄마는 식탁을 쳐다보면서 말을 꺼냈다.

"타일러 윌킨스가 어젯밤에 죽었어. 심장 발작으로. 내가 놓은 주사 부작용이야."

입 속의 빵이 혀 위에서 뭉쳤다. 아무 말도 나오지 않았다. 믿을 수가 없었다. "엄마가 그를 죽였어요."라고 말하지 않았다. "엄마가 죽인 게 아니에요."라고도 말하지 않았다. 난 아무런 말도 하지 않았다.

내 속이 갈가리 찢어지는 것만 같았다. 타일러가 마치 내 친구였던 것처럼. 나는 내 갈비뼈를 부러뜨리고, 알리의 얼굴을 후려치고, 자비에를 발로 찼던 타일러 때문에 지난 몇 년 동안 겪어야 했던 지독한 순간을 떠올리려고 애를 썼다. 그런데 그런 모든 이미지는 자기 리그에 내 그림을 저장하고, 언제나 자기를 적대시하는 나에게 그림 칭찬을 하지 못한 채 멍청하다고 했던 그 순간의 기억들에 밀려나고 말았다.

나는 일어나 텐트 안으로 들어갔다. 앉을 수는 없었다. 둥글게 돌다가 벽들이 흐릿해지는 것을 지켜보았다. 미술전을 위해 무엇을 그려야 할지가 이제 명확해졌다.

난 아이들을 그릴 것이다. 수십 명의 아이, 진짜 아이들을⋯. 타일러와 페퍼 그리고 자비에, 나와 달라스, 베이와 브레넌, 몽고메리와 케일라, 사프론과 시카고 그리고 어제 보도에서 봤던 그 아기, 공원의 재커리와 멜보른, 아래층의 루카스, 스케이트보드를 타던 고등학생들과 스케이트보드장의 소모품들. 모두 원래 우리가 하던 것을 하는 모습을 담을 것이다. 춤추고 달리고 싸우고 놀고 웃으면서 아이로 사는 것. 나는 그런 우리의 모습을 지금 내가 숨어 있는 텐트 안쪽에다 그려 넣을 것이다. 눈부신 색채와 밝기로. 텐트 바깥쪽은 우중충한 회색으로 그냥 놔두고 한 단어만을 스텐실 기법으로 새길 생각이다. 나는 이 작품에 〈위태로운 행성에서 견디다〉라는 제목을 붙일 것이다. 그리고 그것을 자비에의 뒤늦은 생일 선물로 줄 것이다. 그에겐 이 제목이 비유적인 거라고 말할 것이다.

11

고등학교에서는 새로운 교육지원 치료인 네스트의 부작용에 관해서 논의하는 모임이 열렸다. 하지만 그런 걱정이 있는 건 우리 엄마밖에 없었다.

"이번 치료에 고맙게 생각하실 줄 알았는데." 미스터 그레이엄은 엄마에게 이렇게 말했다. "아드님은 누가 봐도 분명 문제아예요. 이런 표현을 개의치 않는 건 이제 과거의 일이 되었기 때문이지요. 수업 시간엔 엉뚱한 짓을 하면서도 숙제와 공부를 다 하고 A를 받을 만큼 맥스웰은 충분히 똑똑한 아이예요. 하지만 엄마 입장에서 아들의 자유라고 여기는 행동이 다른 아이들의 자유에 영향을 끼쳐 맥스웰은 자기만이 아니라 다른 아이들도 수업 시간을 낭비하게 만드니까요. 다른 아이들은 배운 것을 이해하기 위해 시간이 필요한데도 말이죠. 그가 재미로 하는 짓이 다른 아이들을 공부에 뒤떨어지게 해요."

모두 그 괴물 맥스를 보기 위해 고개를 돌렸다.

나는 인정할 수밖에 없었다. 근거 있는 주장이었다. 수업 시간을 허비하게 만드는 것이 누군가를 소모품들 학교로 보낼 수도 있다는 생각을 하지 못했었다. 처음 내가 방과 후에 남게 되었을 때 교장은 이 얘기를 해줬어야 했다.

그는 계속해서 이 치료를 위해 가정에서의 지원이 얼마나 중요한지에 대해 허튼소리를 늘어놓았다. 그의 입장에선 나에게 가장 부족한 것이 그 부분이었다. "네스팅은 아이들이 배움의 도구를 잘 받아들이도록 만들어 줍니다. 하지만 그들을 뛰어난 학생들로 다듬어가는 건 우리한테 달렸어요."

엄마가 손을 번쩍 들었다. "그러니까 그들의 행동을 결정하는 건 치료인가요, 아니면 강화인가요?"

교장은 이제야 엄마가 뭔가 제대로 감을 잡았다는 듯이 고개를 끄덕였다. "강화지요. 치료는 그들이 이 강화에 열리도록 만드는 것이고요."

"아이들이 우리가 권장하는 방식으로 행동할 수 있도록 말인가요?"

미스터 그레이엄은 단상 위, 그의 뒤쪽에 있는 검은 정장 차림의 남자 쪽을 한 번 보더니 말했다. "어떤 면에선 그런 셈이죠."

엄마는 끈질겼다. "그래서 아이들이 거의 무엇이든 하게끔 훈련할 수 있게요?"

"아니, 그건 잘못 생각하신 거고요." 미스터 그레이엄이 미소를 지었다. "이제 좀 논의를 진행해 봅시다. 부모 한 분의 걱정만 붙잡고 있기엔 오늘 저녁 얘기할 것이 많으니까요."

그는 비용 절감에 대한 원 그래프와 학업 성취도에 관한 막대 그래프를 이용해 관객들에게 놀라움을 안겼다. "켐로즈에서 사실상 많은 치료 비용을 기부했습니다. 우리는 거의 절반 정도의 비용만 감당했어요." 관객들은 박수를 보냈고 그 검은 정장의 남자가 인사를 했다.

"얼마나 들어간 건가요, 정확히?" 엄마가 다시 질문했다.

미스터 그레이엄은 못 들은 척했다. 가까이에 있던 부모들이 우리 쪽을 보고 웃었다. 그들의 자녀들은 단상 쪽에 시선을 고정한 채 부모들 옆에 뻣뻣하게 서 있었다.

"우리가 아이들을 위해서 지금까지 해 온 일 중에 이번 치료만한 게 없습니다." 교장이 말했다. "교육에 드는 비용이 더 늘어난다고 해도 같은 선택을 했을 거라는 사실을 우린 알고 있어요. 우리 학생들의 주된 관심은 우수한 성적을 유지해서 계속 이런 특권에 걸맞은 자격을 갖는 거예요. 우리 학교에 다니는 특권. 그렇지 않으면 트레이드 스쿨로 가야 하지요. 일자리가 늘어나고 회사들은 일할 사람들이 필요하니까요."

박수. 정지. 박수. 마치 어른들도 약물 치료를 받은 것처럼 보였다. "이 경쟁 심한 세상에서 아이들이 가난하게 살기를 원하지는 않거든요." 그들 모두는 커피와 도넛을 먹으며 이렇게 말하고 있었다.

"제가 듣기론 각 반에서 제일 우수한 학생은 이번에 치료받지 않았다고 하던데요." 내 옆에 있던 한 여자가 말했다. "그게 사실인가요?" 그녀는 에머리 코치한테 얘기하는 중이었고 코치는 그건 자신과 전혀 상관이 없는 일이라는 듯 어깨만 으쓱할 뿐이었다.

난 브레넌과 눈이 마주쳤다. 하지만 그는 재빨리 다른 데로 시선을 돌렸다.

"네스팅이 어머님께는 그다지 큰 감명을 주지 못한 것 같아 유감이네요." 한 남자가 우리 뒤에서 말했다. 단상 위에 있었던 그 검은 정장이었다. 그는 키가 크고 인물이 좋았으며 넓적한 얼굴에 아주 바싹 깎은 헤어스타일을 하고 있었다. 그는 미소를 지으면서 엄마 쪽으로 손을 내밀었다. "켐로즈에서 나온 빌 월터스입니다." 난 좀비로서 보여야 할 수준을 넘어서는 관심을 드러내며 그를 쳐다봤다.

"기존에 자극적인 약을 복용한 피험자들의 경우엔 가끔 문제가 나타나기도 해요." 그는 말했다. 마치 그게 내 경우라는 듯이. "이 치료는 중추 신경계에 작용하는 것으로 가끔 적응 기간이 필요한 경우도 생겨요. 패치 효과가 너무 미미해서 잘 안 느껴질 수도 있어요. 하지만 걱정할 필요는 없습니다. 몸이 금방 균형을 찾으니까요. 아드님도 곧 집중력이 높아질 것이고 성적도 좋아질 거예요. 네스팅을 거친 아이들은 공부에 아주 열중하게 되거든요."

"하지만 그들은 주도성을 잃지요." 엄마가 말했다.

그는 고개를 끄덕였다. "그건 네스팅의 이점 중 하나예요. 치료받지 않은 아이들이 종종 교실에서 비생산적인 일을 주도하곤 하지요." 그는 내 어깨에 한 손을 올리고는 내가 아무 희망이 없는 불치병 환자라도 되는 듯 쳐다봤다. "아이 몸에서 화학반응이 일어나 지금 어떤 조화로운 지점을 향해 작동 중이에요. 분명 곧 좋아지는 걸 보게 되실 거예요. 그리고 이번이 시범 사업이라는 걸 기억해 주세요. 이 치료를 중단해야 할 결과가 나오면 우리는 곧장 치료를 끝낼 겁니다." 그는 미소를 지으며 다른 사람들 쪽으로 이동했다.

*

'학교에 가는 아이들은 모두 행운아다.' 학교 공지 사항 알림판에는 이렇게 적혀 있었다. '우리 반 친구들은 모두 내 친구들이다. 내 공부를 제대로 하는 것보다 더 중요한 것은 없다.'

엄마가 내 어깨너머에서 이 문구를 읽었다. "이건 멈춰야만 해." 엄마가 속삭였다.

난 콧방귀를 꼈다. "그걸 깨닫기엔 이제 좀 늦은 거 같은데요."

엄마는 오래전 기억을 떠올리는 듯 먼 데로 물끄러미 시선을 향했다. "너를 처음 가졌을 때가 생각나는구나, 맥스. 제일 첫 조합은 유방암 가능성이 있는 여자아이였어. 두 번째는 남자아이였는데 아무런…." 엄마는 어깨를 으쓱했다. "특별한 위험 인자가 없는 아이였어. 정말로, 아무 결함이 없는 아이였어. 그냥 심장병의 가능성이 좀 있다, 뭐 그 정도가 다였지. 그런 아이들 중에서 난 고를 수가 없었단다."

난 리그를 덮고 주머니 안에 넣었다.

"그런 얘기 나한테 꼭 하지 않아도 돼요."

"너희 아빠는 내 마음을 이해 못 했어. 제대로 된 아이를 얻을 때까지 우리가 계속 노력해 볼 수 있다고 말했어. 하지만 그게 아니었어. 난 다 원했어. 어떤 아이를 그냥 버릴지 결정할 수가 없었어. 완벽하지 않다는 이유만으로."

자기가 끝을 낸 아이들에 대해 이야기하는 엄마라는 존재는 왠지 날 혼자 있고 싶게 만들었다. "좀 뛰고 올게요."

난 공원에 가서 손이 꽁꽁 얼 때까지 턱걸이를 했다. 그리고 나선 어두운 길거리를 한 시간 정도 북쪽으로, 남쪽으로, 다시 북쪽으로 뛰어다녔다. 점점 더 도시의 중심을 향해서. 몇 블록 안쪽으로 갈 때마다 집들은 더 커졌고 얼마 지나지 않아 난 예전에 우리가 살던 호화스러운 동네에 와 있었다.

불빛들이 달라스네 집 커튼 뒤로 눈부시게 환했다. 난 길가에 서서 숨을 골랐다. 키가 큰 삼나무 울타리가 나의 옛날 집을 가리고 있었다. 바닥에 돌을 깐 좁은 길로 뛰어 올라가 파란 현관문을 열고 내 방에 들어가고 싶은 마음이 간절했다. 내 방에서 스케치북에 작업을 하고 있으면 알리가 5분에 한 번씩 나한테 뭔가 장난감을 보여주려고 불쑥 들어오곤 하겠지. 그리고 엄마 아빠가 부드러운 목소리로 하는 대화가 위층에서 들려오다 드디어 시간이 되면 아빠가 커다란 금발 머리를 내 방으로 들이밀고는 이렇게 말할 것이다. "이보시게, 잘 시간이야."

나는 돌아서서 〈프릭쇼〉를 보기 위해 다시 집으로 뛰었다. 달라스가 없으니 별로 재미없었다. 스튜디오의 관객들도 좀비가 되어 버린 듯했다. 화면에선 지퍼헤드와 스쿼드가 마지막 남은 두 명 자리에 올랐다. 누가 이기든 이제 난 관심도 없었다.

*

간호사 한 명이 집 문 앞에 와 있었다. 사십 대였으며 작은 키에 통통했다. 그녀는 흰색 바지, 흰색 신발, 흰색 셔츠, 흰색 겉옷을 입고 흰 장갑을 끼고 있었다. 머리는 백금 색깔로 염색한 상태였다. 그녀의 속눈썹조차도 흰색이었다.

그녀는 자기 신분증을 나에게 보여 주었다. 이름은 라라 플레쉬먼이었다. 뉴 미들타운 시에 고용되어 있다고 했다. "네가 받은 치료의 후속 조치로 물어볼 것이 있어서 왔단다." 집 안으로 들어선 그녀는 텐트와 물감에서 풍기는 지린내 같은 냄새에 얼굴을 찌푸렸다.

엄마가 테이블로 안내했다.

"맥스웰 코너스, 열다섯 살?" 라라가 질문을 시작했다.

나는 끄덕였다. "네, 거의 열여섯이에요."

"소매 좀 걷어볼래?" 그녀는 주사기와 빈 유리병을 꺼냈다.

"뭐 하시는 거죠?" 엄마가 물었다.

"혈액 검사를 위한 샘플을 채취하는 거예요."

엄마가 손을 라라 손에 올렸다. "아니요."

라라는 자신의 흰 장갑 위에 검은 손이 올라오자 얼굴을 찌푸렸다. "하지만 이게 후속 조치의 주된 부분이에요. 혈액 샘플을 반드시 가져가야 해요."

"안 돼요." 엄마가 다시 말했다.

"하지만 난 간호사예요."

"나도 마찬가지예요. 그렇다고 내가 당신 피를 뽑아도 되나요?"

"물론 그건 아니죠."

"당신도 내 아이들을 대상으로 그렇게 못해요."

라라는 자기 리그에 대고 무슨 얘기를 하더니, 기다리고, 한숨을 쉬었다. "좋아요. 그럼 그냥 패치 상태만 확인하도록 하죠."

"이미 내가 했어요." 엄마가 말했다. "다 괜찮아요. 우리 애들 만지지 말아요."

라라가 발끈했다. "지나치게 부정적이시군요." 그녀는 서류 하나를 테이블 위로 던졌다. "짧은 설문 조사가 있어요. 그 정도는 해도 되나요?" 그녀는 나한테 별로 위험할 것 없어 보이는 열두 개의 질문을 했다. 학교에 친구들은 있니? 나중에 어떤 분야에서 일하고 싶니? 제일 좋아하는 선생님은 누구지?

이미 학교의 공지 사항 게시판을 읽었던 나는 대답을 알고 있었다. '우리 반 친구들이 모두 내 친구들이다. 내가 우수한 분야에서 일하고 싶다. 모든 선생님은 각자 맡고 있는 과목에 잘 맞는다.'

알리는 수다스러운 송장처럼 적극적으로 설문에 임했다. 라라가 "너희 반에서 제일 우수한 학생은 누구니?"라고 묻자 알리는 이렇게 말했다. "모든 학생이 최선을 다해요. 미래에 내 역할이 얼마나 크든 작든 관계없이 우린 우리의 위대한 나라를 함께 만들어 나가는 거예요." 라라가 "혼자 하거나 팀으로 할 때 중에서 넌 어떤 경우에 더 잘하니?" 하고 묻자 알리는 이렇게 대답했다. "독립적으로 할 수 있다는 건 좋지만 혼자서 너무 많은 시간을 보내는 건 우리 삶에 문제를 일으키는 생각이나 감정을 불러와요." 이런 대답이 내가 앞으로 학교에서 기대할 수 있는 것들이었다.

라라는 자기의 컴퓨터 화면을 끄고 엄마한테 몸을 돌렸다. "부인은 치료에 적응하는 데 어려움을 겪고 있어요." 질문이 아니라 진술이었다. 라라는 이미 우리에 대한 기본 정보를 갖고 있었다. "미세스 코너스, 당신 아이들은 변한 게 아니에요. 치료는 아이를 신체적으로 변화시킬 능력은 없어요."

"모든 약물은 환자들을 신체적으로 변화시켜요." 엄마의 말이었다. "약이란 그렇게 작용하는 거예요."

라라는 바로 그거라는 표정으로 희미한 미소를 지었다.

"그래서 약물을 아주 약하게 조절해 투여하는 거예요. 아이들이 공부에 더 잘 집중하게 하려고요."

엄마는 그녀에게 미소로 답하지 않았다.

"난 부작용이 염려돼요."

"우리 다 마찬가지죠! 그게 우리가 시험적으로 적용된 모든 분야에 걸쳐 이번 치료를 모니터링하는 이유예요."

"몇 가지 분야나 되는데요?"

라라가 어깨를 으쓱했다. "그건 잘 몰라요. 하지만 치료받은 아이들 각자가 특별한 선물을 받았다는 사실은 알죠." 그녀는 피식 웃었다. "아이들은 이제 예전 방식대로 할 수 있는 게 거의 없을 거예요. 그것을 분류해 내는 건 비용 대비 효과가 크지 않고요."

엄마가 헉하고 숨이 막혀 했다. 마치 본인은 일터에서 매일 그런 일을 하지 않은 것처럼.

"그건 나쁜 게 아니에요!" 라라가 말했다. "최소한 칠십 퍼센트의 아이들에겐 필요했던 것이고, 백 퍼센트의 혜택을 입고 있다고요." 그녀는 진지한 표정으로 엄마를 쳐다봤다. "예전엔 행동장애나 학습 장애가 있는 아이들이 교실을 지배하곤 했어요. 그런 아이들이 수준을 너무 낮춰 놓는 바람에 똑똑한 아이들조차도 다른 나라에선 8학년 때쯤이면 배우는 것을 12학년이 될 때까지 못 배우곤 했죠."

엄마가 고개를 끄덕거렸다. "그건 들었어요."

"교사들한테 월급을 주기 힘든 곳에서는 학교들이 문을 닫는

다는 소식도 들었나요? 수많은 아이들이 범죄로 빠지는 것밖엔 다른 길이 없었어요. 하지만 네스팅 프로그램이 있다면 교육은 비용 대비 효과가 높아져서 그런 학교들도 다시 문을 열 수 있게 되죠."

"그래서 학교들이 다시 문을 열었나요?" 엄마가 물었다.

라라는 어깨를 으쓱했다. "그런 것 같아요."

"학급 규모는 늘리고요?"

"네, 하지만 아이들은 규모가 커진 학급에서 더 잘하고 있어요. 서로 비판하게 되니까요."

"주도성을 다 잃는데 그게 어떻게 가능한가요?"

"학습 프로그램에 따라 서로의 향상 정도를 모니터링하는 거죠. 주도성 같은 건 특별히 필요 없어요."

엄마가 고개를 저었다. "이 나라는 주도성 없이 살아남을 수 없어요."

라라가 웃었다. "우리나라야 아직 주도성을 가지고 있지요. 우리 중에서 공동체의 이익을 위해서 자신의 주도성을 사용하는 사람들에게는 언제나 그것이 허락되니까요."

엄마는 대답하지 않았다.

라라가 가방을 챙겼다. "댁의 아이들은 건강해 보이네요. 저 복도 아래쪽 집 불쌍한 아이와는 달리. 그 아인 새 패치가 필요했어요. 이 가족 중에서 문제가 있는 건 당신밖에 없는 것 같아요." 그녀는 일어서더니 아주 환하고 하얀 웃음을 지어 보이면서 엄마를 바라봤다. "그래서 앞으로 두 달간 그 가족은 모니터링 대상이 될 거예요."

*

"발목은 정말 유감이다." 내가 장비를 입고 챔피언십 경기를 위해 모든 준비를 마친 뒤 트레일러에서 나오자 에머리 코치가 말했다. "벤치에 가서 앉아 있거라."

그리즐리 팀은 베이지와 갈색의 기다란 줄을 이뤄 버스에서 내렸다. 그들은 일리노이의 뉴 해리스버그에서부터 열 시간 동안 차를 타고 이동했다. 그리즐리 학교는 또 다른 켐로즈 이사회가 운영하는 것으로 그들도 좀비인 건 마찬가지였다. 풋볼 수준 또한 엉망이었다.

우리 팀이 득점하면 난 일어서서 손뼉을 쳤다. 하지만 나만 손뼉을 치고 있었다. 필드에서 유일하게 아직 심장이 뛰고 있는 게 나인 것처럼. 호루라기가 울리면 모두 한군데로 모였다. 박수. 정지. 다시 박수.

알리가 외쳤다. "하나, 둘, 셋. 이번엔 달라스네!" 엄마가 조용히 하라고 말하기도 전에 동생은 멈췄다.

브레넌은 자기 자신을 위해 과한 의욕을 보였다. 골에서부터 몇 야드 밖으로 자기를 테이크다운 시킨 그리즐리 팀 선수에겐 욕을 해댔다. 브레넌의 아빠인 에머리 코치가 그를 불러내 속삭이는 목소리로 지도했다.

달라스는 진짜 좀비들보다 더 훌륭한 좀비였다. 나는 그를 볼 때마다 소름이 끼쳤다. 그는 나에게 보내는 사인으로 자기 입을 계속 움직이고 있었다. 뇌를 먹는 것처럼. 그가 씹고 있는 것을 볼 때면 나는 아직 원래의 달라스라는 걸 알았다. 다른 사람들은 그가 이 사이에 낀 뭔가를 빼내는 걸로 생각할 것이다. 좀 지저 분해 보여도 좀비의 설정 안에서 허락되는 수준이었다.

그리즐리 팀에도 좀비가 아닌 진짜 아이처럼 보이는 선수가 하나 있었다. 그는 태클을 위해서 높이 뛰어올랐고 다른 누구보다 더 많이 필드 여기저기를 휘젓고 다녔다. 그를 제외하고 나머지는 모두 살덩어리와 화학반응으로 이뤄진 기계들이었다. 얼마 지나자 난 더 이상 그들을 보고 있기가 힘들었다. 난 경기가 끝날 때까지 눈을 감고 있었다.

짝, 짝, 짝. 우리가 이겼다.

달라스 옆구리를 푹 찌르며 내가 말했다.

"잘했어. 나도 같이 뛰었으면 좋았을걸."

그는 웃으면서 소리쳤다. "바보같이 굴지 마, 맥스웰! 우리 중 일부는 필드에서 뛰고 우리 중 또 일부는 벤치에 있지만 우리는 모두 한 팀이고 오늘 우리 팀이 아주 잘했잖아. 너도 참 잘했어." 그러더니 다시 뇌를 씹기 시작했다. 분명 언젠가는 달라스 때문에 내가 너무 크게 웃음을 터뜨려 내 숨겨온 실체가 드러나게 될 것이다.

"승리를 자축할 겸 우리 집에 같이 가자." 그가 말했다. 난 망설였고, 그는 다시 말했다. "제발."

세 명만이 코치와 같이 달라스네 집으로 향했다. 나, 베이 그리고 브레넌. 세 명의 흑인 아이만. 거기에 무슨 의미가 있는 건지는 알 수 없었다.

달라스네 집은 눈부실 정도로 깨끗했다. 거실은 지난번에 왔을 때와는 달리 녹색으로 꾸며져 있었다. "분위기가 편안해, 그렇지?" 미세스 리치몬드는 커튼 쪽을 향해 소파 쿠션을 높이 들고 있는 나를 보고 얘기했다. 회색 원피스를 입은 그녀는 까만색 리그를 들고서 사람들을 맞이하는 틈틈이 메시지를 보내고 있었다.

"멋진 집이네요." 베이가 내 뒤에서 말했다.

미세스 리치몬드가 미소를 지었다. "경기는 누가 이겼니?"

베이가 넓은 이마를 찡그렸다. "우리가요, 제 생각엔."

"아주 잘했네." 미세스 리치몬드는 눈을 리그 화면에 고정한 채 어른들 쪽으로 움직였다.

베이가 그 뒤를 따랐다. 그는 마치 다섯 살짜리 거인처럼 에머리 코치의 소매를 잡아당겼다. "우리가 이겼잖아요. 안 그래요, 코치님?"

코치는 한동안 그를 쳐다보더니 대답했다.

"맞아, 우리가 이겼지."

브레넌이 베이를 코너에 있는 안락의자로 데리고 가 녹색의 고요 속에 같이 앉았다.

달라스가 소파에 앉아있는 내 옆으로 왔다. "시시한 파티야."

그가 속삭였다.

"도망가고 싶다." 나도 속삭여 대답했다.

"나도 그랬음 좋겠어." 그의 목소리에서 나를 불안하게 하는 슬픔이 묻어 나왔다.

"그래도 좋은 경기였어. 진짜야, 잘했어."

그는 대답이 없었다. 우리는 숲속 같은 녹색 소파에 앉아 민트색 쿠션을 안고 있었다. "네가 생각하기엔 누가 이길 거 같냐?" 그가 속삭이듯 물었다. "좀비가 된 베이 아니면 원래 자기인 브레넌?"

"쉬." 난 현관 쪽을 보면서 고개를 끄덕였다. "오스틴 왔어."

달라스는 머리를 흔들었다. "오스틴은 눈치 못 챌 거야. 지난주에 치료받았거든."

"그럼 오스틴도…?"

달라스는 다시 뇌를 씹어댔다.

오스틴은 신발을 벗더니 복도에 있는 벽장 속 좁은 자리에다 집어넣었다. 모자는 꼭대기에 두고 셔츠를 똑바로 편 뒤에 거실로 들어왔다. 두리번거리던 그의 시선은 나에게서 멈췄다. 예의 바른 미소를 지은 그가 나에게 다가왔다. "안녕, 맥스웰. 또 만나서 반갑다." "야, 이 게이 놈아, 나한테 데이트 신청하려고?"가 아니었다. "꼬맹이 고아 녀석아, 아빠 어디 계시니?"도 아니었다.

"안녕, 오스틴. 잘 지내?"

"아주 잘 지내, 고마워. 오늘 너희가 이겼어?"

나는 그에게서 펀치가 날라 오거나 최소한 빈정대며 씹어대는 말이 있을 거로 생각했다. 하지만 아무것도 없었다.

"응, 우리가 이겼어."

"보러 못 가서 미안. 학교 끝나고 숙제하는 모임에 갔었거든. 내년을 위해서 서로 공부를 도와주고 있어."

"그거 멋지네."

오스틴이 미소를 지었다. "즐거운 시간 보내." 그는 자기 엄마 볼에 키스하고, 자기 아빠가 하는 농담에 웃은 뒤 빈 병들을 들고 나갔다.

"살짝 변했는데." 내가 말했다.

달라스의 눈이 빛났다. "그냥 좀 살짝."

달라스 아빠의 목소리가 거실을 가로질러 들렸다. "불법 싸움 도박 때문에 경찰에 불려갈 일도 없고, 뒤쪽 담을 넘어서 몰래 들어오는 추잡한 여자애들도 없고, 끊임없이 말싸움할 일도 없고." 그는 우리가 앉아 있는 소파 쪽을 가리키며 말했다. "다른 놈은, 이제 더 이상 학교에 남는 벌을 받거나 음악을 크게 틀거나 동성연애자로 크리스마스 연극에 출연하는 일이 없고."

달라스 엄마가 맞장구를 쳤다. "그리고 둘 다 저녁때 제가 한 음식을 아무거나 불평 없이 잘 먹어요."

에머리 코치가 예의 바른 미소를 지었다. 닥터 리치몬드는 웃어대다가 위스키가 목에 걸려 캑캑거렸다.

달라스는 자기 쿠션을 끌어안고 나를 쳐다보며 물었다.

"그러니까 누가 이길 것 같으냐고, 맥스? 우리 아니면 세상의 나머지 인간들?"

12

〈프릭쇼〉최종회를 틀어놓은 리그를 들고 난 텐트 안으로 숨 었다. 지퍼헤드가 그의 거대한 두개골을 힘들게 무대 이리저리 끌고 다니는 것을 지켜보자니 자꾸 우울해졌다. 프릭타운에서 감시카메라나 블랙보드 네트워크, 시끄러운 간호사들 없이 자란 그에게 인생은 어떤 것이었을지 궁금했다.

엄마가 앞쪽의 덮개 사이로 텐트 안을 보았다.

"알리 여기 있니?"

"벽 부분은 만지지 마세요. 아직 축축해요."

"숙제는 왜 안 하니?" 엄마는 내 리그를 잡더니 화면을 꺼 버 렸다.

"지금 보고 있다고요!"

엄마는 내 앞에 무릎을 꿇고 앉아 내 얼굴을 손으로 감싸 쥐었다. "숙제는 꼭 해야 해. 안 그러면 접종을 다시 받게 될 거야."

난 어깨를 으쓱하면서 가구들 위에 아무렇게나 흐트러져 있는 종이들을 쳐다보았다.

"너 지친 거 알아." 엄마가 말했다.

"엄만 아무것도 몰라요." 난 리그를 엄마 손에서 뺏어 다시 쇼를 켰다.

알리가 소파 뒤에서 갑자기 튀어나왔다. 이어폰을 끼고 노래하면서. "*야옹이가 만두를 먹었대요, 야옹이가 만두를 먹었대요. 엄마가 가만 있다가 소리쳤다네, '저런! 왜 만두를 먹어 버렸니?'*" 알리는 깔깔거리면서 손뼉을 쳤다.

"자러 가라." 엄마가 말했다. "또 슬쩍 빠져나가지 말고."

"엄마도요." 임신 촉진제에 대한 광고가 하나 흘러나왔다. 난 아무 생각 없이 내 패치를 떼어 냈다.

엄마가 손을 내 손 위에 올렸다. "포기하지 마, 맥스."

난 엄마 손을 치웠다. "그래도 최소한 먹고 자고 취미도 갖겠죠."

"그런 일은 일어나지 않게 할 거야."

"엄만 벌써 몇 년 동안 그런 일들이 일어나게 해 왔어요." 난 엄마 눈을 보면서 노래했다. "*엄마가 가만 있다가 소리쳤다네, '오 저런!'*"

엄마는 나한테서 시선을 돌려 내가 텐트 벽에다 그려 놓은 얼굴들을 바라봤다. 타일러, 자비에, 페퍼. 난 내 리그의 볼륨을 높였다.

현관문 두드리는 소리가 났다. 우리는 피해망상에 걸린 것처럼 놀라 눈을 크게 뜨고 서로 쳐다보았다. 엄마는 문을 열어 주러 나갔고 나는 텐트 창문으로 지켜봤다.

달라스였다. 멍한 눈빛이었지만 여전히 씹어대고 있었다.

"안녕하세요, 미세스 코너스?"

엄마는 놀라서 입을 손으로 막았다.

"괜찮아요, 엄마. 문 닫으세요."

달라스가 웃었다. "나 연기 잘하죠, 아줌마. 안 그래요?"

엄마가 고개를 끄덕였다. "넌 언제나 다 잘했어. 굿나잇, 얘들아. 숙제 꼭 하고."

달라스는 소파 내 옆에 앉았고 난 〈프릭쇼〉를 큰 화면에 띄웠다. 텐트 벽을 둘러본 그가 말했다.

"와, 너 위험한 모험을 하는구나."

"나 집에서 나설 때마다 위험한 모험 중이야."

"난 집에 있을 때마다 위험한데."

그가 이겼다. "오늘은 어떻게 도망쳤어?"

"아빠한테 크리스마스 댄스파티 준비하러 간다고 했어. 〈프릭쇼〉 파이널을 놓칠 수는 없고, 오스틴이랑은 도저히 같이 볼 수가 없으니까. 근데 여기 냄새가 심하다." 그는 소모품들이 그려진 텐트 벽을 가리켰다. 타일러와 워싱턴이 난간 있는 데서 음습한 눈길로 쳐다볼 때 그 동양인 아이는 필사적으로 스케이트보드를 탔었다. "그때가 좋았어." 그는 깊은 한숨을 내쉬었다. 달라스는 완전히 지쳐 보였다. 그의 두 손이 떨렸다. 그는 손으로 얼굴을 덮고 멍하니 욕을 해댔다.

"너 몸무게 줄었어?"

그는 어깨를 으쓱했다. "맨날 설사해서 그냥 먹는 걸 관뒀어."

"야, 먹어야 해. 나초 좀 먹을래?"

그는 물감이 튄 내 접시를 보더니 몸서리를 쳤다.

"뭐 다른 거라도 먹을래? 사과도 있고 치즈도 있어."

"그럼 사과."

그는 레드 딜리셔스 사과를 한 입 베어 물더니 40초 가량을 씹고 나서야 겨우 삼켰다. "피곤해, 맥스." 그는 내 나초 접시에 사과를 올려놓았다. "이 냄새가 힘들어."

우리는 덮개를 내리고 텐트 앞의 카펫 위에 앉았다. 커다란 화면에서부터 1미터 남짓밖에 떨어져 있지 않았다. 우리는 다리를 오므리고, 팔꿈치에 기대어 목을 움츠렸다. "이게 낫다." 달라스는 말했다. 그러고는 싱긋 미소를 지었다. "집보다 여기가 훨씬 나아. 집에선 더 이상 잠도 안 와. 자는 동안 아빠가 날 감시하는데 내가 꿈을 꾸다가 정체를 드러내게 될까 봐."

"너, 잠을 자야 해."

그가 눈을 치떴다. "말이 쉽지."

화면에서는 다음 시즌을 위한 섬뜩한 선발 경쟁을 보여 주고 있었다. 난 내 웃음소리를 덮기 위해 볼륨을 더 높였다. 아랫집 루카스가 천장에 유리잔이라도 대고 있을까 봐. 며칠 만에 처음으로 긴장이 풀리는 순간이었다. "요즘 들어서 너무 긴장하고 있었어. 누굴 죽이기라도 하는 것처럼."

달라스도 끄덕거렸다. "난 오스틴이랑 싸우는 걸 멈추니까 금단현상이 왔어. 내 안에 아드레날린이 너무 많이 넘쳐나고 있거든. 좀비들에게 발각되기 전에 아마 심장마비로 죽을 거야." 그는 잠시 미소를 지었다. "넌 어떤 쪽이 나아? 뇌를 먹는 좀비 아니면 학교에 있는 아이들 중에?"

"뇌를 먹는 쪽."

"나도."

쇼가 다시 시작되었다. 이번 회가 올 시즌 기형 인간들과의 마지막 에피소드이기 때문에 그들은 프릭타운에 사는 마지막으로 남은 두 경쟁자의 가족을 집중 조명했다. 그들은 먼저 유출 사고 이전의 프릭타운을 보여 주었다. 무성한 숲과 비옥한 땅, 풍만한 여인들과 다부진 남자들, 북적이는 인파로 가득한 거리와 흐릿한 도시의 풍경, 돈과 성공의 이미지들. 그러고는 현재의 프릭타운을 보여 주었다. 판자촌이 된 무너져 가는 빌딩들, 무료 급식소에 늘어선 줄, 혹투성이 몸들을 덮어씌운 담요, 마약에 침을 흘리는 뒤틀린 눈알과 드러난 턱뼈를 가진 아이들.

"우리 아빠가 사고 전에 저기 가 본 적이 있대." 달라스가 말했다. "자기 웹사이트에 사진들을 올려놓았어."

"그때 이후로도 가신 적 있어?"

"아니. 누가 가겠어?"

어깨를 으쓱하면서 나는 말했다. "범죄자들은 그럴 수도 있지. 신분증 문제에서 벗어나려고. 아님 캐나다로 가려고. 프릭타운에서 통과할 수 있는 국경이 아직도 있잖아. 내가 듣기로는 테러리스트들도 그 방법으로 우리나라에 들어온다는데."

"신분증 때문이라면 그냥 남쪽으로 내려가겠어." 달라스가 말했다. "그냥 차에 홀쩍 올라타서 계속 운전만 하면 되잖아. 생각해 봐. 누군가가 나를 발견하기까지 아마 몇 년은 걸릴 거야. 그렇지 않냐?"

나는 고개를 끄덕였다. "난 애틀랜타로 돌아가고 싶어."

"난 애틀랜타는 잘 몰라. 그 안에서 길을 잃을 만큼 충분히 큰 도시긴 해?"

"그럴걸."

화면에는 지퍼헤드의 상처와 슬픈 기억들에 대한 클로즈업 영상이 나오고 있었다.

"쌍둥이 동생과 여전히 붙어 있던 시절이 더 행복했는지 알고 싶어." 달라스가 말했다. "온전한 사람 하나가 붙어 있었는데 이젠 그냥 하나의 상처로만 남았다는 건 믿기 어려워." 그의 얼굴이 팽팽하게 잡아당겨지면서 눈에는 눈물이 돌았다. "나 여기서 진짜 나가야겠어, 맥스. 더는 못 하겠어."

"진심이야? 왜냐하면 우리 엄마가 우리를 데리고 떠날 거거든. 그렇게 한다고 얘기했어."

달라스가 코를 풀었다. "나도 끼워 줘." 그는 나를 강렬한 눈빛으로 바라봤다. 몸은 너무 지쳐서 떨고 있었다. "만일 내가 발각된다 해도 말이야, 나를 꼭 챙겨서 데리고 가 줘. 여기다가 좀비들이랑 같이 남겨 놓지 마."

난 엄마가 차를 운전해 이 도시를 빠져나가는데 달라스가 그 뒤로 좀비들 백 명을 달고 우리를 쫓아오는 모습을 그려 보았다. "너를 여기 남겨 두진 않을 거야."

그는 고개를 끄덕였다. 자꾸자꾸. 화면에서 이번 시즌의 우승자를 발표할 때야 그는 끄덕거리는 걸 멈췄다. "스퀴드?" 그가 놀라서 속삭였다.

지퍼헤드는 눈물을 감추려고 그의 거대한 머리를 떨구고 있었다. 그가 굳이 머리를 들어올릴 만한 이유를 찾기가 어려웠다.

나는 욕을 내뱉고 한탄했다. "인생은 공평하지 않아."

"늘 알고 있었던 사실이야," 달라스가 말했다. "그저 내 인생은 좀 나을 거로 생각했던 거지."

*

다음 날 아침 알리가 나를 깨웠다. "학교 갈 시간이야."

손목시계를 보았다. "빌어먹을." 그림 그리느라 밤을 샌 나는 몰골이 엉망진창이었다. 얼른 바지를 찾아 입고 머리는 최대한 단정히 정리했다. 복도 아래로 가능한 한 가장 빠른 걸음으로 걸어갔다. "점심은 있어?" 내가 속삭이자 알리는 고개를 끄덕였다.

엄마가 나한테 맡기지 않은 게 정말 다행이었다.

우리는 조금 늦게 로비에 도착했다. 나는 한쪽 다리를 절뚝이는 척했다. 일곱 명의 아이가 트레이드 스쿨로 걸어가기 위해 모여 있었다.

"미안하다. 아직 약한 쪽 발목이 걸려 넘어지는 바람에 다시 삐었어. 너희들이 나 때문에 학교에 늦지 않았으면 좋겠는데."

루카스가 고개를 숙여 인사했다. "이해해. 너희 엄마는 아침 일찍 일하러 나가시고 넌 아빠가 없으니까 다 혼자 힘으로 해결해야 하잖아."

난 고개를 끄덕였다. "난 내 힘으로 하는 걸 좋아해. 하지만 좀 느릴 순 있지."

그가 자기 손목시계를 봤다. "괜찮아. 이제 가자."

난 다시 집으로 오는 내내 절뚝거렸다.

학교에선 시간이 째깍째깍 흘러가는 동안 죽어라 공부만 했다. 다시 집에 돌아와서야 마음이 놓였다. 난 엄마를 텐트 안으로 잡아당겼다. "달라스가 자기도 우리와 같이 애틀랜타로 가겠대요. 그런데 빨리 가야 해요, 걔가 더 지치기 전에요. 그쪽에선 아직도 아이디 때문에 싸움이 계속되는 중인 것 같아요, 그렇죠?"

엄마는 어깨를 으쓱했다. "그런 것 같아. 공항에서 말고는 아무도 우리한테 아이디 보여 달란 사람이 없었는데."

"좋아요, 그럼 그냥 비행기 안 타면 되겠네요."

"기차 탈 때도 아마 필요할 거야." 엄마가 말했다. "하지만 어쩌면 그냥 차를 구할 수 있을지도 몰라."

"데려갈 수 있는 거죠?"

"누구, 달라스? 아마도."

"다시 말 바꾸면 안 돼요."

"그래, 알았어. 달라스도 데려갈 수 있어."

"뉴 미들타운을 떠나는 게 불법인가요?"

"아니, 그런 것 같진 않아." 엄마는 한숨을 쉬면서 여러 차례 고개를 끄덕였다. 그건 요즘 들어 누구나 갖게 된 버릇이었다.

*

나는 땅거미가 지는 저녁 무렵 알리를 데리고 공원에 갔다. 몇몇 뚱뚱한 어른들이 직장에서 퇴근해 집으로 향하고 있었다. 하나같이 옷을 껴입은 채로. 마른 몸매의 몇 명은 모자와 티셔츠 차림으로 조깅을 했다. 알리와 나는 공원 쪽으로 돌아섰다. "어, 울타리를 쳐놨네!" 내가 말했다. 진짜 울타리는 아니었다. 그냥 오렌지색 플라스틱 그물망 같은 것이 임시로 설치된 1미터 50센티 정도의 기둥에 고정되어 있었다.

"닫은 거야?" 알리가 물었다.

"그런 것 같은데. 기다려봐. 안내문이 있네." 나는 크게 읽어나 갔다. "공지. 이 공원은 임시로 문을 닫은 상태로⋯." 난 입을 다 물었다.

"왜?" 알리가 물었다. "뭐 때문에?"

귀신이 내 안을 통과해 지나간 것처럼 오싹했다. 그네들이 부드러운 바람에 흔들리고 있었다.

알리는 안내문을 읽으려고 내 앞으로 왔다. 한 단어 한 단어를 큰 소리로 발음했다. "설치류 통지⋯."

"통제." 내가 고쳐줬다.

"설치류 통제 프로그램." 동생은 계속했다. "이것은 바이탈⋯."

"바이러스."

"바이러스성 감염이 나타난 데 따른 것으로, 매너 헤그스에서⋯."

"하이츠."

알리는 날 올려다보면서 미소를 띠었다. "엄마가 일하는 곳이네."

"가자, 알리."

알리는 꿈쩍도 안 했다. "공원이 6주 동안 문을 닫는대. 6주 동안이나 피넛을 못 보고 지낼 순 없는데. 피넛이 배고플 거야."

난 공원 여기저기 흩어져 있는 시커먼 덩어리들을 쳐다봤다. 도대체 동생한테 뭐라고 얘기해 줘야 하는 건지 알 수가 없었다.

"독이 있다는 표시잖아." 알리가 안내문을 가리키며 말했다.

난 끄덕였다. "맞아, 독이 있어서 안에 들어갈 수가 없는 거야. 집에 가자."

동생은 가려고 하지 않았다. 먼지가 아닌 시커먼 덩어리들을 쳐다보고 있었다. "공원에 독을 뿌린 거야?" 알리는 얼굴을 찌푸리면서 눈을 찡그렸다. "그럼 다람쥐들이 다치지 않을까?"

눈앞의 광경을 알리는 한순간 이해했다. 알리는 숨이 막힌 듯 캑캑거리더니 울타리를 무너뜨리려고 했다. "누가 다람쥐들한테 독을 먹였어요!" 동생이 소리쳤다. 울타리의 플라스틱에 알리의 손가락이 베었다.

나는 알리를 떼어냈다. 허리를 팔로 감고 바닥에서 들어올렸다. "안 돼, 알리! 들어가면 네 피부에 독이 묻어!"

동생은 내가 생각했던 것보다 훨씬 더 힘이 셌다. 꼭 개코원숭이를 붙잡고 있는 것 같았다. 알리는 온몸을 비틀고 발로 차면서 비명을 질러댔다. "피넛! 피넛!" 그러더니 내 얼굴 쪽으로 머리를 들이대고는 내 이를 힘껏 박았다. 울타리 위로 다리를 올려 차더니 결국 울타리를 넘어 공원 안쪽으로 들어갔다. 알리는 계속 비명을 지르고 휘청거리면서 독을 뿌린 땅을 가로질러 갔다.

"조용히 해, 알리. 제발!" 난 흥분해서 주위를 둘러봤다. 아무도 우리를 보는 사람이 없다는 걸 확인하기 위해.

동생은 가장 가까이에 있던 다람쥐 앞에 무릎을 꿇고 앉았다. 죽은 다람쥐들 사이로 옮겨 다니며 하나하나 그것들을 만지고 뒤집어 보면서 훌쩍거렸다.

나는 울타리를 기어오르는 데 30초가 걸렸다. 플라스틱이 내 발아래에서 늘어나고 흔들거렸다. 고꾸라지는 바람에 난 어깨를 땅에 부딪치며 떨어졌다. "그만해!" 알리한테로 가서 내가 속삭였다.

알리는 참나무 아래쪽에 있었다. 사이렌처럼 웽웽거리면서 손 안에 죽은 다람쥐를 들고 있었다. 콧물이 코에서 턱까지 매달려 있었고 알리의 몸 전체가 부들부들 떨렸다. 난 알리 옆에 멈춰 그 아이를 껴안고, 진정시켰다.

다람쥐의 눈은 뜬 채였고 게슴츠레했다. 비뚤어진 입 한쪽엔 흘러나와 딱딱하게 굳은 카드뮴이 묻어 있었다. 배는 부풀어 있었고 앞발은 뭔가를 밀어내려고 한 듯 꼭 붙어 있었다. 편안하게 죽은 게 아니었다. "피넛이야?" 내가 물었다.

알리가 절망스러운 표정으로 나를 봤다. 지금 동생이 다람쥐들을 구분하지 못한다는 것을 나는 알고 있었다. 피넛이라는 걸 알아볼 수 있었던 것들은 모두 사라지고 없었다. "응." 알리는 말했다. 그 정도는 마지막까지 붙잡고 싶었기 때문일 것이다. "피넛 맞아. 불쌍한 피넛." 알리는 마치 죽은 다람쥐에게 키스하려는 듯이 얼굴을 들이댔지만, 내가 뒤로 홱 잡아당겼다. 알리가 나를 미워할지 모르겠지만 난 상관없었다. 어쨌든 그 노란색 액체에 가까이 가게 둘 수 없었다.

"독이 묻어 있어, 알리. 계속 만지면 안 돼."

알리는 다람쥐의 머리를 쓰다듬으면서 울었다.

"우리 이제 여기서 나가야 해." 난 옆으로 동생을 일으켜 세웠고 알리는 다람쥐를 떨어뜨렸다. 죽은 동물은 알리의 손에서 곧장 뻣뻣하게 땅바닥으로 떨어져 먼지를 일으키며 튕겨 나갔다. 알리가 비명을 질렀다.

난 가슴에 알리를 꼭 안았다. 입을 막을 수 있을 만큼 세게. "괜찮아." 내가 속삭였다. "그냥 둬."

"안 돼." 알리가 신음했다. "우리가 묻어 줘야 해."

"말도 안 돼. 땅이 너무 딱딱해."

"그래야 해!"

"알았어. 일단은 집으로 가져가자. 내가 들게." 난 손으로 죽은 다람쥐의 몸을 받쳤다. 너무 부드럽고 가벼웠다. 속이 빈 것처럼. 피넛이 이렇게 작은 줄은 미처 몰랐었다. 몸 전체가 거의 내 손 안에 들어왔다. 꼬리만 내 손목 쪽으로 살짝 빠져나갔다.

"죽은 거야?" 알리가 물었다.

"어, 죽었어. 내일 환해지면 묻어줄 만한 상자를 찾아보자." 난 울타리 위로 알리를 밀어 올리고 나도 재빨리 뒤따라 나왔다. 한 쪽 팔로는 마치 풋볼처럼 다람쥐를 끼고 다른 쪽 팔로는 내 동생을 가까이 끌어당겼다. 그 눈에 가득한 슬픔이 우리를 온통 둘러 싸고 있는 감시카메라에 들키지 않도록.

＊

콧물 자국이 말라붙은 볼, 붕대를 감은 손, 관자놀이 부분에 납작하게 눌린 머리를 한 채 테디베어를 겨드랑이에 꼭 끼고 알리는 잠들어 있었다.

난 동생이 아프다고 말하기 위해 로비로 갔다. 거기 자비에가 기다리고 선 것을 보고 난 얼어붙은 듯 멈춰 섰다. 그가 선생을 때려눕히는 장면을 본 것도 지금 그가 소모품 그룹 가운데 서 있는 걸 보는 것만큼 나를 불안하게 하진 않았었다.

그는 천장을 응시하고 있었다. 마치 방음 타일들을 비교하는 것처럼 머리를 좌우로 움직이면서. 머리는 뒤로 빗어 넘긴 모습이었다. 눈 밑에는 거무튀튀하게 처진 살이 보였고 턱에는 손톱으로 면도를 한 것처럼 베인 자국과 상처들이 붉게 나 있었다. 몸무게도 줄었다. 강렬함도 사라지고 없었다. 그는 너무 희미해서 꼭 귀신 같았다.

"안녕, 맥스." 루카스가 인사했다. "발목이 나아진 것 같아서 다행이다."

잠시 나는 그가 무슨 소릴 하는 건지 몰랐다. 내 발을 쳐다봤다. "아, 그래. 우리 엄마가 간호사야." 내가 말했다. 마치 간호사면 삔 발목도 곧장 낫게 할 수 있다는 듯이. "안타깝게도 알리가 오늘 감기가 심해서 나랑 같이 집에 있어야 할 것 같아."

"창피한 일이네." 루카스의 말이었다. "더군다나 너희 엄마는 간호사인데 말이야."

난 그의 눈을 피했다. "안녕, 자비에, 나 늦었지만 너한테 줄 생일 선물이 있어. 거의 다 끝냈어."

그는 내 쪽을 보며 미소 지었다. 초점이 없었고, 건강하지 않았다.

나는 계단 쪽으로 돌아섰다.

"그럼 알리는 내일 보자!" 루카스가 외쳤다. 난 대답하지 않았다.

알리가 다시 잠이 들 때까지 난 책을 읽어 주었다. 그러고는 내 텐트 안으로 들어와 컬러풀하고 강렬하게 빛나는 아이들의 모습 아래 앉았다. 난 바깥쪽 벽을 스프레이로 칠한 뒤 한 단어만 대문자로, 코너에서도 이어지도록 계속 반복해서 써 놓았다.

'견디다견디다견디다견디다(WITHSTANDWITHSTANDWITHSTANDWITHSTAND)'

*

셀레스트가 다음 날 아침 알리와 함께 있어 주려고 집에 왔다. 자비에가 자기 누나를 양손으로 붙들고 따라왔다. 젖어 있는 구불구불한 그의 머리카락에서는 딸기향이 났다.

"자비에 어디 아파?" 내가 물었다. "내 말은, 뭐 감기나 다른 병이 난 거냐고?"

셀레스트는 고개를 저었다. "학교에서 싸움에 말려들어 도망쳤어. 이제 홈스쿨링을 하기로 했어. 그게 아니면 교육이 안 되는 아이들을 위한 기관으로 가야 해."

"교육이 안 된다고?" 난 자비에가 로봇들을 만드는 것과 정부의 네트워크를 해킹하는 것을 지켜봤었다.

그녀는 동생을 소파로 데리고 가 앉을 수 있도록 도와줬다. 자비에는 목을 이상한 방향으로 하고 짜증을 내다가 자기 누나가 커다란 스크린을 켜자 멍한 표정이 되었다.

"텐트는 어디 있어?" 그녀가 물었다.

난 문 옆에 쌓아놓은 거대한 캔버스 천 더미를 가리켰다.

"미술전에 제출해야 해. 끝나고 나면 자비에한테 줄게."

"정말? 왜?"

난 어깨를 으쓱했다. "그걸로 달리 뭘 해야 할지 몰라서."

＊

체육 시간에 우리는 따가운 햇볕 아래서 트랙을 돌았다. 에머리 코치는 점심시간에 풋볼 트레일러를 청소해 줄 지원자를 모집했다. 모두 손을 들었다. 그는 나, 달라스 그리고 브레넌을 뽑았다.

트레일러는 고약한 냄새가 진동했고 아주 지저분했다. 구석마다 벗어젖힌 옷들이 악취에 절어 있었고 못 쓰게 된 패드들은 벤치 아래 껴 있었다. 벽은 먼지와 땀 그리고 정체를 알 수 없는 체액들로 더러워진 상태였다. 코치는 우리에게 쓰레기통과 걸레 한 봉지 그리고 살균용액 세 통을 주었다. "잘 해봐." 그는 코너에 있는 감시카메라를 향해 고개를 끄덕여 보였다. "제대로 안 하면 금방 알아."

탈의실에 감시카메라를 설치한 것은 몇 년 전이었다. 사생활 침해라는 우려도 있었지만 풋볼 경기가 있는 동안 폭행으로 피해를 보는 사건이 생기면서 논란은 쑥 들어갔다. 감시카메라 없이 공공안전을 생각하는 건 어려워졌다. 그 결과 누군가 발가벗은 내 몸을 보게 된 것이다. 사람들을 강간과 살인에서 보호해 줄 수 있다면 더 이상 뭐가 문제가 되겠는가? 최소한 그것이 우리를 대상으로 한 치료가 있기 전까지의 내 생각이었다.

트레일러에서 나는 좀비 청소부처럼 행동했다. 그건 감시카메라 때문이기도 하고, 또 달라스와 내가 접종 이후로는 브레넌과 아직 한 번도 제대로 된 대화를 해본 적이 없는 이상, 이것도 어떤 함정일 수 있기 때문이었다. 우리가 청소를 마치자 시간을 확인한 브레넌이 나에게 말했다. "맥스 네가 밖에 나가서 우리 아빠한테 혹시 할 일이 더 있는지 물어보는 게 어때?"

에머리 코치는 트레일러 뒤쪽에서 나를 기다리고 있었다. "잘 끝냈구나, 코너스." 그는 큰 소리로 말했다. 그러더니 가까이 나를 잡아당겨 낮게 속삭이기 시작했다. "이 도시에서 최대한 빨리 빠져나가는 게 좋겠다."

축구 코치가 뭔가를 속삭인다는 것 자체가 이상한 거였다. 나는 불편해서 몸을 뺐다.

"잘 들어라, 진지한 얘기야." 그는 계속했다. "알링턴 리치몬드는 네가 접종을 제대로 받았다고 생각지 않아. 네가 웃는 방식이 뭔가 잘못되었다고 하더라."

"내가 아직도 웃고 다니는지 몰랐네요."

"그는 학교에다 너를 다시 접종하라고 권했어. 그레이엄 교장은 약물을 과다하게 주사하면 위험해서 망설이고 있지. 아마 방학이 끝나는 대로 다시 주사를 놓을 거야."

코치는 마치 방학이 코앞에 닥친 것처럼 말했다. 하지만 요즘 같은 때 3주는 끝없이 길게 느껴지는 시간이었다.

"일단 지금은 그전까지 선생님들이 너를 주의 깊게 살필 거라는 것만 말해두지." 그는 말을 이었다. "그리고 너는 그들의 날카로운 눈을 속일 수 없을 거야. 네 얼굴엔 아직도 감정이 넘쳐나고 있어. 혼자라고 생각되면 혼잣말도 하지. 네 눈빛은 거의 10미터 밖에서도 느껴질 만큼 강렬하고."

"콘택트렌즈라도 낄까요?"

"농담이 아니다, 코너스." 그는 내 머리를 손으로 잡아 흔들어 댔다. 마치 진실이라는 공을 제 구멍을 찾아 넣으려고 하는 것처럼. "아마 다음번에는 절대 너희 엄마에게 주사 놓는 일을 맡기지 않을 거야. 이미 의심하고 있거든. 사전에 아무 공지도 없을 테고. 무슨 소린지 알겠니? 그런 결정이 내려지기 전에 이 도시를 떠나야 해."

"떠날 거예요. 하지만 차가 필요해요."

"주차장에 있는 차 중 하나를 사도록 해. 네 엄마가 부자는 아니지만 그래도 모아둔 돈이 어느 정도 있으실 거야. 제대로 안 가는 밴보다는 제대로 잘 가는 작은 차가 더 싸단다."

"코치님도 떠나시나요? 브레넌도 데리고요?"

"당분간은 여기서 꼭 붙어 지낼 거야."

"각 반에서 제일 우수한 학생 하나씩은 그 주사 치료에서 제외된 게 사실인가요?" 나는 물었다.

그는 내 눈길을 피하면서 우물거렸다. "주사의 효과가 얼마나 오래가는지는 아무도 정확히 모르고 있어. 그래서 너희들이 대학에 갈 때쯤엔 비판적인 사고가 가능한 사람들도 얼마쯤 필요할 거로 생각한 거지…."

"그러니까 수확물 중 최상품들은 남겨두었다는 거군요." 내가 대신 말을 맺었다.

"이건 내가 동의하는 정책이 아니란다, 코너스." 그는 조용히 이야기했다.

"우리는 달라스도 데려갈 거예요." 나는 그에게 알렸다.

나는 코치가 우리를 지나치게 감상적이라고 탓하며 이렇게 어려운 시기에는 자신을 먼저 챙겨야 한다고, 냉혹하게 서로를 노리며 우열을 가리는 게 지금의 세상이라고 얘기할 줄 알았다. 하지만 그가 한 말은 이랬다. "그러면 캐나다나 멕시코로 가는 게 낫겠다. 왜냐하면 1월 1일부터 이 나라의 모든 아이는 누구든지 요구하면 아이디를 보여 줘야 할 의무가 생기고 그러면 달라스가 자기 아버지에게서 벗어날 길은 절대 없을 테니까."

*

나는 두 시에 학교 사무실로 호출되었다. 내 이름이 교내 방송을 통해 계속 울려 퍼졌다. 내 옆줄에 있던 달라스가 긴장했다. 나는 필사적으로 도망쳐야겠다고 생각했다.

미스터 리즈가 스피커를 올려다보더니 걱정스러운 듯 어두운 얼굴로 나를 쳐다봤다. 자기 손목시계를 확인한 그는 얼굴이 풀어졌다. "미술전 작품을 가져가야 하는 시간이구나, 맥스."

여자아이 둘이 교장의 차 뒷좌석에 앉아 있었다. 까만 가죽으로 된 포트폴리오 케이스를 꼭 쥔 채로. 난 돌돌 만 내 텐트를 트렁크 쪽으로 기대어 놓았다.

"대체 그건 뭐지?" 미스터 그레이엄이 나에게 물었다.

"제가 전시할 작품이에요."

그는 나를 한참 노려본 뒤 마침내 트렁크를 열어 주었다.

난 빈손으로 조수석에 앉았다. 뜯어보는 눈길 아래로.

도시의 주요 도로를 따라 남쪽으로 달리는 동안 나는 창밖을 내다봤다. 뉴 미들타운의 사무실 빌딩들과 병동 그리고 농업용 창고들로 구성된 중심가는 너무나도 효율적이었다. 아무것도 결코 낭비되는 법이 없었다. 물 한 방울, 단 1분의 시간조차도. 이곳은 나름대로 아름다웠고, 만일에라도 떠나게 된다면 내가 여길 그리워하리라는 걸 알고 있었다. 하지만 생전 처음으로 이곳이 내가 나고 자란 도시가 아닌 것처럼 느껴졌다.

차를 타고 가는 내내, 내 텐트가 점점 더 우스꽝스럽게 여겨졌다. 뒤 트렁크에 있는 그 무게가 나에게 거의 느껴질 정도였다. 그건 실수였다. 내가 작품을 완성한 방식 말이다. 작은 정물화 같은 걸 냈어야 했다. 그릇에 담긴 과일이나 어떤 아름다운 나체 같은 것.

미스터 그레이엄은 우리를 시청 건물과 가장 가까운 보행자 컨베이어에 내려준 뒤 지하에 주차하기 위해 차를 몰고 갔다. 집으로 뛰어갈까 하는 생각이 들었지만 멀리까지 들고 가기엔 텐트가 너무 무거웠고 그렇다고 그냥 여기에 놔두고 갈 수는 절대 없는 일이었다. 난 그냥 컨베이어 위로 올라가 기계가 데려다주는 곳으로 향했다.

나는 하늘로 솟아 있는 빛나는 색유리 기둥들을 올려다보았다. 뉴 미들타운 시청은 여전히 살면서 본 건물 중 가장 멋지다. 하지만 지난번 택시 기사가 이 건물이 얼음처럼 차갑다고 말했을 때 그게 무슨 뜻이었는지도 이해할 수 있었다.

나는 텐트를 끌고 시청 문턱을 넘었다.

한 남자가 급히 오더니 내 이름을 물었다. "코너스. 그래, 조각을 가져올 것 같더라니." 그는 나한테 얼굴을 찌푸리더니 전시 장소로 나를 안내했다.

"미안한데, 저기?" 건너편에서 이젤을 펴고 있는 아이에게 나는 부탁했다. "다 되면 나 좀 도와줄 수 있어?"

"그럼, 물론이야. 얼마든지 좋아."

그는 아무런 질문도 하지 않고 그냥 나의 지시에 따라 내가 캔버스 천을 그 위로 덮어씌우는 동안 텐트 버팀목을 잡고 있었다. 나는 두 개의 플래시 라이트를 천장에 매달아 켜 놨다. 도와준 아이는 흐릿한 조명을 받은 텐트 벽을 쳐다보더니 말했다. "이 안은 답답하네." 그는 다시 자기의 정물화 - 유리병에 든 빨간 튤립 - 로 돌아갔다.

긴 오후였다. 사람들은 3시 반에 도착했다. 부모, 교사, 심사위원, 시민들이 전시장을 찾았다. 그들은 공손한 호기심을 보이며 전시장을 둘러봤다. 작품을 낸 작가들과 소소한 이야기를 나누고, 고개를 끄덕이거나 미소를 지으면서. 난 내 군용 텐트를 옆에 둔 채 땀을 흘리고 있었다.

그들은 내 텐트를 바라보면서 당황해했다. 뭔가 이야기해 보려 입을 열다가도 어떤 말이 나오기 전에 다시 입을 다물고는 머리를 흔들면서 걸어가 버렸다.

그냥 나 혼자 창피한 것으로 끝나겠거니 생각하고 있는데 4시 15분쯤 꽃무늬 원피스를 입은 키 큰 흑인 여자 하나가 텐트 덮개를 건드려 열어보더니 내가 완성한 비유의 세계 안으로 머리를 들이밀었다. "어머나, 세상에." 그녀가 속삭이는 소리가 몇몇 사람의 귀까지 닿았다. 그녀는 플래시 라이트를 잡고 벽을 환하게 비췄다. 사진들을 찍고 가까이 들여다보다가 멀리서도 감상했다. 그녀는 고개를 끄덕이면서 미소 짓고, 얼굴을 찌푸리고, 숨을 멈추었다가 중얼거렸다. "정말 놀라워." 다른 어른들도 텐트의 창을 통해서 안을 들여다보기도 하고 앞쪽 덮개를 열고 목을 안쪽으로 들이밀기도 했지만 안으로 들어가지는 않았다. 그들은 한 번 힐끗 보고는 다른 데로 발을 돌렸다. 그 모습이 꼭 자기도 모르는 사이 행위예술가들이 된 것처럼 보였다.

"대단한 작품이네." 꽃무늬의 그 여인이 나오면서 말했다. 그녀는 미소를 지으며 내 어깨를 두들겨 주었다. "예술가로서의 앞날이 아주 창창해."

교장이 그녀와 악수하기 위해 서둘러 우리 쪽으로 왔다.

"로즈메리 시웰입니다." 그녀가 말했다.

"뉴 미들타운 모니터에서 오신?" 미스터 그레이엄이 물었다.

그녀는 웃었다. "아니요. 저는 저 위, 피츠버그에서 왔어요."

나는 자비에한테 전화해서 언드미디어가 여기 왔다고 얘기해 주고 싶었다. 하지만 아직도 그가 관심이 있을지 알 수가 없었다.

"피츠버그!" 미스터 그레이엄이 비웃었다. "무슨 이유로 이런 행사를 취재하는 걸까요?"

그녀는 미소 지었다. "위대한 작가들이 이런 행사를 계기로 발굴되거든요."

미스터 그레이엄은 내 작품을 쳐다보더니 발끈했다. "무엇과 조화를 이룬다(stand with)는 거지?" 그가 물었다.(교장이 WITHSTAND 라는 단어를 순서를 달리해 STAND WITH로 잘못 읽은 것)

"견딘다(withstand)는 거예요." 로즈메리가 그를 고쳐 주었다. "안에 들어가 보셨나요?"

그는 조심스럽게 텐트의 덮개를 밀어냈지만 텐트 안을 통과해 들어가진 않았다. 그냥 입구 쪽에만 서 있는 그의 벗겨진 흰 머리둘레 위로 캔버스 천이 늘어졌다.

"플래시 라이트를 사용해 보세요." 로즈메리가 말했다. 그러고는 나를 보며 미소를 지었다. "멋진 아이디어야."

미스터 그레이엄은 굳이 안으로 더 들어가지 않고 그냥 다시 나왔다. 그는 나에게로 오더니 말도 안 되게 바싹 붙어 서서는 내 눈을 내려다봤다. "언제 이걸 만든 거지, 코너스?"

"기억이 잘 안 나는데요, 선생님."

"무슨 의미를 담은 거야?"

"잘 모르겠어요, 선생님."

"무슨 말인지 난 도통 모르겠다. 이 작품이 너한텐 이해가 되는 거냐?"

"아무런 이해가 안 가네요, 선생님."

그는 내 대답이 맞는다는 듯 고개를 끄덕였다.

"짐을 싸라, 집으로 데려다줄 테니."

13

엄마가 가스레인지 앞에서 햄버거를 튀기는 동안 나는 식탁에 앉아 식욕을 잃어 가고 있었다. 고달프게 네 시간을 들여서 해야 하는 숙제가 있었다. 단순하고도 반복적인. 백 개의 스페인어 동사를 시제 변화시키고 무작위로 백 개의 일이 일어날 확률을 그 동사들로 표현하는 것이었다. 이 새로운 경제 체제에서 교사들은 정말 질리도록 명확하게 가르치고야 마는 인간들이다.

알리는 내 건너편에 앉아 있었다. 식탁에 코를 닿을락 말락 하게 대고 혀를 쑥 내민 채로, 루카스가 가져다 준 숙제를 하고 있었다. 종이에 그려진 복잡한 흑백의 디자인으로 각각의 자리마다 숫자가 쓰여 있었다. 숫자마다 어떤 색깔과 연결되어 있었고 알리는 각각의 자리를 알맞은 색으로 메꿔야 했다. 동생은 파란색과 갈색으로 시작을 잘하더니 얼마 안 가 피닛 생각에 울기 시작했다. 숙제하던 종이가 얼룩졌다.

엄마는 케첩과 우유를 우리 앞에 놓았다. "코너스라는 이름의 환자가 있는데 손자가 몇 주에 한 번씩 찾아와. 뉴 미들타운에 살고 나이는 열여섯이나 열일곱쯤. 달라스처럼 키가 크고 까만 머리에 파란 눈을 가졌어. 그 아이 아이디를 가지고 애틀랜타에서 달라스 것으로 쓸까 해. 너와는 이복형제라고 하고, 아빠가 또 다른 결혼에서 낳은 자식이라고."

"지문이 일치하지 않을 텐데." 내가 말했다.

"체포되지 않는 이상 지문 검사는 안 해."

"그 아이가 분실한 아이디를 신고할 거예요. 우리는 그 아이디를 제시하는 첫 번째 장소에서 잡히게 될 거고요. 그것보단 여권을 빼 오세요. 없어졌다는 걸 눈치채지 못할 거예요. 출생증명서도 필요해요, 아빠 이름을 그 아이 아버지로 해 넣게요."

"좋은 생각이다. 그것들을 가지고 달라스가 애틀랜타에서 새 아이디를 발급받을 수 있을 거야."

나는 엄마의 꿈을 산산조각 냈다. "훔친 여권을 가지고선 절대 아이디를 발급받을 수 없어요. 하지만 그걸 가지고 캐나다로 갈 수는 있죠."

"난 이 나라를 떠나기는 싫어, 맥스!" 엄마는 소리를 질렀다. "사실은 이 도시도 떠나고 싶지 않아."

"다른 방법이 없다고요!"

"캐나다로 가서 대체 뭘 한다는 거니? 거긴 너무 추워. 만약 차에서 살아야 한다면 차는 애틀랜타에 대는 편이 낫겠다."

알리는 조심스럽게 자기의 연필과 숙제를 들고 거실로 갔다.
"여기다 텐트 다시 치면 좋겠다!" 알리가 소리쳤다.

나는 숨을 크게 쉬고 안에서부터 끓어오르는 모든 냉소적인
대꾸를 참아 넘겼다. "최소한 캐나다엔 조카도 있잖아요. 애틀랜
타엔 아무도 없으면서."

엄마는 허공을 때렸다. "레베카는 걔가 네 나이였을 때 이후론
본 적 없어. 제대로 아는 사이조차 아니야. 그리고 캐나다에 대해
선 아무것도 몰라. 캐나다에 대한 좋은 얘기 말이야. 거기서 내가
무슨 수로 일자리를 구할 수 있을 거라는 거니? 그리고 넌 무슨
근거로 우리가 캐나다로 들어갈 수 있다고 생각하는 거야?"

"기술이 있는 사람이면 다 받아 줄 거예요. 캐나다 경제는 약
하고 인구도 노인 비중이 우리보다 더 커요. 간호사가 필요하고
요. 아마 얼마 후엔 돈을 주면서 사람들을 데리고 가려고 할걸
요." 나는 미소를 지었지만, 엄마는 내 말을 반기지 않았다. "엄마
한테 입국을 허락할 거예요. 그리고 엄마한테 일자리가 생길 거
고요. 우린 다 괜찮을 거예요. 또 거기선 달라스도 안전하게 데리
고 있을 수 있어요. 단지 새해 첫날이 되기 전에 떠나야 해요. 아
니면 달라스를 내보내 주지 않을 거예요."

"우리는 언제든 우리가 원할 때 떠날 수 있어."

"아니, 그럴 수 없어요! 방학이 끝나면 나한테 다시 접종할 거
예요. 크리스마스 전에 떠나야 한다고요. 엄마가 달라스도 데리

고 간다고 말했잖아요, 다시 취소하기 없어요. 그러니까 그 아이 여권이랑 출생 증명서를 구해 오세요. 국경 넘을 때 쓰게."

엄마는 손으로 얼굴을 가렸다. "세상에, 맥스, 우리가 지금 대체 뭘 하려는 거지?"

＊

저녁 시간이 지났는데 트레이드 스쿨에서 전화가 왔다. 알리가 내일 학교에 다시 나오지 않으면 의사의 진단서를 제출해야 한다는 내용이었다. 엄마가 알리에게 얘기하자 알리는 울음을 터뜨렸다. 동생은 거실로 뛰어가 창밖을 내다보면서 죽은 다람쥐를 애도했다.

"너희 중 아무도 내일 학교에 보내고 싶지 않구나." 엄마가 말했다.

나는 한숨과 함께 숙제 화면을 껐다. "우리가 학교에 안 가면 경찰이 와서 데려갈 거예요. 뉴스에 나왔었어요. 무단결석은 이제 절대 용납되지 않는다고요." 국유림에서 일어난 곰의 공격에 대한 또 다른 뉴스는 엄마의 과수원 곰들 이야기를 떠오르게 했다. 엄마랑 거실로 가면서 무심하게 물었다. "알리한테 내가 오늘 교장 선생님 차를 타고 오다가 본 그 다람쥐 얘기했어요?"

"무슨 다람쥐?" 눈물범벅인 알리가 물었다.

"우리가 공원에서 봤던 그 다람쥐 알지? 우리가 피넛이라고 생각했던 그 죽은 다람쥐."

"응."

"그게 진짜 피넛이었는지 잘 모르겠어. 오늘 집에 오는 길에 숲 쪽으로 가고 있는 다람쥐 한 마리를 봤는데 정말 피넛이랑 닮았더라고."

동생은 눈이 휘둥그레지면서 입을 헤 벌렸다. 믿을 수 없다는 표정이었다.

"내가 보기엔 그 다람쥐가 이 도시 밖으로 나가는 길을 따라가는 중인 것 같더라, 독이 있는 곳에서 도망치려고."

엄마는 불안한 표정으로 나를 쳐다봤다. 무슨 얘기를 하려는지 기다리면서.

알리는 코를 풀었다.

"정말 다람쥐를 본 거야? 피넛인 것 같아?"

"그래 보였어. 그리고 나무 옆에 있었던 그 다람쥐는 사실 전혀 피넛처럼 보이지 않았잖아, 안 그래?"

"맞아, 안 닮았어."

"너도 피넛이 얼마나 영리한지 알 거야. 땅에 독이 뿌려져 있다는 걸 알았을지도 몰라. 그래서 다시 내려오는 게 안전할 때까지 나무 위 자기 집에 숨어 있다가 이제 더 나은 집을 찾아서 도망가는 중일 거야."

알리가 코를 훌쩍이며 한숨을 쉬었다.

"정말로 다람쥐를 봤다는 거지?"

"응. 여기서 멀지 않은 데였어. 꼭 피넛 같았어. 내가 아까 얘기했잖아요. 엄마, 그렇죠?"

"그래, 맞아. 내가 깜빡했구나."

알리는 의심스러운 눈길로 엄마를 바라봤고, 엄마는 그 눈길을 피했다.

"그럼 이게 무슨 뜻인지도 알지?" 내가 말했다.

알리는 고개를 저었다.

"정말 슬프긴 해." 내가 먼저 경고하듯 말했다.

알리 몸이 움츠러들었다.

"이건 아마 네가 다시는 피넛을 보지 못할 거란 뜻이야. 피넛은 너무 똑똑한 다람쥐라서 독이 있는 곳으로 다신 돌아오지 않을 거야. 피넛은 숲속 참나무 있는 데서 지낼 거야. 참나무에 뭐가 열리는지 알아?"

"도토리." 알리가 속삭였다.

"눈이 내리기 전에 모아둬야 할 거야." 엄마가 말했다.

알리는 의자 뒤로 기대어 창문 밖으로 아래를 내려다봤다. "피넛은 갔어." 동생이 속삭였다. "불쌍한 것. 내가 보고 싶을 텐데." 알리는 의자 뒷면을 잠시 응시했다. 그러더니 꿈틀거리면서 벽에서 의자를 떼어 냈다.

거미 한 마리가 거실 한쪽 구석에다 거미줄을 쳐 놓고 있었다. 평범한 갈색에 1센티가 조금 넘는 길이였고 빛 때문에 겁을 먹고 있었다.

"조심해, 거미들은 귀찮게 하면 물 수도 있어."

"거미들은 뭘 먹을까?" 알리가 물었다.

"파리."

"우리 집엔 파리 없어. 얘 배고프겠다."

"의자 다시 넣으렴, 알리." 엄마가 말했다. "너 때문에 무서워하고 있어."

알리는 다시 꿈틀거리면서 의자를 벽 쪽으로 밀었다. 하지만 처음처럼 벽에 가까이는 대지 않았다. 의자의 푹신한 부분에 기댄 알리가 미소를 지었다. "프레드라고 불러야지."

*

"넌 좋은 오빠야." 알리가 자러 가자 엄마가 말했다.

어깨를 으쓱했다. "그렇게라도 거짓말하지 않으면 내일 알리가 어떻게 견디겠어요."

"너도 잘 견디고 있어, 맥스." 엄마는 소파에 앉아 깍지 낀 손을 무릎에 놓았다. "너한테 소리 질러서 미안하다. 난 그냥 좀 겁이 나는구나."

"우리는 괜찮을 거예요."

엄마가 내 손을 잡았다. "그럼, 그래야지. 캐나다에 대한 것들을 좀 찾아봤어. 어떤 지역은 여기보다 그렇게 춥지 않다는 거 알고 있었니?"

난 웃었다. "그게 바로 우리가 가게 될 지역이잖아요."

엄마도 미소를 지었다. "캐나다엔 간호사들이 부족하대. 일단 희망이 있어, 그렇지? 그리고 미국 시민권을 유지할 수 있으니까 언제가 되었든 결국 돌아올 수도 있을 거야."

"좋아요."

엄마가 고개를 끄덕였다. "내가 너무 화를 내서 미안하다, 맥스. 너희를 지금 같이 힘든 상황에서 벗어나게 이끌어야 하는 건 난데, 그 반대가 아니라."

"괜찮아요. 그러니까 우리 가는 거죠?"

"응, 정말 가는 거야. 레베카에게 메시지를 보내놨어. 묵을 곳이 있다고 하면 입국하기가 더 쉬울 거야."

"그럼 크리스마스 전에 떠날 수 있는 건가요?"

엄마가 끄덕였다. "차가 필요해."

"그리고 달라스를 위한 여권도요."

"정말로 같이 가고 싶다면."

"정말 같이 가고 싶어 해요."

엄마가 한숨을 쉬었다. "그래, 우리 조금만 더 버티자."

*

알리는 계단 통에서 미소를 멈추지 못했다. 국유림에서 새집을 세팅 중인 피넛을 상상하는 것 같았다. 나뭇잎과 진흙으로 나무 위에 보금자리를 꾸미고, 다른 다람쥐 친구들을 사귀면서 도토리를 모아 두는 모습을.

"그렇게 킥킥대는 건 여기에 다 뱉어 두고 가는 게 좋겠어." 내가 속삭였다. "학교에선 어떻게 행동해야 하는지 알지?"

알리는 얼굴에서 감정을 덜어내고 눈빛도 흐릿하게 만들었다. 우리는 둘이 동시에 문손잡이를 잡았다. 동생은 웃더니, 기침하는 척했다.

"착하다. 누가 문을 열까?"

알리는 우리 둘 사이를 왔다 갔다 하면서 속삭였다. "감자 하나, 감자 둘, 감자 셋, 넷, 감자 다섯, 감자 여섯, 감자 일곱, 그리고 더." 알리가 문손잡이를 돌렸다.

루카스와 다른 세 명의 좀비가 우리를 기다리는 중이었다. 그들은 모양이 없는 회색 교복 위에다 커다란 회색 코트를 입고 있었다. 지난주엔 좀비들 수가 더 많았다. 트레이드 스쿨에서 정리가 진행 중인 게 분명했다. 교육이 안 되는 아이들이 모이는 기관으로 학생들을 보내는 것이다. 유년기라는 사다리에 얼마나 더 많은 아랫단이 있는 건지 난 궁금했다.

"안녕, 루카스." 내가 말했다. "반갑다."

"나도 반가워, 맥스웰. 그리고 알렉산드라, 너도. 이제 좀 몸이 나은 거면 좋겠네."

"훨씬 나아졌어, 고마워." 알리의 눈 뒤에서 아직도 스멀거리는 웃음이 보였다. 하지만 좀비들이 그걸 알아챘을 것 같진 않았다.

"안녕, 알리." 알리가 좀비들과 같이 서자 내가 말했다. "착하게 잘 지내."

달라스는 조심스럽게 꾸민 표정을 유지하면서 학교 운동장에서 우리가 애틀랜타 대신 캐나다에 가기로 했다는 얘기를 들었다. "내가 국경을 넘는 걸 그쪽에서 허락해 줄 리가 없어!" 그는 변화 없는 표정에 목소리도 담담한 톤이었지만 그럼에도 자기가 지금 소리치고 있다는 걸 내게 전하는 데 성공했다. "미성년자는 부모 허락 없이 다른 나라로 가는 게 금지되어 있다고."

"우리가 코너스라는 이름으로 되어 있는 여권을 구할 수 있어."

"아, 그거참 장하네. 우리가 정말 똑 닮았지." 그는 너무 화가 나 감정을 가라앉히기 위해선 다른 쪽으로 몸을 돌려야만 했다. "우리는 잡힐 거야, 맥스." 달라스가 돌아서서 말했다. "우리가 잡히면 그들은 나를 다시 집으로 돌려보낼 거고, 그럼 우리 엄마 아빠는 내가 치료받지 않았다는 사실을 알게 될 거고, 그럼 결국엔 나를 그 망할 놈의 좀비로 만들어놓겠지."

"아니. 만약 우리가 애틀랜타로 가면 – 우리가 미국 안 어딘가로 가면 – 아무 경찰이나 네 아이디를 요구할 수 있고, 네 신분이 드러나면 집으로 돌려보낼 거야. 지문은 바꿀 수가 없으니까. 열여덟 살이 될 때까지 넌 매일같이 위험을 무릅쓰고 지내야 해. 하지만 국경을 넘어 캐나다로 가는 건 딱 한 번만 위험을 감수하면 그만이야, 그걸로 끝이야."

"그런데 그 한 번이 정말 엄청나게 위험한 거지, 맥스."

"아니야, 안 그래. 우린 프릭타운에서 국경을 넘을 거야. 거기 선 누구나 쉽게 넘어가게 해 줘."

"무슨 근거로 그런 얘기 하는 거야?"

난 어깨를 으쓱했다. "소문으로 들었어."

달라스가 너무나 오랫동안 고개를 끄덕이고 있는 바람에 나는 약한 지진이라도 난 줄 알았다. "다른 나라로 가는 거야, 맥스. 내 여권을 검사할 거라고. 그냥 내 사진만 붙이면 끝나는 게 아니 야."

"원래 여권 주인이랑 닮았을 수도 있지."

"아닐 수도 있고."

"그럼 그냥 원래 네 여권을 가지고 가고 너희 부모의 동의서를 위조하는 것도 방법이야."

"그럼 우리 집으로 전화할 거야."

"그럼 너랑 닮았지만 좀 더 나이가 많은 사람 여권을 가지고 가고 네가 성인인 척하면 되잖아."

그는 헛기침한 다음 침착하게 말했다. "그럼, 물론이지. 여권들 이 종류대로 뿜어져 나오는 분수 앞에 서서 그저 원하는 대로 빌 기만 하면 되지. 그럼 내 문제들은 만사 오케이야."

"그럼 우리가…."

그는 저쪽으로 걸어가더니 학교 안으로 들어가 버렸다.

*

달라스는 이틀 동안 나를 못 본 척했다. 학교 식당에서 그는 좀비들과의 사이에 완충 역할을 하는 빈자리를 여럿 두고 혼자 앉아 있었다. "크리스마스이브에 우리 사촌을 만나러 갈 거야." 내가 얘기했다. 속삭이는 건 의심쩍어 보일까 봐 관뒀다. 우리는 하고 싶은 말을 달리 표현하는 법을 배웠다. "그날이 내 생일이야. 가게들이 문을 열면 쇼핑을 좀 했으면 좋겠어."

달라스는 자기 접시 위의 터키 샌드위치를 가지고 장난을 치면서 아무 대답도 하지 않았다. 턱은 떨리고 있었고 한쪽 눈도 경련이 일었다.

"쇼핑하기에 완벽한 곳이야. 내가 뭘 사는지 다른 사람들이 모르니까."

"그냥 우리 도시를 벗어나려고 가기엔 너무 멀다, 맥스."

"내 사촌 레베카가 몇 년 전에 갔어. 거기가 쇼핑하기가 아주 좋대."

그는 고개를 저었다. "난 그냥 애틀랜타에서 쇼핑하고 싶어."

"애틀랜타에선 너희 부모님을 위한 선물을 찾기가 어려울 거야."

내가 사고 싶은 멋진 선물 리스트를 댈 동안 그는 조용히 먹기만 했다.

"크리스마스가 2주 후야." 마침내 그가 말을 했다. "그때까지

난 준비가 안 될 거야."

"아니, 가능해. 그리고 너도 우리가 좀 쉴 필요가 있다는 걸 알
잖아. 우리가 지난 번에 트레일러 청소를 잘 끝냈을 때 에머리
코치가 한 애기, 너도 기억하잖아."

"어, 하지만…."

나는 수저를 내려놓았다. "너도 나랑 크리스마스 쇼핑을 가고
싶어 하는 줄 알았는데."

"그러기는 힘들 거야, 맥스."

그는 거의 소리치듯 크게 대답했다.

옆 테이블에 앉은 여자애가 몸을 돌려 우리 쪽을 쳐다봤다.

달라스는 다시 완벽한 좀비 얼굴을 하고 예의 바르게 말했다.

"너무 갑작스럽잖아. 쇼핑하러 갈 만큼 돈이 넉넉하지 않다
고."

"갑작스럽다고? 6주 동안이나 돈을 모았잖아."

그는 아무 말도 하지 않고 자기 소다를 홀짝거리면서 접시 위
이리저리로 음식을 끄적거렸다.

수다스러운 여자아이는 다시 자기 접시로 시선을 돌렸다. 우
리 옆의 9학년 여자아이 세 명은 아무 말 없이 수프를 들이켰다.
시선은 각자의 리그에 고정한 채.

난 속삭이기 시작했다. "'우리가 얼마나 더 오랫동안 이걸 따
라갈 수 있을 것 같아?' 3주 전에 네가 정확히 이렇게 말했어. 갑
작스러울 건 하나도 없다고."

"고마워, 맥스." 달라스가 큰 소리로 말했다. "너희 가족이 나를 쇼핑에 데리고 가 준다고 하니 정말 고마운 일이야. 크리스마스를 너희 가족과 함께하는 것도 좋지. 그런데 우리 가족도 나랑 같이 있고 싶어 할 거야. 크리스마스를 다른 가족이랑 같이 보내는 건 속상한 일이거든. 특히나 겉으로 봐도 인종이 다르고, 절대 친척 관계로는 보이지 않아서 한 가족이 아니라는 게 분명해 보일 때는 말이지." 누군가 듣고 있었다면 달라스가 어딘가 모자란다고 생각할 수도 있었다. 하지만 그가 이 나라에서 도망치는 것에 대해 얘기하고 있다고 의심할 여지는 없었다.

"미안해." 내가 말했다. "물론 너희 가족이랑 같이 지내는 편이 더 좋을 거야. 하지만 너희 가족이 널 크리스마스 쇼핑에 데려갈 수 없다면 우리 가족은 기꺼이 너를 내 이복형제처럼 받아 줄 수 있어. 네가 이미 여러 번 얘기했기 때문에 가고 싶어 한다는 거 알거든."

워싱턴이 몇 자리 건너에 앉았다. 이제 좀비가 된 패거리 두 명도 같이 앉았다. "안녕, 맥스. 안녕, 달라스. 잘 지내니?"

난 짜증이 나서 이렇게 말했다. "우린 좋아, 워싱턴. 그런데 타일러는? 아, 내가 깜빡했다. 걘 죽었지. 너 정말 슬프겠다."

그는 자기 샌드위치 박스의 뚜껑을 열었다. "타일러에 대한 기억이 나를 살아가게 하는 힘이야."

달라스는 자기 접시를 내려다보고 있었다.

"내가 쇼핑 가는데 넌 집에 있을 순 없어." 내가 말했다.

그는 턱을 당겼고 빨대로는 공기를 빨아들였다.

나는 그를 철썩 때리고 싶은 충동과 싸워야 했다. "야, 달라스. 네가 나보다 더 절실하잖아." 내가 속삭였다. "내가 가 버리면 넌 쉴 데도 없어. 버티지 못할 거야."

빨대를 가지고 꾸르륵거리던 소리는 훌쩍임과 함께 잦아들었다. 그의 턱이 씰룩거렸고 눈은 빠르게 깜박였다.

한 명 있는 친구가 사람들 있는 데서 울음을 터뜨릴 때까지 신경을 긁는다는 건 언제나 좋지 않은 생각이다. 더군다나 좀비 수다쟁이들에게 둘러싸여 있을 때는 더더욱 나쁘다. 이 슬픈 학교에서 벗어나는 순간이 이제 코앞에 닥쳐왔다. 운명이 우리를 재미 삼아 집어삼키는 바로 그 순간이 온 거였다.

"미안해." 나는 보통 때의 크기로 얘기했다. "절대로 내가 원하는 걸 하라고 친구들에게 강요하면 안 되는 건데." 그러고는 중얼거렸다. "그냥 좀 진정해. 보는 눈이 많아."

그는 몇 번 숨을 내쉬고는 눈에서 일어나는 경련만 제외하면 완벽한 좀비 모드로 다시 얼굴을 들었다.

"그렇게 멀리까지 정말 내가 가고 싶은 건지 잘 모르겠어."

"그게 진심이 아니잖아."

"크리스마스가 너무 코앞이라 난 그냥 집에 있으면서 선물은 이 근처에서 살래."

"고를 게 많이 없다니까."

"난 이 나라가 좋아." 그가 속삭였다.

워싱턴이 샌드위치를 씹으면서 우리 쪽을 보았다.

"너희 부모님도 그렇다는 거 알아." 난 달라스에게 크게 말했다. "부모님도 네가 평생 이 근처에서 쇼핑하는 걸 아주 기뻐하실 거야."

그 생각에 무거워진 것처럼 그의 머리가 앞으로 처졌다.

"얼마나 더 오랫동안 혼자 남아 있을 수 있을 거 같아?" 난 속삭였다.

"나 브레넌이랑 좋은 친구가 되어가는 중이야. 교환하는 거지."

그의 농담이 마음에 든다는 표시로 나는 고개를 끄덕였다.

"하지만 브레넌이 쇼핑을 가면 어떻게 할 건데? 그것도 생각해 봐. 우리 가족은 너를 쇼핑에 데려가고 싶어 하고 아마 이번이 너한테는 유일한 기회일 거야."

"끝이 안 나는 얘기야, 맥스." 그가 속삭였다.

"끝이 안 나는 건 이거야." 내가 말했다. "너한테 어떤 일이 일어날 거로 생각해? 주위를 둘러봐."

달라스는 그의 머리를 천천히 좌우로 돌렸다. 좀비들이 이상하다는 듯 우리를 쳐다보았다. 식당 전체에서 얘기하는 건 우리 둘 뿐이었다.

*

나는 3시 반에 예약해 둔 미용실로 향했다.

"안녕, 미남." 킴이 말했다. "너 얼마 전 추수감사절 때 오지 않았었니? 보통 크리스마스 때 또 머리를 자르지는 않잖아. 예약 전화해서 놀랐다."

"올해는 우리 사촌네 집에 가거든요. 엄마는 내가 멋있어 보이길 원해요."

"넌 항상 멋져 보여. 이쪽 세면대로 오렴."

킴이 매일 아침 이를 닦고 헹군 물을 뱉는 도기 세면대에 내 머리를 넣고 있자니 불안했지만, 뜨거운 물과 두피 마사지는 정말 황홀감을 안겨 주었다.

"늘 하던 대로 할 거니?" 타월로 내 머리를 말리면서 그녀가 물었다. "너무 짧지 않게? 옆부분은 짧고 위쪽만 살짝 더 볼륨을 살려서?"

"네, 그렇게 해주세요."

킴은 수분을 공급하는 스프레이를 내 머리에 뿌렸다.

"크리스마스 준비는 됐어?"

"아니요."

그녀는 가위를 위로 들고는 거울로 나를 보며 미소 지었다.

"난 우리 아들한테 오래된 공구 세트를 구해줬어. 거의 골동품 수준이지. 이미 렌치들은 충분히 갖고 있지만 또 있으면 좋은 이야깃거리가 되지." 그녀에게 이야깃거리가 더 필요한 것처럼 말이다. "오래된 차는 새 차와는 부속이 달라서 오래된 공구가 더 잘 맞기도 하고." 그녀는 이렇게 덧붙였다.

"아들은 어디서 일하나요?" 내가 물었다.

내가 이런 질문을 하자 그녀는 놀랍다는 반응이었다. 사실 난 받은 질문에도 대답을 안 하는 편이었으니까. "혼자서 일해." 그녀의 대답엔 자부심과 수치심이 섞여 있었다. 혼자서 일한다는 아들이 진취적이긴 하지만 재정적으론 파산 상태였기 때문이다.

"차도 파나요?"

그녀는 웃음을 터뜨렸다. "내가 사는 데선 모두 차를 팔아."

"제 말은 진짜로 가는 차 말이에요. 미국을 가로질러 운전해 갈 수 있는 그런 차요."

그녀는 어깨를 으쓱해 보였다. "내 아들은 주로 차를 분해해서 생활에 필요한 공간을 더 많이 만들어. 가끔은 엔진을 고치기도 하고. 오래된 차를 운전하는 사람들은 많지 않아. 기름이랑 면허가 너무 비싸니까." 킴은 내 머리 한쪽 부분을 손가락으로 골라냈다.

"면허요?"

그녀가 끄덕였다. "오래된 차 운전하려면 면허가 필요해, 공기 오염이 심하니까."

나는 욕이 나왔다.

그녀는 잠시 조용하게 내 머리를 잘랐다. "너는 요즘 어떠니?"

나는 거울로 그녀의 눈을 보았고 그녀는 가위를 높이 들어올린 채 똑바로 섰다. "사촌이 멀리서 살아요." 내가 말했다. "우리가 그 집까지 운전해서 가야 하는데, 제 생각엔 오래된 차가 하나 있어야 할 것 같아요."

"차를 렌트하지 그러니?"

난 아무 말도 하지 않았다.

"얼마나 먼 데까지 운전해 가려고?"

"멀리요."

그녀는 눈을 가늘게 떴다. "가 있는 동안 누가 너희 아파트에서 지내기로 했니?"

난 고개를 저었다. 그녀의 손가락 사이에서 내 머리카락이 빠졌다.

그녀는 그 부분 머리를 다시 집어내 거울을 쳐다보며 물었다.

"얼마나 오랫동안 집을 비울 예정이니? 며칠? 몇 주? 몇 달?"

난 어깨를 으쓱했다.

"얼마나 넓은데?"

"방 두 개, 큰 거실, 작은 부엌이 있어요." 난 뭔가 우리 아파트만의 장점을 생각해 내려고 애썼다. "전망이 좋아요."

그녀는 웃으면서 나를 따라 했다. "전망이 좋구나. 그래, 그것도 도움이 되네. 몇 달 치 월세를 미리 내야 하는 거니?"

"정해진 만큼이요, 아마도."

"대부분 집은 6개월 치를 선불로 내야 해. 그래서 내가 차에서 사는 거고."

"그럼 앞으로 6개월 치 집세는 이미 지불된 거예요."

거울 속에 비친 그녀의 눈이 꿈꾸듯 빛이 났다.

"확실한 거야? 농담 아니고? 너 농담 잘하는 거 알아. 이 얘긴 농담으로 하지 말아 줘. 알았니?"

"농담 아니에요."

"그렇다면 제대로 달리는 차를 분명 구해줄 수 있을 것 같다."

그녀는 웃으면서 내 머리를 지금까지 본 것 중 제일 빠른 속도로 잘라냈다. "기름을 꽉 채운 아주 훌륭한 차를 구해 줄게. 방향제 하나도 덤으로 주고. 그리고 계기판 위에다 놓는 그 작은 멍멍이 하나랑, 브레이크 밟을 때 머리를 흔드는 거 말이야." 그녀는 환하고 따스하게 웃었다. 내 어깨를 두드리면서 킴은 다시 한 번 말했다. "우리가 아주 좋은 차를 구해 줄게."

"크리스마스이브 전까지 필요해요."

"아무 문제없어."

*

집으로 오는 길에 나는 예전 페퍼네 집이 있는 쪽으로 돌아서 갔다. 문 앞 계단부터 이미 내 가슴 한쪽이 얼어붙었다. 하지만 나는 아직도 열쇠를 가지고 있었다.

내부는 불안한 기운이 감돌았고, 어둡고 휑했다. 난 페퍼의 침실로 곧장 가서 문을 닫았다. 난 예전에 내 그림이 걸려 있던 못을 쳐다봤다. 돌아서니 거울에 비친 흐릿한 내 모습이 보였다. 회색 옷에 검은 얼굴. 누군지 알 수 없었다. 좀비일지도 몰랐다. 헤어스타일이 멋진.

내가 뭘 하는 건지 알 수 없었다. 그녀의 옷장을 뒤져봤지만 새로운 건 아무것도 없었다. 그녀의 침대 밑과 서랍장 뒤를 살펴봤다. 빨래 바구니에 있는 그녀의 옷 냄새를 맡아보고 무슨 화학 실험실 같은 냄새가 나는 재킷에 얼굴을 파묻었다. 재킷 한쪽 주머니엔 이어폰이, 다른 쪽 주머니엔 자료저장용 칩이 들어 있었다. 나는 칩을 내 리그에 꽂았다.

저장된 문서들은 암호 없이 열리지 않았다. 하지만 사진들이 내 눈앞에 줄줄이 등장했다. 토마토소스를 턱에 묻힌 채 좋다고 웃고 있는 내 모습을 보고 난 크게 신음했다. 다음 사진은 내 피자를 뺏어서 잡지 못하도록 높이 들고 있는 달라스의 모습이었다. 그렇게 우리를 찍은 사진이 거의 오십 장쯤 있었다. 스케이트보드장, 학교 운동장, 풋볼 필드에서의 모습들. 심지어 데빌스 팀과 붙었던 풋볼 게임 동영상도 있었다. 내가 소리를 질렀던 경기가 아니고 그 바로 전에 달라스가 짓궂게 굴었던 경기 영상이었다. 난 그건 볼 수 없었다.

페퍼의 댄스 리허설 동영상도 있었다. 너무나 환상적이라 보는 게 괴로웠다. 그녀는 너무도 아름다웠다. 엉덩이의 움직임, 집중한 얼굴, 그녀는 먼 데를 보면서 미소 지었다. 태양처럼 눈부시게. 출입문 쪽을 비춘 카메라는 그녀에게 시선을 고정한 채 어딘가 모자란 애처럼 실실대고 서 있는 나를 비췄다.

나는 늘 내가 쿨하게 행동한다고 생각했다. 그런데 카메라에 비친 나는 눈이 몽롱하게 풀린 채 혀를 늘어뜨리고 있었다. 내가 자기한테 어떤 감정인지 페퍼가 절대 모를 리가 없었다.

그녀의 빈 집은 추웠다. 나는 소매에서 팔을 빼 맨가슴을 감쌌다. 동영상이 끝나자 한 번 더 보았다. 나는 영상을 내 손에다가 비췄다. 마치 내가 그녀를 안은 것처럼, 하지만 그건 나를 더 슬프게 할 뿐이었다. "안녕, 페퍼." 나는 속삭였다.

그녀의 침실 문을 살짝 열었다. 복도에 경찰과 간호사들이 숨어있기를 반쯤 기대하면서. 하지만 집 안에도 집 밖 거리에도 아무도 없었다. 집을 나서 문을 잠근 뒤 열쇠를 우편함에다 떨어뜨렸다. 다시는 여기 오지 않을 것이다.

*

내가 집에 왔을 때 엄마는 울고 있었다. 알리는 식탁에서 색칠 공부를 하는 중이었고 엄마는 소파에서 흐느꼈다. 난 엄마 옆에 앉았지만 너무 가까이는 피했다. 엄마가 울면 불안했다. 난 최대한 부드럽게 엄마의 슬픔에 말을 붙였다.

"참, 엄마. 내가 차를 구했어요. 미용실 킴에게서요. 아들이 차를 수리한대요. 아주 잘됐죠, 안 그래요?"

엄마가 나를 보며 고개를 끄덕였다. 눈은 빨갛고 얼굴은 어제보다 10년은 더 늙은 것처럼 보였다.

"정말 좋은 소식이구나, 맥스." 엄만 웃으려고 노력했지만 슬픈 얼굴 위로 일그러지는 표정이 고통스러워 보일 뿐이었다. 난 흠칫 놀랐고 엄마한테선 울음이 터져 나왔다. 엄만 얼굴을 손에 묻은 채 앞뒤로 몸부림을 쳤다.

"누가 또 죽은 거예요?" 나는 물었다. "자비에 괜찮아요?"

"괜찮아."

"달라스가 전화했어요? 가고 싶어 하지 않는 거 알아요. 물론 그냥 좀 겁을 먹은 거지만. 금방 마음 바꿀 거예요."

엄마는 고개를 저었다.

"레베카가 우리 오지 말래요?"

"그만해, 맥스." 엄마가 속삭였다. "그런 거 아니야." 엄마가 내 무릎을 쓰다듬으며 뭔가 말을 하려고 입을 벌렸지만 아무 말도 나오지 않았다. 엄만 눈물을 닦아내며 머리를 흔들었다.

"엄마 아파요?" 주춤하며 내가 물었다.

엄마는 웃었다. 거기에 놀라 나도 웃었다. 엄마의 눈은 환하게 빛났고 웃음소리는 내 또래 여자아이들 같았다. "아니! 안 아파." 엄마는 좀 더 웃더니 한숨을 쉬며 나를 보고 고개를 흔들었다.

"다행이에요." 내가 말했다. "뭐가 문제든 간에, 너무 걱정할 거 없어요. 왜냐면 이제 2주만 있으면 그건 더 이상 문제가 안 될 테니까요. 우리한테 차가 생겼어요. 이제 떠나면 돼요."

엄마는 멈칫거리면서 큰 숨을 들이마셨다.

분명 그냥 호르몬 때문에 그런 것 같았다. "얘기하고 싶으면 들어줄게요." 나는 말했다. 엄마의 호르몬 문제로 대화를 나누는 것보단 차라리 내 배설물을 먹는 게 낫겠다는 생각이 들었지만. 나는 일어섰다. "차는 잘 됐어요. 그렇죠?"

엄마가 끄덕였다.

"뭐 좀 먹을래요?"

엄마가 내 손을 붙잡았다. "잠깐만 여기 같이 있자."

"그럼요. 먹을 거 좀 가져 올게요. 같이 영화나 봐요, 네?"

난 엄마 대답을 기다리지 않았다.

냉장고를 열고 먹을 게 뭐가 있는지 찾아봤다.

"알리, 잘 지냈어?"

"잘 지냈어. 고마워, 맥스 오빠. 잘 지냈어?"

"응." 난 케첩과 피클 병을 치웠다. 구운 치킨샌드위치가 그 뒤에 숨어있기라도 한 것처럼.

"저녁으로 뭐 먹었어?"

"빵이랑 치즈, 수프랑 같이."

"그래, 그거면 되겠다." 가스레인지 위에 냄비 뚜껑을 열었다. 약간 남아 있어서 그걸 데웠다. "난 아주 좋은 하루였는데. 넌 어땠어?"

"나도 좋았어. 고마워, 오빠."

"크림치즈 그냥 밖에 놔뒀어?" 난 우유 뒤에서 크림치즈를 발견해 두 개를 같이 싱크대 위에 올려놓았다. 우유를 한 컵 따라서 마신 뒤 한 컵 더 따랐다. 혹시나 상했을지도 몰라 치즈 냄새를 맡아본 뒤 번에다 발랐다. "다시 학교 가는 거 싫지 않지?" 내가 물었다. "오늘 괜찮았어?"

"우리 학교에서는 모든 게 다 좋아." 알리가 대답했다. "학교에

다니는 아이들은 모두 운이 좋은 거야."

"뭐라고?" 난 몸을 돌려 알리 반대편에 내 접시를 놓았다. 하지만 앉지는 않았다.

알리는 반듯이 앉아 있었다. 숙제를 향해 고개를 숙인 채. 동생은 펼쳐놓은 페이지를 뚫어지게 쳐다보면서 번호를 매긴 곳을 천천히 조심스럽게 까만 색연필로 채우고 있었다. 손가락들이 미세하게 겹쳐 있는 줄들을 따라 왔다 갔다 했다.

"방금 뭐라고 그랬어, 알리?" 내가 다시 물었다.

칠하던 데를 완전히 까맣게 메꾸고 나서야 알리는 멈췄다. 색연필을 놓고 올려다봤다. 알리의 눈동자가 나에게 와 멈추기 전 허공을 맴돌았다. "내가 방금 뭐라고 했는지 기억이 안 나." 알리는 흘러내려 볼에 붙은 머리카락을 떼어 냈다. "숙제에 집중하는 게 어려워. 너무 더워." 알리는 스웨터를 벗어 자기 의자 뒤에 얌전하게 걸쳐 놨다. 다시 자기 숙제를 보고 파란 색연필을 들고, 다른 숫자가 매겨진 데를 칠하기 시작했다.

동생은 거의 움직임이 없었고, 숙제로 한 색칠은 너무나 깔끔했다. 손가락들이 움직였다. 손목도 약간 흔들렸다. 하지만 동생의 팔은 거의 고정되어 있었다. 어깨 쪽으로 올라가면 아예 아무런 움직임이 느껴지지 않았다. 그냥 갈색의 팔이 가만히 쉬고 있었다. 거기서, 나는 오늘 아침까지 거기 없었던 커다란 베이지색 패치를 쳐다봤다. 손에 쥐고 있던 칼이 스르륵 빠져나갔다. 바닥으로 떨어진 금속이 마침내 쨍그랑 하고 울리는 순간, 나한테 들리는 거라곤 거실에서 숨죽여 울고 있는 엄마의 울음소리뿐이었다.

14

"속삭이는 건 잘못된 행동이야." 알리가 말했다. 알리는 잠옷 차림으로 자기 테디베어의 코를 잡은 채 거실로 성큼성큼 들어왔다. 알리가 주사 치료를 받은 이후로 일주일이 지났고 난 갈수록 알리를 견디기가 힘들었다.

"숙제해야지." 나한테 알리가 말했다.

그들을 좀비라고 부르는 게 맞았다. 우리의 뇌를 먹고 싶어 한다.

나는 억지로 미소를 지어 보였다. "잘 시간이야, 잠꾸러기."

알리는 무슨 불량품을 쳐다보듯 나를 봤다. "아이들이 규칙을 따르지 않을 땐 어른들한테 꼭 얘기해야 해."

내 옆 소파에서 엄마가 일어났다. "오빠는 숙제 다 했어, 알리. 그리고 오빠 감시하는 건 네 일이 아니야."

"공부에 대한 건 모두의 일이에요."

우리는 이 도시에서 벗어나야만 한다.

알리가 커피 테이블을 쳐다봤다. 손가락으로 거기를 가리키더니 요란을 떨었다. "오빠가 내 색연필 썼어! 오빠 그거 쓰면 안 돼. 내 숙제를 위한 거라고."

"내가 써도 된다고 했어." 엄마가 말했다.

알리가 내 그림 쪽으로 걸어갔다. 환한 노란색 민들레가 좀비 아이들이 걸어가고 있는 보도 위의 한쪽 틈에서 돋아났는데 산업용 회색 밑창이 있는 거대한 신발 하나가 그 위를 꽉 밟으려고 하는 순간을 그린 그림이었다. "안 된다고!" 알리가 종이를 잡아채자 색연필들이 바닥으로 굴러떨어졌다. 그리고 동생은 기름 묻은 손으로 그림을 둘둘 말았다.

난 방 저쪽으로 동생을 휙 던져 버리고 싶었다.

"그만 됐어, 알리!" 엄마가 말하면서 굴러가는 색연필 하나를 발로 멈췄다. "이것들 주워라."

"네." 알리는 신음을 냈고 혼란스러워 보였다. "뭐 하라고요?"

"색연필 주워." 엄마가 말했다. "우리 같이 하자." 엄마는 손뼉을 치면서 숫자세기 노래를 했다. "*돈 하나, 쇼는 두울, 준비 세엣, 출발 넷.*"

"바보 같은 노래예요." 알리가 말했다.

엄마가 깊은숨을 내쉬었다.

우리는 색연필을 같이 주웠다. "더 빨리할 수 있을걸." 나한테 알리는 말했다. "우린 언제나 최선을 다해야 해."

알리가 내 옆을 지나갈 때 안락의자 옆에서 바닥에 무릎을 대고 엎드려 있던 나는 알리 발 앞으로 손을 휙 내밀었다. 동생은 걸려서 넘어졌다. 곧장 난 스스로 짐승 같다는 생각이 들었지만 ─ 도대체 어떤 종류의 인간이 원래 자기의 여동생이었던 여섯 살짜리 좀비를 일부러 걸려 넘어지게 한단 말인가? ─ 동시에 아주 강한 만족감도 찾아왔다. "조심해서 다녀야지." 내가 말했다. "주변 사람들한테 공손해야지."

알리가 등을 돌리자 난 손가락으로 욕하는 표시를 했다. 의자 뒤를 흘끗 보고는 그 거미에게도 격려를 보냈다.

프레드는 그간 자기 거미줄에 그리 큰 노력을 들인 것 같지 않았다. 그런데도 그는 옷좀나방을 잡는 데 성공했다. 프레드가 식욕을 슬슬 깨우는 동안 그 나방은 자기의 운명으로부터 도망치려고 기를 쓰고 있었다. 나는 프레드가 바로 먹어 치우길 바랐다. 요즘 들어 기다림은 나를 미치게 했다. 기다림의 모든 순간이 희망과 두려움으로 팽팽해진다.

나는 의자 옆 바닥에 누워 아무 생각 없이 머리를 비우려고 애썼다. 알리의 그림자가 내 위를 덮었다. 난 알리가 내 얼굴을 밟고 지나갈 거로 생각했다. 대신에 알리는 나를 쓱 넘어 프레드 쪽으로 갔다. 프레드의 거미줄이 붙어 있던 데에서 떨어져 알리의 양말에 달라붙었다. 알리는 엄지발가락을 바닥에다 대고 찍 문질렀다. 프레드는 찐득찐득한 까만 덩어리가 되었고 다리들은 떨어져 나가서 납작해진 시체 옆으로 흩어졌다. 알리는 발에 붙은 거미줄을 탁 치더니 그 안에 있던 나방을 잡아, 손가락 사이에 놓고 꾹 눌러 버렸다.

"벌레들은 더러우니까 죽여야 해." 알리가 말했다.

난 그냥 누워 있었다. 고개를 끄덕이면서.

＊

"알리가 나를 신고하기 전에 떠나야 해요." 엄마에게 내가 말했다. 엄마는 화장실에서 이를 닦고 있었고, 난 부엌에서 라면 한봉지에 뜨거운 물을 부어 젓고 있었다. "어쩌면 새해 첫날까지 나타나지도 않을 여권이나 기다리고 있을 수는 없어요."

엄마가 한쪽으로 머리를 내밀었다. 눈은 환했고 입술엔 거품이 묻어 있다. "달라스 없이 갈 거야?" 엄마는 신이 난 듯 물었다.

"그런 말이 아니에요."

엄마는 얼굴을 닦더니 나에게로 와서 한 손을 내 팔에 올려놓았다. "달라스 부모가 보내주지 않을 거야, 맥스. 그리고 아이를 허락 없이 데리고 가는 건 납치야."

나는 팔을 뺐다. "아, 엄만 진짜 거짓말쟁이예요! 지금 이 얘기를 다시 하자는 거예요?"

"아니, 난 그냥 걱정되는 거야. 우리 같은 인종이 국경에서 그렇게 순조롭기는 힘들잖니."

엄마 말이 맞았다. 백인 가족이 흑인 아이를 외국으로 데려가는 경우에는 아무도 눈썹 하나 까딱하지 않을 것이다. 하지만 엄마처럼 까만 흑인이 최상급의 백인을 영원히 빼돌리려 한다면 어떤 국경 수비대도 가만히 있지 않을 것이다.

"레베카한테 우리가 달라스 데려가는 거 얘기했어요?"

"응. 그리고 우리가 레베카랑 같이 지내게 되면, 그녀 성을 따라 써서 알링턴이 한동안 못 찾을 거야."

"엄마가 보기엔 그가 우리를 캐나다까지 찾으러 올 것 같아요?"

"우리는 그 사람 아들을 유괴하는 거나 마찬가지야, 맥스."

누가 문을 두드렸다. 둘이 같이 벌떡 일어났다. 우리 방에 감시카메라가 설치되어 있고 '유괴'라는 단어가 경찰들을 놀라게 했을지도 모른다는 생각이 들었다.

"밤 8시인데." 엄마는 문 쪽으로 가면서 중얼댔다. 난 엄마 뒤에서 몸을 웅크린 채 우리 집인데도 발꿈치를 들고 걸었다.

복도엔 달라스가 한쪽 어깨에 배낭을 메고 손엔 리그를 든 채서 있었다. "난 지금 이 동네에 우리의 새로운 교육지원 치료의 혜택에 대해서 홍보하는 중이야." 그가 말했다. 그는 살짝 씹는 시늉을 했고 난 안으로 그를 잡아끌었다.

엄마가 달라스 팔을 두드렸다. "세상에, 너 진짜 감쪽같구나. 우리 방금 네 얘기 중이었는데."

"알아요, 문에다 귀를 대고 있었거든요."

"카메라가 너 그러는 거 다 찍었으면 어쩌려고?" 내가 딱딱하게 물었다.

그는 어깨를 으쓱했다. "좀비들이 항상 하는 건데 뭐. 그들이 받는 훈련 중 일부야."

"정말 우리 얘기가 들렸니?" 엄마가 물었다.

"그냥 좀 이상한 단어만요. 알리 일은 유감이에요."

"좀 더 빨리 떠나야 했어. 하지만 최소한 너희 둘은 아직 괜찮은 거잖아."

달라스는 엄마가 방으로 들어가 문을 닫자 거실 소파에 가서 앉았다. "나 이거 주려고 온 거야." 그는 자기 배낭을 열고 파란 꽃무늬 베개 커버를 들어 올렸다. 속이 너무 꽉 차 무거워서 솔기 부분이 팽팽하게 늘어나 있었다. 그는 그걸 내 무릎에 얹어 놓았다.

난 안을 들여다봤다. 진주, 금목걸이, 귀걸이, 동전, 돈다발. "세상에나, 달라스, 이거 다 진짜야?"

그가 고개를 끄덕였다. "오스틴이 어렸을 때부터 엄마 아빠랑 부모님 친구들한테서 훔친 걸 모아둔 거야."

나는 내용물을 흔들어 보았다. "어디에 쓰라고?"

"당연히 차 구할 때지."

"내가 말했잖아. 우리 아파트와 차를 바꾸기로 했다고."

"그럼 차에 넣을 기름이랑 음식 그리고 너 거기 가서 있을 곳 구할 때 써."

"'우리' 거기 가서."

그는 어깨를 으쓱했다.

"또다시 시작하지 마." 내가 말했다. "성인이 되면 너희 부모님 만날 수 있어."

"그런 게 아니야. 우리 엄마 아빠 나를 좋아하지도 않는데 뭐." 달라스는 앞머리를 눈가에서 치우면서 미소를 보이려고 노력했다. "그냥 갈 수 있다는 생각이 안 들어. 거기도 다 독성 물질이 유출된 지역이면 어떻게 해? 아니면 일자리가 없어서 결국엔 차에서 살게 되면 어쩌고? 거기서 학교는 다닐 수 있는 거고? 우리를 배로 돌려보내면? 아님 아예 프릭타운에서 죽을 수도 있잖아?"

"멕시코보다 훨씬 더 가까운 곳이야. 그리고 안전하고." 난 다음 질문으로 분위기를 좀 밝게 띄워 보려 했다. "넌 누구 손에 죽는 게 낫겠어? 기형의 괴물들 아니면 멕시코의 마약왕들?"

그는 머리를 긁적였다. "난 지금껏 한 번도 결정을 잘 내리는 편은 아니었어."

"우리는 괜찮을 거야, 달라스. 타이밍이 최고야. 금요일에 학교가 방학하고 엄마는 주말 동안 근무가 없어. 네 부모님께는 같이 크리스마스 쇼핑 간다고 해. 아무도 온종일 우리를 찾지 않을 거야. 우리가 사라진 걸 그들이 알기도 전에 이미 국경을 넘었을 거야."

그는 끄덕였다. 하지만 진심은 아니었다.

"엄마가 아마 코너스라는 이름으로 된 여권을 너한테 구해 줄 수 있을 거야."

그는 비웃듯 낄낄거렸다. "너희 가족에 비하면 내가 살짝 피부가 하얗지."

"그럼 널 트렁크에 숨겨 주지 뭐." 내가 날카롭게 대꾸했다.

"그들이 트렁크를 뒤지면?" 달라스도 날을 세웠다. "너에게 기회는 이번 한 번뿐이야, 맥스. 불법적인 건 절대 하면 안 돼. 아님 국경을 넘도록 허락해 주지 않을 거야."

"떠나는 건 불법이 아니야."

"그 단어 내가 들었어."

"무슨 단어?"

"유괴." 그는 일어나 자기 바지를 털었다. "나를 여기서 데리고 나가는 건 쉽지 않을 거야. 너희 가족끼리만 가는 것조차 문제가 될 수 있어. 너희 엄마는 너보다 훨씬 더 피부색이 까매. 남편 몰래 엄마가 아이들을 데리고 가는 거로 생각할지도 몰라."

"우리한테 아빠 사망 증명서와 필요한 모든 서류가 있어."

"유괴범으로 붙잡히는 위험을 감수할 수는 없어."

"널 두고 가진 않아."

"나한텐 또 다른 기회가 생길 거야, 맥스. 우리 가족한텐 돈이 있잖아. 난 거의 열여섯이고. 여름쯤이면 나도 내 차를 갖게 될 거야. 내가 직접 운전해서 국경을 넘어갈 수 있어."

"여름? 달라스, 지금 같은 상황이 된 지 8주가 지났고 우린 겨우겨우 버티고 있어. 어떻게 여섯 달을 더 견딜 건데?"

"난 할 수 있어. 나 잘하잖아."

"너도 무너지고 있어! 내가 가 버리고 나면 너한텐 아무것도 안 남아."

그는 자기 가방을 어깨에 멨다. "난 할 수 있어, 맥스. 아직도 난 생각할 수 있어. 단지 그걸 크게 밖으로 말하지 못할 뿐이야. 느낄 수도 있어. 그걸 보일 수 없을 뿐이야. 중요하게 여겼던 건 모두 아직 나에게 남아 있어. 내 안에 있어. 그걸 나한테서 빼앗을 순 없어."

나는 그의 팔을 내리쳤다. "아니, 그럴 수 있어! 뭐든지 다 뺏어갈 수 있다고! 알리한테서 모든 것을 앗아갔어. 페퍼와 자비에한테서도 가져갔고. 그리고 물론 타일러 윌킨스한테서도 빼앗아 가버렸지, 안 그래? 그들이 너한테 손을 대는 순간, 달라스, 너역시도 줄을 서서 그것들을 가져가 달라고 부탁하게 될 거야."

"쉿!" 엄마가 반쯤 감긴 눈으로 거실 쪽을 들여다봤다. "목소리 좀 낮춰라. 별문제 없는 거니?"

"네, 아줌마. 이제 가려던 참이에요." 달라스는 엄마가 갈 때까지 기다리다 속삭였다. "나는 국경에서 붙잡힐 거야. 그런데 나는 그렇게 잡히기 싫어, 맥스. 그런 위험을 안고 가기 싫어. 일어나지 않을 일을 기대하면서 스트레스 받기도 싫어. 그냥 난 희망 없이 여기 머무를래. 그렇게 되면 붙잡을 수 있을지 몰라."

"뭘?"

그는 대답하지 않고, 그냥 가버렸다.

엄마가 다시 쿵쿵거리며 거실로 왔다. 잠을 못 자게 만든 우리한테 싫은 소리를 할 참이었다. 내 얼굴을 보더니 엄마는 누그러졌다. "뭐가 문제니?"

"달라스가 가는 게 겁나나 봐요. 자기는 잡힐 거로 생각해요."

엄마가 고개를 끄덕였다. "위험한 일이야."

엄마는 내가 끼어드는 걸 막으려고 손을 들었지만 나는 그래도 끼어들었다. "어쩌면 우리 다 그냥 있어야 하는 건가 봐요. 만약에 캐나다 상황이 더 안 좋으면 어떻게 해요? 그게 역사 속에서 반복되는 테마 아닌가요. 사람들은 더 나은 땅을 향해 떠나지만 결국엔 악몽 같은 상황으로 끝이 나고 그래서 그냥 원래 있던 곳을 떠나지 말걸 하고 후회하는 거 있잖아요?"

"사람들이 더 나은 땅을 향해 떠나고 결국 그런 곳을 찾게 되는 그런 테마도 있단다."

"하지만 우리가 유일한…."

"그렇지 않아." 엄마는 손으로 내 얼굴을 감쌌다. "밖에 있는 온 세상이 정상적인 아이들로 가득해, 맥스. 우리가 여기 갇혀 있어서 이렇게 사는 게 유일한 선택인 것 같지만, 그렇지 않아. 우린 괜찮을 거야. 네가 말했듯이, 난 간호사야. 다른 데서도 일은 찾을 수 있어. 우린 어디든 갈 수 있어." 엄마가 내 이마에 키스해 주었다. "달라스 때문에 여기에 있을 수는 없어."

"달라스 두고 갈 거예요?"

"아니." 엄마는 다시 한 번 말하면서 고개를 끄덕였다. "아니."

"난 두고 갈 수 없어요, 엄마. 선생들과 걔네 아빠는요? 그렇게 남겨 둘 수 없어요. 달라스를 데리고 가든지 아님 안 가는 거예요."

*

몽고메리가 빳빳한 흰 셔츠를 회색 교복 아래 입고 다리를 절뚝이며 역사 교실로 들어왔다. 오른팔은 옆으로 축 늘어져 있었다. 반지도, 찰랑거리는 팔찌도 없었다. 목은 뻣뻣했고 머리는 오른쪽이 약간 위로 들려 있었다. 얼굴 근육은 팽팽하게 잡아당겨져 있었으며 부분적으로 마비가 온 상태였다. 주사를 맞은 뒤 그렇게 된 아이를 몇 명 본 적이 있다. 일시적인 증상 같았다.

미스터 리즈는 고개를 들고 몽고메리를 슬프고도 어두운 시선으로 뒤쫓았다. 미스터 리즈는 미동도 않고 서서 한숨만 내쉬었고, 옷은 커피 얼룩으로 엉망이었다. 교실의 타일 바닥엔 프렌치 로스트 커피 자국이 문에서부터 그의 책상까지 이어져 있었다. 그는 매일 아침 일찍 도착해 수업 내용을 프로젝터로 띄워 놓았다. 말할 때 떨리는 자기 목소리를 듣지 않아도 되도록. 그는 예전에 내가 제일 좋아하던 선생님이었고 아마도 여전히 그렇겠지만 그건 별 의미가 없었다. 내가 올려다볼 때마다 그는 눈물이 쏟아질 것 같은 표정을 하고 있었다. 그의 눈길은 우리 중 한 명에게 가 있었다. 좋았던 시절에 대한 기억 속에서 둥둥 떠다니고 있는 듯했다. 그의 시선에 분노는 없었다. 서명도, 항의도, 보다 더 분명한 설명을 요구하지도 않았다. 그저 멍한 체념뿐이었다.

우리 엄마가 맨 처음 자신의 환자들에게 약물을 투여했을 때도 아마 그런 표정이었을 것이다. 슬프지만 자기 본위로, 애써 밝은 쪽만 보려고 하는.

나에게 존경할 만한 어른이라고는 단 한 명도 떠오르지 않았다.

"첫 번째 문제를 시작해주렴." 미스터 리즈는 조용히 말했다. "목소리는 조용하게 해줬으면 좋겠구나." 그는 불필요한 부탁을 너무 많이 했다.

둘씩 짝을 지어 복습용 문제를 푸는 거였다. 난 내 옆줄에 앉아 있던 달라스 쪽으로 몸을 돌렸다. 그는 나에게서 시선을 멀리한 채 브레넌의 어깨를 두드렸다. "파트너가 필요해." 그가 말했다.

브레넌은 좋다고 하기 전 잠시 나를 보더니, 일어나 의자 뒤쪽에 걸터앉았다. 그와 달라스는 리그를 들여다보면서 서로를 향해 대답을 중얼거렸다. 그들은 처음부터 단짝 친구로 태어난 사이로 보였다…. 누가 봐도 최상급, 나에겐 아주 먼 세상이었다. 부자에 키 크고 똑똑한.

갑자기 다음 순간, 미스터 리즈가 내 옆에 와 있었다. 그의 퀴퀴한 숨결이 내 얼굴에 닿았다. "맥스, 너 혼자만 따돌려졌구나."

난 거의 웃음을 터뜨릴 뻔했다.

"맞아요, 선생님. 언제나 그래왔죠."

미스터 리즈는 얼굴을 찌푸리며 나를 보았다.

"원한다면 내가 같이 복습해주지. 내 책상으로 와라."

난 교실에 가득한 중얼거리는 소리가 싫었다. 난 귀를 잡아당겨 머리 쪽에 붙이고 희미하게 웅웅거리는 분주한 소리만 남게 했다. 얼굴이 얼얼하고 화끈거렸다. 경련이 일기 시작했고 난 어찌할 수가 없었다. 눈이 깜박이면서 눈물이 나왔고, 코는 간지러웠다. 혀는 내 입 안을 돌아다니면서 이와 입술 아래쪽, 볼 안쪽을 밀어댔다. 뭔가 거기 감춰져 있어서 필사적으로 뒤지고 다니는 것처럼.

"너 괜찮은 거니?" 미스터 리즈가 물었다.

벌레들이 내 눈썹 안에서 기어다니는 것 같았다. 피부가 그것들과 함께 느물거리면서 움직였고 나는 갑자기 피부를 떼어내고 싶은 충동을 느꼈다.

나는 얼굴을 마구 문질렀고 간지러움은 머리카락 사이사이와 목뒤 쪽으로, 어깨를 가로질러, 팔꿈치에서 손목으로, 손가락들 사이까지 퍼져나갔다. 난 긁어대는 걸 멈출 수가 없었다.

미스터 리즈가 내 손목을 창백하고 축축한 손으로 잡았다.

"그만, 맥스. 그만해!"

난 그에게서 나는 냄새를 참을 수 없었다. 내 몸을 확 잡아당겨 그에게서 빼내고는 벌떡 일어섰다. "건드리지 마세요!"

그는 꼭 나를 안을 것처럼 다가왔다.

난 그를 밀쳐냈고 그는 벽에 쿵 부딪혔다.

"건드리지 말라고요!" 나는 악을 썼다.

나는 휘청거리며 빽빽한 책상들 사이를 지나 교실 밖으로 나가 텅 빈 복도로 내려갔다. 들리는 건 오로지 타일 바닥을 때리는 내 뒤꿈치와 격렬한 내 숨소리뿐이었다. 나는 사물함과 감시 카메라, 과거 졸업생들의 사진이 줄지어 걸려 있는 복도를 지났다. 입구의 안내직원과 보안요원을 지나쳐 문밖으로 나왔다. 내 피부는 차가운 공기에 움츠러들어 떨렸지만 내 속은 덥고 쿵쾅댔다. 뛰어야 했다.

나는 학교에서부터 멀리 나와 미로 같은 회색빛 도시의 거리로 향했다. 열심히 달렸다. 내 숨소리 그리고 나를 진정시키는 팔과 다리의 움직임에 집중하려고 노력하면서. 스파르탄 아파트에 도착했을 즈음엔 다리가 후들거리고 배 속이 요동치면서 볼이 얼얼했다. 난 몸을 앞으로 숙이고 입구 옆의 말라죽은 잔디밭에다 토했다. 흐물흐물한 토가 안에서부터 솟구쳐 나와 신발에 튀었다. 나는 배가 당길 때까지 여러 번 헛구역질을 해댔다. 눈에서 눈물이 나고 왝왝대는 가래 덩어리밖에 나오는 게 없을 때까지.

나는 게워내고 침을 뱉었다. 나한테서 나는 냄새를 참을 수가 없었다. 시큼한 악취가 났으며 추위로 덜덜 떨고 있었다. 몸을 일으켜 주변을 둘러봤다. 나 혼자였다. 갈색과 회색의 풍경 속에서 나 역시 갈색과 회색이었다.

난 삼나무 관목에서 삼나무 가지 세 개를 꺾어 토한 데다 올려놓았다. 모습과 냄새를 가리려는 시도였지만 역부족이었다. 나는 손을 바지의 부드러운 쪽에 문지르고는 우리가 사는 스파르탄 건물로 들어가 계단을 오르고 퀴퀴한 복도를 지나 앞문에 이르렀다.

나는 20분에 걸쳐 샤워하고 이를 두 번 닦았다. 그리고 발가벗은 채로 이불을 덮고 침대에 누웠다. 그러다 내가 너무 발가벗겨진 느낌이 들어 다시 일어나 옷을 입었다. 사방이 아주 조용했다. 건물 전체를 통틀어 안에 있는 유일한 사람이 나일지도 몰랐다.

나는 주머니를 비운 다음 교복을 빨래 바구니에 넣었다. 내 리그를 확인했다.

벌써 나의 돌출행동에 대한 교장의 메시지가 와 있었다. 엄마한테 보낸 공문의 복사본이었다. 공문은 나를 이틀간 정학에 처하며 "더 이상의 예외로 보기 힘든 행동이 있으면 퇴학에 이를수도 있다."라고 안내했다. 정말로 그는 그렇게 써 놓았다. 아이러니로 인해 한 아이가 질식사할 수도 있었다.

*

엄마가 나에게 커다란 까만 지갑을 내밀었다.

"샤이엔 코너스, 너의 새로운 이복형제야."

길고 까만 앞머리에 커다란 푸른 눈을 한 열여섯 살 소년이 여권에서 노려보고 있었다. 188센티미터의 키에 몸무게 77킬로그램. 내가 아는 애였다. 블루마운틴 데빌스 팀이 있는 뉴 미들타운 남동부 중고등학교의 풋볼 선수였다.

"별로 달라스랑 닮지 않았는데요."

엄마가 내 손에서 여권을 낚아챘다.

"같은 키에 같은 몸무게야. 셀레스트한테 달라스의 코와 입 부분을 화장해 달라고 부탁하면 돼."

"그럼 출생 증명서는요? 아빠 이름을 거기 넣을 수 있어요?"

"출생 증명서는 없어. 지갑 안에 그런 건 없었어. 아빠 여권이랑 사망 증명서 가지고 가서 필요하면 거짓말로 넘겨야 할 거야."

*

다음 이틀 동안 나는 정학 당한 상태로 혼자 지냈다. 아무도 더 이상의 포스팅을 하지 않았다. 일기, 가십, 뉴스, 스냅샷 아무것도 없이 그냥 학교의 공지 사항뿐이었다. 다시 교실로 돌아가고 싶진 않았지만 그렇게 연락 두절 상태로 있는 것도 싫었다. 달라스는 내가 암호처럼 보내는 메시지엔 답하지 않을 것이다. 우린 토요일에 떠나기로 되어 있었다.

혼자서 아파트에 있으니 불안했다. 아무도 없는데도 복도에서 나는 소음들, 삐걱거리는 소리와 속삭이는 소리가 들렸다. 어제는 한 여자가 너무 크게 웃어서 난 그녀가 우리 집 부엌에 들어온 줄 알았다. 그녀는 복도 맞은편에서 열쇠를 찾기 위해 핸드백을 뒤지고 있었다. 난 문에 난 작은 구멍으로 그녀를 보고 있었다. 중년의 처진 피부, 염색한 금발에 예전 날씬했을 때 샀던 게 분명한 까만 정장을 입고 있었다. 그녀는 벽에 비친 젊은 여자와 이야기하는 중이었다. "세상에, 망할 놈 같으니!" 그녀는 감시카메라와 내 눈을 의식하지 않은 채 소리를 질렀다. "농담이 아니야. 다 똑같은 놈들이야."

난 오늘도 그녀를 관찰하고 엿들었다. 왜 그러는지는 모르겠다. 〈프릭쇼〉 예선도 보았다. 하지만 관심 가는 선수가 없었다. 지퍼헤드가 다시 나왔으면 좋겠다. 나는 숙제를 하고 덤벨을 들어 올렸다. 무감각하고 지루해질 때까지. 그러다 용기를 내 자비에 네 집에 가 보기로 했다.

자비에가 직접 문을 열어 주었다.

"자비에? 거의 못 알아볼 뻔했어."

그는 머리를 짧게 잘랐다. 흰 바지에 가슴 부분에는 웨스턴 무늬가 있는 파란 셔츠를 입고 있었다. 그는 한 20년은 더 나이 들어 보였다. 심각하고, 핸섬했으며, 단정하게 자른 머리에 충분히 휴식을 취한 모습이었다.

"아, 맥스구나!" 셀레스트가 거실에서 불렀다. 그녀는 담요를 덮고 소파에 앉아서 리그를 손에 들고 있었다. "너무 반갑다. 나 지금 미팅 중이긴 하지만 들어와. 놀다 가."

자비에는 내가 지나가도록 옆으로 비켜섰다. 그에게선 값싼 비누 냄새가 났다. 양잿물을 베이비파우더로 덮어씌운. "반갑다." 그가 말했다.

"고마워." 그의 시선이 나에게로 향했다. 자비에는 웃지 않았고 반짝이는 생기도 없었다.

"나 누군지 알지, 그렇지?"

"그럼, 당연하지. 맥스웰 코너스."

"맞아. 잘 지내고 있어? 더 건강해진 것처럼 보인다."

"응, 고마워."

"머리 잘랐네."

"남자는 머리가 짧아야 해."

나는 미소를 지었다. "넌 열여섯 살이야, 자비에."

"맞아. 최근에 생일이었어."

난 고개를 끄덕였다. "이번 토요일은 내 생일이야."

그는 전혀 관심이 없어 보였다. "난 이제 숙제해야 해." 그는 나를 그냥 내버려둔 채 코너에 있는 하얀 책상에 앉았다. 높은 소나무 의자에 완벽한 자세로 앉은 모습.

"방학 끝나면 자비에 다시 아카데믹 스쿨로 돌아가게 됐어!" 셀레스트가 자기 리그에 대고 소리쳤다. "그냥 몸의 화학적인 반응이 적절하게 균형을 이룰 시간이 필요했던 것뿐이야, 정말 감사하게도. 우리 사실 굉장히 걱정했거든. 하지만 새로운 패치가 아주 효과가 좋아."

나는 축 처진 소파 등받이에 기대 그녀의 어깨너머를 쳐다봤다. 색상환과 네 개의 얼굴이 리그에 떠 있었다.

"무슨 미팅 하는 거야?"

"우리 학교 앨범 만드는 모임." 셀레스트가 나를 가리키며 말했다. "네가 우리 디자인하는 거 도와주면 되겠다! 너 아주 훌륭한 아티스트잖아."

난 똑바로 섰다. 셀레스트가 진심으로 하는 말인지 알 수가 없었고, 그녀가 주사 치료를 받았는지도 알 수 없었다. 그녀는 친구들과 앨범의 가장자리에 들어갈 별과 나선형 무늬의 색깔에 관해 이야기 중이었다. 나는 거기에 서 있었다. 어색하게, 존재감 없이, 두 손을 주머니에 넣고 아무 이유 없이 웃으면서.

자비에네 거실은 잡동사니 가구들로 채워져 있었다. 유리로 된 커피 테이블, 소나무 재질의 작은 테이블, 코너에 있는 까만 플라스틱 장식장. 한쪽 벽엔 블랙과 핑크 색상의 추상 판화가 걸려 있었고 그 옆엔 화려한 장식 액자에 담긴 거대한 브라운 계열의 레오나르도 다 빈치 그림이 걸려 있었다. 집 안에선 베이컨 기름과 살균제 냄새가 섞여서 났다. 정말 정신이 하나도 없었다. 그 가족들처럼.

자비에의 눈과 손가락이 정상인 사람처럼 빠른 속도로 두 번 자기 화면을 넘겼다.

"뭐 공부하는 중이야?" 내가 물었다.

그는 내 방해가 달갑지 않은 듯 경직되었다. "번역하는 거야."

"자비에가 지난주에 그 책 전부를 영어에서 러시아어로 번역했어." 셀레스트가 자랑스럽게 얘기했다. "지금은 스페인어로 하는 중이야. 자비에의 새로운 관심사지."

"어떤 책인데? 내가 봐도 돼?"

자비에가 한숨을 쉬었다.

나는 그의 어깨 위로 두리번거렸다. 그가 돌아보면 난 일부러 귀찮게 굴려고 다른 쪽으로 휙 옮겨갔다. 난 자비에 리그 쪽으로 몸을 숙였다. "네가 시를 읽는지는 전혀 몰랐었네."

그는 자기 의자를 나한테서 멀리 옮겼다. "수메르의 시를 영어로 옮긴 거야. 난 그걸 스페인어로 옮기는 중이고."

"길가메시?"

내가 이 시를 알고 있는 것에 그는 놀랐다. 자비에는 나와 화면을 번갈아 쳐다봤다.

난 어깨를 으쓱했다. "수메르 시가 몇 개나 들어 있어?"

"수메르 시는 많아."

나는 웃었다. "그건 몰랐다. 하지만 '길가메시'는 유명하잖아. 작년 커뮤니케이션 시간에 페퍼가 고쳐 쓰기도 했고. 지금 어느 부분 하는 중이야?"

"반 정도 끝냈어."

"스토리가 지금 어느 부분이야?"

"이건 시야."

"친구가 죽었어 안 죽었어? 난 그 주인공보다 친구가 더 좋더라." 나는 자비에의 화면에 떠 있는 텍스트 중 영어로 된 부분을 읽었다. "아, 이 부분. 여기 슬프지." 길가메시는 동굴 안에 있었다. 이 세상에 친구라곤 하나 없이. 그리고 몇 시간 동안 칠흑 같은 어둠 속에서 동굴 반대편으로 가기 위해 기어가야 했다. 그는 외롭고 두려웠으며 포기하고 싶었다. 난 한숨을 쉬면서 머리를 흔들었다. 그리고 중얼댔다. "나도 이런 경험 있어."

"아니 넌 그런 적 없어." 자비에가 말했다. "이건 서남아시아가

배경이야."

나는 웃었다. "맞아, 하지만 우리 모두 비슷한 경험이 있잖아."

그는 의자에 앉아 뭔가 불편해하며 몸을 가만히 두지 못했다. "아니, 우린 그런 적 없어."

"자비에 자극하지 마!" 셀레스트가 낮은 소리로 나를 저지했다.

"미안. 그냥 비유야."

자비에는 고개를 저으며 눈살을 찌푸리고 못마땅한 얼굴로 나를 봤다. 알리가 요즘 들어 내가 뭔가 모자란다는 듯이 쳐다볼 때 나오는 표정과 똑같았다. "이건 시라고." 그가 쏘아붙였다.

난 그의 헤어스타일이 마음에 안 들었다. 그렇게 짧은 머리를 한 그의 얼굴도 맘에 안 들었다. 꼭 공장에서 만들어져 나온 것처럼 보였다. 한때 자비에가 나에게 어떻게 다른 것들을 떠올리게 했는지 이젠 알 수가 없어졌다. "나 가야겠어." 내가 말했다.

그는 고개를 끄덕이더니 자기의 분주한 일과로 돌아갔다.

"아, 맞다." 앨범 작업 동료들에게서 눈을 뗀 셀레스트가 날 보며 말했다. "네 텐트 가져갈 수 있을까? 그게 선물이었고 또 자비에한테 준 네 마음도 잘 알지만 엄마가 우리 집에는 텐트 둘 만한 자리가 없대. 그리고 좀 냄새도 나고."

잠시 난 그녀가 농담하는 걸로 생각했다.

"내 그림을 다시 돌려준다고?"

"텐트가 참 맘에 들어, 맥스. 하지만 놔둘 데가 없어서 거의 쓰레기처럼 되어 버렸어." 난 자비에를 보았다. "너한테 준 생일 선물인데 원하지 않는다고?"

"거기서 이상한 냄새가 나." 그는 날 쳐다보지도 않은 채로 말했다.

셀레스트가 웃었다. "정말 그래."

난 그들이 다 좀비가 되어 버리길 바랐다. 라빈 가족 전부 다. 그들의 더러운 집과 빛나는 머리, 볼품없지만 진짜인 일련의 잡동사니까지 정말 다 싫었다. 그중에서 제일 싫은 건 내가 얼마나 자비에를 그리워하는가였다. 나도 굳이 미소 짓지 않았다.

"물론이지. 내가 가져갈게."

칠이 벗겨져 나간 복도를 따라 나의 비유를 끌고 오면서 나는 점점 더 화가 나는 동시에 점점 더 행복해졌다. 내가 나의 텐트를 구한 것이다. 구제 상점에서 사 온 옷들과 쓸데없는 서명 용지 가득한 벽장에 처박혀 있는 상태에서, 원래 누구한테 어떤 의미를 가진 작품이었는지에 대한 기억이 사라질 때까지 그냥 접힌 채로 버려지고 말았을 미래로부터 구해온 것이다. 나에게, 이 텐트는 내 작품이다. 내 일생 가장 훌륭한 작품. 그리고 이건 나의 소유다. 또 어쩌면 얼마 안 가 이 안에서 정말 살게 될지도 모를 일이었다.

15

12월 23일 금요일, 방학 전 마지막으로 학교에 가는 날이다. 내가 학교에 도착했을 때 달라스는 건물 안으로 들어서고 있었다. 그는 자기 학생증을 턱 밑에 든 채 똑바로 앞쪽을 쳐다보고 있었다. 나도 줄을 섰다. 내 주변 세상처럼 잠잠하고 차갑게.

커뮤니케이션 시간에 나는 달라스 뒤에 앉았다. 여전히 내 차례를 기다리면서. 미스터 에임스는 '설득적 논픽션'에 관한 방학 숙제를 나눠 주는 중이었다. 예전 수업 계획서에는 이번 학기 주제가 서사시로 되어 있었지만, 좀비들은 쓰러져 간 전우에 대해선 그다지 관심이 없었다. '고대에서 현대까지 우편 배달의 역사'가 이번에 좀비들의 이빨이 물게 될 뇌였다.

"맛있겠는데." 내가 글쓰기 주제로 나온 리스트를 보면서 달라스에게 말했다.

그는 내 말을 듣고 있지 않았다.

"개인적인 경험을 글에다가 넣도록 해라." 미스터 에임스가 말했다. "질문 있니?"

우리는 멍하니 앞을 바라보았다.

선생님은 한숨을 내쉬었다. "너희들은 예전의 너희가 아니야."

점심시간에 다시 달라스에게 접근을 시도했다. 달라스 바로 뒷자리에 줄을 선 나는 발을 이리저리 움직이며 말했다. "우리 엄마가 어젯밤에 좀비들이 나오는 영화를 봤대. 좀비들은 사람들 뇌를 먹는대."

그는 나를 보지 않았다. 그의 시선은 치즈가 잔뜩 덮인 마카로니가 흥건한 노란색 소스와 함께 자기 접시에 담기는 것을 보고 있었다. 그의 눈꺼풀은 피곤으로 보라색을 띠었고 콧날과 대조되면서 거의 검게 보였다.

난 그의 어깨를 두드렸다. "너도 그 영화 봤어?"

그는 내가 있는 걸 그제야 알아챘다는 듯이 나한테로 돌아섰다. 그의 눈동자 너머에 미소가 없었다. 씹지도 않았다. 아무런 단서가 없었다. "나도 전엔 영화를 봤었는데, 이젠 더 이상 안 봐. 왜 그렇게 된 건지 모르겠어." 그는 자기의 쟁반을 들고 제일 가까운 자리로 가서 모르는 애들 두 명 사이에 앉았다.

브레넌이 내 등을 쿡 찔렀다. "좀 놔둬." 그는 입술도 안 움직이고 말했다.

난 무슨 음식을 주문했는지도 모르고 있었다. 그냥 기다란 테이블 끝 브레넌 옆자리에 앉아 먹을 마음이 들지 않는 음식들이 담긴 쟁반을 쳐다보고 있었다. 흐물거리는 야채수프, 차가운 빵, 씁쓸한 포도.

식당 저쪽에 앉은 달라스는 계속 뭔가를 씹기는 했지만 절대 삼키지는 않는 것 같았다. 마침내 그는 일어나서 접시들을 카트에다 올려놓았다. 그의 재킷은 어깨에 딱 맞았지만 바지는 엉덩이에 겨우 걸쳐져 있었다. 사흘 전보다도 더 말라 있었다.

"그만 좀 쳐다봐." 브레넌이 작게 말했다. 그는 복화술 재주를 타고났다. "밥이나 먹어."

나는 젤로 한 숟가락을 입안에 떠 넣고는 앞뒤로 이를 움직여 가며 빨았다. 뻑뻑하게 이에 닿는 소리를 내면서 시뻘건 물로 변할 때까지.

역사 수업은 견디기 힘들었다. 우리는 시대에 따른 산업 재해를 공부했다. 그런데 거기에 따른 고통과 죽음은 그대로 두고 누구의 책임이었는지도 생략한 채, 다시 회복시키는 기술에만 집중했다. 정해진 일을 해내기 위해 다들 스스로를 갈아 넣으며 일하는 것만 언급하고 있었다.

미스터 리즈는 수업에 참여하지 않았다. 그는 다큐멘터리를 보여 주고, 읽기 과제를 내주고, 화면에 띄워놓은 질문을 가리키면서 마치 과거 자신의 비서처럼 임무를 수행하고 있었다. 나는 그와 그가 견디고 있는 모든 게 싫었다. 엄마가 미운 것처럼 그도 미웠다. 그들은 내가 사랑하는 사람들이고 미워하고 싶지 않았지만 어쩔 수가 없었다. 자기들이 하는 일에 대해 옳지 않다고 느끼면서도 어쨌든 하고 있는, 매번 한숨을 쉬면서 지금 같이 상황이 좋지 않을 때 자신들은 그래도 좋은 사람들이라는 생각에 매달리고 있는 모든 어른이 미웠다. 나를 위해 그들이 나서지 않는 게 미웠다. 내가 나 자신을 위해 나설 수 있게 도와주지 않는 것이 미웠다. 그게 바로 우리 자신의 일이 되기 전까진 그들이 학살한 사람들에 대해 관심을 갖도록 가르치지 않았던 게 미웠다. 그들이 커피 마시며 떠는 수다와 쓰는 티슈들로 숨 막혀 죽었으면 좋겠다.

미스터 리즈는 통로를 비집고 다니면서 아이들이 얼마나 하고 있는지 검사했다. 난 한쪽 발을 내밀었고 그는 거기에 발이 걸려 휘청거렸다. 놀라고 화가 났지만 뭐라고 말을 하기엔 두려워하고 있었다. 나는 과제를 계속했다.

난 더 이상 역사를 잘하지 못했다. 난 과거와 미래를 구분할 수 없었다.

체육 시간 전에 사물함에서 난 달라스를 또 괴롭혔다. 가까이 붙어 서서 속삭였다. "좀비들이 사람 뇌를 먹는다는 사실 알고 있었어?"

"아니." 그는 물병을 잡으려고 내 뒤로 손을 뻗었다.

체육관 문에서도 나는 달라스의 바로 뒤에 있었다.

에머리 코치가 내 어깨 위에 한쪽 손을 올려놓았다. "피곤해 보이는데, 코너스. 벤치에서 좀 쉴래?"

나는 꼭 어린이집에 자기를 두고 떠나는 아빠를 보는 아이처럼 내가 달라스를 쳐다보고 있다는 사실을 깨달았다. 난 크게 숨을 들이쉬고 얼굴 근육을 풀었다.

"건강을 위해서는 운동 말고도 필요한 것들이 있다." 코치가 말했다. "잠은 제대로 잤니?"

"네, 코치님."

"수업할 수 있겠어?"

"네, 코치님."

그는 내 어깨를 두드려 주었다. "그래, 착하다. 방학인데 아프면 안 되지."

"그럼요, 코치님."

우리는 트랙을 도는 걸로 시작했다. 나 혼자만의 상상인지 아닌지 알 수가 없었다. 달라스는 내가 그에게 가까이 가기만 하면 속도를 높였다.

"한 그룹으로 뛰는 거야! 달리기 시합이 아니라고!" 에머리 코치가 소리쳤다.

우리는 농구 연습을 위해 작은 원을 만들고 서서 공을 던지고 뺏었다. 달라스는 바로 내 맞은편, 브레넌 옆에 서 있었다. 그의 티셔츠가 갈비뼈 위로 늘어져 있었다. 팔의 혈관은 지형도처럼 구불구불하게 허연 살 위로 솟아 있었다. 그의 눈은 공의 움직임을 따라 나에게로 향했다. 나는 일부러 공을 놓쳤지만, 그는 아무런 반응이 없었다.

"공 주워서 다시 시작해." 코치가 말했다.

나는 곧바로 달라스에게 힘껏 던졌다. 브레넌이 본능적으로 몸을 피했다. 달라스는 조금도 주춤하지 않고 바로 코앞에서 공을 받더니 베이에게로 튕겼다.

"공 던질 때 주의해라!" 에머리 코치가 소리쳤다. "자기 위치와 주변 사람들 잘 생각하면서 던져야 해."

공을 받을 때마다 나는 세게 달라스한테 던졌다. 그는 매번 처음처럼 받았다.

에머리 코치가 결국 내 손에서 공을 가로채더니 내 얼굴에 대고 호통을 쳤다. "그 껌 당장 뱉어, 코너스! 내 체육 수업 중에 껌 씹으면 안 되는 거 모르나!"

"껌 안 씹는데요, 코치님."

그는 인상을 썼다. "그럼 도대체 씹어대는 게 뭐야?"

"모르겠습니다, 코치님."

그는 내 이마에 손을 댔다. 몸에 이상이라도 있는 것처럼.

"가서 벤치에 앉아 좀 쉬어라."

나는 남은 수업 내내 앉아 있었다. 눈을 감고 얕은 숨을 들이쉬면서 공이 체육관 바닥에서 튀어 오르는 소리를 들었다. 탕, 탕, 탕.

코치가 지나가면서 내 발을 찼다. 나는 내가 혼자 중얼거리면서 넓적다리의 털을 모조리 뽑고 있다는 걸 알아챘다.

나는 손을 밑에 넣고 저 멀리 벽에 걸려 있는 줄넘기를 보면서 머릿속으로 곱셈하기 시작했다. 이 곱하기 이는 사, 사 곱하기 이

는 팔, 팔 곱하기 이는 십육. 그렇게 계속하다가 조 단위가 머릿
속에서 뒤죽박죽되면 처음부터 다시 시작하기를 여러 번, 드디
어 수업 끝나는 종이 울렸다.

샤워하는 도중 극심한 공황 상태가 나를 덮쳤다. 우리가 떠나
기 직전 달라스가 치료받았다는 사실을 받아들일 수가 없었다.
그럴 수는 없는 일이다.

나는 물 온도를 바꿔댔다. 샤워기에서 쏟아지는 물방울들이
수없이 많은 바늘처럼 나를 찔렀다. 얼음처럼 차갑다가 델 정도
로 뜨겁다가 다시 얼음처럼 차갑게. 독한 표백제 냄새가 내 코와
폐를 파고들었다. 물줄기 아래서 중얼대는 소리와 철썩 발을 치
는 소리가 들렸다. 나는 머리를 홱 돌렸다. 덫에 걸릴 준비를 한
채. 하지만 보이는 건 조용하게 수건을 몸에 두르고 옷을 입으러
가거나 샤워를 끝내고 나갈 준비를 하는 아이들의 모습뿐이었다.

나는 달라스를 곁눈질로 바라보았다. 게이로 오해받아도 상관
없었다. 그는 샤워 꼭지 쪽을 향해 서서 모두 그렇게 하듯 천천히
그러나 효율적으로 움직이고 있었다. 몸을 헹군 그는 수건으로
몸을 닦고 난 뒤 내 쪽으로는 눈길 한 번 주지 않은 채 걸어갔다.

"옷 입어라, 코너스! 혼자 늦어지잖아!" 에머리 코치가 문 있는
데서 소리쳤다. 난 아직 비누칠도 하지 않은 상태였다. 하지만 상
관없었다. 난 물을 잠그고 수건을 덮었다.

달라스가 나가려고 하는 것을 코치가 잡았다. "누군가…." 그
는 절반은 아직도 맨몸 상태인 아이들을 향해 말했다. "누구라

곤 말하지 않겠다. 하지만 누군가 풋볼 필드에 물병을 놔두고 갔다. 너희들 모두 내가 필드를 깨끗하게 유지하는 걸 얼마나 중요하게 생각하는지 알겠지. 너희 중 두 명이 필드를 걸어가면서 쓰레기를 치워 줬으면 좋겠는데." 그는 달라스를 먼저 가리키고 이쪽에 떨어져 있는 나를 가리켰다. "둘이서 같이 군인처럼 필드를 오르락내리락 행군해 줬으면 좋겠다. 보이는 쓰레기는 다 주워라. 트레일러 근처도 꼭 확인하고. 나머지는 이제 가도 좋다. 메리 크리스마스."

나는 서둘러 옷을 입었다. 양말이 뒤집혀 있었지만 상관없었다. 신발 끈을 묶으면서 난 내 손이 떨리고 있는 걸 발견했다.

브레넌이 내 옆에 신발을 떨어뜨리고 앉았다. 그는 머리를 숙이고 속삭였다. "감시카메라에서 멀어지기 전까지는 아무런 질문도 하지 마." 그는 발을 신발 안에 구겨 넣고는 끈을 조이기 위해 몸을 구부렸다. "달라스한테서 떨어져 있지 말고, 혹시 모르니까. 어떻게 된 건지 알게 되면 우리한테 말해 줘."

그는 일어나 동정 어린 눈길로 나를 잠깐 보았다. 더러운 자기 운동복을 집으려고 몸을 숙인 그는 이렇게 덧붙였다. "그런 다음 벗어나, 맥스. 달라스와 같이 가든 혼자 가든."

브레넌이 나가고 나자, 탈의실에 남은 건 오로지 나 하나였다. 난 여기가 좋았다. 냄새가 났지만 아이들 냄새였다. 치료가 그들을 어떻게 바꿔 놓았던 간에 그들에게서 나는 냄새는 그대로였다.

에머리 코치가 한 쪽에서 불쑥 머리를 들이밀며 말했다. "시간이 없다."

*

달라스와 나는 트레일러에 가방을 던져 놓고 조용히 필드로 나갔다. 코트를 입었어야 했는데 코트는 가방 속에 쑤셔 넣은 상태였다. 나는 제대로 생각할 수가 없었다. 나는 교복의 단추를 채우고 깃을 올린 뒤 두 손은 주머니에 넣었다. 달라스는 나와 차이 나는 큰 키로 옆에서 걸었다. 지퍼를 다 올리고 모자를 쓴 채로. 그의 얼굴은 거의 보이지 않았다.

풋볼 필드는 죽은 잔디가 광활하게 펼쳐져 있는 곳으로, 가지만 앙상한 나무들이 서쪽으로 주르르 서 있었다. 나무들은 가장 옅은 회색을 띤 단조로운 하늘을 향해 뻗어 있었다. 구름 뒤에서 밝게 빛나는 원형의 해는 오후 3시 30분부터 이미 지고 있었다.

징이 박힌 운동화 대신 그냥 신발을 신고 이 필드를 걷는 건 느낌이 이상했다. 내 아래의 땅은 단단했고, 잔디의 풀들은 뻣뻣하고도 미끄러웠다.

"우리 서로 반대편으로 헤어져서 시작해야겠다." 달라스가 말했다.

"아니야. 우린 같이 걸어 다녀야 돼."

"헤어져서 다니는 게 더 효율적이야."

"눈 두 개보단 네 개가 더 낫거든."

"아니." 그가 말했다. "눈이 두 개면⋯."

"우린 같이 다닐 거야."

좀비랑 같이 걷기에 거의 6천 제곱미터에 이르는 필드는 넓었다. 오십 걸음을 가서 사이드라인에 닿으면 마치 밭을 갈듯이 직각으로 돌아서서 걷기 시작했다. 학교는 겨울의 으스레한 빛 아래에서 어마어마하게 커 보였다. 여섯 개 동의 야망이 저 멀리 뻗어 나가 있었다. 검은 유리 뒤로 우리의 미래가 결정되는 곳이었다.

아이들이 지금쯤이면 앞문으로 빠져나가고 있거나, 아니면 이미 방학을 맞아 집으로 갔을 것이다. 교사들은 아직 남아 있었다. 그들의 자전거와 미스터 그레이엄의 차가 주차장에 있었다. 하지만 학교에서는 무언가 살아 움직이는 기미가 전혀 느껴지지 않았다. 우리 둘밖에 남지 않은 것 같았다.

사이드라인에 닿은 우리는 직각으로 꺾어 다시 서쪽으로 향했다. 달라스는 시선을 아래로 향했지만 턱은 든 채여서 자기 코를 쳐다보는 것처럼 보였다. 난 그를 따라 했지만 그는 알아채지 못했다. 아무런 관심이 없었다.

"어제 도서관 갔다 온 뒤에 뭐 했어?" 내가 물었다.

"잡담은 우리 일에 방해가 돼."

난 그를 한 대 때리고 싶었다. "뭐 했어?" 난 다시 물었다.

그는 멈추더니 내가 뭔가 문제가 있다는 듯이 쳐다봤다. 그러더니 눈살을 찌푸렸다. "기억이 안 나." 그는 몸을 떨면서 계속 걸었다. 자기 코를 내려다보면서.

"무슨 프로 봤어? 숙제했어? 약 먹었어?"

"넌 풋볼 필드 쳐다봐야지. 나 말고."

"풋볼 필드엔 아무 것도 없어! 여기서도 다 보여. 깨끗하다고.
필드에다 쓰레기 던질 생각하는 아이는 아마 이 학교에 더 이상
남아 있지도 않을걸." 나는 일부러 달라스 쪽으로 휘청거렸다. 그
의 어깨를 확 치면서. "너랑 나 말고는 아무도."

그는 걸음을 멈췄다. "난 절대 풋볼 필드에 쓰레기는 안 버려.
그건 잘못된 행동이야! 왜 쓰레기를 풋볼 필드에 버리겠어? 우
린 우리가 가진 것들을 잘 관리해야 해."

난 그의 머리를 쳐내고 싶었다. 후두를 잡아 뜯고 싶었다. 고
환을 무릎으로 쳐서 제구실 못하는 묵사발로 만들고 싶었다. 달
라스의 눈을 쏘아보자니 내 볼이 벌겋게 달아올랐다. 아아, 내 키
가 더 컸으면 얼마나 좋을까. 어렸을 땐 내가 달라스를 혼내줄
수 있었다. 그는 매번 완전히 기진맥진했었다. 그런데 지금은 코
를 후비면서도 팔을 뻗어 나를 저지할 수 있었다.

그의 얼굴에 분노가 일었다. 하지만 그건 루카스나 알리 그리
고 그 외 모든 수다스러운 좀비들이 보여주는 분노였다.

달라스가 나를 일러바친다는 생각이 나를 견딜 수 없게 했다.
지난여름, 내가 자기 아빠 헤드라이트를 부쉈을 때도 그는 절대
말하지 않았고, 내가 에머리 코치의 보온병 뚜껑을 약간 열어놓
는 바람에 데어서 병원에 가야 했을 때도 그는 내가 한 짓이라고

고자질하지 않았다. 아빠가 죽고 나서 내가 집을 나와 예전 빈집에서 하룻밤을 숨어 있었을 때도 그는 아무에게도 말하지 않았고, 내가 두 살 된 알리를 잃어버렸다가 한 시간 뒤에 다시 찾았을 때도 그는 침묵을 지켰다. 그는 내가 지난 15년간 저지른 잘못에 대해 단 한 마디의 고자질도 한 적이 없었다. 그런데 이제, 우리가 거의 다 자란 이때, 그는 쓰레기 조각 하나 때문에 나를 일러바치려고 하는 것이다.

이 세상에 나를 걱정해 주는 사람이 엄마 말곤 아무도 없다는 사실은 마주하기에 너무 과한 진실이었다. 나는 울음이 터지거나 토할 것처럼 얼굴이 얼얼해졌다. 더 이상 말도 할 수 없었다. 필드엔 감시카메라가 설치되어 있었고 내 혀는 움직이기에 너무 무거웠다.

10분 정도를 더 우리는 나란히 서서 걸었다. 아무도 거기에 있을 걸로 생각하지 않는 쓰레기를 찾아 필드와 관람석을 뒤지면서. 내 옆에 있는 아이는 다른 사람이라고, 내가 이름도 모르는 새로운 아이인 것처럼 나는 생각했다.

"깨끗하네." 달라스가 관람석 제일 끝까지 갔을 때 크게 말했다.

나는 울지 않기 위해 혀를 깨물어야만 했다. 난 녹초가 되어 있었다. 이가 닿은 데서 따뜻한 피가 배어 나왔다.

"이제 트레일러 확인하러 가야겠다." 그는 말했다.

나는 트레일러 안으로 같이 들어가지 않았다. 슬픔으로 일그러진 얼굴을 카메라에 찍히기 싫어서 땅만 쳐다보고 있었다. 트레일러 뒤쪽, 카메라가 잡히지 않는 곳에 이르자 나는 부들부들 떨기 시작했다. 나는 입술을 깨물고 코를 닦고 신음을 내고 숨을 몰아쉬고 땅바닥을 쾅쾅 치면서 아기처럼 울음을 터뜨리지 않기 위해 할 수 있는 건 다했다. 나는 얼굴을 트레일러 벽에다 박아댔고 그 느낌이 좋았다. 단단하고 신축성이 없는 벽이었다. 그래서 점점 더 세게 박기 시작했다. 이미 감각이 사라진 이마 가운데로, 잠시 후면 열반이 코앞인 것 같았다. 하지만 내 행동이 전형적인 좀비가 할 만한 건 아니었다. 그래서 구석에서 혼란스러운 표정으로 나를 쳐다보고 있는 달라스를 보았을 때, 이제 난 끝장이라고 생각했다. 나를 분명 신고할 것이다.

"도대체 원하는 게 뭐야?" 나는 말했다. 나의 약점을 콧속으로 들이키면서.

그는 멍하니 나를 쳐다보고 있었다. 겨울 햇살에 그의 실루엣만이 보였다.

"이쪽으로 와." 내가 말했다.

"난 여기 있어."

"더 가까이 오라고."

그는 망설이더니 결국 한 발자국 내 쪽으로 다가섰고, 카메라에서 벗어났다.

난 그의 코트를 잡아 트레일러 쪽으로 확 밀어붙였다.

"오우!" 그가 말했다. "그만. 그만해 줬으면 좋겠어."

"네가 뭘 원하는지는 관심 없어."

그는 얼굴을 찌푸리면서 자기 코트를 움켜쥐고 있는 내 손을 떼어 내려고 했다.

"내일 우리 아파트에서 만나기로 했잖아. 너희 아빠한테는 도서관에 간다고 하고 대신 우리 집으로 오기로 했어. 나한테 오겠다고, 만약 안 오더라도 꼭 너를 데리고 가라고 얘기했잖아. 그거 기억나?"

그는 내 엄지손가락만 잡아당길 뿐 내 얘기는 무시했다.

나는 그를 흔들어댔다. 그의 어깨가 벽에 부딪히면서 트레일러가 덜컹거렸다. "그거 기억하냐고?"

"기억나. 하지만 그건 잘못된 생각이었어. 누구한테 원하지 않는 것을 하도록 강요하는 건 잘못이야." 그는 내 손을 떼어 내는 걸 포기했다. 그냥 자기 코트의 지퍼를 내리더니 팔을 빼고 빈 코트만 덜렁 내 손에 남겨 놓았다.

그는 저쪽으로 걸어가 버렸고 나는 그걸 용납할 수 없었다. 나는 달라스의 등을 거칠게 치며 달라붙어 그를 바닥으로 쓰러뜨렸다. 그는 나를 굴러 떨어뜨리려고 했지만 나는 그의 척추를 무릎으로 세게 받아 그의 머리가 바닥으로 고꾸라지게 만들고 내 팔꿈치로는 그의 관자놀이를 눌렀다.

"내일 아침에 우리 집으로 오는 거야. 아니면 내가 너희 집으로 가서 널 끌어낼 거야."

그는 저항하지 않고 거기에 누워 있었다.

"내 말 들었어?" 대답이 없었다.

난 혹시나 달라스를 다치게 했을까 봐 걱정되었다. 내가 알지 못하는 약을 복용 중이라면 내 공격으로 뇌가 마비될 수도 있다. "달라스? 달라스, 너 괜찮아?" 나는 일어나 달라스를 뒤집어 눕히고 그의 초점 없는 눈을 쳐다보았다.

그의 눈이 깜박였다. 일어나 앉은 그는 볼에 묻은 죽은 잔디와 먼지를 털어 냈다. 일어나서는 교복을 털었다.

"너 괜찮아?" 내가 다시 물었다.

"난 괜찮아." 그는 자기 코트를 집어 들고 가려고 몸을 돌렸다.

"안 돼!" 내가 외쳤다. 그를 다시 잡아당기면서. "안 돼! 내일 아침에 우리 집으로 온다고 약속하기 전까진 못 가."

그는 고개를 저었다. "아침엔 할 공부가 있어."

"아니, 없어." 나는 달라스 교복의 회색 옷깃을 거머쥐고 그를 내 쪽으로 더 잡아당겼다. "난 너 데리고 갈 거야."

그는 내 손가락을 가볍게 스치면서 말했다. "그건 잘못된 일이야."

"나는 여기다 너 남겨 두고 안 가!" 나는 계속해서 고래고래 소리쳤다. 멈출 수가 없었다. 나는 그를 거칠게 벽으로 몰아붙였다. 자꾸만 계속해서, 손가락 마디로 그의 가슴을 찔러대면서. "난 여기에 너 남겨 두고 안 가! 난 여기 너를 두고 안 간다고!"

"그만해!" 달라스가 내 손을 자기에게서 떼어 내 주먹 안에 꽉 쥐고 말했다. "너 좀 문제가 있는 것 같아. 의사한테 가 봐야 해."

갑자기 난 다시 터져 나오려는 눈물과 싸우고 있었다. 모든 긴장이 – 몇 주, 몇 날, 몇 시간에 걸쳐 이어져 온 그 긴장 – 나에게서 새어 나오기 시작했다. "난 여기에 너 남겨 두고 안 가." 나는 속삭였고 목이 메었다. "난 네가 어떤 사람인지에 대해 걱정하는 유일한 사람이야. 내가 너의 유일한 친구라고."

그는 미소를 지으면서 내 손을 놓아줬다. "우리 반 아이들 모두가 내 친구들이야."

난 그의 머리통을 후려쳤다.

눈빛이 어두워진 그가 자기를 추슬렀다. 뻣뻣한 긴장감이 돌았다. "난 이제 가야 해." 그의 목소리가 깊고 낮게 울렸다. 끔찍한 목소리였다. 거의 진짜처럼 들렸고 내 희망은 이제 미끼에 낚여 버리고 만 것 같았다.

"달라스?" 나는 그의 눈을 보려고 했지만 그는 자기를 붙들고 있는 내 손을 쳐다봤다.

그는 이를 악물었다. "나 보내 줘." 그는 내 쪽으로 기대 자기 손으로 내 손을 감싸 쥐더니 으스러지도록 꽉 잡았다.

난 움찔했지만 이게 차라리 나았다. "달라스? 너야?"

그는 내 손을 자기 교복에서 확 비틀어 떼고 나를 밀어냈다.

"싫어!" 난 그를 거칠게 벽으로 밀쳤다. 팔뚝으로 그의 목을 확 밀치고는 숨통을 조였다. "어디 가야 되는데? 선생한테 얘기하러 가냐?"

그는 움직임이 없었다. 내 눈을 쳐다보지도 않았고, 대답도 하지 않았다. 하지만 그는 떨고 있었다. 그는 화가 났고 통제력을 잃고 있었다. 나는 그가 열 받기 시작한다는 걸 느낄 수 있었다.

"만약 너도 그들 중 하나라면 선생한테 가서 말하겠지."

그는 심호흡을 하고 눈을 깜박이더니 얘기했다. "나는 너 다치게 하고 싶지 않아. 넌 이미 너무 많은 결함을 갖고 있어. 우리는 우리보다 운이 좋지 않은 사람들한테 친절해야 해."

나는 한 걸음 뒤로 물러나 그의 얼굴을 후려쳤다. 그의 머리가 벽 앞에서 휙 돌아갔고 내 손자국이 그의 창백한 뺨 위에 핑크색으로 번졌다. "넌 좀비 중 하나가 아니잖아!"

그는 머리를 흔들면서 코웃음을 쳤다. "네 정신 건강에 지금 문제가 있어 보여. 의사를 만나야 해." 그의 눈에는 아무것도 없었다. 반짝임도, 숨겨진 메시지도. 그는 내가 자기를 막고 있어서 화가 난 것이다. 나는 그에게 거슬리는 존재였다. 나는 이미 지나간 과거였다.

"넌 그들 중의 하나가 아니잖아!" 내가 소리쳤다. "넌 아니야! 넌 아니라고!" 나는 그의 얼굴을 철썩철썩 계속 때렸다. 더 이상 남은 힘이 없고 그의 뺨이 시뻘게지고, 이젠 때리는 게 아니라 토닥거리면서 내 눈이 튀어나올 정도로 절규하며 그에게 매달리게 될 때까지. "넌 그럴 리 없어, 달라스. 넌 그들 중 하나가 될 수 없어. 넌 아니라고."

"그런데 여기 무슨 일인가?"

미스터 그레이엄이 트레일러의 한쪽 코너에 서서 나를 보며 미소를 띠고 있었다. 커다란 하얀 공처럼 둥글게 반짝이면서.

16

한기와 두려움으로 몸이 떨렸다. 나는 이제 끝났다.

달라스는 몸을 일으켜 세우고 내 손을 그의 교복에서 떼어 내며 말했다. "맥스가 몸이 좀 안 좋아요, 선생님. 집에 가야 할 것같아요."

교장이 미소를 지었다. "맥스를 낫게 할 수 있는 바로 그걸 내가 가지고 있는데." 그는 뚱뚱한 것치고는 잽싸게 움직였다. 엄청나게 키가 크고 거대한 몸집의 그는 아주 잠깐 사이에 내 옆으로 와서 등 뒤로 내 팔을 비틀어 쥐었다.

달라스는 코앞에서 내 난관을 내려다보면서도 아무런 행동도 하지 않고 가만히 있었다. "네 넥타이 좀 풀어 줄래, 리치몬드." 미스터 그레이엄이 말했고, 달라스는 그대로 했다.

교장은 내 손목을 등 뒤에서 묶고는 내 어깨를 두드렸다. "자

이제, 코너스. 얌전히 있어라."

"맥스는 집에 가야 해요, 엄마한테요." 달라스가 말했다. "맥스 엄마가 간호사예요."

미스터 그레이엄이 낄낄 웃었다. "아직은 맥스웰을 집으로 보내고 싶지 않구나. 방학 동안 그를 잃어버릴지도 모르는데, 그러고 싶지 않거든. 일단 맥스웰이 자기의 반사회적인 경향을 자제하게 되면, 우리 학교를 자랑스럽게 만들어 줄 거다." 그는 내 앞으로 오더니 달라스를 토닥거렸다. "잘 가라, 리치몬드. 너희 아버지가 나에게 너희 둘을 잘 지켜보라고 얘기했단다."

달라스는 경직된 채 눈을 마구 깜박이더니 이를 악물었다.

난 등을 구부리고 팔을 뻗어서 다리를 빼내 몸 앞으로 오게 하려고 했으나 팔이 엉덩이에 걸렸다. 교장은 그런 나를 보며 비웃었다. 그가 내 팔을 꽉 움켜쥐었다. "내 사무실로 지금 가자, 코너스. 오늘 내 차로 집에 데려다주지." 그는 달라스를 보고 미소 지었다. "넌 가도 좋아, 메리 크리스마스."

미스터 그레이엄은 날 앞으로 떠밀었다. 트레일러에서부터 멀리. 잠깐 학교와 언 땅의 모습이 눈에 들어왔다. 그는 한쪽 손에 커피를 들고, 다른 쪽 손에는 가방을 들고 있었다. 눈에 보이는 사람은 오로지 그 하나였다.

"기다려요!" 달라스가 소리쳤다. "트레일러에 꼭 보셔야 할 게 있어요, 선생님."

미스터 그레이엄은 멈추더니, 돌아서서 나를 확 옆으로 밀었다. "뭐라고?"

달라스는 눈을 빠른 속도로 깜박였다. "트레일러에 뭐가 있거든요, 선생님. 지금 와서 보셔야 해요."

"좀 기다릴 순 없을까? 크리스마스인데."

"안 돼요, 선생님, 기다릴 수가 없는 일이에요."

미스터 그레이엄은 씩씩거리면서 노려보더니, 눈을 부릅떴다. "알았다. 가서 보자고."

달라스가 고개를 끄덕였다. 그는 코트를 집어 들더니 코너를 돌아갔다.

트레일러 안에서 뭔가를 긁어대면서 쿵쿵거리는 소리가 들렸다. 나는 묶인 손을 풀고 도망치고 싶은 생각도 들었다. 하지만 그런 시도를 할 마음이 별로 없었다. 나의 일부는 이 모든 것이 어떻게 끝나는지 보고 싶어 했다. 손이 묶인 채 곧 좀비가 될 운명에 처한 게 정말 나라고 느껴지지 않았다. 나는 지금 이 순간을 넘어, 저 위에서 지구상에 남은 마지막 아이를 내려다보고 있는 것처럼 느껴졌다.

미스터 그레이엄은 불행에 처한 나를 노려보았다. "이런 방식이 훨씬 더 좋단다, 얘야. 그걸 증명하는 연구들도 많아. 일단 경험해 보면 너도 좋아하게 될 거야." 그는 내 어깨를 토닥였지만 나는 몸서리치면서 그를 밀어냈다. 그는 자기의 뚱뚱한 얼굴에다 한 손을 갖다 댔다. "날 믿어라. 지금 이 상태로 다시는 돌아오고 싶어 하지 않을 테니. 물론 그럴 필요도 없고. 다른 지역들은 이 치료를 감당할 만한 형편이 안 되는데, 우리는 아주 특권을 누리는 거야, 코너스. 미래가 우리 손에 달려 있단다."

달라스가 트레일러 계단을 쿵쾅거리면서 내려오는 소리가 들렸다. 난 도망치지 않은 것을 후회했다. 다시 한번 그럴까 생각해 봤다. 집에 가는 길에 다른 선생님, 미스터 에임스나 에머리 코치를 만나게 될지도 모른다. 하지만 그냥 관뒀다. 나는 그냥 그늘에 서서 기다리는 것 외에 아무것도 하지 않았다. 얼굴에 눈물이 말라붙어 피부가 땅겼다. 내가 그렇게 바보같이 굴었다니 믿기지 않았다. 내일이면 열여섯인데 아직도 남들 앞에서 울다니.

달라스가 트레일러 모퉁이에서 기다리고 있었다. 그는 풋볼을 할 때와 같은 얼굴이 되어 있었다. 내가 종일 봤던 것보다 더 크고 힘센 모습이었다.

"어디 있어?" 미스터 그레이엄이 물었다.

"벽에 붙어 있어서 가지고 나올 수가 없어요." 달라스의 목소리가 달라졌다. 뭔가 의도가 느껴졌다.

교장이 콧방귀를 꼈다.

"고맙다, 얘야. 하지만 난 그래피티 같은 거엔 관심이 없구나. 크리스마스 방학이잖니. 나중에 봐도 충분해."

"그래피티 아닌데요, 선생님. 이름들이 적힌 리스트예요."

"그게 뭐든 간에, 난 관심 없다. 나는 지금 코너스를 제대로 고친 다음 집으로 보내 줘야 하거든. 코너스 엄마가 미친 듯 화를 내면서 학교로 달려오기 전에." 그는 여전히 내 팔을 꽉 움켜쥔 채로 몸을 돌렸다.

"중요한 거예요, 선생님!" 달라스가 소리쳤다. 그의 턱은 경련이 일 듯 씰룩거렸고 눈은 쉴 새 없이 깜박거렸다. "트레일러를 청소하면서 맥스의 이름이 벽에 적힌 걸 봤어요. 벤치를 옮기니 접종을 놓친 학생들 리스트가 있었어요."

미스터 그레이엄이 몸을 돌리면서 배를 문질렀다.

"정말? 리스트에 누가 있는데?"

"기억이 안 나요, 벽에 적혀 있어요."

달라스는 거짓말을 하고 있었다. 그가 거짓말하고 있다는 걸 나는 알았다.

교장은 그런 리스트가 가져올 이익과 계단 세 개를 오르는 수고를 비교하는 중이었다. 달라스의 눈빛은 좀비의 것이라고 보기엔 너무 많은 감정과 관심을 내비쳤다. "좋아." 미스터 그레이엄이 말했다. "앞장서라."

그는 나를 자기 앞으로 밀어 계단을 올라 트레일러 안으로 달라스를 따라 들어가게 했다. 그는 오래된 땀 냄새에 얼굴을 찌푸렸다. "어떻게 너희들이 이 안에 다 들어가는 거지? 풋볼팀 전체가? 풋볼 패드까지 이렇게 여기저기 있는데, 어떻게 서로 엉켜서 넘어지지 않을 수가 있지?"

나는 그의 말이 거의 들리지 않았다. 난 트레일러 안의 감시카메라를 쳐다보고 있었다. 달라스의 코트가 카메라를 덮고 있었다. 그냥 걸려 있는 게 아니라 카메라를 꼭 감싸고 테이프로 단단히 묶어 놓은 상태였다. 아무도 보고 있지 않을 때 이런 공간에서 일어날 수 있는 모든 일을 상상하자니 몸서리가 쳐졌다.

달라스는 저 먼 쪽의 코너에 서 있었다. 너무 키가 커서 약간 등을 구부정하게 있어야 할 판이었다. 그는 나를 응시했다. 눈은 생각에 잠겼고 얼굴을 씰룩거렸고 턱은 뭔가를 씹을 때처럼 위아래로 움직였다. 오른손 주먹엔 웨이트벨트가 꽉 감겨 있었다.

"안 돼." 나는 중얼거렸다. "말도 안 돼."

"그래서 리스트는 어디 있는데?" 미스터 그레이엄이 물었다.

달라스는 자기 뒤쪽 벽을 가리켰다. "바로 여기에요, 선생님. 이 벤치 뒤에."

"아니, 거기 없어요." 내가 말했다. "우리가 예전에 트레일러 청소했을 때 내가 그거 지웠어요. 달라스가 발견한 거 보고 지워버렸어요."

"아니, 넌 안 지웠어. 아직도 그대로 있어." 달라스가 말했다. "읽기가 좀 힘든 것뿐이야."

"그레이엄 선생님, 거긴 아무것도 없어요. 그냥 가세요." 나는 묶인 매듭을 세게 비틀었다. "그냥 여기서 나가세요."

"어떻게 너를 전혀 걱정하지 않는 사람들에 대해서 걱정을 하는 거야?" 달라스가 물었다.

"난 '너'를 걱정하는 거야." 나는 그에게 말했다. "이 뒤에 어디로 가려고 그래? 넌 지금 제정신이 아니야. 며칠 동안 자지도 먹지도 않았잖아. 상태가 완전히 엉망이라고."

미스터 그레이엄이 나를 의심스러운 눈길로 쳐다보더니 트레일러 문을 닫았다. 그는 달라스를 보고 그의 손을 올리고 눈을 부릅떴다. "나한테 보이게 벤치 좀 옮겨라."

"아니요. 이런 일이 일어나선 안 돼." 내가 말했다. "내가 주사 맞을게. 내가 주사 맞고 엄마가 우리를 그 효과가 사라질 때까지 안전한 곳으로 데리고 가면 돼."

미스터 그레이엄은 나를 시끄러운 불량품 취급하며 코웃음을 쳤다. "그 리스트 좀 보자."

달라스는 몸을 굽혀 왼손으로 벤치 아래쪽을 잡고 벽에서부터 끌어냈다. 그러고는 일어나 벽을 가리키면서 기다리고 섰다.

교장이 내 어깨를 아래쪽으로 확 눌렀다. 나는 발끝으로 자꾸만 높이 서려고 했다. 내 가장 친한 친구가 우리의 교장을 죽일지도 모른다는 불안과 두려움으로 마음을 졸이면서. "얘 좀 지켜봐라." 교장이 달라스에게 말했다.

"네, 선생님." 달라스의 시선이 벤치 쪽으로 움직이는 미스터 그레이엄을 따라갔다.

"안 돼요!" 나는 소리쳤다.

미스터 그레이엄은 두 손으로 벤치를 짚고 벽의 글씨를 보기 위해 몸을 기울였다. "아무것도 안 보이는데." 그의 배는 나무 벤치에 닿았고 머리는 마치 제물처럼 앞으로 기울어졌다.

달라스가 그의 주먹을 들어올렸다. 웨이트벨트를 감은 손으로 교장의 두개골을 내리칠 준비를 마치고.

순간 나는 그를 향해 몸을 날렸다. 앞으로 돌진해 머리로 달라스의 속이 빈 배를 최대한 빠르고 강하게 들이받았다. 그는 벽으로 나가떨어졌고 웨이트벨트로 감은 그의 주먹은 내 등을 내리쳤다. 나는 쿵 무릎으로 주저앉았다. 우리는 같이 넘어졌고 그러면서 교장을 쓰러뜨렸다. 미스터 그레이엄은 복잡한 구석에 쓰러져 버렸다. 팔은 아래로 꺾였고 볼은 벤치에 부딪혔다. 쿵, 획. 쾅.

달라스는 바벨을 들어올리듯 나를 자기 위로 들어올려서는 옆으로 던졌다. 먹어서 나오는 힘과는 다른 힘이었다. 나는 엉덩이와 팔꿈치를 세게 부딪치며 찢어진 패드들과 금 간 헬멧 무더기로 나가떨어졌다.

달라스가 일어섰다. 그는 미스터 그레이엄의 넓은 등판에 올라탄 뒤 윗옷 칼라를 잡고 그를 일으킨 다음 그의 머리를 벤치에 갖다 박았다. 쿡.

"안 돼!" 나는 비명을 질렀다. "하지 마!"

미스터 그레이엄은 움직임이 없었다. 달라스는 그의 등을 한 손으로 누르면서 바닥에 떨어진 웨이트벨트를 집기 위해 몸을 구부렸다.

"나 좀 풀어 줘!" 내가 소리 질렀다. "팔이 꼬였어. 부러질 것 같아!" 나는 찡그린 얼굴로 신음했다.

그는 쳐다보지도 않았다. "잠시만."

나는 그의 발을 찼다. "달라스, 지금! 팔꿈치가 심상치 않아. 금방 부러질 것 같아."

달라스는 눈을 부릅뜨면서 욕을 했다. 자기 다리로 미스터 그레이엄이 벤치에 머리를 박은 채 그대로 있도록 고정시킨 달라스가 짜증을 내며 내 쪽을 쳐다봤다.

난 일어나서 등 뒤에 묶인 손목을 내밀었다. "지금 뭐 하는 거야, 달라스?" 내가 조용히 물었다.

그는 내 어깨를 아래로 누르고 내가 비명을 지를 때까지 내 팔을 홱 잡아당긴 다음 내 손에서부터 자기 넥타이를 풀었다.

"고마워, 달라스." 나는 그의 팔을 잡고 거짓 미소를 지어 보였다. "이제 가자."

그는 미소로 화답하지 않았고, 나를 알아보는 것 같지도 않았다. 그는 몸을 돌려 미스터 그레이엄의 목에다가 방금 푼 넥타이를 둘렀다.

"안 돼!" 나는 그를 꼬집고 달려들어 교장에게서 떨어뜨렸다. 달라스는 교장의 어깨 쪽으로 푹 넘어지더니 욕을 해댔다. 그는 무릎으로 내 배를 차고 손바닥으로는 내 눈 옆을 후려쳤다. 나는 비틀거리면서 그에게서 떨어졌다. 고통으로 머리가 휘휘 돌았다. 그는 미친 듯 화를 내며 나를 찼고 벤치는 옆으로 넘어갔다. 미스터 그레이엄이 바닥으로 떨어졌다. 쿵.

달라스가 소리 나는 쪽으로 고개를 획 돌렸다. 그는 아직 할 일이 반은 남았다고 생각하는 것 같았다.

난 넥타이를 잡아서 저쪽으로 던져 버렸다. 달라스는 웨이트 벨트를 잡으려 하고 있었다. 그 위로 몸을 던진 나는 무릎으로 그걸 눌렀다. 그는 잡아당기다가 한숨을 쉬면서 나를 보았다. 이런 멍청한 짓은 용납할 수 없다는 듯이.

"이러지 마." 내가 말했다. 그의 옷깃을 잡고 얼굴을 가까이 댄 뒤, 나는 부드럽게 이성적으로 말했다. "달라스? 달라스. 야, 너 이러면 안 돼. 네가 지금 무슨 짓을 하는 건지 한 번 봐."

그는 내가 증오스럽다는 듯이 쳐다보았다.

"이런 짓을 하고서 무사할 수는 없어. 저지르면 그걸로 끝이야. 감옥에 가는 거야, 다른 데가 아니라."

그는 앞니를 혀로 핥았다. 내 설교가 끝나기를 기다리면서.

나는 그의 얼굴을 철썩 때렸다. "내 말 들려? 정신 차리라고. 네가 지금 뭐 하는 건지 봐. 어디 있는지 봐. 이 트레일러 안에 같이 있던 애들 기억나? 우리 친구들 기억해? 남은 건 우리 둘뿐이야. 여기를 벗어나야 한다고. 달라스, 지금 넌 제정신이 아니야."

그는 나에게서 몸을 들어 트레일러를 돌아보고는 감시카메라를 감싸고 있는 자기 코트를 쳐다봤다. 그는 눈썹을 찌푸리면서 팔꿈치를 긁고 교복의 소매를 걷어 올린 다음 손목에 뚤뚤 감아 놓았던 강력테이프를 밀어 내렸다.

"오, 세상에, 안 돼. 저 사람 교장이야, 달라스. 이건 폭행이야. 지금 멈추면, 넌 괜찮아. 사고였던 거야. 내가 널 넘어뜨렸을 때 네가 다친 거야. 교장 머리가 벤치로 떨어진 거고. 이렇게 그냥 놔두자. 안 그러면 둘 다 처벌받게 될 거야!"

그는 나를 밀어내더니 바닥에 주저앉아 자기 볼을 홀쭉하게 빨아들였다. 그는 고개를 끄덕였다. 시선도 부드러워졌다. 그는 미스터 그레이엄을 힐끗 보더니 물었다. "살아 있어?"

난 무릎을 꿇고 앉아 맥박을 확인했다. "무사해." 교장의 입에 선 피가 흐르고 있었다. 커다란 멍이 찢어진 뺨을 가로질러 퍼져 나갔고 만화에나 나올 법한 혹이 이마에 튀어나와 있었다. "좀 부어오를 거야. 머리는 검사가 필요해." 나는 뒤로 몸을 젖히고 어떻게 할지를 생각해 보려고 노력했다. "그를 회복 자세(recovery position, 무의식 상태에 있는 환자의 기도를 확보하기 위해 눕히는 자세)로 눕혀야 해." 나는 말했다. 실제론 꿈쩍도 하지 않고, 우리 발치에 엎드려 있는 교장을 그냥 지켜만 보면서.

달라스는 욕을 하기 시작했다. 무모하게 퍼붓는 욕설이 그를 진정시키는 효과가 있어 보였다. "넌 날 치지 말았어야 했어. 내가 진짜 치료받았다면 벌써 널 신고하고 말았을 거야."

"상관 없어."

그는 자기 볼을 문질렀다. "근데 왜 뺨을 그런 식으로 때려? 좀 제대로 때릴 수는 없었어?"

"이제 너 괜찮은 거야? 너 완전히 제정신이 아니었다고. 진짜 교장을 죽이려고 한 건 아니지, 그렇지?"

그는 코웃음을 치면서 목을 쭉 빼고 천장을 응시했다.

"아까는 그게 괜찮은 아이디어 같았어."

"우리 여기서 나가야 해. 오늘 밤에 떠나야 한다고."

그는 슬픈 미소를 지었다. "난 너랑 같이 안 가, 맥스. 붙잡히기 싫어. 너희 엄만 유괴범으로 감옥에 가게 될 거야. 넌 치료를 받게 될 거고 나 역시 그럴 거야. 그렇게 위험한 시도를 하고 싶지는 않아."

그는 미스터 그레이엄에게 손을 흔들었다. "이젠 이 일로 너도 쫓기게 될 거고."

"이건 일종의 사고였어."

"내가 여기 남아서 그렇게 진술할 수 있어."

"난 널 여기 남겨 둘 수 없어."

그는 내 손을 잡으면서 웃음을 터뜨렸다. 내 손은 또다시 그의 옷깃을 부여잡고 있었다. "솔직하게 말해서, 난 그런 놈이 아니야. 맥스, 포기해."

난 이번엔 웃지 않았다. "너도 우리랑 같이 가, 그게 아니면 우리 안 가."

"그들이 나를 이 나라 밖으로 데리고 나가게 놔두지 않을 거야."

"우리 사촌이 그러는데 다른 가족들은 아무 문제없이 떠난대. 많이들 그렇게 한대."

"가족들이지, 맥스. 우린 가족이 아니잖아. 난 네 형이나 동생으론 보이지 않을 거야." 그는 내 어깨에 한 손을 올렸다. 아주 성숙한 자세로. "우린 계피와 마늘 가루로 보여. 기억하지?"

물론 기억하고 있었다. 그리고 순간 우리 문제에 대한 해결책도 번뜩 스쳤는데 정말로 섬광이 일듯이 머릿속에 통증이 왔다. 난 그의 한쪽 손을 두 손으로 잡고 웃었다.

그는 나를 밀어냈다.

"그만 좀 해! 오늘 나한테 충분히 손댔잖아."

나는 웃으며 폴짝 뛰었다.

"맞아, 달라스! 방금 네 말. 그게 딱 맞아."

"무슨 말?"

"소금과 후추."

"캐나다에 우리의 핼러윈 코스튬을 입고 가자고? 그게 네가 생각해 낸 전략이야? '우린 도망친 애들이 아니에요. 경찰관님, 우린 소금과 후추통이랍니다' 이러자고?"

"아니, 그게 아니야! 하지만 그 방법이 우리가 국경을 넘게 해 줄 거야. 꼭 그럴 거야." 내 안에 에너지가 솟아올랐다. 올림픽에 나갈 만한 속도로 뛸 수 있을 것 같았다. "우린 여길 벗어나야 해." 난 교장한테 손을 대고 그의 기도와 순환 상태를 체크했다. "교장을 병원으로 데려갈 선생이 한 명 필요해. 네가 나가서 다시 좀비 노릇 좀 해 줄래?"

달라스는 고개를 저었다. "다시는 저 밖으로 안 나가." 그는 앉은 자세에서 손이 닿는 곳에 있는 것들은 모두 집었다. 웨이트벨트, 줄넘기, 헬멧들. 그러고는 그것들을 자기 다리 위에다 쌓았다. "그 보호장비 좀 줄래? 고마워." 그는 뒤로 기대더니 기다란 빨간 패드를 자기 상체와 머리 위에 덮었다. "난 이제 벽 안으로 녹아들어 갈 거야. 누군가 봄이 오면 나를 벽에서 긁어내겠지."
그는 낄낄대기 시작했다.

"야, 넌 좀 먹어야 해. 우린 도움이 필요하다고."

트레일러 문을 누군가 두드렸다.

나는 비명을 질렀다. 달라스는 숨죽여 웃었다. 그는 자기의 보호막 뒤에서 힐끔 내다봤다. "어쩌면 교장을 숨길 수 있을지도 몰라." 그는 미스터 그레이엄을 가리켰다. 얼굴을 트레일러 바닥에 대고 엎어진 채, 거대하고 정지된 상태로 다리와 팔을 벌리고, 우리와 문 사이 바닥의 절반쯤을 차지하고 있는. 갑자기 달라스는 웃기 시작했다. 그의 안에서부터 크고 실없는 웃음이 터져 나왔다. 그는 허공을 한 번 치더니 자기 주변에 있는 잡동사니 위로 몸을 구부리고는 거친 숨을 몰아쉬었다.

나는 일어나 문으로 걸어갔다.

"누구세요?" 달라스가 여자애 같은 목소리로 크게 물었다. 그러더니 문 쪽으로 귀를 기울이는 동시에 발을 구르면서 신경질적으로 웃어댔다. 숨이 차자 그의 얼굴이 일그러졌다. 입이 벌어져 있었지만 발꿈치로 바닥을 치는 소리와 목뒤 쪽에서 잠잠히 딸꾹거리는 웃음 말고는 조용해졌다.

"에머리 코치다! 문 열어!"

나는 시키는 대로 했다. 코치는 트레일러 계단에서 쏘아보고 있었다. "왜 이 문이 잠긴 거지?"

"미스터 그레이엄이 닫았어요."

"미스터 그레이엄? 도대체 무슨…?" 트레일러 안으로 들어온 그는 말이 없어졌다. 그는 바닥에 뻗어 있는 교장을 보고, 몸을 웅크린 채 떨고 있는 달라스를 보았다.

"오셨어요, 코치님." 달라스는 끽끽, 다시 히스테리컬한 상태로 돌아가 자기 무릎을 때렸다.

코치는 교장 쪽으로 급히 가더니 그의 맥박을 확인하고 그를 돌려 눕힌 뒤 피가 흥건한 얼굴에 놀라 숨을 멈췄다.

"자기 머리를 박았어요." 내가 말했다. "달라스와 제가 싸우고 있었고, 우리가 어쩌다가 그를 벽으로 밀었는데 벤치 있는 데로 넘어졌어요. 몇 분 동안 의식이 없는 상태예요. 병원에 가야 해요."

에머리 코치가 고개를 들어 감시카메라 쪽을 보았다.

"너무 당황했어요." 내가 말했다.

"리치몬드는 뭐가 문제인 거야?"

"완전 녹초예요."

"치료는 안 받은 거고?"

"네, 안 받았어요."

"그럼 미스터 그레이엄이 그 사실은 알아?"

"그런 것 같지 않아요, 선생님. 제가 치료 안 받은 건 알지만 달라스를 의심하는 것 같진 않아요." 난 코치에게 방금 벌어진 일과 교장이 이렇게 된 게 어째서 사고인지에 대해 이야기했다.

"너흰 지금 떠나야 해." 듣고 난 코치가 말했다.

나는 끄덕였다. "우리한테 계획이 있어요."

"그걸 알고 싶지는 않다." 코치는 교장을 보더니 고개를 저었다. "만일 고발당한 상태라면 다른 나라로 갈 수가 없어."

"사고였어요, 선생님."

달라스는 한숨을 쉬면서 눈가를 닦아 냈다. "제가 한 짓이에요."

"그건 사고였어요." 난 같은 말을 되풀이했다.

코치는 우리 둘을 번갈아 쳐다봤다. "너희 둘을 여기 보내는 게 아니었는데."

"그게 아니라…."

그는 내 말을 한 손으로 막더니 상황을 정리했다. 나, 달라스, 작동 안 된 카메라, 상처를 입은 교장. 코치는 어떻게 할지 작전을 내놨다. "힘 좀 낼 수 있겠니?" 그는 달라스에게 물었다.

달라스는 개처럼 온몸을 떨더니 일어섰다. 그는 커다랗고 멍하게 보였다.

"좋아." 코치가 말했다. "너는 나랑 같이 학교로 가서 보안요원들을 불러오자."

"아니요. 우린 여기서 벗어나야 해요." 내가 말했다. "우리한테 계획이 있다고요."

"입 닥쳐, 코너스." 에머리 코치가 말했다. "이게 우리 작전이야. 넌 오늘 밤에 떠나."

"달라스 없이는 안 가요."

"뒤따라가서 널 만날 거야."

"아니, 안 그럴 거예요. 지금 데리고 가지 않으면 겁나서 그만 둘 거예요."

에머리 코치 입에서 욕이 나왔다. "알았다. 그러면 둘 다 가라. 내가 미스터 그레이엄을 병원으로 데려가마. 내가 와 보니 너희 둘이 싸우고 있었고, 너희가 실수로 그를 벤치로 넘어뜨렸다고 말하지." 그는 달라스를 보았다. "너희 아빠한테는 네가 어디로 갔다고 얘기할 거다. 치료받은 상태라면 네가 어디로 갔을까?"

달라스가 어깨를 으쓱했다. "아마도, 도서관이겠죠. 아니면 크리스마스 쇼핑을 하러 갔든가."

"그럼 한두 시간은 넘길 수 있을 거야. 하지만 앞으로 몇 년 동안을 어디로 가 지낼 거니? 다른 도시에 친구들은 좀 있고? 그동안 뭐 해보고 싶었던 건 없어? 군대에 간다든지."

달라스는 또 으쓱했다.

"오늘 밤 너희가 사라지면 너희 아빠는 곧장 코너스 집으로 갈 거야." 코치는 말했다. "어디든 코너스 가족이 간 데로 쫓아가서 너를 찾아올 거야, 특별히 의심 가는 다른 루트가 없으면."

"생각해 보면 항상 배우가 되고 싶었던 것 같아요." 달라스가 말했다.

에머리 코치가 고개를 끄덕였다. "좋아. 너희 부모님에겐 네 재능에 제일 잘 어울리는 분야에서 일을 한번 해 보러 캘리포니아에 간다고 편지를 써라. 그런 다음 네 리그를 없애 버려. 너를 추적 못하게. 그리고 너희 부모가 코너스네 문을 두드릴 때 거기 없을 방법을 찾아봐." 그는 미스터 그레이엄을 봤다. "의식을 잃은 지 얼마나 됐다고?"

"몇 분이요. 다치게 하려는 의도는 아니었어요, 선생님."

"맞아요, 그런 의도." 달라스가 말했다. 그는 역겨운 표정으로 그레이엄을 보았다.

"이렇게 도와주셔서 감사해요, 코치님." 내가 말했다.

"지금은 일단 가라. 내가 교장을 끌어내기 전까지 5분 시간을 줄게. 너흰 오늘 밤에 당장 이 도시를 떠나야 한다. 지체 없이." 그는 달라스의 코트에서 테이프를 떼어 내기 시작했다. "이거 가지고 갈래?" 그가 나에게 물었다.

"제 거예요." 달라스가 말했다.

코치는 놀란 표정으로 그를 봤다. 다들 언제나 무슨 일이 있으면 내 탓을 했다.

"이제 내가 가진 거라곤 이게 전부네요." 달라스가 말했다. 그는 자기 코트를 손에 쥐었고 우리는 카메라에 등을 돌린 뒤 또 다른 카메라가 감시 중인 바깥으로 걸어 나갔다.

"어딜 가든 행운이 있길 빈다." 에머리 코치가 말했다.

꼬마 잭 호너가

코너에 앉아

그의 크리스마스 파이를 먹고 있었네.

엄지손가락을 푹 집어넣어

자두를 끄집어 내더니

이렇게 말했다네.

"나는 정말로 착한 아이라니까!"

_ 18세기의 자장가

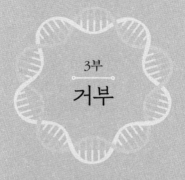

3부

거부

6시, 나는 달라스를 셀레스트와 함께 부엌 식탁에 남겨 두고 킴의 미용실로 향했다. 이미 어두워졌고 기온은 떨어지는데, 코트 안 가슴 밑으로는 땀이 흘렀다. 나는 누구의 시선도 끌지 않도록 주의하면서 걸음을 재촉했다. 도서관이 8시에 문을 닫고 나면 리치몬드 박사는 아들을 찾으러 나설 것이다.

페어필드 가를 반쯤 내려왔을 때 에머리 코치에게 메시지가 왔다. 그레이엄 교장이 깨어났으며 혼란스러운 상태로 우리를 의심하고 있다는 것이다. 경찰은 교장이 사고로 다쳤다는 코치의 진술에 따라 학교 감시카메라 데이터를 살펴보는 중이라고 했다.

나는 뛰기 시작했다. 자비에가 보던 옛날 영화들에서는 언제나 그랬다. 주인공이 도망치기 시작하면 꼭 나쁜 놈이 기다리고 있다가 음흉한 웃음을 흘리며 바로 그 뒤를 쫓는다. 달라스 말이 맞았다. 희망을 품고 사는 건 꼭 치즈 가는 강판에다 자신을 스스로 갈아대는 것만 같다. 조각조각 떨어져 나가다가 결국엔 남은 게 거의 없어 그냥 바스러지고 마는 것이다.

내가 미용실에 들어서자 흐릿한 조명 속에 킴이 혼자 있었다. "준비 다 됐니?" 그녀가 물었다.

"열쇠는 가지고 왔어요?"

그녀는 몸집이 큰 초록색 차의 사진을 보여 주었다. "스테이션 왜건이야, 2012년산 정식 등록이 되어 있어."

"2012년이라고요? 완전 옛날 차잖아요. 아직도 가긴 가요?"

"아주 멀쩡해. 연료 탱크는 꽉 채운 상태고, 혹시 연료가 떨어질 때를 대비해 트렁크에 가득 채운 통 두 개를 넣어 두었다."

"그게 무슨 소리예요? 그럼 이 차는 연료가 다 떨어져도 말을 안 한단 말인가요?" 나는 한밤중에 고속도로 위에서 발이 묶인 채 가죽 코트 차림으로 뒷좌석에 쭈그리고 앉아, 어두운 유리 밖으로 어스름한 달빛 아래 약에 취해 괴물이 된 아이들이 나타나는 황량한 풍경을 보고 있을 우리를 상상했다.

킴이 내 표정에 웃음을 터뜨렸다. "말은 안 해. 그러니까 계기판을 보면 돼. 완벽하게 안전한 차야. 엄마가 운전할 줄 알아."

"엄마하고 얘기했어요?"

그녀는 고개를 끄덕였다. "아까 커트하러 왔었다. 나는 최선을 다했어. 넌 머릿결은 엄마를 닮지 않아 정말 다행인 거야."

나는 머리에 손을 대 만져 보았다.

"그럼 차는 어디 있나요?"

그녀는 자기 리그를 들어 화면에 도시의 지도를 띄웠다. 남서쪽 구역을 확대하고 뉴 미들타운의 안전한 거리를 지나 도시의 성벽 밖에 있는 무계획적인 세계로 들어갔다. 제멋대로 퍼져 나간 판자촌 같은 도시, 평생 가까이 가지 말라고 주입 받았던 곳이었다. "내가 사는 주차장 알지? 거기를 지나, 남쪽으로. 북쪽 번화가로는 가지 마. 중요한 걸 가지고는 절대 그쪽 길로 가면 안 돼. 주차장 남쪽으로 가면 오래된 이차선 고속도로 옆으로 우리 아들이 너한테 넘길 차와 같이 있는 게 보일 거야." 킴은 나에게 이십 대의 백인 청년 사진을 보여 주었다. "내 아들 처칠이야. 저녁 내내 거기 있을 거야."

"그냥 거기 서 있겠다고요?"

그녀가 눈을 치떴다. "기름을 가득 채운 차야. 아니면 어떻게 하고 있어야 하는데? 옮겨야 할 경우를 대비해 여분의 키를 갖고 있어."

"왜 옮길 필요가 있는데요?"

"녀석, 걱정하지 마라. 그럴 일은 없을 거야. 네가 7시에 그리로 갈 거라고 얘기해 뒀어." 그녀는 시간을 확인했다. "네 계획은 여전한 거지?"

"네, 감사해요. 뛰어가야겠어요. 우리 아파트 보러 이따 같이 가실래요?"

그녀는 고개를 저었다. "나가서 자축할 거야. 하지만 열쇠는 지금 받아 두마."

"계단 통으로 들어가기 위한 비밀'번호가 있어요."

"알아." 그녀는 내 열쇠가 마치 천국의 문을 열어 줄 것처럼 바라보았다. "너무 좋아서 말로 표현하기가 힘들구나. 마음 바꾸면 안 된다."

"그럴 일 없어요."

킴이 미소를 지었다. "넌 좋은 아이야, 맥스. 보고 싶을 거다."

나도 같은 말을 해 줄 수 있으면 좋을 텐데 말이다. 하지만 어떤 생활이 사라진 다음에 거기서 무엇을 그리워하게 될지는 그 전까지 절대 모르는 법이다.

*

집에 돌아오자 식탁에 아빠가 앉아 있었다.

"내가 우리 학년 중 실력이 최고라고 얘기했지?"

셀레스트가 말했다.

달라스가 싱긋 웃었다. 그는 빛이 났다. 달라스는 셀레스트가 얼굴에 두껍게 발라 놓은 메이크업을 뚫고 기쁨을 뿜어냈다.

너무 인상적인 장면이라 거의 말도 안 나왔다. "완전히 못 알아보겠어."

"바로 그거야."

"어떻게 그렇게 금발로 변신했어?"

"가발이야." 셀레스트가 말했다. "여자 가발. 그런데 내가 남자 머리 모양으로 잘랐지. 맘에 들어?"

"응, 나도 계속 누나한테 머리 자르러 다녔어야 했는데."

"달라스 말이 맞아, 셀레스트." 달라스가 말했다. "누나가 정기적으로 우리 머리를 잘라 줄 수 있었을 텐데."

"방금 네 중년 모습에 손상을 입혔어." 내가 대꾸했다.

"목소리 좀 낮춰라." 거실에서 엄마가 큰 소리로 말했다.

"알리가 화났어." 달라스가 속삭였다.

"너 목소리 연습 좀 해야겠다. 너무 젊게 들려."

"우리 딸이 내가 살아 돌아와서 좀 혼란스러워하네." 그는 말했다. 낮은 목소리로 미소를 띠고서.

나는 미소로 답할 수가 없었다. 이 작전은 분명 먹힐 거니까, 그걸 생각하면 난 행복해야 했다. 하지만 식탁에 앉아 있는 아빠의 모습을 보는 건 슬펐다. 지난 3년간 내가 어떻게 지내왔는지 아빠한테 다 얘기하고 싶었다.

엄마가 들어오더니 내 볼에 키스했다. "너도 금방 적응될 거야." 엄마는 죽은 남편의 얼굴을 보더니 한숨을 쉬었다. "글쎄, 어쩌면 그렇게 쉽지 않을지도 모르겠다. 일단 네 가방들 챙겨와."

"알리는 왜 그래요?" 나는 거실 쪽을 빼꼼히 보면서 물었다. "잠들었어요?"

"그냥 쉬고 있어."

"너희 엄마가 진정제를 먹여야 했어." 셀레스트가 속삭였다.

"아빠를 보고 알리가 너무 흥분 상태가 됐어. 왠지 모르겠지만. 아빠랑 한 번 더 같이 있는 게 알리의 크리스마스 소원이라고 하지 않았어? 맞지?"

"맞아, 그래서 이렇게 하는 거야." 셀레스트한테 사실대로 얘기하고 싶었지만 그냥 이런 식이 더 나았다. 혹시라도 경찰이 와서 그녀를 조사하게 되면 우리가 어린 동생한테 가학적인 장난을 쳤다고 말할 수는 있겠지만, 최소한 우리가 어디로 갔는지는 얘기하지 않을 테니.

"알리가 별로 좋아하는 것 같지 않아. 어쩌면 지금 한 건 그냥 지우고 크리스마스 아침에 다시 하는 게 나을지도 모르겠다."

"아니야!" 나와 엄마, 달라스가 한꺼번에 소리쳤다.

"이게 우리가 알리에게 줄 수 있는 최고의 선물이야." 엄마가 말했다. "게다가, 크리스마스 아침엔 우리가 애틀랜타에 가 있을 거야."

난 다시 시선을 달라스에게로 향했다. 나를 보면서 웃고 있는 우리 아빠가 보였다. 나는 전율이 일었다.

"너 마흔 살처럼 보인다." 달라스에게 말했다.

"마흔여섯. 탄탄한 몸을 유지하려고 애쓰고 있지."

"아빠가 정말 이렇게 키가 컸었나?"

"거의 비슷해." 엄마가 말했다.

"그런데 나는 왜 이렇게 작은 걸까?"

달라스가 웃었다. "넌 내 예술적인 피를 물려받았잖아, 아들."

"이제 가자." 엄마가 말했다. "고맙다. 셀레스트. 정말 고마워."
엄마가 셀레스트를 거의 문밖으로 밀어냈다. 그리고 엄마는 우리의 여권, 아이디, 예방접종 기록과 출생증명서가 가방에 모두 있는지 확인했다. 엄마는 현금과 달라스가 자기 형한테서 훔쳐 온 보석을 레베카에게 줄 서류 뭉치와 같이 여행 가방에 넣었다. "리그는 없애라." 엄마가 달라스에게 말했다. "우리 다 그래야 해."

난 신음하면서 고민스러워했다. "그냥 배터리만 빼면 안 돼요?"

우리는 리그의 작동 원리에 대한 이해 없이 쳐다보고만 있었다.

"자비에한테 물어볼게." 내가 말했다.

"난 그냥 버릴래." 달라스가 말했다. "하지만 먼저 아빠한테 나는 달라스로 간다고 쓰고."

"너 캘리포니아로 가는 건 줄 알았는데."

"아니야. 그쪽은 갈 만한 데가 못 되고 좀비들은 연기 쪽엔 별로 관심이 없거든. 나는 달라스로 가서 나의 숙명을 완수할 거야."

"네 이름 때문에?"

"좀비가 할 만한 일이야, 안 그래?"

"그들은 시키는 건 다 해."

그는 어깨를 으쓱했다. "미스터 그레이엄이 말했어, '집으로 가라, 달라스.' 내가 잘못 알아들었을 수도 있지만."

"우린 좀비인 거야, 바보 천치가 아니라."

"더 좋은 아이디어 있어?"

나는 없다는 걸 인정했다.

난 복도를 걸어 내려갔다. "자비에한테 인사하려고." 셀레스트한테 말했다. 자비에는 자기의 흰 책상에 앉아 영상을 손가락으로 짚으면서 중얼거리고 있었다. "자비에는 아주 잘하고 있어." 셀레스트가 말해 줬다. "1월에는 학교에 갈 수 있을 거야."

나는 끄덕였다. "결국엔 분명 다 괜찮아질 거야."

그건 엄마가 요즘 모든 상황을 두고 하는 말이었다. '결국엔 다 괜찮을 거야.' 엄마는 주사 놓으러 갔던 날 방과 후에 남아 있던 아이들이 나오는 악몽을 꾸곤 했다. 엄마는 타일러가 유령이 되어 자기를 괴롭히는 거라고 했다. 내 생각에도 맞는 말 같다. 내가 타일러였어도 그랬을 것 같다.

"자비에?" 내가 말했다. "나 뭐 좀 도와줄래?"

그는 뻣뻣해지면서 내 쪽을 돌아봤다. 짜증스러운 듯했다. 그는 여전히 놀라울 정도로 잘생겼지만 뭔가 영 부자연스러웠다. 천사가 아니라 사업가 같았다.

"잠깐 아무도 나를 찾을 수 없게 내 리그에서 배터리를 빼야 해."

"그러면 안 돼. 사람들이 너를 찾을지도 모르잖아."

"물론이야, 그런데 자꾸 속임수를 쓰는 애랑 내가 지금 숨바꼭질 중이거든. 그쪽에서 날 찾지 못하게 절대 신호를 내보내지 않으려고. 어떻게 해야 하는 거지?"

자비에는 얼굴을 찌푸리면서도 손을 내밀었다. 나는 내 리그와 같이 엄마와 알리의 리그도 자비에한테 넘겼다. 그는 거기에 대해선 질문이 없었다. 그냥 이렇게 말했을 뿐이다. "연장이 좀 필요해." 그는 부엌 서랍을 열고 연장 세트를 꺼내더니 각각의 리그 뒤판을 뜯어냈다. 그는 혀를 문 채로 리그 내부를 한동안 들여다봤다. 핀셋 두 개로 여섯 개의 은색 정사각형 모양 부속을 빼낸 자비에가 다시 뒤판을 끼웠다. 그리고 아주 작은 그 부속들을 내 손에다 떨어뜨렸다. "이제 아무도 너한테 속임수 못 쓸 거야."

"고마워." 절망적인 심정으로 그를 쳐다봤다. 이것이 그를 보는 마지막이 될 거라는 사실을 알고 있었다. 그에게선 레몬 향이 났지만 그게 별로 위안이 되지는 않았다. "언제나 너를 친구로 두어서 기뻤어, 자비에. 다시 학교에 가면 새로운 친구 만나기를 바랄게."

"우리 반 친구들은 모두 다 내 친구야."

"정말로 그렇진 않아, 자비에. 그들 대부분은 네가 실패하는 걸 보고 싶어 해. 하지만 난 언제나 네가 좋았어. 넌 언제나 내 친구였어."

그가 고개를 끄덕였다. "우리 크로스컨트리 같이 뛰었잖아."

"맞아, 자비에. 우리 같이 달렸지." 나는 그와 악수하고 싶었지만 손에 든 것이 많아서 왼쪽 어깨를 그의 어깨에 갖다 대고 팔 없이 하는 서툰 포옹을 시도했다. 나는 머리를 그의 목 쪽으로 돌려서 그의 어깨 뒤, 원래 그의 머리카락이 길게 늘어져 있던 데를 보고, 저쪽에서 옛날 영화를 큰 스크린에다 띄우고 있는 셀레스트를 바라보았다. "너랑 같이 뛰던 게 그리워, 자비에." 나는 속삭였다.

"내가 계속 몸이 좀 안 좋아서." 그가 말했다.

"알아. 나도 그랬으니까."

*

달라스가 내 배낭을 어깨에 메더니 복도 아래로 나를 밀고 갔다. "늦으면 안 되지, 아들."

엄마는 우리 집 문을 마지막으로 잠갔다. 다시는 이 더러운 카펫 냄새를 안 맡아도 되고, 다시는 벽에 묻은 얼룩이 무엇 때문인지 궁금해하지 않아도 되는 것이다. "가자, 얘들아." 엄마가 말했다.

"아빠는 아이가 아니에요." 알리가 말했다. "다 큰 어른인데 그렇게 부르면 안 되는 거잖아요."

"그 말이 맞구나, 알리." 엄마는 우리한테 밖으로 나가라고 손짓했다.

우리가 부른 택시가 와서 멈췄는데 바로 그때 루카스가 건물 안으로 들어왔다. "안녕, 맥스웰. 잘 지내?" 그는 머리를 바짝 든 채 달라스를 쳐다봤다. 혼란스럽지만 흥분한 개처럼. "응, 난 잘 지내, 루카스." 내가 대답했다. "넌 어때?"

"좋아. 근데 어디 가니?"

"응. 크리스마스를 애틀랜타에서 보내게 됐어. 월요일에 돌아올 거야."

내가 말하는 동안 루카스는 달라스를 계속 보고 있었다. 그는 알리에게 돌아섰다. 마치 솔직하게 대답할 만한 사람은 알리밖에 없다는 걸 알고 있다는 듯이. "누구셔?"

"우리 아빠야." 알리가 대답했다.

루카스는 눈을 가늘게 뜨고 나를 보았다. "너희 아빠는 여기로 이사 오기 전에 돌아가셨다며. 나한테 그렇게 얘기했었잖아." 그는 나를 보다 엄마를 보다 다시 달라스를 쳐다봤다. 달라스는 움직이지 않았고, 한마디도 하지 않았고, 누군가의 아빠처럼 행동하지도 않았다.

"거짓말이었어." 알리의 말이었다. "아빠는 안 죽었어."

나는 달라스를 내 앞으로 밀면서 로비 문을 나섰다.

루카스는 유리창을 통해 우리를 지켜보았다. 나는 택시를 타기 전 돌아서서 작별 인사로 손을 흔들었다.

"안녕하세요, 또 뵙네요." 기사가 말했다. "어서 오세요."

엄마는 약간 당혹스러운 얼굴로 그를 쳐다봤다. 핸드백을 꽉 거머쥐면서. "안녕하세요?"

그는 뒷좌석을 슬쩍 쳐다봤다. 알리는 기사 뒷자리에 깊숙이 앉아 좌석의 시트를 보고 있었다. 달라스는 긴장한 채 큰 키를

뽐내며 중간에 앉아 있었고 나는 엄마 뒤에 앉았다. 기사가 잘 보이는 쪽으로, 그리고 왠지 모르겠지만 그를 다시 본 게 기뻤다.

"압달-살람, 맞죠?" 내가 말했다.

그가 미소를 지었다. "기억력이 좋네요."

"아이디에 나와 있어요."

그가 고개를 끄덕였다. "공항 셔틀 타러 가나요?"

"아니요!" 엄마는 거의 소리를 질렀다. "남서쪽 주차장으로 가 주세요." 엄마가 공손하게 덧붙였다.

기사는 나를 보면서 놀랐다는 듯 눈썹을 치켜올리더니 스파르 탄 아파트 밖으로 차를 몰았다. 모두 창문 밖으로 우리가 떠나가 는 거리를 슬프게 바라보았다. 회색의 텅 빈 거리. 사람들은 다 자기 집에 들어앉아 자기 리그를 보느라 우리가 떠나는 것에는 아무도 관심이 없을 것이다.

기사는 최대한 조용히 있다가 결국 이렇게 물었다.

"주차장으로 이사 가시나요?"

엄마는 못 들은 척했다.

그는 백미러를 조정해 내 눈길을 붙잡았다.

"아니에요." 내가 말했다.

"거기서 뭘 팔 건가요?"

"아니요."

그는 끄덕이면서 길을 좀 살피고는 다시 백미러로 날 보았다.

"그럼 뭘 사려고요?"

"여기서 지하 차도로 가야 해요." 내가 말했다.

그는 지하로 차를 몰고 도시를 가로질러 서쪽으로 우리를 실어 날랐다. 나에게 아름답고도 차가운, 세상의 중심이었던 곳이 뒤로 사라지는 것을 보지 않아도 되는 게 다행으로 느껴졌다. 다시 지상으로 나온 뒤엔 도시의 성벽 쪽으로 달렸다.

미들타운의 입구에 도착한 우리는 아이디를 보여 주었다. 경비대는 우리 쪽은 거의 쳐다보지도 않고 다시 아이디를 건네주면서 통과시켜 주었다. 드디어 미들타운 밖으로 나온 것이다. 지금 이 여정의 현실이 차가운 샤워처럼 나를 때렸다. 춥고 땀이 났고 죽도록 겁이 났다.

"기다렸다가 다시 집으로 모실까요?" 기사가 물었다.

"아니, 괜찮아요." 내가 대답했다.

"부르는 손님이 없어요. 기다려도 돼요." 그가 다시 말했다.

"고마워요, 하지만 얼마나 오래 걸릴지 모르겠어요."

어둠 속에 도시 밖으로 나와 차에서 내리는 게 싫었다. 우리가 가진 게 짐이 아닌 무기였으면 싶었다. 택시를 타고 곧장 차가 있는 데까지 가고 싶었지만 엄마는 닥터 리치몬드가 우리를 쫓을 때를 대비해 우리가 어디로 가는지 또 누굴 만나는지 기사가 아는 걸 원치 않았다.

우리는 주차장 울타리 밖에서 짐을 내렸다. 압달은 요금을 받고 어리둥절한 표정으로 주위를 둘러봤다.

"가세요." 내가 말했다.

그는 어깨를 으쓱했다. "행운을 빌어, 건축가."

우리는 택시가 멀어져가는 것을 지켜봤다.

"7시 반." 엄마가 말했다. "늦었어."

라이브 뮤직과 웃음소리가 주차장에서부터 퍼져 나왔다. 달라스가 주차장 쪽으로 너무 빨리 달리는 바람에 나는 그가 그냥 가버리는 줄 알았다. 그는 주차장 울타리에 닿기 직전 재활용 쓰레기통 앞에 멈춰 섰다. 그는 미스터 라빈의 정장에 검은색 울 코트를 입고 있었고 머리는 솜털 같은 금발이었으며 얼굴은 리그의 화면 쪽으로 숙인 상태였다. 그 모습이 아빠랑 너무 똑같아서 숨이 막힐 것만 같았다. 그는 미소를 지으며 우리 쪽을 돌아보더니 손가락을 들어올렸다. 잠깐이면 된다고. 엄마는 새된 숨소리를 내더니 먼 데로 시선을 돌렸다.

나는 까만 쓰레기통을 보면서 부르르 떨었다. 두려움이 척추를 따라 기어 올라왔다. 쓰레기 수거와 벌금, 재활용품 종류에 대한 일반적인 공지 사항 위로 누군가가 '견디다'라고 써 놓았던 것이다.

달라스는 자기 리그를 만지작거렸다. 리그의 메시지들을 읽으면서 귓속을 긁고 다시 리그를 만지작거리다가 저장 장치를 뺀 뒤 리그를 재활용 쓰레기통에 버렸다.

"다 괜찮아?" 우리 쪽으로 온 달라스에게 내가 물었다.

그는 알리에게서 멀찌감치 섰다. "아빠가 난 학교를 마쳐야 해서 달라스에는 갈 수 없대. 또 내 패치에 뭔가 이상이 있으니까 집으로 오래."

"그게 다야?"

"에머리 코치가 우리 서두르래."

"서두르라고?"

"그대로 옮기자면 '뛰어.'라고 했어."

나는 달라스의 리그가 들어 있는 쓰레기통 쪽으로 눈길을 돌렸다. 경찰차들과 헬리콥터들이 떼 지어 여기로 몰려올 것이다.

"가자!" 엄마가 외쳤다.

서둘러 5분 동안 길을 따라 내려가면 차가 있는 곳이었다. 우리 짐들은 생각보다 무거웠다. 나는 중간에 텐트를 네 번이나 떨어뜨렸다. 다들 그걸 가지고 온 나를 멍청하다고 생각했지만, 누구도 말이 없었다. 알리조차도. 차가 있는 데에 도착했을 때는 재킷은 열어젖히고 장갑들은 주머니에 넣은 상태였다. "하느님 감사합니다." 엄마가 중얼거렸다.

처칠은 도로에 보이는 유일한 차 옆의 접이식 의자에 앉아 있었다. 랜턴과 보온병이 그의 발치에 놓여 있었다. 엉덩이를 의자 끝부분에 걸친 채 머리는 뒤쪽 봉에 대고 있었다. 자는 건지도 몰랐다. 그는 까만 스키 모자를 눈 있는 데까지 내려쓰고 있었다. 목에는 위아래로 문신이 있었고 귀걸이와 코걸이를 하고 있었다. 내가 예상했던 모습은 아니었다. 난 그가 자기 엄마처럼 활기차고 쾌활한 스타일일 줄 알았다. 그런데 그는 대부분 시간을 누워서 보내는 것처럼 보였다.

차는 금방 세차한 듯 반짝였다. 하지만 흉물스러웠다. 거대하고, 오래되고 뚱뚱했다. 꼭 바퀴 달린 거대한 두꺼비같이 생긴 차였다.

"내가 어렸을 때 이런 차가 있었어." 엄마가 말했다.

처칠은 머리를 아주 살짝 움직이더니, 모자를 뒤로 젖히고는 씩 웃었다. 그의 이는 희다고 말할 수 없는 종류였다. "아파트 있는 그분들인가요?" 그는 랜턴을 위로 들고 우리를 한 사람씩 쳐다보더니 불빛을 나한테서 멈췄다. "헤어스타일 멋지네." 그가 말했다. 그건 사실 나한테보다는 자기 엄마한테 하는 칭찬이었지만. 그는 몇 번 고개를 끄덕이더니 천천히 접이식 의자에서 엉덩이를 움직여 일어났다.

그는 키가 나와 비슷했고, 난 그게 맘에 들었다. 악수하러 손을 내민 그는 몇 번에 걸쳐 내 손을 쥐고 흔든 뒤에 손을 빼고 달라스와 악수했다. "고맙습니다. 이런 거래를 성사시켜 주셔서. 이 차에 실망하지 않으실 거예요. 여기 매매증서와 허가증이 있어요. 제가 알기론 선생님 부인 명의로 되어 있을 거예요. 등록증과 보험은 운전석 햇빛 가리개에 끼워져 있고요."

그는 엄마 쪽을 보고 섰다. "더 좋은 차는 찾기 힘드셨을 거예요, 부인. 아주 양호한 상태의 차예요. 효율성이 좀 떨어지지만 짐 싣는 공간이 아주 넓은 게 장점이죠. 가고자 하는 데가 어디든지 이 차가 데려다줄 거예요." 그는 달라스에게 돌아서더니 덧붙였다. "그러니까 서둘러 다시 돌아오실 필요 없어요." 그는 손을 청바지 주머니에 꽂아 넣더니 금속 고리에 달려 짤랑이는 차 열쇠를 끄집어냈다. "한번 시험 운전해 보실래요?"

엄마가 손을 내밀었다. "내가 운전할 거예요."

그는 엄마 손바닥에 열쇠를 떨어뜨렸다. "운이 좋으신 거예요."

엄마는 차 뒤로 가서 뒷문을 열었다.

"이제 사람들이 왜 차에서 사는지 이해가 가네요." 차 안을 들여다보며 나는 말했다. 그냥 트렁크가 아니었다. 오히려 입을 크게 벌린 심연 같아 보이는 것으로 두 사람은 충분히 재울 만한 공간이었다. 엄마는 휘발유 두 통을 한쪽으로 치우고 말했다. "가방은 여기다가 넣어라, 얘들아. 타고 가는 동안 필요한 것만 꺼내고."

"휘발유 약 40리터가 들었어요." 처칠이 말했다. "깔때기도 같이요."

"고마워요." 엄마가 말했다. 우리가 가방을 다 넣자 엄마는 뒷좌석에서 잡아당기게 되어 있는 비닐 시트를 펼쳐 짐칸의 내용물 위를 덮었다.

"지금까지 본 중에 제일 허접한 시스템이네." 내가 말했다.

엄마는 브레이크를 밟을 때 짐이 우리의 머리를 향해 날라 올 수도 있다는 사실엔 전혀 신경을 쓰지 않았다. "스테이션왜건이야, 맥스. 아주 안전한 차지."

안은 넓었다. 굳이 평가를 하자면 그건 확실했다. 우리 가방들 위에 텐트를 놓아도 뒤쪽 창을 하나도 가리지 않았다.

"뭐 별로 짐이 많지도 않네요." 처칠이 말했다. "금방 안 돌아오는 게 확실한가요?"

엄마는 알리를 위해 뒷문을 열어 주었다. "타, 우리 딸. 모두 타자." 나를 따라 뒷좌석에 올라타려는 달라스를 엄마가 말렸다. "당신은 앞에 앉아야죠, 여보."

그는 잠시 당황한 듯 보이더니 웃음을 터뜨렸다. 그는 턱을 당기고 목소리를 낮췄다. "너희들 둘이서만 뒤에 앉아도 정말 괜찮겠어?"

"응, 아빠." 알리가 대답했다.

달라스는 나한테 눈살을 찌푸렸다. "우리 괜찮을 거예요, 아빠."

그는 몸을 굽혀 내 앞 조수석에 탔다. 발 쪽에 있는 레버를 만지작거리더니 좌석을 내 무릎 있는 데까지 밀었다. "드라이브하기 좋은 밤이네." 그가 말했다.

엄마는 처칠 쪽으로 돌아서서 뭔가 얘기하고 있었지만 유리창 때문에 들리지는 않았다. 엄마는 가방에서 집 열쇠를 꺼내고, 미소를 지으며 그의 팔을 두드렸다.

그가 의자를 접는 동안 엄마는 차에 시동을 걸었다. 곧장 시동이 걸렸고, 불도 나지 않았고 소리도 괜찮았다.

처칠이 달라스 쪽 창문을 쳤다. 달라스가 버튼을 누르자 창문이 내려갔다. "걱정하지 마세요." 처칠이 현명한 조언을 하듯 그렇게 말했다. 그는 조수석 사물함을 가리키면서 덧붙였다. "내 전화번호와 이 지역 다른 정비사들의 전화번호를 적어 뒀어요. 필요하실까 봐."

"우리가 그 번호들이 필요하게 될까요?" 엄마가 물었다.

그는 머리를 흔들었다. "아주 매끄럽게 달려요. 혹시나 해서요."

달라스가 창문을 너무 빨리 올리는 바람에 처칠은 머리를 위로 올린 다음에야 빼낼 수 있었다.

"그건 별로 좋은 행동이 아니에요, 아빠." 알리가 말했다.

달라스는 웃었다. 나도 따라 웃었다. 엄마가 머리를 흔들었다. 처칠은 우리가 떠나는 것을 지켜보면서 어리둥절한 표정으로 거기 서 있을 뿐이었다.

*

국경까지는 북쪽으로 두 시간 반을 가는 거리였다. 하지만 공포에 질려 연락 두절된 상태에서는 시간이 느리게 가는 법이다.

우리는 20분마다 톨게이트를 만났고, 난 그걸 볼 때마다 신나했다. 달라스는 아니었다. 하나하나 통과할 때마다 그는 안도의 한숨을 내쉬었다. 우리가 유괴한 혐의로 잡힐 수도 있다는 건 나도 알고 있다. 하지만 경찰에 잡힌다 해도, 그들이 나에게 할 수 있는 최악은 결국 나를 좀비로 만드는 거다. 나는 지역 주민들에게 잡아먹히거나 팔리는 게 더 무서웠다. 카메라와 경비들이 나를 보호하기 위해 항상 있었다. 최소한 그렇게 생각했다. 그것들이 사라진 지금, 나는 안절부절못하고 신음을 내서 엄마한테 조용히 하라는 말을 들어야 했다.

우리가 지나치는 대부분 집은 불이 꺼져 어두웠다. 그런데 가끔 광고판처럼 환하게 불을 밝힌 집들이 보였다. 내가 보기에 그 집 주인들은 숨어 있다가 고장 난 차가 있으면 당장에 나와서 공격할 것만 같았다. 고속도로에선 몇 대의 차들이 악마의 눈알처럼 번쩍이는 헤드라이트를 켠 채 우리를 지나쳤다. 나는 그 차들이 매번 브레이크를 확 밟은 뒤 급정지하고 우리를 따라 고속도로를 맹렬히 달려올 것으로 생각했다. 낫과 쇠스랑을 창문에 매단 채.

그런 일은 없었다. 아무도 우리를 알아보지 못했다.

"그 신음 좀 그만 낼 수 없어?" 달라스가 중얼거렸다.

"너 때문에 동생이 못 자잖니." 엄마가 이어서 말했다.

성벽이 없는 그런 도시에서 나는 살아남기 힘들 것 같았다.

"버팔로에서 국경을 넘을 수는 없나요?" 우리가 동쪽으로 달리기 시작하자 달라스가 물었다.

"너무 위험해." 엄마가 말했다. "레베카가 프릭타운이 지금까지 남아 있는 곳 중에서 국경을 넘기에 제일 안전한 곳이라고 했어."

달라스와 나는 합창으로 신음을 냈다.

시라큐스에 가까워지자 톨게이트 직원들이 우리를 보고 미소를 지었다. "크리스마스 쇼핑 가세요?" 그들이 물었다.

시라큐스를 지나자 고속도로가 향하는 곳은 프릭타운과 국경만이 남아 있었고, 경비대들도 더 이상 그리 친절하지는 않았다. "어디 가시는 건가요?" 마지막 톨게이트에서 건장한 백인 여자가 물었다. 그녀는 인상을 찌푸리고 우리 소금과 후추 가족을 쳐다 봤다.

"장례식에 가는 길이에요." 엄마가 대답했다.

바라건대 그게 우리의 장례식은 아니기를.

18

우리는 예상보다 일찍 프릭타운에 들어섰다. 난 프릭타운 근교부터 검게 그을린 숲, 벌겋게 타고 있는 분화구나 판잣집 같은 게 보일 거로 생각했지만 고속도로 끝에 보이는 건 편평하게 펼쳐진 오래되고 평범한 도시였다. 인구를 120,000으로 표시한 공식적인 환영 표지판이 있었지만 그건 최소한 30년 전 얘기였다. 표지판에는 '프릭타운에 오신 걸 환영합니다'라는 말이 거의 2미터에 달하는 크기의 글자로 쓰여 있었다. 헤드라이트 불빛이 표지판을 비추자 난 몸서리가 쳐졌다. 프릭타운이 무서워서가 아니라, 물론 그것도 충분히 사실이었지만, 그 표지판 아래쪽에 누군가 '견디다'라고 휘갈겨 써놓은 게 보였기 때문이다. 우리 차는 천천히 달리는 중이었다. 표지판은 흐릿해지지 않았다. 나 혼자 상상하는 게 아니었다. '견디다'라는 단어가 나의 인생에서 가장

막막한 시간 내 얼굴을 빤히 응시하고 있었다. 마치 신이 나에게 하는 말 같았다. 싫었다.

　고속도로는 프릭타운의 중심 도로로 접어들었고, 북쪽에 있는 다리로 가려면 그게 유일한 길이었다. 도로는 상태가 엉망이고 울퉁불퉁했지만, 우리가 살던 곳보다 아주 나쁘진 않았다. 앞으로 나가려면 다른 길이 없었다. "어쩌면 아침까지 기다리는 게 나을지도 몰라." 내가 제안했다.

　"말도 안 되는 소리 마라." 엄마가 말했다. 엄마는 상향등을 끄고 히터를 세게 틀면서 문들이 모두 잠겼는지 확인했다. 우리는 밭은 숨을 쉬면서 각자 자리에서 웅크리고 있었다.

　버려진 패스트푸드 음식점이 양옆으로 길게 늘어져 있었다. 데니스, 맥도날드, 켄터키후라이드치킨, 타코벨, 던킨도너츠, 아비스, 잭인더박스, 피자헛, 에이&더블유, 베스킨라빈스, 퀴즈노스, 도미노스, 하디스, 데어리퀸, 롤리폴리, 처치스치킨, 버거킹 등 십여 개의 패스트푸드점들이 주유소들과 나란히 유독 물질로 오염된 25년의 세월 동안 텅 빈 채 그 자리를 지키고 있었다. 외부의 마감 자재와 조명, 배수 파이프 일부는 뜯겨 나간 상태였다. 우리가 용기를 내서 멈추고 안을 들여다보아도 전자 기기 같은 건 없을 것이다. 하지만 건물들의 뼈대는 전혀 손상되지 않은 상태였다. 강렬한 햇살 아래의 그 세월에도 불구하고 여전히 즐겁고 화사한 모습이었다.

　북미의 역사를 배운 적이 있지만 이런 건 한 번도 상상해 본 적이 없었다. 기름과 휘발유, 풍요와 평화로 포장된 풍경이었다. 모두 차가 있고, 의사를 보러 갈 수 있고, 교육에 대한 권리를 갖고 있으며, 주말이면 신나게 쇼핑하고, 그냥 파도치는 걸 보고 싶으면 바닷가로 드라이브를 가는 그런 삶 말이다. 이런 거리가 존재하는 데 필요했을 돈 있는 사람의 수를 생각하니 난 어안이 벙벙했다. "지금 여기선 뭘 먹고 살아요?" 내가 물었다. "바리케이드를 쳐놓았을 것 같아요?"

"시끄러워." 달라스였다. "동생 겁먹게 하는 소리 마."

"잠들었어."

"어쨌든 조용히 해."

"우리를 먹진 않을 거야, 맥스." 엄마가 말했다. 하지만 그렇게 말할 근거는 엄마한테도 전혀 없었다.

마지막 패스트푸드점을 지나자 도로는 언덕길로 이어졌다. 엄마는 언덕 꼭대기에서 내려가는 길이 완전히 캄캄할 것으로 생각하고 속도를 줄였다. 하지만 아래쪽에 보이는 도시는 불빛으로 깜박였다. 굴뚝에선 연기가 피어올랐고 창문들은 알록달록 빛이 났다.

"세상에." 엄마가 중얼거렸다. "크리스마스란 걸 잊고 있었어." 엄마는 언덕 아래로 천천히 차를 몰았다.

프릭타운은 〈프릭쇼〉에 나오던 화면 같이 보이지 않았다. 그냥 오래되고 쇠해 가는 도시일 뿐이었다. 어쩌면 그 재난이 발생하기 이미 오래전부터. 중심가에는 돌과 벽돌을 섞어 지은 3층짜리 건물들이 이어져 있었다. 아래층은 상점이고 위층들은 아파트인 19세기 스타일로 창문가에는 패턴을 넣어 벽돌을 쌓고, 안쪽으로 들어간 출입구와 나무로 된 차양이 있는 건물들이었다. 원래의 간판들은 몇 가지 언어로 덧칠해져 있었고, 의사, 가전기기, 음식, 숙박, 상점, 병원 등의 표시가 되어 있었다. 진열장의 유리 대부분은 아직도 그대로 있었고, 유리가 깨진 곳에는 판자를 대고 풍경처럼 보이기 위한 그림들이 그려져 있었다. 숲, 바다, 밀밭, 마당에 토끼가 있는 흰 박공지붕의 집들. 이건 리얼리티 프로그램을 통해 예상하지 못한 것들이었다. 부서진 창문을 이런 풍경들로 바꾸어 놓으려면 완전히 제 기능을 하는 뇌가 필요한 법이다.

"여기선 어떤 에너지를 쓰는 거죠?" 달라스가 물었다.

엄마가 어깨를 으쓱했다. "아마도 태양광이겠지?"

"우리 모두 알다시피 생선 기름일지도 몰라." 내가 중얼댔다. "여기 주민들 총을 가지고 있을까?"

거리는 널찍하고 깨끗했다. 달리는 차는 우리뿐이었다. 아주 오래된 차들 몇 대가 모퉁이에 주차되어 있었다. 마치 누군가 잡아타고 당장이라도 피자 배달을 갈 수 있을 것처럼. 하지만 아무도 그러지 않았다. 밤 10시 반이 아니라 새벽 3시 같아 보였다. 조깅을 하는 사람들도, 파티에 가는 사람들도, 범죄자들도, 아무도 없었다.

"기형을 가진 주민들은 다 어디 있는 거지?" 달라스가 물었다.

"우리는 잘못된 구역에 와 있는 게 틀림없어." 엄마가 말했다.

"기형아들을 보고 싶어 하는 사람들에게 잘못된 곳이요?" 내가 물었다. "아니면 훨씬 더 오랫동안 살아 있기를 원하는 사람들에게 잘못된 곳이요?"

엄마는 내 질문을 무시했다. 달라스는 자기가 정말 내 아빠라도 되는 양 눈을 부릅떴다. 난 뒷좌석에 앉아 있는 게 싫었다.

"저 앞에 무슨 일이 있어 보이는데." 엄마가 속삭였다.

우리는 이제 프릭타운 중심부에 와 있었다. 골목은 색색의 불들로 장식되어 있었고, 현관에는 포도나무와 말린 사과로 만든 리스, 옛날 전신주 아랫부분 위에 밀짚으로 된 천사 인형들과 별모양으로 구부린 철사들을 얹어 놓은 장식이 있었다.

사람들이 저 앞의 건물에서부터 나타났다. 수십 명, 어쩌면 수백 명은 되어 보였다. 그들은 육중한 이중문을 열고 보도로 쏟아져 나왔다. 유아차와 휠체어를 밀고 우리 앞으로 50미터쯤 떨어진 거리를 향해서.

"우리를 기다리고 있었나?" 내가 물었다.

"교회야." 달라스가 말했다. 내 질문에 대답한 것인지는 알 수 없었다.

사람들이 계속해서 나오고 있었다. 어떤 이들은 목발을 짚고, 어떤 사람들은 아기를 안고, 어떤 사람들은 다른 사람들에게 팔을 낀 채로. 그들은 내가 지금까지 본 어떤 사람들보다도 하나로 보였다. 그들은 거리를 따라 퍼졌고 우리의 헤드라이트 불빛 안에 들어왔다.

엄마는 교회 앞에서 잠시 지체했다. 나는 얼굴을 창가에 바싹 붙이고 있었다.

긴 목사 가운을 입은 남자 두 명이 신도들을 따라가는 중이었다. 그들은 우리를 보자 멈췄는데 이웃들의 어깨 쪽으로 손을 반쯤 올린 상태로 마치 손을 흔드는 것처럼 그러고 있었다. 그들 옆으로는 색칠한 나무로 만든 예수의 탄생 장면과 크리스마스 예배 시간을 영어, 스페인어, 중국어로 써놓은 흰색 안내판이 서 있었다.

유아차와 휠체어는 담요로 덮어 있었고 몇몇 사람은 발을 담요에 넣고 있었다. 다른 사람들은 두툼한 코트 차림에 머리는 머플러로 감싸고 있었다. 누가 정상이고 누가 기형인지 구분하기가 어려웠다. 그들은 〈프릭쇼〉에 나오는 선수들처럼 보이지 않았다. 다만 가난하고 아파 보였다.

그들은 겁먹은 표정으로 우리를 바라보았다. 자기들이 헤드라이트 불빛에 붙잡힌 것처럼. 그들은 소리를 지르거나 우리 차를 둘러싸지는 않았다. 구걸하거나 우리 것을 훔치지도 않았다. 그냥 침묵 가운데 우리를 바라볼 뿐이었다. 그러더니 옆으로 걸음을 옮겼다. 우리 차 바로 가까이에 있던 어떤 나이 든 여인 하나가 우아하고도 큰 동작으로 팔을 흔들자 모두 우리가 지나갈 수 있도록 길을 비켜 주었다.

엄마가 너무 천천히 차를 모는 바람에 나는 지나가면서 밖에

선 사람들과 눈이 마주쳤다. 한 엄마는 유아차로 몸을 굽히고 기형아인 자기 아이의 엄청나게 큰 머리를 들어올리더니 우리 차를 가리키면서 부드럽게 뭐라고 속삭였다. 눈이 툭 튀어나온 알리 또래의 한 소녀는 자기의 밀짚 인형을 내 창가로 들어올려 춤추듯 움직여 보였다. 나는 엄지손가락 두 개를 치켜올렸고 아이는 미소를 지었다. 나도 미소를 짓고 손을 흔들었다. 갑자기 내가 지나치는 사람들 모두 미소를 띠면서 나에게 손을 흔들었다. 그리고 나는 백 명에 이르는 사람들이 소리치는 걸 들었다. "메리 크리스마스!"

"그냥 평범한 동네네." 문 닫은 상가의 진열대들과 쓰레기 더미 그리고 재활용품으로 만든 장식을 뒤에 남긴 채 군중을 빠져나가면서 나는 중얼거렸다. "세상이 꼭 우리가 들은 그대로는 아닌 것 같아."

*

우리가 국경에 가까워졌을 무렵, 알리가 잠에서 깼다. 마치 알리의 패치에 추적 장치가 있어서 이제 곧 좀비의 영토를 벗어나게 된다는 사실에 촉각을 곤두세우는 것 같았다.

우리는 긴장해서 알리를 쳐다보았다. 알리는 주변을 돌아봤지만 아무 말도, 아무 질문도 하지 않았다.

국경엔 우리 말고 다른 차는 한 대도 없었다. 차 옆을 서성거리는 사람들의 기다란 줄, 울어 대는 아기들과 아장아장 걷는 아이들을 달래는 엄마들, 무슨 일인지 묻는 노인들, 수상한 운전자들을 알몸 수색하기 위해 안으로 데리고 들어가는 경찰을 나는 상상했다. 하지만 길은 텅 비었고 두 명의 무장경비가 닫혀 있는 철문 옆에 서서 우리 쪽을 정면으로 응시하고 있을 뿐이었다. 우리 왼쪽으로 있는 나지막한 갈색 건물에는 더 많은 경찰과 컴퓨터 네트워크, 유치장들이 있었다.

"자, 모두." 엄마는 불빛 안으로 진입하며 말했다. "이제 우리한테 질문을 할 거야. 그냥 차분하게 대답하면 돼."

달라스는 다리를 위아래로 건들거리고, 자기 좌석에서 몸을 비틀더니, 가발을 박박 긁었다. 엄마가 한 손을 그의 어깨에다 올렸다. "지난 두 달 동안 해 온 것을 그냥 계속한다 생각해. 넌 패트릭 코너스야. 우리 가족을 지금 이 나라 밖으로 데려가는 중이고. 알았지?"

그는 숨을 크게 쉬더니 잠잠해졌다. 자기 쪽 햇빛 가리개를 내린 그는 거울에 비친 내 눈과 마주쳤다. 우리 아빠의 얼굴이 "자, 이제 간다"라고 말하는 것을 나는 놀라움으로 지켜보았다.

엄마 창문을 누군가 톡톡 두드렸다. 엄마는 창문을 내렸다.

"안녕하세요, 부인." 수비대원은 특정 지역의 억양이 강한 말투였다. 어딘지는 정확히 모르지만 소득이 낮은 지역에서 온 것 같았다. 그는 커다란 갈색 눈으로 우리를 봤는데 속눈썹 숱이 너무 많아서 꼭 마스카라를 한 것처럼 보였다.

"안녕하세요." 엄마가 말했다.

"여권 주세요."

엄마가 여권 네 개를 모두 건넸다. "이것도 있어요." 우리의 아이디 카드를 들어 보이면서 엄마가 말했다. 그는 아이디를 신기한 듯 쳐다봤다. "처음 발급된 것들이네요." 그가 말했다. "바로 얼마 전에 우리도 받았거든요. 약간 다르게 생겼어요."

"그래요?" 엄마가 물었다.

그가 고개를 끄덕였다. "아마 갱신할 때 새 걸 받겠죠." 그는 우리 아이디 카드를 돌려준 뒤 여권을 매우 철저히 확인했다. 난 아무래도 오늘 그의 앞으로 통과하는 건 우리 차가 유일한데다 그가 그동안 읽을거리가 부족했나 보다고 생각했다. 그는 여권 하나씩을 펼치고 사진과 실제 사람을 세 번에 걸쳐 대조하면서 쳐다본 뒤, 여권의 사항들을 자세히 읽고 나서는 다시 한 번 사람을 쳐다보고, 그런 다음 과거 여행 경력이 나와 있는 여권 뒤쪽을 살펴봤다. 우리 모두는 아무 데도 가 본 적 없는 케이스였지만.

"지금 미국을 떠나려고 하고 있다는 사실을 알고 있나요?" 그가 물었다.

"네." 엄마가 대답했다.

"어디 가는 건가요?"

"조카를 보러 가는 길이에요." 엄마는 헛기침해서 무심한 톤을 가장하려 애썼다. "자기 엄마가 남긴 서류들이 있거든요. 죽었어요, 제 말은 제 언니가 죽었다고요. 조카가 아니라."

수비대원의 시선은 엄마가 얘기하는 동안 움직이고 있었다. 우리 각각을 살펴보면서. "현재 이 길은 일방통행 국경이라는 사실을 알고 있나요?" 그는 달라스에게 시선을 고정한 채 물었다.

"네, 알아요." 엄마가 답했다.

"그리고 다시 이 나라로 돌아오는 유일한 방법은 대사관에서 10주에서 12주에 걸리는 재통합 과정을 거쳐야 한다는 것도요?"

"네."

"그리고 기다리는 10주에서 12주의 기간은 음식과 숙소를 알아서 해결해야 한다는 것도요?"

"알아요, 괜찮아요."

그는 우리의 여권을 손바닥으로 탁탁 치더니 말했다. "이것들을 범죄자 데이터베이스에 테스트해 본 다음엔 가도 좋아요. 차량 등록증은 가지고 있나요?"

엄마는 햇빛 가리개에 끼워져 있던 서류를 빼서 그에게 주었다. 접혀 있는 상태 그대로.

"감사합니다." 그는 건물 안으로 사라졌다.

"내가 보기엔 저 사람도 좀비야." 내가 속삭였다. "저 사람 눈 봤어?"

"어른들은 구분해 내기 어려워." 달라스가 말했다. "하지만 우리 차 안은 뒤지지 않았잖아."

"나라 밖으로 문제가 될 만한 것을 갖고 나가는 건 아무도 신경 안 써." 엄마가 말했다. "까다로운 건 안으로 몰래 가지고 들어오는 거지."

"저쪽에 가서 이걸 한 번 더 해야 하는 건가요?" 내가 물었다.

엄마가 고개를 끄덕였다. "이 문들 지나면 바로 다른 문들이 있어."

"그리고 그거 지나면요?"

"가 보면 알게 되겠지."

수비대원이 두 명의 동료를 데리고 돌아왔다. 길고 가느다란 콧수염을 기른 키 큰 흑인 남자와 바짝 깎은 머리를 한 다부진 체격의 백인 여자였다. 마스카라 수비대원이 우리에게 다가오는 동안 그 둘은 등 뒤에 두 손을 꽉 낀 채 서 있었다. "미세스 코너스? 미스터 코너스? 당신들의 아이가 아닌 미성년자를 숨기고 있다고 생각할 만한 근거가 나타났네요."

엄마는 너무 놀라 말을 못 하고 그를 쳐다보기만 했다.

"분명 달라스 리치몬드 얘기인 거 같군요." 달라스가 말했다.

"네, 그렇습니다. 이 차 안에 그 아이가 타고 있나요?"

"아니요. 우리 아들이 그 아이를 데려오고 싶어 한 건 맞지만 그 아이가 오기를 원하지 않았어요."

"그의 행방을 아시나요?"

"제가 알기론 텍사스로 간 것 같은데요."

"차에서 내려 주실까요?"

그들은 우리를 방 안으로 데리고 가 우리 얼굴에 불빛을 비추거나 질문을 해대면서 우리의 스트레스 레벨을 확인하지는 않았다. 그냥 우리를 길 한쪽에 세워 놓았다. 춥게 우리끼리만 멀찍이 서 있도록. 꼭 우리에게 총이라도 쏠 것 같은 느낌이었다.

키가 큰 수비대원과 여자 수비대원이 차를 뒤졌다. 차 아래와 위, 차 안. 그들은 우리 가방들을 다 꺼내 놓고 하나하나 열어 보았고 장갑 낀 손으로 내용물들을 뒤적였다. 그들은 내 텐트도 펼쳐서 두들겨 본 뒤 다시 말았다. 뒷좌석을 완전히 젖혀 보고 트렁크 바닥을 들춰서 거기에 있는지 아무도 몰랐던 스페어 타이어의 존재를 보여 주기도 했다. 그들은 심지어 보닛을 열고 그 안을 확인하기까지 했다. 마치 우리가 180센티가 넘는 아이를 엔진 근처에 구겨 넣기라도 한 것처럼.

마스카라 수비대원이 우리에게 달라스에 관해서 물었다.

"떠나고 싶으면 자기 부모와 같이 가야 한다고 얘기했어요." 엄마가 말했다.

"오고 싶어 하지 않았어요." 달라스가 덧붙였다. "그 아이를 데리고 오고 싶어 한 건 우리 아들이었죠."

"에머리 코치가 그에게 달라스 풋볼팀에 한 번 도전해 보라고 얘기했다는 소리를 했어요." 내가 말했다. "접종받은 이후로는 계속 좀 혼란스러운 상태였거든요."

"굉장히 문제가 많은 청년이었죠." 달라스가 말했다. "그를 꼭 찾기를 바라요. 솔직히 그 아이 혼자서는 어떤 짓을 할지 모르거든요."

수비대원은 알리 앞으로 다가서더니 알리의 눈을 보기 위해 몸을 구부렸다. 그는 미소를 지으면서 속눈썹을 깜박였다.

"달라스 리치몬드가 어디 있는지 알고 있니, 꼬마 아가씨?"

우리는 숨을 죽인 채 너무 뚫어져라 쳐다보지 않으려고 애를 썼다.

알리는 고개를 저었다. "아빠가 집에 오니까 갔어요."

"그게 몇 시였지?"

"6시요."

"어디로 갔는지 아니?"

"그냥 사라졌어요."

"달라스가 어디서 금방 다시 만나자는 얘기는 안 했니?"

"아니요. 그냥 사라져 버렸어요."

그는 고개를 끄덕이면서 우리 차의 타이어를 살펴보고 있는 동료들을 쳐다본 뒤 우리 쪽으로 돌아서서 다시 한번 고개를 끄덕였다. 그는 다시 사무실 건물로 들어갔고 그동안 다른 수비대원들은 우리의 소지품을 다시 트렁크 안에다 실었다. 비닐 커버가 이번에는 윗부분을 다 덮을 만큼 늘어나지 않았다. 내 텐트가 너무 높이 튀어나와 있었다. 그들은 텐트를 쑤셔 넣으려고 했다.

"그냥 놔두세요." 엄마가 말했다. "괜찮아요."

마스카라 수비대원이 결정된 지시 사항을 가지고 돌아왔다. "소년의 아버지에 따르면 그 아이가 걸어서 당신들을 쫓아오고 있을 거랍니다. 이 소년이 미성년자이므로 법적 보호자 없이 다른 나라로 갈 수 없다는 사실을 반드시 명심하기를 바랍니다. 그 아이는 이 다리나 다른 국경을 건널 수 없을 거예요. 만일 기다 린다고 해도 그 아이가 이 나라를 떠날 수 없고 그래서 다시 그 를 만날 수 없다는 사실을 알아 두세요."

"네, 알고 있어요." 엄마가 말했다.

"그 아인 이쪽으로 오지 않아요." 달라스가 말했다. "남쪽으로 가고 있다니까요, 달라스로요."

수비대원은 한숨을 쉬었다. "가도 좋습니다." 그는 엄마에게 여권들과 차 등록증을 건네주었다. 엄마는 모두 제대로 있는지 확인했다. "가까운 데다 두세요." 그는 말했다. "잠시 후 바로 다 시 필요할 테니까요. 출생증명서와 예방접종 기록도 필요할 거 예요. 다 가지고 있나요?"

엄마가 고개를 끄덕였다. "모두 가지고 있어요."

수비대원은 어깨를 으쓱했다. "일단 거기서 그들이 통과시켜 준 이후엔 다시 받아 줄 수 없어요."

"그게 바로 우리가 원하는 거죠." 내가 말했다.

*

철문이 우리 뒤에서 빙 돌아 쾅 닫혔다. 우리는 수십 년 동안 보수된 적이 없는 이차선의 300미터 길이 현수교 위를 천천히 달리고 있었다. 헤드라이트는 거의 짙은 안개에 묻혀 버렸다. 옛 날 다리들이 얼마나 튼튼하게 지어졌는지 알면서도 ─ 볼트들이 녹슬려면 아마 여러 세기가 지나야 할 것이다 ─ 뭔가 부식된 것 같은 냄새가 났고 나는 강제 갑판(steel deck, 강철로 만든 갑판)이 우리 밑에서 무너져 내리는 건 아닌지 하는 두려운 생각을 떨칠 수가 없었다.

엄마는 창문을 내렸다. 그러면 좀 더 잘 보이기라도 할 것처럼. 다리엔 이미 오래전에 꺼져 버린 가로등들이 죽 이어져 있었지만 양쪽 국경의 어느 편에서도 교체하려고 하지 않아 그냥 그대로 있었다. 독성 물질이 유출된 강과 눅눅한 자살 방지대 사이로 흐르는 공기는 차갑고 축축했다. 나는 지금이 낮이어서 밖으로 나가 우리가 어디로 향하고 있는지를 봤으면 좋겠다고 생각했다.

다리 끝부분 근처의 국경에 이르렀을 때도 나의 두려움은 수그러들지 않았다. 일반적인 톨게이트 건물보다 그다지 크지 않은 아주 작은 사이즈의 건물에 달린 긴 철제 구조물이 통행을 차단하고 있었다. 스포트라이트가 우리를 비추지도 않았고 무장한 경비대가 우리를 조사하지도 않았다. 국경 모습을 보니 이 나라도 심각한 재정난을 겪는 것 같아 나는 불안했다. 다시 차를 돌릴 만한 공간도 없는데 우린 여전히 30미터 공중에 떠 있었다. 그러니 만약 우리를 들여보내 주지 않는다면 그냥 우리를 강으로 밀어 넣고 우리 차를 뺏는 것밖에 다른 결말은 없어 보였다.

세 명의 수비대원이 그 작은 부스 안에서 비좁게 같이 있는 것이 한쪽 벽의 반을 차지하는 창문을 통해 보였다. 그들은 담배를 피우고 보온병으로 뭔가를 마시고 친구들처럼 떠들고 있었다.

접종 이후로는 이렇게 떠드는 사람들을 본 적이 없어서 나에겐 뭔가 부자연스러운 광경이었다. 그냥 수다를 떨고, 웃고, 시간을 보내는 것 말이다. 그건 내가 국경수비대에게 기대한 모습이 아니었다. 그들은 모두 삼십 대의 백인들로 짧은 머리에 파란 모자를 쓰고 있었다. 옷은 경찰처럼 은색 배지가 달린 파란 유니폼을 입고 있었다. 하지만 그들의 행동은 경찰 같지 않았다. 그들은 심지어 우리가 여기 없는 것처럼 행동하고 있었다. 서로를 보고 웃으면서 큰 소리로 행복하게 떠들어대는 중이었다. 무슨 구기 스포츠 경기를 보러 와 스탠드에 서 있는 관중 같았다. 한 사람이 다른 사람 어깨를 살짝 쳤고 세 번째 사람은 눈을 부릅떴다.

"경적을 울릴까?" 엄마가 물었다.

"엄마 미쳤어요?" 내가 말했다.

"그냥 기다리죠." 달라스의 말이었다. "이것도 일종의 시험 같은 건지 모르니까요."

"이상한 냄새가 나." 알리가 말했다.

나는 손을 뻗어 알리의 머리를 쓰다듬었다. 하지만 알리의 표정이 꼭 어딘가 모자란 인간을 쳐다보는 것 같아서 나는 다시 손을 내리고 창밖을 내다보았다.

수비대원 중 하나가 밖으로 머리를 내밀고 소리쳤다. "잠깐만요!" 그는 다시 머리를 숙여 우리 눈에 보이지 않았다. 스포트라이트가 우리 쪽으로 깜빡이면서 눈을 부시게 했다. 우리는 한순간 앞이 보이지 않았다. 꼭 어딘가 숨어 있던, 총 쏘기 좋아하는 군인들에게 갑작스러운 습격을 당하는 느낌이었다. 아까 기다리라고 했던 수비대원이 부스에서 권총집에 넣은 금속 봉을 가지고 나왔다. 그는 모자를 벗고 머리를 정돈했다. 그의 머리는 환한 빛에서 보니 빨간색이었다. 다시 모자를 쓴 그는 미소를 지었다. "당신들이 오늘 아침부터 여태껏 본 첫 차예요." 그는 손을 내밀며 말했다. "여권 주세요."

엄마가 여권들을 건네주었다.

그는 고개를 끄덕였다. "코너스. 네, 기다리세요."

그는 건물 안으로 들어가더니 자기 동료들에게 뭔가를 얘기했고, 그의 동료들은 고개를 끄덕이더니 각자 리그를 가지고 뭔가 바쁘게 하기 시작했다.

"지금까지 이렇게 행복해 보이는 경찰들은 처음 봤어." 내가 말했다. "저 사람들 우리나라 경찰들보다 더 좋은 약을 해서 그러는 걸까?"

달라스가 어깨를 으쓱했다. "아주 위협적이지는 않네."

그들은 다 건물 안에서 웃고 있었다. 한밤중에 썩어 가는 다리 위에서 그렇게 자기들끼리 고립되어 처박혀 있는 곳이 이 세상에서 최고라는 듯. 수비대원 중 하나가 자기 리그에 대고 얘기하면서 창문을 통해 우리에게 손을 흔들어 보였다.

"우리 이름을 알고 있었어." 엄마가 말했다. "어떻게 우리 이름을 안 것일까?"

빨간 머리 수비대원이 돌아와 미소를 띠며 말했다. "친구들이

와 있네요. 한 주 내내 기다리고 있었어요, 크리스마스까진 당신들이 도착하기를 바라면서요." 그는 시계를 보면서 미소 지었다. "아슬아슬하게 도착했네요." 그는 스포트라이트 건너 우리가 알지 못하는 어떤 장소를 가리켰다. "친구분들은 그 이상 가까이 올 수가 없게 되어 있어요. 하지만 모든 게 순조롭게 끝나면 잠시 후엔 만나게 될 거예요."

엄마는 고개를 끄덕였다.

"카레나 코너스?" 그가 물었다. "태어난 곳이 어디죠?"

달라스는 엄마가 기다란 질문 리스트에 답을 하는 동안 옆자리에서 안절부절못하고 몸을 움직여댔다. 나는 그가 아빠의 모든 신상정보를 외웠기를 바랄 뿐이었다. 아니면 우린 끝장이었다.

"마지막 직장은요?" 수비대원이 물었다.

"뉴 미들타운 매너하이츠요." 엄마가 대답했다.

마치 똥냄새가 그의 콧구멍을 강타하기라도 한 듯 그의 얼굴이 구겨지더니 그는 창문에서부터 물러났다.

"노인 요양소예요." 엄마가 설명했다.

"나도 어떤 곳인지 알아요." 그는 엄마를 완전히 달라진 얼굴로 쳐다봤다. 이젠 그가 경찰이라는 걸 쉽게 알아볼 수 있는 얼굴이었다. "거기 의사인가요? 아니면 청소부? 거기서 어떤 일을 했나요?"

"간호사예요."

"간호사라." 그가 엄마를 쳐다보는 표정이 너무 싸늘해져서 나는 그가 어렸을 때 간호사에게 자기 엄마를 잃은 게 분명하다는 생각이 들 정도였다. "당신은요?" 달라스에게 그가 물었다. "직업이 뭐죠?"

"의사였어요." 달라스는 기침하고 목소리를 깔더니 말을 이어갔다. "3년 동안 실직 상태로 있었지만 그 전엔 의사였죠."

"그럼 어디서 일했나요?"

"뉴 미들타운 매너하이츠요."

"거기 의사로 있었다고요?"

"네."

수비대원은 끄덕이더니 건물 쪽을 보고 그의 동료들에게 밖으로 나오라는 뜻으로 손을 흔든 뒤 다시 우리한테로 돌아섰다. "당신들이 노인 요양소라고 부르는 곳을 우리가 뭐라고 부르는지 알아요? 전체주의 의료시설이라고 불러요. 거기서 진행되는 일을 뭐라고 부르는지는 아나요? 무기력한 사람들에 대한 비윤리적인 의료 실험이라고 부르죠. 그리고 거기서 일하는 의사들과 간호사들은 뭐라고 부를까요? 우린 그들을 괴물이라고 불러요."

엄마는 너무 놀라 믿을 수 없다는 듯 입을 헤벌렸다.

"우리는 이제부터 당신들이 탄 차량을 조사할 겁니다." 그는 우리를 절대 자기 나라로 들여보내 주지 않을 것이기 때문에 우리 차 안에서 의심의 여지 없이 밀수품을 찾아낼 것처럼 이 말을 했다. "내리세요. 아이들도 내리게 하고요."

그래서 결국 우리는 다시 한 번 총에 맞을까 떨면서 한적한 길 한 편에 서 있어야 했다. 빨간 머리의 남자가 손을 권총집에 댄 상태로 계속 우리를 지켜보는 동안 다른 두 명이 트렁크를 열었다. 빨간 머리의 이 남자는 말하는 걸 좋아했다. 그는 엄마와 달라스에게 말을 걸었고, 나와 알리를 이따금 쳐다보면서 항상 고생하는 건 아이들이라는 듯이 머리를 흔들었다. 그는 우리 주머니 안을 만져 보고 우리 코트를 길 위에 내려 놓은 뒤 추위에 떨고 있는 우리 몸을 가볍게 두드려 주면서 괜찮은지 물었다.

"거기선 자기들의 도시가 완벽히 닫혀 있다고 생각하죠. 모든 사람을 감시하면서. 어쩌면 누군가가 나를 보고 있을지 모른다는 생각을 절대 멈추지 못하면서요. 하지만 우리는 당신들의 도시와 그 병원 안에서 어떤 일들이 벌어지는지 알고 있어요. 아무도 자기 방어라는 당신들의 명분을 믿지 않아요. 당신들이 세상을 위한다는 명목으로 어떤 일을 벌이는지도 알아요."

계속해서 도덕적 우위를 점한 그의 이런저런 설교가 이어졌고 그러는 동안 그의 동료들은 우리 가방 안의 내용물을 더러운 다리 위에 쏟아놓았다.

"바로 그래서 떠나는 거예요." 엄마가 말했다. "우리 도시에서 벌어지는 일들이 마음에 안 들어서요."

빨간 머리 수비대원은 비웃듯 말했다. "결심에 시간이 좀 걸리셨네요."

큰 키로 서 있던 달라스가 헛기침했다. "그것 때문에 몇 년 전에 일을 그만두었죠." 그는 분개하는 동시에 부끄러워하는 것처럼 보였다. 자기가 속한 사회에 혐오감을 느끼고 반대 입장에 선 의사의 모습이었다. "그리고 이제 우린 그 나라를 떠나왔어요. 우리가 가진 모든 걸 걸고, 우리 아이들의 미래를 불확실에 맡긴 채로 말이죠. 더 이상 그런 사회의 일부가 되기를 원치 않기 때문이에요."

수비대원은 그를 위아래로 훑어봤다. 그의 눈에 보이는 건 도망치고 있는 중년의 부자 놈이었다.

"우리는 공기업과 사기업을 막론하고 어떤 기업에도 직원이나 학생들 또는 고객이나 군인, 죄수들에게 허가 없이 약물을 시험하거나 처방하는 걸 금하고 있어요. 아시겠습니까? 여긴 당신이 지금까지 익숙하게 살아온 그런 세상이 아니라고요, 의사 양반. 당신이 속한 그런 세상이 아니에요."

차를 살펴보던 키 큰 수비대원이 호루라기를 불었다. 그는 엄마의 가방 안에 넣어뒀던 파란색 베개 커버를 열어 보고 있었다. 한 움큼의 동전들과 금목걸이와 진주 장신구들이 찰랑거리며 그의 손에 딸려 나왔다. 빨간 머리 남자도 호루라기를 불었다. 셋이 함께 우리를 쓰레기처럼 쳐다보았다. 마치 우리가 이 보석들을 힘없고 병약한 노인들에게서 실험에 앞서 벗겨 내 온 것처럼.

키 큰 수비대원이 베개 커버를 한쪽에 두고는 엄마의 가방을 닫아 다른 가방들과 함께 놓았다.

"다시 그거 넣어요!" 내가 소리쳤다.

"맥스." 엄마가 속삭였다.

나는 엄마를 보았다. 엄만 겁에 질리고, 춥고, 당황한 데다 죄책감을 느끼고 있었다. 난 고개를 젓고 차 옆에 있는 수비대원에게로 돌아섰다.

"그거 당신들이 가져갈 수 없어요. 내 친구가 우리가 떠나는데 도움이 되라고 준 거예요. 그거 뺏어 가게 두지 않을 거예요."

그가 웃었다. "알았다, 알았어. 네 말 듣고 우리가 참 그만두겠다." 그와 키가 작은 그의 동료가 이번엔 나의 텐트를 차 앞으로 끌고 오더니 펼치기 시작했다.

"다시 넣어요!" 나는 소리 질렀다.

빨간 머리가 빙그레 웃으면서 내 앞으로 걸어왔다. 손으로는 권총집을 잡은 채.

"당신들이 우리 물건을 뺏어 갈 순 없어요." 나는 그에게 말했다.

"맥스, 그만해." 엄마가 말했다.

"아니요." 난 앞으로 한 걸음 나섰다. 그 수비대원 역시 앞으로 나왔다. 우리는 한 발자국 떨어진 채로 서로의 눈을 노려봤다. 그는 기다리기가 힘들다는 듯 히죽거렸다.

"당신은 우리 부모님이 어떤 사람들인지 잘 아는 것처럼 얘기하네요." 내가 말했다. "하지만 당신들 셋은 여기 당신들만의 이 좁은 세상에서 지켜보는 카메라도 없이 있는 거잖아요. 당신들은 원하면 우리한테 무슨 짓이든 할 수 있다고 생각하죠. 우리처럼 국경을 넘으려고 하는 사람들이 정말 기다려졌을 게 분명해요. 아닌가요? 당신들은 원하면 우리 물건을 빼앗을 수 있고, 우리 이름을 함부로 부르고, 우리한테 설교를 늘어놓고, 우리를 이렇게 추운데 한참 서 있게 만들 수도 있죠, 어린 내 동생은 추워서 이를 덜덜 떨고 있는데 말이에요."

그는 한 걸음 뒤로 물러나, 머리를 똑바로 들고 내가 말을 마치도록 했다.

"당신들이 우리 삶에 대해서 뭘 알아요? 도대체 당신들이 누군데 우리를 판단하는 거죠? 당신들이 지금 하는 거랑 우리가 떠나온 곳에서 힘을 가진 사람들이 하는 일들에 도대체 무슨 차이가 있나요? 정확히 뭐가 다른 점이죠? 난 그걸 알고 싶네요."

그는 아무 말도 하지 않았다. 그는 이제 웃지 않았다. 그냥 나를 쳐다보고 있었다. 자기 혀를 깨물면서.

"당신은 내가 지금까지 만난 어른들과 다를 게 하나도 없어요."

그는 고개를 끄덕이고, 눈살을 찌푸리더니, 조금 더 끄덕거렸다. "넌 약물을 투여받지 않은 게 확실하구나, 안 그래?" 그는 크게 웃어젖히더니 크게 코웃음을 한 번 치고 나서 다시 고개를 끄덕였다. 아드레날린이 잦아든 내가 초조와 추위로 부들거리면서 떨 때까지.

"코트 들어." 그가 말했다.

"개빈!" 키 큰 수비대원이 차 앞에서 외쳤다. "믿을 수가 없어!"

그들은 내 텐트를 길 위에다 세워 놓았다. 전체를 다. 기둥들을 세우고, 덮개를 내리고. 어떻게 그렇게 빨리 쳤는지 알 수가 없었다. 정기적으로 캠핑하러 다니는 사람들이 분명했다.

눈부신 스포트라이트가 텐트를 향해 쏟아져 내렸다. 축축하고 차가운 길바닥 위에 서 있는 텐트는 우중충하고 보기 흉했다. '견디다'는 주름진 텐트의 캔버스 천으로 된 벽을 가로질러 까만색으로 사납게 빛나고 있었고, 나의 사람들은 모두 안쪽에서 안전하게 있었다. 나에게 드는 생각은 '와, 정말 대단한 예술 작품이야. 내가 저걸 만들다니 그땐 어떤 천재성이 나를 타고 흘러나왔구나.' 하는 것뿐이었다.

앞쪽 덮개를 열고 키 작은 수비대원이 빼꼼히 내다보았다. 그는 플래시 라이트를 들고 웃었다. "이거 맞아." 그가 빨간 머리한테 말했다. "정말 이거 맞는 것 같아."

알리가 코트의 단추를 채우도록 엄마가 도와줬다. 엄마는 눈물을 삼키고 있었다. "어째야 할지 모르겠다." 엄마가 말했다. 엄마는 달라스 쪽을 보았다. "정말 미안하구나. 어디로 가야 좋을지 모르겠어."

그는 어깨를 으쓱했다. "갈 만한 데가 분명히 있을 거예요. 아이디 카드가 아직 사용되지 않는 그런 장소가."

"프릭타운으로 다시 돌아가도 돼." 내가 말했다. "분명 그들은 우리가 거기서 살게 해 줄 거야. 간호사들도 꼭 필요할 테고. 우리도 일할 수 있어요. 나랑 달라스요. 언어랑 수학을 가르쳐도 되고, 뭔가 그들이 필요로 하는 걸 가르칠 수도 있고. 풋볼팀을 시

작해서 생활할 수도 있어요. 어쨌든 한동안은 말이에요. 뭔가 실
제적인 일, 고향에서 일어나는 일을 바꿀 뭔가를 할 수 있을 거
예요."

달라스는 돌았다는 듯이 나를 쳐다봤다. 엄마는 슬프게 미소
를 지었다. 알리는 말했다. "달라스 오빠가 사라져 버렸어."

"난 뉴 미들타운으로는 다시 안 돌아가." 모두에게 내가 말했
다. "여기 이 바깥에는 내가 지금까지 보고 자란 것과는 완전히
다른 세상이 있어. 난 여기서 살고 싶어."

엄마는 한숨을 쉬었다. 어떤 쪽이든 엄마는 상관없을 것이다.
이미 너무 지쳐 있었다.

난 달라스 쪽을 보았다. 그는 어깨를 으쓱했다. "난 그냥 학교
에 가고 싶은 거야, 맥스. 어디든 상관없어. 난 엔지니어가 되고
싶어. 뭔가를 짓고 싶다고. 그게 내가 잘할 수 있는 거야."

"아빠 의사잖아요." 알리가 말했다. "사람들의 생명을 구해 주
는."

달라스는 알리를 내려다보더니 머리를 쓰다듬어 주었다. "불
쌍한 알리. 이게 다 끝날 때쯤이면 너무나 혼란스러울 거야."

"어디로 가야 할까?" 내가 그에게 물었다.

"어디든지. 뉴 미들타운만 빼고."

빨간 머리가 추워서 몸을 바싹 붙이고 서 있는 우리 쪽으로 거
들먹거리며 걸어왔다. "저 텐트 어디서 구한 거지?"

난 이 사람이 정말 싫었다. 그의 미소, 그의 주근깨, 그의 목소

리, 그가 자기 엉덩이를 잡는 방식까지도 아주 싫었다. "저건 내
텐트예요. 당신들이 가져갈 수 없어요."

"네 텐트라고?"

"내 텐트예요!"

"그런데 어디서 구한 거냐고?"

"내 거라니까요, 참. 우리 집 거실에서 구한 거예요. 됐나요?"
그가 저쪽에 있는 텐트를 쳐다봤다. 스텐실로 새긴 단어, '견디
다'가 텐트 벽에서부터 내려와 내 심장으로 들어왔다. 나는 크게
숨을 들이마시고는 고개를 저었다. "안 돼요. 나한테서 저 텐트를
뺏을 수는 없어요."

그는 자기 입술을 빨더니 알리 앞으로 다가섰다. 그러고는 몸
을 굽혀 알리의 눈을 보며 물었다. "저 텐트 누가 만들었는지 아
니?"

"엄마가 군용물품 가게에서 찾아 냈고 맥스가 거기에 그림을
그린 거예요."

"맥스가 누구야?"

"우리 오빠가 맥스예요."

그는 나를 쳐다보고 다시 알리를 봤다. "너희 오빠가 저 텐트
에 그림을 그린 거라고? 여기 있는 이 소년이? 얘가 텐트에 그림
을 그린 거라고?"

알리가 고개를 끄덕였다. "미술전에 내려고요. 오빠가 상을 타
진 못했어요. 오빠네 교장 선생님이 오빠를 집까지 태워다 줬는

데 오는 길에 숲에서 피넛을 봤대요."

그는 몸을 일으켜 나에게로 돌아섰다. 다른 두 명의 수비대원도 걸어왔다. 미소를 지으면서. "믿을 수가 없어." 키 작은 쪽이 중얼거렸다.

"네가 이 텐트에 그림을 그린 거니?" 빨간 머리가 나한테 물었다.

"당신들이 뺏어 갈 수는 없어요."

"그 안엔 뭐가 있는데?" 그가 물었다. "만일 네가 그린 거라면 알 거 아니야."

"내 삶이 그 안에 있어요, 그리고 당신이 그걸 나한테서 뺏을 수는 없다고요."

그는 다시 웃고 크게 콧방귀를 끼더니 자기 동료들을 보았다. 그들 셋은 모두 어깨를 으쓱하면서 웃고 또 고개를 흔들었다. 우리를 처리해 버리기 전에 이런 순간을 즐기는 것 같지는 않았고, 정말로 즐거워하는 것 같이 보였다.

빨간 머리가 자기 손을 내 어깨에 올리더니 나를 살짝 흔들었다. 나는 그의 손이 닿지 않게 뒷걸음질 쳤다. 그는 웃었다. "얘야, 이 텐트가 지금 전 세계에 알려졌단다." 그는 지구를 들어올리는 것처럼 두 손을 위로 향했다. "여기저기. 전부 다 말이야."

나는 고개를 저었다. 그의 미소와 손길에 불안해하면서. "미술전이 끝난 다음엔 계속 우리 집에 있었는데요."

"아니, 그런 말이 아니야. 뉴스를 뒤덮고 있다고, 이 텐트가. 이건 이제 하나의 상징이 되었어."

"몇 주 전에 네 텐트가 국제방송에 나갔어." 키 큰 쪽이 말했다. "피츠버그의 어떤 기자가 이것에 관한 기사를 썼는데 그게 산불처럼 번져 나갔지. 너의 텐트는 이제 기업의 지배에 대한 저항, 기회를 엿보며 나라를 되찾기 위해 사람들이 비밀리에 연합하는 모임들의 상징이 되었다고."

"여기저기 다 알려졌어." 빨간 머리가 말했다. "이 텐트가 안 보이는 데가 없어. 그리고 저 단어, '견디다'라는 저 말은 이제 어딜 가나 보이지."

"사람들한테 희망을 주거든." 키 작은 쪽이 나에게 말했다. "뉴미들타운 같은 곳에도 여전히 지금의 상황을 걱정하는 사람들이 있다는 희망, 그곳을 좀 더 나은 곳으로 만들 준비가 된 사람들이 있다는 희망."

그들이 나를 쳐다보는 방식이 나는 싫었다. 그건 워싱턴과 타일러가 그때 스케이트보드장에서 동양인 아이를 괴롭혔을 때랑 비슷했다. 그들이 나한테 기대하는 게 너무 많아서 내가 뭔가 특별하고 영웅적이어야만 할 것 같이 부담스러운 느낌이었다. 하지만 나는 솔직히 말해서 아무 할 말이 없었다. 그냥 내 텐트를 돌려받고 싶을 뿐이었다.

"너를 여기서 보다니 정말 놀랍다." 빨간 머리가 말했다. "너를 보니까 분명 네가 어떤 영향을 끼쳤는지 모르고 있는 것 같은데. 저 단어가 지금 군대 막사와 공장 벽, 감옥과 쇼핑몰, 그리고 사람들이 있는 데면 어디든지 다 쓰여 있다고." 그는 자기 모자를 벗고 손가락으로 머리를 넘기면서 웃었다.

"우리를 어떻게 할 건가요?" 엄마가 물었다.

그는 엄마에게 미소를 지으며 머리를 숙였다. "이 텐트 앞에서 우리가 사진 한 장 찍게 해 달라고 부탁할 참이었어요. 그리고 나서 친구들을 만나게 해 드리죠."

"우리 짐은요?" 달라스가 물었다.

"짐은 가져갈 수 있습니다."

"그럼 내 텐트는요?" 내가 물었다.

그는 다시 한 번 내 어깨를 잡고 흔들더니 웃으며 말했다. "물론 네 텐트도 가져가고."

*

사촌 레베카는 나를 와락 세게 끌어안았다. 꼭 내가 오랫동안 잃어버렸던 자기 남동생이라도 되는 듯이. 그녀는 내 예상보단 나이가 많았다. 서른은 한참 넘은 것 같았다. 엄마처럼 짙은 색의 피부였지만 큰 키에 당당한 체구였다. "생일 축하한다." 레베카가 말했다. "결국 이렇게 오게 되어 너무 기쁘다."

"세상에나." 엄마가 말했다. "자정이 넘었구나. 생일 축하한다. 맥스." 엄마는 한참 동안 나를 꼭 껴안았다. 내 팔 안에서 엄마의 몸이 덜덜 떨렸다.

"아이, 엄마. 울지 마요." 나는 엄마를 떼어 놓고 눈을 보며 말했다. "엄마가 결국 우릴 데리고 왔어요, 그렇죠? 우리 괜찮아요.

울지 마세요."

엄마는 코를 훌쩍이면서 고개를 끄덕이고 뒤쪽의 레베카에게 갔다.

나는 달라스에게로 돌아섰다. 그는 슬픈 표정으로 우리를 바라보고 있었다. 나는 팔을 활짝 벌렸다. "뭐야? 생일에 껴안아 주지도 않을 거예요, 아빠?"

그는 웃으면서 내 어깨를 가볍게 쳤다. "해피 버스데이, 맥스. 우리가 결국 해내서 기뻐." 그는 어딘지 알 수 없는 축축하고 어두운 주변을 둘러보다가 초조하게 고개를 끄덕였다. 도대체 우리가 지금 뭘 하는 건지 모르겠다는 듯이.

레베카가 그에게 손을 내밀었다. "안녕하세요?" 그는 자기가 누군지 설명할 참이었다. 하지만 엄마가 고개를 저으면서 알리를 가리키고, 또 아직 국경임을 상기시켰다. 달라스는 고개를 끄덕이며 레베카에게 말했다. "만나서 반가워요."

그녀는 알리의 이마와 볼에 키스했다. 더 나가 알리를 들어 안아 주기까지 했지만 알리가 좀비인 걸 확신하자 바로 내려놓았다. 그녀는 엄마 쪽으로 돌아서더니 다시 한번 엄마를 껴안았다. "엄마와 이모가 얼마나 닮았는지 잊고 있었어요." 레베카가 말했다.

그 둘이 레베카의 엄마인 실비아 이모에 대해서 얘기하는 동안 레베카 차의 조수석 문이 열리더니 한 소녀가 걸어 나와 보닛에 기대고 섰다.

"저기…?" 내가 말했다. "저기 있는 건 꼭…." 나는 말을 이을 수 없었다. 스스로가 그런 일을 희망하도록 그냥 내버려 둘 수는 없었다.

레베카가 어깨 뒤로 돌아보더니 미소를 지었다. "여러분이 뉴미들타운에서 이곳으로 온 첫 번째 가족은 아니에요. 저 소녀를 데리고 온 걸 기분 나빠하지 않았으면 좋겠네요. 같이 오고 싶어 했어요." 레베카가 소녀에게 손을 흔들었다.

달라스와 내 입에서 동시에 신음이 나왔다. 내 심장은 가슴 안에서 쿵쿵댔다.

페퍼가 걸어오고 있었다. 수줍은 듯 미소를 지으며. 그녀는 아름다워 보였다. 약간 말랐고 내가 기억하는 것보다 키가 더 작았다. 내가 갑자기 키가 커졌거나 아니면 그녀가 얼마나 작은 체구였는지 전에는 몰랐었다. 그녀는 두 손을 주머니에 넣고 있었다. 마치 손을 우리한테 뻗치고 다가오기가 겁이 난다는 듯이. 두 눈은 반짝이며 빛이 났다.

"와, 이럴 수가." 달라스가 말했다.

"넌 정상이었구나." 내가 덧붙였다.

"맥스." 자기 발을 내려다보던 페퍼는 다시 고개를 들어 나를 봤다. "얘기 못해서 미안해. 우리 부모님이 나한테 그렇게 약속하게 했어. 자비에와 같이 있던 그 마지막 날 거의 말할 뻔했어. 네가 정상이라고 나는 거의 맹세할 수 있었으니까. 하지만 만에 하나 아닐 가능성 때문에 말 못 했던 거야, 알겠어?" 어쩌면 그녀는 내가 이렇게 말할까 봐 걱정된 것인지도 모르겠다. "아니, 몰라. 넌 그렇게 나를 떠나면 안 되는 거였어." 하지만 나는 그렇게 말하지 않았다.

"우리가 여기 오는 거 어떻게 알았어?" 내가 물었다.

"여기선 사람들을 거기서 빠져나오게 하려는 움직임이 아주 활발해. 거의 모든 도시에 그런 사람들을 돕기 위한 모임이 조직되어 있고. 그래서 여기선 누군가를 후원하는 일을 도와줄 사람이 있는지 알아보기 위해 새로 올 사람들의 이름을 서로 알리거든. 아빠가 한 2주 전쯤 네 이름이 있다고 얘기해 줬어. 우리는 곧바로 레베카와 연락했고 그때부터 너를 기다리고 있었던 거야." 그녀는 환한 미소를 지었고 나는 그 모습이 너무 사랑스러웠다. 주사 치료 이후로는 여자아이가 진심으로 웃는 모습을 본 적이 없었다.

"네가 여기 있다니 정말 믿기지 않아." 내가 말했다.

"나도 그래." 페퍼는 주머니에서 손을 빼 팔을 활짝 벌렸다. 우리는 어색하게 껴안았다. 아주 멀리는 아니지만 페퍼가 몸을 빼더니 물었다. "달라스는 어떻게 됐어?"

나는 그제야 계속 내 어깨 옆을 서성거리고 다니는 사람을 페퍼가 죽은 우리 아빠로 생각하고 있다는 걸 깨달았다. 나는 고개를 천천히 흔들며 말했다. "달라스도 할 수 없었어."

달라스가 나를 살짝 쳤다.

페퍼는 움찔하며 놀랐다. "불쌍한 달라스."

"너 항상 그 아이를 좋아했었지, 안 그러니?" 달라스가 물었다.

페퍼는 우리 아빠를 아주 이상하다는 표정으로 쳐다봤다.

"부끄러워할 것 없어." 달라스가 말했다. "많이들 그러니까." 그가 미소를 지었다. 그 미소가 너무 환해서 변장한 아래로 그를 알아볼 수밖에 없었다.

페퍼가 뒤로 물러섰다. 손을 입에 가져다 댄 채로.

"괜찮지, 안 그래?" 달라스가 자기의 원래 목소리로 말했다.

그녀는 웃으면서 달라스를 껴안았다. 나한테 했던 것처럼 전혀 어색하지 않은 아주 크고 따뜻한 포옹이었다.

"너 그랬어?" 정말 발끈해서 내가 물었다. "정말 너 달라스 좋아했던 거야?"

그녀는 더 웃더니 나도 껴안았다. 크고 따뜻한 포옹. 달라스가 합세해 셋이서 같이 껴안는 꼴이 되었다. 비열한 놈.

포옹을 끝내고 나자 우리를 보면서 웃고 있는 엄마가 보였다. 알리는 엄마 옆에 화가 난 듯이 서 있었다. 우리가 다 잘못된 행동을 해서 고자질할 누군가가 있었으면 하는 것 같았다.

달라스가 헛기침하더니 페퍼에게 말했다. "나를 패트릭 코너스로 불러 줘, 다 정리될 때까지만."

레베카가 페퍼에게 물었다. "돌아가는 길에 친구와 같이 타고 갈래?"

"네, 좋아요."

"집까지 저 따라오시겠어요?" 레베카가 엄마에게 물었다.

"응. 언제든 너만 준비되면 출발하자. 페퍼, 나와 같이 앞좌석에 앉는 게 어떠니? 알리는 에어백이 있는 자리엔 앉을 수 없고 저 남자 녀석들은 누가 너와 같이 앉게 되느냐를 놓고 싸울 테니까 말이다."

"아빠는 어른이에요, 남자 녀석이 아니고요." 알리가 말했다.

"그래, 맞다."

페퍼는 살짝 신나는 댄스 스텝을 밟았다. 서로 누가 차지할지를 놓고 싸우는 대상이 되는 게 좋다는 듯이. 그런 뒤에 엄마 옆에 있는 조수석에 폴짝 올라탔다. "앞으로의 새로운 삶에 관해 얘기해 줄게. 아마 좀 적응이 필요할 거야."

"우린 뭐든지 견딜 수 있어." 내가 말했다.

달라스는 나와 알리를 앞서 뒷좌석에 올라탔다. "가운데 앉을래?" 나는 알리에게 물었다.

"어디든 오빠가 앉으라고 하는 데에 앉을게." 알리의 대답이었다.

내가 느끼는 행복감이 살짝 빠져나갔다.

"괜찮아질 거야, 맥스." 엄마가 말했다. "그냥 시간을 좀 갖자. 이제 타라."

난 고개를 끄덕였다. 알리는 여전히 무엇을 할지 지시받기를 원하고 있었다.

나는 알리가 즐겼던 라임 중 하나를 이용했다. 물론 동생은 이제 더 이상 그런 데 관심이 없었지만. 내가 제일 좋아하던 걸 골랐다. 라임으로 뭔가를 결정하는 건 알리가 언제나 믿고 있었듯 그렇게 모든 것을 운에 맡기는 건 아니었다. 그렇지만 나오는 결과가 꼭 처음 시작한 데에 따라 필연적으로 정해지는 것도 아니었다. 라임은 선택하는 사람의 손에 결과를 맡기는 것이다.

만일 내가 읊어 대는 라임의 모든 단어 수를 센다면 알리에게서 끝날 것이다. 하지만 내가 라임의 모든 글자 수를 센다면 나한테서 끝이 날 것이다. 어떻게 결정 나는가 하는 건 결국 내 선택이었다.

일단 나는 알리가 차에 타길 원했다. 그래야 내가 페퍼 뒤에 앉아 그녀 머리카락을 만지면서 달라스를 질투 나게 할 수 있었다. 그래서 나는 글자 수를 세지 않았다. 그냥 단어들만 셌다. 그리고 나는 그게 사실이기를 바랐다. 내가 말했다. "하나, 둘, 셋, 넷, 다섯, 여섯, 일곱. 착한 아이들은 모두 다 천국에 간다네."